BASTIAN RICHTER

Mafalda Cinquetti und das faule Ei

AF177988

Weitere Titel des Autors:

Mafalda Cinquetti und die Dame mit Hund

Über den Autor:

Nach Stationen in Leipzig und Marburg, langen Jahren in Berlin und einem Abstecher in die Schweiz hat **Bastian Richter** jetzt im niederländischen Friesland seine Heimat gefunden, wo er mittlerweile neun Bücher verfasst hat, daneben eine alte Bäckerei saniert und mit seinem betagten Binnenschiff die lokalen Gewässer durchkreuzt. Immer wieder zieht es ihn nach Italien, wo die venezianische Hobbyermittlerin Mafalda Cinquetti in sein Leben trat.

BASTIAN RICHTER

Mafalda Cinquetti und das faule Ei

KRIMINALROMAN

Lübbe

Die Bastei Lübbe AG verfolgt eine nachhaltige
Buchproduktion. Wir verwenden Papiere aus nachhaltiger
Forstwirtschaft und verzichten darauf, Bücher einzeln
in Folie zu verpacken. Wir stellen unsere Bücher in
Deutschland und Europa (EU) her und arbeiten mit den
Druckereien kontinuierlich an einer positiven Ökobilanz.

Originalausgabe

Der Autor wird vertreten durch die Autoren- und
Projektagentur Gerd F. Rumler, München

Copyright © 2024 by Bastei Lübbe AG,
Schanzenstraße 6–20, 51063 Köln

Vervielfältigungen dieses Werkes für das
Text- und Data-Mining bleiben vorbehalten.

Textredaktion: Nora Schmitt
Umschlaggestaltung: © SO YEAH DESIGN, Gabi Braun
unter Verwendung von Motiven von
© shutterstock.com: Aliaksandr Antanovich |
Anna_Pustynnikova | Sira Anamwong
Satz: hanseatenSatz-bremen, Bremen
Gesetzt aus der Bembo Std
Druck und Verarbeitung: GGP Media GmbH, Pößneck

Printed in Germany
ISBN 978-3-404-19366-0

1   3   5   4   2

Sie finden uns im Internet unter luebbe.de
Bitte beachten Sie auch: lesejury.de

1

»Ich kann dein Ohr sehen.«

»Was? Wie?«, stotterte Mafalda komplett verwirrt. Sie nahm ihr *telefonino* vom Kopf wieder weg, wischte den Sand und eine Spur Sonnencreme vom Gerät, dann schaute sie von der Sonne geblendet mit zusammengekniffenen Augen unsicher auf das verschwommene Display.

»Ich bin es, Pietro. Das ist ein Videotelefonat. Und du hattest die Kamera an dein Ohr gehalten!«, antwortete ihr Enkel mit Engelsgeduld.

Eben noch hatte Mafalda in der Brandung gestanden, als sie das Klingeln aus ihrer Handtasche gehört hatte, und war dann schnell zu ihrem Liegestuhl geeilt. Sie versuchte, den nassen Sand von ihren Füßen abzuklopfen, und drehte das *telefonino* unschlüssig in den Händen hin und her, konnte ohne Brille aber so gut wie nichts auf dem Display erkennen. Fast verlor sie das Gleichgewicht, als sie auf einem Bein stehend das *telefonino* scheinbar ziellos mit wildem Tippen und Wischen traktierte. »Ist es jetzt besser?«, fragte sie Pietro, immer noch reichlich verunsichert.

»Besser. Aber falsch herum.«

Mafalda betrachtete ihr *telefonino* und fing an, an sich selbst zu zweifeln. Es war nicht wirklich hilfreich, dass drei Kinder laut schreiend um sie herumrannten, sich abwechselnd einen triefnassen Gummiball zuwarfen und Mafalda dabei nur um Zentimeter verfehlten. Sie schaute entnervt zu den Kindern, doch die störten sich nicht daran. Schließlich drehte sie ihr *telefonino* komplett herum.

»Jetzt kann ich den Sand sehen. Aber der Himmel ist wenigstens oben.« Noch immer war keine Spur von Ungeduld in Pietros Stimme zu hören. Diese Art Gespräche mit seiner Großmutter schien er gewohnt zu sein.

»Ich suche schnell meine Brille«, sagte Mafalda, legte das Handy auf den Liegestuhl und kramte in ihrer Handtasche nach der Lesehilfe. Als sie sie endlich gefunden hatte, nahm sie die Tasche von ihrem Schoß und das *telefonino* wieder in beide Hände.

»Oh, *salve*, Pietro! Jetzt kann ich dich sehen«, sagte sie freudig.

»*Bene*«, antwortete Pietro artig. In seiner Stimme war eine Spur von Erleichterung zu hören.

»Wir sind in Jesolo, Lucias Geburtstag feiern. Alma, Lucia und ich«, sagte Mafalda. Sie wedelte mit ihrer Handykamera wild in der Gegend herum, um Pietro den Strand zu zeigen. »Weshalb rufst du an?«

Sie sah, wie Pietros Lippen sich bewegten, konnte aber nichts hören, weil die Kinder so schrien.

»Warte einen Moment. Der ganze Strand ist leer, aber

diese Gören müssen direkt um mich herum Ball spielen, als gäbe es keinen anderen Platz! Ich gehe schnell zum Garten vor dem Hotel hoch. Da ist es ruhiger.«

Sie sah nur, wie Pietro nickte. Daraufhin schnappte sie sich mit der Linken ihre Handtasche und ging durch die wie mit dem Lineal gezogenen Liegestuhlreihen nach oben. Nach dem kleinen Strandkiosk, dessen Besitzer beinahe schlafend hinter dem um diese Jahreszeit ansonsten verwaisten Tresen stand, nahm sie die schmale Treppe in den Hotelgarten hinauf, über die Wiese mit den mächtigen Palmen hinweg und durch den Garten des Hotels.

Schnaufend sagte sie: »Jetzt ist es besser! Ich bin gleich für dich da.«

»Kein Problem, *nonna*!«, antwortete Pietro noch immer ganz die Ruhe selbst. So wie Mafalda im Stillen froh war, überhaupt den richtigen Knopf gefunden zu haben, um das Gespräch anzunehmen, schien Pietro schon zufrieden zu sein, dass er seine *nonna* kurz sehen und hören konnte. Alles Weitere würde sich fügen.

»Was wird denn da gebaut?«, fragte er. Mafalda hatte das *telefonino* so gehalten, dass der Hotelgarten seitlich liegend zu sehen war. Pietro war schon oft mit Mafalda hier gewesen und musste den Hotelgarten wiedererkannt haben. Jedem anderen wäre durch das verwackelte Bild übel geworden. Doch ihm scheinbar nicht, und wenn doch, dann wäre es Mafalda nicht aufgefallen. Zu sehr war sie damit beschäftigt, mit *telefonino* und Handtasche bewaffnet die Stufen zur Hotelterrasse zu erklimmen.

Auch sie hatte zuvor schon die Berge von Steinen und die Betonsäcke am Rande des Gartens gesehen. »Sie wollen ein Schwimmbad bauen, Pietro, denk dir nur! Ein Schwimmbad vor einem Hotel direkt am Meer. Was für ein Unsinn!«

»Die Kundschaft wird danach verlangen«, sagte Pietro ungerührt. Er hatte seine Großmutter schon oft damit aufgezogen, wie sehr sie jede Veränderung verabscheute. Auch jetzt wieder meinte Mafalda, einen spöttischen Unterton in seiner Stimme bemerkt zu haben, entschied sich jedoch, diesen zu ignorieren.

»Ich habe mich immer noch nicht an die neue Deckenvertäfelung in der Lobby gewöhnt«, sagte sie. »Die wurde doch auch erst vor kurzem eingebaut. Wann war das nochmal?«

»1993?«, antwortete Pietro feixend. »In jedem Fall vor meiner Zeit.«

»Doch schon so lange!«, antwortete Mafalda verblüfft. Es war ihr viel kürzer vorgekommen. »Ja, jedenfalls habe ich mich an die immer noch nicht gewöhnt!«

Sie hatte inzwischen an einem der Bistrotische auf der Hotelterrasse Platz genommen und ihr *telefonino* auf den Tisch gestellt, was Pietro vom schwankenden und wankenden Videobild erlöste. Schweiß lief über ihre Stirn. »Schieß los!« forderte Mafalda ihn auf weiterzureden.

»Was ich dir erzählen wollte«, sagte Pietro, »deine Vermieterin ist gestorben.«

Mafalda bekreuzigte sich flüchtig, faltete ihre Hände

zusammen, legte ihr Gesicht leicht zur Seite und bemühte sich, einen leidenden Gesichtsausdruck zu machen. So, wie das in solchen Fällen eben erwartet wird. Lange hielt sie das nicht durch. »Die alte Schreckschraube!«, rief sie erbost. »Geizig war sie ohne Ende. Durch das Dach tropft es, und wir dürfen alles mit Eimern auffangen, wenn es regnet. Und als mein Boiler kaputt war, musste ich Beppe bitten, mir den zu richten. Kostenlos. Denn sie hätte nichts bezahlt!«

»War sie nicht schon über hundert?«, fragte Pietro. Als *Carabiniere* kam er eigentlich gut auf Murano herum, aber offenbar nicht gut genug, um Mafaldas Vermieterin zu kennen. Was nur verständlich war, denn außerhalb ihres Hauses hatte Mafalda sie zuletzt vor zwanzig Jahren gesehen. Da war Pietro sieben.

»Nicht ganz. Siebenundneunzig«, korrigierte ihn Mafalda.

»Dann wird es wohl keinen Kranz vom Bürgermeister zur Beerdigung geben«, bemerkte Pietro trocken.

»Den hätte sie auch nicht verdient!«, antwortete Mafalda. »Seit sie vor zwanzig Jahren gestürzt ist, hatte ich nur noch telefonisch mit ihr Kontakt. Und immer, wenn ich etwas wollte, war ihre Antwort nein. *Sempre no!*«

Pietro nickte. Mafalda erzählte ihm nicht zum ersten Mal von Ärger mit ihrer Vermieterin. Diese Litaneien kannte er schon sein ganzes Erwachsenenleben lang. Mindestens. »Jedenfalls«, sagte er, »das ist der eigentliche Grund für meinen Anruf, denn ich wollte, dass du es zuerst von mir erfährst ...« Er machte eine theatralische Pause. Fast wäre ihm Mafalda ins Wort, nein, ins Schweigen gefallen. »Dein Mietvertrag ist sicher.«

Mafalda stutzte. »Wieso sollte er das nicht sein?«, fragte sie irritiert zurück.

»Nun, du kennst den Immobilienmarkt in Venedig ...«, sagte Pietro bedeutungsvoll.

»*No.* Was sollte ich da wissen?«, hakte sie nach. Sie war 1961 mit ihrem Salvatore in ihre Wohnung eingezogen. Sie hatte sich danach nie wieder um neuen Wohnraum kümmern müssen und beschwerte sich auch heute noch, dass ihre Miete bei der Umstellung von Lira auf Euro aufgerundet worden war, weil die Regierung in Rom sowie die Bürokraten in Brüssel das so bestimmt hatten.

Jetzt schien Pietro ungeduldiger zu werden. Zumindest konnte sie auf dem Display sehen, wie sich seine Wangen röteten und diese kleinen roten Flecken an seinen Schläfen sichtbar wurden, die er immer bekam, wenn ihn etwas sehr beschäftigte.

Er nahm die Brille ab und rückte näher an die Kamera. »*Dio mio, nonna!* Jede freiwerdende Wohnung wird in eine Ferienwohnung umgewandelt. Einheimische finden praktisch nichts mehr zum Mieten. Und wenn jemand eine vermietete Wohnung erbt ...« Er machte wieder eine Kunstpause.

Aber diesmal wollte Mafalda ihn nicht damit davonkommen lassen. »Dann was? Meine Güte, ich bin über siebzig! Lass mich doch nicht so lange warten!«, fuhr sie ihm dazwischen.

»Dann werden die gerne mal an Urlauber vermietet, sobald die alten Mieter rausgesetzt worden sind«, antwortete er.

»Ich auch?«, fragte Mafalda ein wenig erschrocken. »Ich meine, kann das mit meiner Wohnung auch passieren?«

Pietro schüttelte energisch den Kopf. »Eben nicht«, sagte er. »Deswegen rufe ich ja an. Dein Mietvertrag ist ordnungsgemäß bei der Stadt angemeldet. Dir können sie gar nichts.«

Diese Antwort stellte Mafalda zufrieden. »*Bene*, dann ist ja alles gut und sicher«, antwortete sie. »Aber was ist in Italien schon sicher?«, fügte sie gekünstelt lächelnd hinzu. »Gibt es sonst noch Neuigkeiten?«

»In den knapp vierundzwanzig Stunden, seitdem du weg bist?«, fragte Pietro zurück und kicherte leise. Mafalda dagegen fand ihre Frage kein bisschen abwegig und rührte keine Miene. Wenn etwas Wissenswertes auf Murano geschah, wollte sie sofort davon erfahren, nicht erst nach ihrer Rückkehr.

»Jemand hat die Schaufenster des Souvenirladens vorn am Rio dei Vetrai beschmiert.«

»*Des* Souvenirladens?«, fragte Mafalda stirnrunzelnd. Die Ufer des schmalen Kanals im vorderen Teil von Murano bestanden praktisch nur aus Souvenirgeschäften.

»Du weißt, welchen ich meine. Bei allen anderen hätte ich Glaskunstgeschäft gesagt. Es gibt nur einen, der die ganz scheußlichen Sachen verkauft. Sie haben eine Kollegin von mir herbeigerufen.«

Sie nickte. »Bei dem dürfen sie gerne die Scheiben beschmieren«, sagte sie wie von selbst, hielt sich dann erschrocken die Hand vor den Mund. »So habe ich das nicht gemeint«, fügte sie eilig an.

Pietro schmunzelte. »Kein Problem. Den Impuls hatten wir alle auf Murano schon einmal.«

»Gibt es sonst noch was?«, fragte Mafalda.

»Die alte Glasbläserei macht wohl auf«, antwortete Pietro schließlich. Mafalda nickte nur. Stumm wartete sie, ob sie ihrem Enkel eine Liste der geschlossenen Glasbläsereien auf Murano vorbeten musste oder ob er ihr weitere Details mitteilen würde.

»Die am Fondamenta Radi«, sagte er nach kurzer Pause. Nicht die beste Adresse auf Murano und zudem reichlich abgelegen. Jedenfalls wenn man von den Touristenströmen ausgeht, ohne die kaum eine Glasmanufaktur auf der Insel überleben konnte. »Wo letzte Woche die Fassade gestrichen und die Fenster ausgetauscht wurden«, sagte Pietro noch.

Mafalda runzelte die Stirn. »Der Laden ist doch schon mindestens fünfzig Jahre geschlossen«, grübelte sie laut vor sich hin. »Wie wollen sie da so schnell einen neuen Betrieb hochziehen?«

Pietro zuckte mit den Schultern. »Eine offizielle Einweihung gibt es im Moment noch nicht«, sagte er. »Aber die Gerüchteküche besagt, dass es bald losgehen soll.«

Mafalda nickte unsicher. »Na mir soll es recht sein, wenn es mit der Glasbläserei auf Murano wieder aufwärtsgeht«, sagte sie nachdenklich. »Wo und wie auch immer das geschieht.«

»Da wird eine Menge Arbeit auf uns bei den *Carabinieri* zukommen«, sagte Pietro leise stöhnend.

Mafalda stutzte. »Wegen der neuen Glasmanufaktur?«, fragte sie.

Pietro schüttelte energisch den Kopf. »*No, no,* wegen deiner Vermieterin.« Jetzt konnte Mafalda ihm wieder folgen. »Kinder hatte sie nicht. Es gibt wohl entfernte Verwandte. Aber die haben sich seit Jahren nicht mehr auf Murano blicken lassen. Und jetzt dürfen wir die finden!«

Mafalda legte ihren Kopf zur Seite, faltete wieder ihre Hände und schaltete ihren Gesichtsausdruck auf anteilnehmend zurück. »Wenn du sie findest, richte ihnen doch bitte meine aufrichtige Anteilnahme aus, ja?«

Pietro lächelte süffisant. »Inklusive deinem Monolog von vorhin und den Worten ›Schreckschraube‹ und ›Geizkragen‹?«

Für diese kleine Frechheit gab es von ihr eine angedeutete Ohrfeige in Richtung Kamera. »Ich muss jetzt auflegen. Alma und Lucia kommen«, sagte sie.

Pietro hatte sich offenbar entschieden, die letzten Sätze und Gesten zu ignorieren, denn er sagte vor dem Auflegen nur feixend: »Ich werde deine Kondolenzwünsche gerne ausrichten.«

»Was war denn los?«, fragte Lucia, die zusammen mit Alma mittlerweile vom Strand nachgekommen war und sich etwas außer Atem auf den Stuhl neben Mafalda fallen ließ.

»Du bist ohne ein Wort aufgesprungen und zum Hotel zurückgegangen?« Alma setzte sich auf die andere Seite.

»Ach, eigentlich nichts«, sagte Mafalda und schaute irritiert auf den Teller mit zwei großen Sandwiches sowie reichlich Cocktailsauce, den Lucia vom Strandkiosk mitgebracht hatte. Die Portion schien ihr für den späten Nachmittag als Zwischenmahlzeit mehr als üppig, zumal heute Abend noch Lucias Geburtstagsessen eingeplant war. Aber Geburtstag war Geburtstag, und Mafalda wäre es nicht im Traum eingefallen, den Lucia mit einer unpassenden Bemerkung über das Essen zu verderben. Außerdem war die dick belegte dreieckige Toastscheibe, in die Lucia gerade mit gesegnetem Appetit hineinbiss, für sich schon eine Institution hier am Strand von Lido di Jesolo.

»*Delizioso!*«, seufzte Lucia im sonnengelben Strandkleid und biss nochmals herzhaft in das Sandwich, das sie eben vom Pappteller genommen und ausgiebig in Cocktailsauce getunkt hatte. »Ich *liebe* Klebbe!«, sagte sie fast schmatzend. Sie nahm einen weiteren Bissen, während ihr eine gute Portion Sauce vom Sandwich auf ihr Kleid tropfte. »Der Kiosk hat gestern erst aufgemacht für diese Saison.«

Hinter ›Klebbe‹ verbarg sich ein normales Club Sandwich, das hier im Badeort Lido di Jesolo, nur eine Stunde Schifffahrt von Venedig entfernt, in jedem der kleinen Strandkioske, die wie an einer Perlenschnur in regelmäßigen Abständen den kilometerlangen Strand säumten, mit Inbrunst serviert und zelebriert wurde. Klebbe, nicht Club Sandwich, weil die englischen Sprachkenntnisse der Kioskbesitzer von jeher recht überschaubar waren und man diese Aussprache als Italiener von Welt in den sechziger Jahren für korrektes Englisch gehalten hatte. Und selbst wenn man es mittlerweile besser wusste oder auch nicht, die Kundschaft hatte sich über die Jahre so an den italienisch-englischen Kunstbegriff gewöhnt, dass das Sandwich nur so ausgesprochen bestellt werden konnte und auch nur so serviert wurde. Alles andere hätte nur Verwirrung gestiftet.

Alma hatte aus ihrer Badetasche eines ihrer unentbehrlichen Feuchttücher herausgefischt, um damit auf Lucia und den Cocktailsaucenfleck zuzugehen. Aber Mafalda konnte sie mit einem energischen Kopfschütteln davon abhalten.

»Die Schaufenster eines Souvenirladens sind beschmiert worden«, erzählte sie.

»Der bei Rialto?«, fragte Lucia.

Mafalda schüttelte den Kopf. »Der am Rio dei Vetrai. Auf Murano. Mit der scheußlichen Schaufensterdeko.«

Lucia nickte. Sie wusste sofort, welchen Mafalda meinte. »Na, dann sind es schon zwei«, sagte sie ungerührt weiterkauend.

»Die Glasbläserei hinten bei dir macht bald auf, Alma«, fuhr Mafalda fort. »Oder auch nicht. Genaues weiß man nicht.«

Alma legte den Kopf zur Seite. »Ich hatte mich schon

gewundert, warum dort von heute auf morgen so emsig gebaut wurde.«

»Und deswegen hat Pietro dich angerufen?«, fragte Lucia mit vollem Mund.

»*No*, nicht deswegen«, antwortete Mafalda. »Meine Vermieterin ist gestorben«, sagte sie nach kurzem Schweigen, in dem nur Lucias angestrengtes Kauen zu hören gewesen war.

»Die alte Xanthippe?«, fragte Lucia erstaunt immer noch kauend zurück, dabei lehnte sie eine ihr von Alma angebotene Serviette ab.

»Das wären jetzt nicht meine Worte gewesen …«, antwortete Mafalda pikiert. Wobei sie fast noch vor Satzende kichern musste. »Obwohl … das waren fast genau meine Worte, als ich vorhin mit Pietro telefoniert habe«, sagte sie leise lachend.

Alma musste auch schmunzeln. »Ich glaube, die hat niemand wirklich gemocht«, sagte sie.

»Niemand. Nicht mal du!«, prustete Lucia laut heraus und deutete auf Alma. »Und du magst sonst jeden!«

»Wir sollten nicht lachen«, sagte Mafalda, immer noch leise kichernd.

Lucia lehnte sich im Stuhl zurück. Das Sandwich hatte sie schon weitgehend verdrückt. Nur etwas Salat sowie eine Tomatenscheibe hatte sie übrig gelassen. Alma zeigte mit dem Finger auf beides und schaute Lucia fragend an.

»Das wird doch etwas zu viel«, wehrte die Almas Blick ab. »Schließlich gibt es nachher noch Abendessen.« Alma nickte und seufzte kaum vernehmbar.

Nicht, dass Lucia Almas Reaktion hätte auffallen können, denn sie hatte sich schon wieder Mafalda zugewandt. »Wird dein Haus jetzt verkauft?«, fragte sie sie.

»Verkauft?«, fragte Alma von der Seite besorgt zurück.

»Wieso denn verkauft? Gestorben ist sie, die Alte«, antwortete Mafalda verdutzt.

»Na da liegt es doch auf der Hand ...«, sinnierte Lucia.

»Was liegt auf der Hand?«, fragte Mafalda hart zurück.

»Na die Erben werden das Erbe schnellstmöglich versilbern wollen. Oder sonst möglichst gewinnbringend verwerten.«

»Die haben sie doch noch gar nicht gefunden, die Erben. Pietro sagt, sie suchen sie noch.«

Lucia betrachtete ihre roten Fingernägel in der Sonne. »Es würde mich wundern, wenn die Erben sich darüber nicht schon lange Gedanken gemacht hätten. Sie war doch schon über hundert!«

»Siebenundneunzig«, korrigierte Mafalda sie patzig. »Und darf ich annehmen, dass in deiner Vision von der gewinnbringenden Verwertung ...«, sie wedelte ganz wild mit den Händen, als sie dies sagte, »... dass in der kein Platz für mich ist?«

Lucia winkte mit der rechten Hand. »Mach dir keine Sorgen! Dich kriegt da keiner raus. Bei so etwas können sie dir fast gar nichts!« Ihr Blick wurde säuerlicher und glitt in die Ferne. »Francesco hat es weiß Gott versucht.«

»Dein Mann hat was?«, fragte Alma entsetzt.

Lucia setzte sich gerade auf. Sie war mit ihrer Aufmerksamkeit wieder voll da. »*No!* Nicht bei ihr! Nicht bei Mafalda!«, antwortete sie. »Irgendein anderes Projekt. Ich habe das nur gehört«, fügte sie entschuldigend an und wedelte abwehrend mit ihren frisch lackierten Nägeln in der Luft herum. »Vielleicht habe ich mich auch verhört.«

Alma warf Lucia einen bösen Blick zu. Mafalda verdrehte die Augen und schaute dann gen Himmel. Oder in diesem Fall in Richtung der altertümlichen blau und weiß gestreiften Markisen, deren Stockflecken man nur teilweise hatte entfernen können, und in Richtung des bröckelnden Putzes an der Unterkante der Balkone im ersten Stock über ihnen.

»Aber danke für deine Anteilnahme!«, zischte sie zu Lucia rüber, ohne sie richtig anzusehen. Dann stand sie auf. »Ich würde jetzt trotzdem lieber kurz auf mein Zimmer gehen«, sagte sie. Alma nickte verständnisvoll.

»Nicht vergessen, um halb acht essen wir zu Abend. Es gibt eine Überraschung!«, sagte Lucia, stand auf und ging wieder in Richtung Strand zurück.

»Du wirst wieder Hunger haben?«, murmelte Mafalda leise in sich hinein, als Lucia schon außer Hörweite war.

2

»Sind das die Zahlenkerzen vom letzten Jahr?«, flüsterte Alma Mafalda zu, als die rundliche Köchin voller Stolz die Geburtstagstorte mit der großen 5- und 9-Kerze an ihnen vorbei zu ihrem Tisch brachte.

»Immerhin stehen sie diesmal richtig herum und nicht vertauscht wie vor zwei Jahren!«, flüsterte Mafalda zurück. Sie konnte ein Kichern nicht ganz unterdrücken. »Das war ein Drama!«

Der komplett weiß getünchte Speisesaal des Hotels, der sich in den Jahrzehnten, seit die drei Freundinnen hier vorbeikamen, praktisch nicht verändert hatte, war hell erleuchtet von zahllosen Energiesparlampen und Neonröhren und für die Vorsaison gut gefüllt mit Stammgästen vorgerückten Alters. Bodenlange Stores verdeckten den Blick durch die großen Fenster nach draußen in den Garten. Sie erzeugten zusammen mit dem kaltweißen Kunstlicht der Deckenlampen eine U-Boot-artige Atmosphäre. Auch ohne die für die Jahreszeit viel zu kalt eingestellte Klimaanlage hätte man in diesem Raum wohl immer ein wenig gefröstelt.

Noch bevor sie am Tisch gegessen und sich dann über Lucias Geburtstagstorte hergemacht hatten, war Mafalda beim Hereinkommen ein Glasleuchter an der Decke des Speisesaals aufgefallen, der beim letzten Abendessen noch nicht da gehangen hatte. Reichlich unharmonisch fügte er sich zwischen die Neonlampen ein. Die in seine Fassungen geschraubten Energiesparbirnen taten ein Übriges, um den Lüster hier irgendwie fehl am Platze erscheinen zu lassen. Mafalda ging in die Raummitte, um den Leuchter aus der Nähe zu betrachten. Sie winkte Alma und Lucia herbei.

»Schauderhaft!«, murmelte sie den beiden hinter vorgehaltener Hand zu. »Rot, gelb, blass lila und ein Braun-Grün. Wie verwelkter Spinat.«

Alma schaute unbeteiligt zu dem Leuchter hinauf, während Lucia den Kopf abfällig zur Seite neigte. »Tanzende Engel auf grauem Geweih mit Energiesparlampe«, murmelte sie. »Und das verkaufen sie dann wahrscheinlich noch als echt.«

Alma starrte auf die Glühbirnen und konnte nichts Besonderes daran finden. Die kaltweißen Strahler mit den verdrehten Leuchtstoffröhren hatte sie auch zu Hause, weil das die billigsten Lampen waren. Auch wenn Lucia sie immer wieder damit aufzog, dass deren Licht alles in ihrer Reichweite zu Staub zerfallen lassen könnte.

Die einen Kopf kleinere Köchin mit Schürze und praktisch-kurzem Grauhaarschnitt musste die Aufmerksamkeit der drei für ihren Leuchter bemerkt haben, denn sie humpelte herbei. Dann nickte sie anerkennend und sagte stolz: »Muranoglas! Wir haben den gestern erst gekauft.«

»Wir sind aus Murano«, antworteten alle drei unisono. Aber Mafalda dachte sich dazu, dass sie eine solche Monstrosität noch nie auf der Insel gesehen hatte. An die Köchin gerichtet formulierte sie es etwas freundlicher. »Wo haben Sie den denn gekauft?«

»Beim *Outlet Arredamenti*, dem Einrichtungsladen an der Autobahn. Mit Echtheitszertifikat!«, sagte sie wichtig nickend.

Mafalda zog es vor, zu schweigen. Aber im Stillen fragte sie sich, wie schnell Angelo mit seinem Computer wohl so ein Dokument hervorzaubern könnte.

»Wenn das Echtheitszertifikat echt ist, dann bin ich eine berühmte Balletttänzerin«, murmelte Lucia spöttisch, nachdem die Köchin gegangen war.

Mafalda schaute lächelnd an Lucia auf und ab und sagte: »Letzteres können wir ausschließen, denke ich. Und wahrscheinlich stand auf der Urkunde nur ›echtes Pressglas‹ und nicht ›Muranoglas‹.«

Lucia schnaubte. Alma folgte den beiden schweigend, als sie weiter zum Tisch gingen. Von Glas und Kunst verstand sie nicht viel.

Der Tisch der drei Freundinnen stand in der hinteren rechten Ecke, direkt an der Fensterfront, und war wie alle anderen Tische dicht von den Tischen der Nachbarn und deren Stühlen eingekreist. Was es einerseits ermöglichte, die Konversation der Tischnachbarn komplett mitzuhören und bei Bedarf daran teilzunehmen. Was andererseits jedoch bei jedem der mindestens fünf Gänge zum an der Wand zur Küche aufgebauten Buffet zu endlosem Stühlerücken, lautlos gemurmelten Entschuldigungen und genervten Blicken führte.

Wer ausgefeilte italienische Kochkunst erwartete, war hier fehl am Platze. Statt feinem Fisch und Meeresfrüchten und rosa Rind- oder Lammfilet gab es im Hotel Hausmannskost des letzten Jahrhunderts: viele Fertigsalate, sehr unitalienische Salzkartoffeln als Tribut an die Gäste aus Deutschland und Österreich sowie ohne Salz als Tribut an die Anforderungen an eine gesunde Küche, wenig scharf Gewürztes und alles mindestens gut durch, wenn nicht mehr. Aber es war das, was schon beim ersten Besuch der drei hier aufgetischt wurde. Wie lange das her war, hatte Lucia ihnen verboten, laut auszusprechen. Weil das Essen über die Jahre so unverändert geblieben war, hatten sie es akzeptiert, sogar ein wenig für gut befunden und die größten Absonderlichkeiten ins Herz geschlossen. So freuten sie sich Jahr auf Jahr erneut darauf, als wäre es ein mehrgängiges Dinner in einem Sternerestaurant.

Kaum hatte die Köchin sich nach dem Ende des Essens zwischen den unverwüstlichen Schlingpflanzen in der Raummitte hindurchgeschlängelt und die Kerzen auf Lucias Geburtstagstorte angezündet, stimmte der ganze Saal spontan ein gemeinschaftliches Geburtstagsständchen an, was Lucia, die beim Ertönen der Melodie aufgestanden war, wiederum zu gütig lächelnden Verbeugungen veranlasste. Es sei doch kein runder Geburtstag, betonte sie wieder und wieder mit Verweis auf die Zahlen auf der Torte, machte einen angedeuteten Knicks und blies dann mit leicht übertriebener Geste die Kerzen aus.

»Womit sie ja recht hat!«, zischte Alma Mafalda hinter vorgehaltener Hand zu.

Eben die wurde nach dem Essen immer stiller und starrte schweigend durch das Stück *torta* auf ihrem Teller hindurch. »Der Kuchen ist neu, nur die Zahlenkerzen sind die gleichen wie im Vorjahr. Du kannst sie gefahrlos essen!«, raunte Alma ihr quer über den Tisch zu.

»Ich bitte dich!«, murmelte Lucia ungehalten und knuffte Alma von links in die Seite.

»Aber es ist doch wahr!«, protestierte Alma lächelnd. »Letztes Jahr gab es *Torta di cioccolato e lamponi*, Schokoladentorte mit Himbeeren. Heute ist es *Torta di profiteroles con crema di latte*, Windbeuteltorte mit Schokocreme und viel Sahne. Aber die Fünf und die Neun steckten auch schon obendrauf!«

»Ich habe nicht die geringste Ahnung, wovon du redest!«, antwortete Lucia peinlich berührt. Schnell schaufelte sie sich mit der Kuchengabel ein riesiges Stück Profiteroles mit Sahne in den Mund. »Probier!«, forderte sie Mafalda zu ihrer Linken mit noch halbvollem Mund auf. »Die *torta* ist wirklich lecker!«

Mafalda hatte eigentlich keinen Appetit mehr. Die Gänge zuvor waren mehr als reichhaltig gewesen – frittierte

Tintenfischringe als *antipasto*, Lasagne als Vorspeise und *Arrosto di Maiale*, Schweinebraten mit Kruste, dazu Polenta und grüne Bohnen. Selbst den Vorspeisensalat hatte sie stehen lassen, da war an ein Dessert nicht zu denken.

Nur widerwillig nahm sie den Teller entgegen und stocherte dann lustlos mit der Tortengabel in dem vor ihr liegenden Tortenstück herum. Dieses Wochenende war Lucia wichtig, das wusste sie. Es war schon Tradition, dass Lucia rund um ihren Geburtstag ihre beiden Freundinnen auf einen Vorsaisonskurzurlaub ins benachbarte Strandbad Lido di Jesolo einlud. Noch bevor die Touristen dort in Massen einfielen und der in der Vorsaison verschlafene Badeort so wirkte, als hätte sich in den letzten fünfzig Jahren praktisch nichts geändert. Was Lucia für drei Tage in der unbeschwerten Illusion leben ließ, sie selbst sei auch keinen Tag gealtert. Lucia jetzt diesen Spaß zu verderben wäre Mafalda nicht im Traum eingefallen. So etwas tat eine Freundin nicht. Sie setzte ein vorsichtiges Lächeln auf, auch wenn es tief in ihr drin anders aussah.

»Das mit deiner Wohnung geht mir nicht aus dem Kopf«, sagte Alma nachdenklich zu Mafalda. »Es wird immer schlimmer. Gestern stand es im *Gazzettino*. Mittlerweile verdrängen ausländische Investoren sogar schon die ersten Bewohner aus den *palazzi* hinten in Castello«, murmelte sie und schaute dabei auf die Tortenkrümel auf ihrem Teller. Dann blickte sie auf und fügte etwas lauter an: »Eine entfernte Bekannte musste jetzt da ausziehen. Ihr blieb nichts anderes übrig, als sich eine Wohnung in Mestre zu suchen.«

Mafalda schlug die Hände zusammen. »Aufs Festland? In diesen Moloch Mestre?«, rief sie entsetzt aus.

»Dass uns jetzt die Ausländer hier die Preise verderben, das passt mir ja gar nicht!«, sagte Lucia mürrisch. Sie wischte dabei so heftig mit der Hand durch die Luft, dass sie ihr Weinglas traf. Es stieß laut scheppernd gegen die leere Weinflasche vor ihr, wippte bedrohlich hin und her, um dann schließlich doch auf dem Tisch stehenzubleiben.

Mafalda schaute mit zusammengekniffenen Augen zu Lucia hinüber. »Es ist natürlich viel besser, wenn inländische Investoren die Immobilien aufkaufen und sie in Ferienwohnungen umwandeln!«, sagte sie spitz.

Alma schaute irritiert zwischen ihren beiden Freundinnen hin und her und verstand kein Wort. Lucia hatte Mafalda vor einigen Wochen im Vertrauen verraten, dass ihr Mann Francesco sich dem allgemeinen Bauboom angeschlossen und drei alte Häuser in Cannaregio aufgekauft hatte, um diese nach abgeschlossener Sanierung als Luxusapartments an Auswärtige weiterzureichen.

»*Das* ist ja etwas ganz anderes«, protestierte Lucia blasiert. »Francesco kümmert sich um die Erhaltung historischer Bausubstanz.«

Das war für Mafaldas Geschmack dann doch etwas zu dick aufgetragen. Sie trommelte mit den Fingern auf dem Tischtuch und fragte bissig: »Indem er Aufzüge und Whirlpools einbaut?«

Lucia zog es vor, nicht darauf zu antworten. Sie schaute

nur gelangweilt durchs Fenster. Oder vielmehr auf die dicken, beinahe blickdichten Stores.

»Wir wollen uns doch nicht streiten!«, fuhr Alma vermittelnd dazwischen. »Gerade *heute* nicht. Wir haben doch etwas zu feiern.« Nachdem keine ihrer beiden Freundinnen darauf reagierte, wandte sie sich nach kurzer Pause Mafalda zu, legte ihr die Hand auf den Unterarm und fragte: »Sag ... gibt es denn irgendwelche Neuigkeiten von Giuliano?«

Normalerweise wäre Alma immer tagesaktuell über die noch so kleinste Neuigkeit im Leben von Mafalda informiert gewesen. Doch sie hatte fünf Tage lang eine Cousine in Treviso besucht und Mafalda erst auf dem Weg nach Lido di Jesolo wieder getroffen, dort aber keine Gelegenheit gehabt, wirklich ungestört mit ihr zu reden.

»Wegen diesem Brief von ihm?«, fragte Lucia abwesend, ihren Blick immer noch fest durch das Fenster in den Garten gerichtet.

»Sofern ihr toter Sohn Giuliano in den letzten Tagen nicht auch noch aus dem Jenseits angerufen hat, ja!«, antwortete Alma ärgerlich.

Seit Mafalda vor drei Wochen beim Nachhausekommen den Brief ihres Sohnes vorgefunden hatte, war ihre Welt gehörig aus den Fugen geraten. Den Brief des Sohnes, dessen leeren Sarg sie vor fast zehn Jahren viel zu früh zu Grabe hatte tragen müssen und der, wenn man diesem Brief Glauben schenken durfte – wenn *sie* seinen Worten Glauben schenken durfte –, vielleicht doch noch am Leben war. Mafalda seufzte. »*No*. Nicht viel«, antwortete sie nach einigem Zögern.

»Was ist denn jetzt mit dem Inhalt des Schließfachs, zu dem er dir den Schlüssel geschickt hat?«, hakte Alma nach.

Mafalda wollte antworten, doch Lucia kam ihr zuvor: »Sie haben sie abgerissen, die Schließfachanlage, als sie den Bahnhof vor ein paar Jahren saniert haben. Und keiner weiß, wohin sie die Inhalte gebracht haben. Nicht die Baufirma in Venedig. Nicht die Bahnverwaltung in Mestre. Schon gar nicht die Zentrale in Rom.«

»*So* weit war ich auch schon informiert!«, blaffte Alma Lucia an, drehte sich wieder zu Mafalda und legte ihr die rechte Hand zurück auf ihren Unterarm.

»Alles, was in den Schließfächern war, wurde eingelagert«, antwortete Mafalda stockend. »Aber die Firma, die den Bahnhof saniert hat, ist pleitegegangen. Und die, die die Station betreibt, ist an einen neuen Betreiber übergegangen. Eine Vorgabe aus Europa, sagten sie.«

Alma nickte verständnisvoll. Europa als Schuldiger war ein Argument, das jeder Italienerin und jedem Italiener ohne weitere Erklärungen einleuchtete. »Keiner von denen weiß jetzt mehr, wo die Sachen aktuell lagern. Oder ob es sie überhaupt noch gibt«, fuhr Mafalda mit leiser werdender Stimme fort.

»Giuliano hätte ein Bankschließfach nehmen sollen. Da wären die Unterlagen wenigstens sicher gewesen!«, mischte sich Lucia erneut ungefragt ein und stampfte mit dem rechten Fuß recht undamenhaft auf den Boden.

»Machst du Witze?«, bemerkte Alma trocken. »Dann bist du schon lange nicht mehr in einer italienischen Bank gewesen! Ein Teil ist pleite, ein Teil zwangsfusioniert. Der Rest hat im Zweifel die bequem zu erreichende Filiale direkt um die Ecke dichtgemacht, wo man jahrelang problemlos am Ersten seine Rente abholen konnte.« Dann beugte sie sich weiter in Richtung von Lucia vor, deutete mit dem rechten Zeigefinger auf ihr rechtes Auge und sagte: »Inklusive Bankschließfächer!«

Mafalda ignorierte das Gezeter ihrer besten Freundinnen. »Und außerdem – ein Bankschließfach war vermutlich genau das, was er nicht wollte.« Mafalda schaute nach oben, lachte gespielt und ließ die offenen Hände auf ihre Oberschenkel herabfallen. »Wo in Italien bekommt man heute noch ein Bankschließfach, ohne seine kompletten Personalien angeben zu müssen?« sagte sie und fügte leise hinzu: »Und dann wären die Unterlagen auch nicht mehr sicher gewesen vor denen, die hinter ihm her waren. Oder hinter denen er her war.«

Alma nickte. »Trau keiner Bank!«, sagte sie. »Außerdem haben wir das früher immer so gemacht, mit den Schließfächern am Bahnhof. Wenn wir etwas nicht durch halb Venedig tragen wollten, haben wir es dort eingeschlossen. Für fünfhundert Lire Pfand. Auch gerne mal länger. Wir hatten da fast ein festes Schließfach.«

Lucia lehnte sich in ihrem Stuhl zurück und verschränkte die Arme. »*Beh* … das dürfte der Grund gewesen sein, weshalb dort fast nie Schließfächer frei waren!«, sagte sie.

»Bei der Baufirma sind die Sachen jedenfalls definitiv nicht.« Mafalda hatte immer noch keine Lust, auf die Kabbeleien der Freundinnen einzugehen. »Die Bahn hat mir bestätigt, dass die ihnen alles übergeben hat, was in den Schließfächern war. Nur wo diese Kartons jetzt lagern, das wissen sie nicht«, sagte sie.

»Noch nicht«, ergänzte Alma.

»Was ist mit denen vom Zeugenschutzprogramm? Dieser *Servizio centrale di* …«

»… *di Protezione*«, antwortete Mafalda Lucia. »Die wissen offiziell von nichts und dürften so oder so wahrscheinlich auch keine Auskunft geben.«

»*Impossibile!*«, empörte sich Lucia. »Er hat doch für die gearbeitet! Da sollten sie dir als Mutter doch wenigstens Auskunft geben müssen!«

»Das war ja auch nicht offiziell«, entgegnete Mafalda.

»Außerdem, wenn Giuliano noch lebt und sie geben keine Auskunft darüber, dann geschieht dies ja auch vor allem zu seinem Schutz! Das sehen die Regeln so vor«, kam Alma Lucias Einwänden zuvor.

»*Burocrazia, burocrazia!*«, moserte Lucia patzig und stampfte schon wieder mit dem Fuß auf. Sie hatte die Schuldigen schon gefunden. »Einer Mutter, die weiß, dass ihr Sohn für das Zeugenschutzprogramm vorgesehen war, nicht zu sagen, ob ihr Sohn noch lebt … das ist … das ist …« Lucia suchte empört nach Worten.

»Schon reichlich unitalienisch«, sagte Mafalda leise lächelnd, während sie kaum wahrnehmbar nickte.

»Alles wird gut!«, sagte Alma, wohl mehr, um die Gemüter zu beruhigen, als weil sie wirklich daran glaubte. Oder auch einfach nur, weil man so etwas halt sagt, wenn man eine wirklich gute Freundin ist. »Ich bin sicher, die bei der Bahn werden die Unterlagen noch finden.«

»Du solltest wirklich von der Torte essen, nicht nur darin herumstochern!«, ermunterte Lucia Mafalda plötzlich. Die schreckte hoch und schaute erst Lucia und dann Alma an. »*Scusate!* Die *torta* ist bestimmt sehr lecker. Es ist nur …«

»Du magst ab sofort nur noch Herzhaftes?«, fragte Lucia scherzhaft lächelnd.

Eine Spur von Lächeln zog über Mafaldas Gesicht. »*No!*«, sagte sie.

»Du machst jetzt diese Low-Carb-Diät, die schon bei Lucia nicht funktioniert hat?«, hakte Alma nach. Lucias strafender Blick traf sie mit voller Härte.

Mafalda lachte. »Nein, es ist ja nicht so, dass ich abnehmen müsste! Ich sicher nicht.«

»Manch einer kann halt alles in sich hineinschaufeln, bei anderen genügt dafür schon ein Blick auf die Speisekarte und es ist wieder ein Pfund mehr auf der Hüfte«, murrte Lucia, starrte auf den Teller vor ihr und nahm sich mit der Kuchengabel ein weiteres Stück *torta*.

»Bitte entschuldige! Ich wollte dir die Stimmung nicht verderben. Schließlich ist heute dein Geburtstag, Lucia!«, sagte Mafalda.

»Es ist ja kein runder«, warf Alma leise dazwischen. Aber das hatte Lucia nicht mehr gehört, weil sie schon mit dem

Kauen des letzten Happens ihres zweiten Stückes Torta beschäftigt war.

»Ich frage mich nur«, fuhr Mafalda fort, »was jetzt mit meinem Haus wird? Wenn das wirklich verkauft wird?« Sie schaute seufzend auf die Pendellampe über ihrem Tisch, an deren Boden sich mehrere nun tote Fliegen verirrt hatten. »Salvatore und ich haben so viele Jahre in der Wohnung verbracht. Das sind so viele Erinnerungen. An einen Auszug haben wir nie gedacht!«

»Ausziehen musst du auch nicht«, antwortete Lucia lakonisch. »Du bist unkündbar. Das sagte ich dir doch schon.«

»Darum geht es nicht«, wandte Mafalda ein. »Wenn sie nun das Haus umbauen oder renovieren wollen?«

»Du hast doch selbst gesagt, dass das Dach undicht und der Boiler kaputt sei. Eine Sanierung ist dann doch das Beste, was dir passieren kann?«, fragte Lucia zurück.

Mafalda suchte nach Worten. »Ein bisschen ... okay. Aber nicht unbedingt das volle Programm. Und wenn die jetzt das Haus kaufen, dann werden die doch etwas anderes damit vorhaben, als die vierhunderttausend Lire Miete von mir einzustreichen?«

Lucia zuckte mit den Schultern. »Da, wo sie die Mieter rauskriegen, werden sie Ferienwohnungen draus machen, denke ich.« Alma trat unter dem Tisch mit ihrem linken Fuß an Lucias rechtes Bein.

»*Uffa!*«, schrie die und echauffierte sich: »Jeder macht das so! Ich habe neulich die Jalousie in meinem Schlafzimmer hochgezogen, und da lächelte mich eine mir komplett unbekannte vierköpfige Familie aus dem Fenster quer über die Gasse an. Ich konnte es erst gar nicht glauben, habe geblinzelt, aber sie waren immer noch da. Dann bin ich aus dem Zimmer gegangen, zurückgekommen, und da hat mir deren eine Tochter quer über die Gasse zugewunken, die andere hat ein Selfie mit mir durch das Fenster gemacht.« Lucia seufzte. »Die alte Signora Rossini haben sie ins Heim abgeschoben, und eine Woche später waren die ersten Feriengäste da, sagt meine Nachbarin.«

»Fragt sich, wer sich mehr erschrocken hat. Du über den Anblick der Feriengäste oder die sich über deinen Anblick, unfrisiert und ohne Make-up?«, kommentierte Alma von der Seite, nahm ihr Wasserglas, welches sie in einem Zug leerte.

Mafalda kicherte. »Im Reiseprospekt stand bestimmt ›Erleben Sie Murano, wie es wirklich ist!‹. Das dürfte ihnen gelungen sein.« Dann wurde sie wieder nachdenklicher. »Vielleicht mache ich mir ja wirklich zu viele Gedanken!«, sagte sie schnell, auch um die Wogen zu glätten und Lucia von einem noch bissigeren Kommentar auf Almas garstige Bemerkung abzuhalten. Denn der hatte Lucia schon auf den Lippen gelegen.

Doch jetzt schaute sie wieder zu Mafalda und sagte: »Meine Rede! Du bist unkündbar. Dich kriegen sie da nicht raus, bis du …« Sie suchte nach einer Formulierung, fand aber keine passende, daher ließ sie den Satz unbeendet.

Mafalda nickte. »*Mille grazie!* So genau wollte ich es gar nicht wissen.«

3

Das tiefe Brummen des Türsummers ließ Mafalda aus dem Tiefschlaf hochschrecken. Müde blinzelte sie durch ihr stockfinsteres Schlafzimmer. Sie suchte mehrfach vergeblich den Lichtschalter der Nachttischlampe, bis sie ihn endlich fand. Dann setzte sie sich langsam auf und schaute orientierungslos herum, bis der Türsummer erneut brummte, diesmal zweimal.

»Ich komme!«, rief sie laut in Richtung Flur. Sie schlüpfte in ihre Pantoffeln, stand auf, zog den Morgenmantel über, der über der Lehne des weißen Stuhls an der Wand neben ihrem Bett bereit lag, und schlurfte mit den Filzschuhen über den eiskalten Terrazzoboden vom Schlafzimmer in den Flur zur Wohnungstür.

»Ich komme schon!«, rief sie mürrisch der schon zum dritten Mal brummenden Türglocke entgegen. Oder war es schon das vierte Mal? Wer um Himmels willen würde sie zu dieser nachtschlafenden Zeit so dringend sehen wollen? Sie fingerte mit eiskalten Händen an der Türkette herum, die ihr Pietro als Schutz vor zudringlichen Besuchern eingebaut hatte. Doch die Kette wollte und wollte nicht in das Schloss im Türrahmen passen.

Es klingelte ein weiteres Mal. Mafalda ließ die Türkette mit einem entnervten Knurren fallen, drehte den Schlüssel zweimal im Schloss herum, ergriff dann die Türklinke und öffnete die Wohnungstür. Erst vorsichtig, einen Spalt weit, dann schließlich ganz. Mit weit aufgerissenen Augen stand sie in der Tür und hielt sich die rechte Hand vor den vor Erstaunen geöffneten Mund. Sie starrte ihren nächtlichen Besucher ungläubig an, der im kalten Flackerlicht der Energiesparlampe im Treppenhaus stand.

Es war niemand anderes als ihr Sohn Giuliano. War er es wirklich? Hatte sie den Brief richtig verstanden?

Zeugenschutzprogramm oder nicht – der Mann, der da vor ihr stand, war ihr Sohn Giuliano, älter zwar, mit ein paar mehr Falten um die Augen und ein paar grauen Strähnen rund um die Schläfen. Aber das war er, Giuliano, ihr Sohn, von dem sie sich nie hatte verabschieden können. Der von einem Tag auf den anderen aus ihrem Leben verschwunden war und von dem nur ein kalter und zudem leerer Sarg aus Rom zurückgekehrt war, zwischen dem und ihrem einzigen Sohn sie niemals eine Verbindung zu ziehen im Stande gewesen war.

Keinen Tag der vergangenen neun Jahre hatte sie ihren Frieden damit machen können. Als Mafaldas Mann Salvatore starb, vor zwanzig Jahren schon, da war das viel zu früh gewesen – aus ihrer Sicht sowieso. Aber so etwas passierte. Es gehörte zum Leben, zu ihrem in jedem Fall, zu seinem nicht mehr. Sie rappelte sich auf. Sie richtete sich ein. Sie lebte ihr Leben weiter. Ein neuer Abschnitt begann. Kein Tag davon freilich verging, an dem sie nicht mindestens einmal Zwiesprache mit Salvatore hielt. Doch dann auch der Sohn? Das war zu früh. Das war gegen die Ordnung! Das hatte sie nie verwunden. Auch wenn sie sich das öffentlich nicht anmerken ließ.

Mafalda hatte damals ihren fast volljährigen Enkel Pietro bei sich aufgenommen. Sie hatte ihm ein Heim gegeben, ihm den verlorenen Vater und die schon lange verschwundene Mutter ersetzt. Sie hatte funktioniert, weil das so von ihr erwartet wurde. Sie hatte für Pietro gesorgt, ohne sich den inneren Schmerz anmerken zu lassen, weil das für sie selbstverständlich war. Weil er das einzige Familienmitglied war, das ihr jetzt noch geblieben war.

Doch wenn sie ihrer Kirche Santi Maria e Donato wie jeden Tag einen Besuch abstattete, dann ertappte sie sich immer häufiger dabei, wie sie einen wütenden Blick in Richtung Altar warf. Nicht lange, nur für einen Moment, bevor sie wieder Haltung annahm und sich für den Gedanken tadelte. Nicht dass sie ihrem Beichtvater Padre Osman jemals von diesen Gedanken berichtet hatte. Oder irgendjemandem sonst. Das waren Gedanken und Gefühle, die sie sich nicht einmal selbst einzugestehen bereit war. Stundenlang konnte sie am Grab ihres Mannes auf der Friedhofsinsel San Michele sitzen und mit ihm plauschen. Doch für Giuliano, der im Ehrengrab seiner *Carabinieri* mit dem wuchtigen Grabstein aus weißem Marmor nur wenige Meter entfernt im sonnigen Südteil der Friedhofsinsel lag, hatte sie nie mehr als einen traurigen Blick und ein paar leise Tränen übriggehabt, wenn sie Woche für Woche seinen Strauß Blumen gegen einen neuen ausgetauscht hatte.

All diese Gedanken schossen Mafalda durch den Kopf, als sie Giuliano jetzt gänzlich unerwartet vor sich stehen sah. Das mochte nur der Bruchteil von Sekunden gewesen sein, aber ihr kam es vor wie eine Ewigkeit. Tränen schossen ihr in die Augen. Sie nahm die rechte Hand vom offenen Mund und bewegte sie in Giulianos Richtung, teils um ihn zu grüßen, teils um ihn vorsichtig zu berühren. Auf dem Weg zu ihm holte sie aus, wollte ihm eine Ohrfeige verpassen, doch mehr als ein zärtlicher Klaps wurde es nicht. Sie öffnete beide Arme, ging auf ihn zu, wollte ihn endlich wieder umarmen … und griff ins Leere.

Traurig schaute sie an die weiß getünchte Decke ihres Schlafzimmers. Es war der gleiche Traum, den sie seit drei Wochen jede Nacht gehabt hatte.

Mafalda schaltete das Licht ein. Sie nahm die große, runde Lesebrille vom Nachttisch und griff nach Giulianos Brief, der in den letzten Wochen auf ihrem Nachttisch gelegen hatte. Wenigstens der Brief war kein Traum gewesen! Wieder und wieder hatte sie seine letzten Zeilen gelesen:

Ich möchte am liebsten hier immer weiterschreiben, damit nicht der Satz, den ich gerade geschrieben habe, der letzte ist, den du von mir zu lesen bekommst. Aber ich muss jetzt aufhören. Es geht nicht anders. Sosehr ich es mir auch anders wünschen würde.

4

An diesem Aprilmontag war es ein bisschen, als wäre der Winter noch einmal zurückgekehrt. Nicht dass es geschneit hätte, das wäre für Venedig Anfang April doch ein wenig zu viel des Guten gewesen. Aber seit gestern Abend hatte kalt über die Landschaft peitschender Wind der nassgrauen Lagune immer neue Schauer gebracht.

Das regnerische Wetter dieses Morgens passte gut zu Mafaldas Stimmung. Schlafstörungen kannte sie seit Jahren. Doch waren diese noch nie so intensiv gewesen wie jetzt, wo sie beinahe Nacht für Nacht von der beinahe zehn Jahre lang für unmöglich gehaltenen Rückkehr ihres totgeglaubten Sohns Giuliano geträumt hatte und dann doch traurig und allein wieder aufgewacht war. Dass das nicht so weitergehen konnte, das wusste sie selbst nur zu gut. Es war Zeit, etwas zu unternehmen, damit sie wieder zur Ruhe kommen konnte.

Der feine Nieselregen hatte mittlerweile eine Pause eingelegt. Über der Lagune konnte man nun auch wieder mehr als nur die vagen Umrisse der benachbarten Inseln und der Altstadt von Venedig sehen. Als sich wenig später die Trauergemeinschaft langsamen Schrittes hinter Padre Osman ihren Weg über die Friedhofsinsel San Michele bahnte, mussten die Trauernden und die Sargträger der einen oder anderen Pfütze ausweichen.

Für jemanden, mit dem schon so lange niemand mehr Kontakt gehabt hatte, war die Trauergemeinde überraschend groß. Alma und Lucia liefen, Mafalda in ihrer Mitte untergehakt, hinter Padre Osman und dem Sarg hinterher. Lucia hatte den Kragen ihres schwarzen Mantels hoch nach oben gezogen. Sie hielt in ihrer rechten Hand immer noch den Schirm fest, als Zeichen, dass dem plötzlich aufgeklarten Himmel nicht zu trauen sei. Alma tätschelte mit ihrer Linken Mafaldas Unterarm und murmelte unverständliche Worte.

Mafalda schaute teilnahmslos auf den Sarg vor ihr und blickte im Vorbeigehen traurig zur Grabstelle ihres seligen Salvatore. Zu oft war sie diesen Weg schon gegangen, kannte die Rituale nur allzu gut. Zu gerne hätte sie sich diesem Gang entzogen. Doch Sitte und Tradition verlangten nach ihrer Anwesenheit, so wie sich wohl nur wenige andere der alteingesessenen *muranesi* erlaubt hätten, einer Beisetzung von Inselbewohnern fernzubleiben.

Am Grab angekommen, das bis jetzt nicht viel mehr als ein rechteckiges Loch in der durchfeuchteten Erde war, sagte Padre Osman ein paar salbungsvolle Worte, die Mafaldas Ohr nicht erreichten. Ein Trauernder nach dem anderen trat an den Sarg heran und ließ von einer Schippe etwas Erde auf den Sarg herabrieseln.

»Mein Beileid zu Ihrem Verlust!«, sagte Padre Osman zu Mafalda. Er nahm ihre rechte Hand zwischen seine beiden Hände. Mafalda nickte stumm, nahm widerstrebend auch eine Schippe Erde und ließ sie hastig auf das Grab hinabrieseln. Sie hatte schon von Kindesbeinen an eine Abneigung gegen Beerdigungen gehabt. Aber dieses Ritual hatte ihr immer am meisten missfallen.

Langsam entfernte sie sich von dem feuchten Loch, in das man den Sarg versenkt hatte, Lucia und Alma immer im Schlepptau. Erst als sie außer Hörweite war, drehte sie sich um und zischte ihnen leise den Padre nachahmend zu: »Mein Beileid zu Ihrem Verlust! Mein Beileid zu Ihrem Verlust! Sie war meine Vermieterin und nicht meine Tante! Alles, was ich die letzten zwanzig Jahre von ihr mitbekommen habe, waren die monatlichen Überweisungen auf ihr Konto. Außerdem war sie siebenundneunzig, und es kam weiß Gott nicht unerwartet!«

»Aber du weißt doch, dass sie schon lange das Haus nicht mehr verlassen konnte«, sagte Alma.

Mafalda legte den Kopf leicht zur Seite und sagte unter Almas tadelndem Blick: »Was mir ganz recht war, denn schon vorher habe ich den Kontakt mit ihr immer auf ein Minimum beschränkt. Sie war schon eine gierige Alte, als Salvatore und ich die Wohnung angemietet haben.«

»Ich hatte ohnehin gedacht, dass du die Eigentümerin des Hauses wärst, bis du mir neulich von ihr erzählt hast«, sagte Lucia schulterzuckend.

»Wir können nicht alle mit unendlichem Reichtum gesegnet sein!«, knurrte ihr Mafalda zu.

Lucia wollte protestieren. Doch mehr als »Nun, so viel ist es auch n…« brachte sie nicht heraus.

»Demnach waren wir jetzt alle bei bis eben strömendem Regen auf der Beerdigung einer Frau, die keine von uns gut kannte oder mochte und die keine von uns in den letzten zwanzig Jahren zu Gesicht bekommen hat?«, fragte Alma etwas konsterniert in die Runde, blies die Wangen auf und atmete dann schnell aus.

»Das gehört sich ja wohl so«, antwortete Lucia leicht ungehalten.

»Was kratzt du dir denn ständig am Handgelenk herum?«, fragte Mafalda entnervt Alma.

»Das muss dieses Armband gewesen sein, das uns Lucias Damenausstatter aus der Strada Nova nach dem Einkaufen letzte Woche geschenkt hat. Ich hatte am Tag danach schon dieses Jucken, daraufhin habe ich das Kettchen dann abgenommen. Heute früh habe ich es wieder angelegt, und jetzt juckt es wieder.«

Der für Mafaldas Geschmack eine Spur zu joviale Ladeninhaber hatte als krönenden Abschluss und nach reiflicher Begutachtung von Lucias prall gefüllten Einkaufstüten den drei Freundinnen kleine Kettchen mit Glasperlen um die Handgelenke gebunden. »Ein Geschenk«, hatte er gesagt. »Aus Murano für Murano.« Dabei hatte er beinahe feierlich in die Runde geschaut.

Gleich nachdem er gegangen war, hatte Mafalda ihres

wieder abgenommen, weil es ihr überhaupt nicht gefallen hatte und weil sie die Geste viel zu aufdringlich fand.

»Oh, das hatte ich Freitag auch, nachdem ich zum *vaporetto* gerannt bin!«, sagte Lucia. Alma und Mafalda schauten sich irritiert an, weil keine der beiden sich Lucia rennend vorstellen konnte. Die strich mit dem Finger über ihr Handgelenk. »Die Farbe war abgegangen und hatte mir die Haut eingefärbt. Danach hat es ganz fürchterlich gejuckt«, sagte sie und rieb über ihren Unterarm. »Ich habe eine teure Creme draufgemacht, dann war es wieder in Ordnung. Ich gebe dir nachher was von der Salbe!«

Mafalda musterte den roten Ring, der einmal um Almas rechtes Handgelenk herumging. »Wenn es die Haut dermaßen reizt, dann war das Kettchen bestimmt nicht aus Murano!« Alma sah sie erschrocken an. »Das und so einiges anderes«, sagte Mafalda leiser und musste an den Kronleuchter im Speisesaal in Jesolo denken. Einige Augenblicke später brummelte sie: »Also ich hätte gut und gerne darauf verzichten können!«

»Auf das Armband?«, fragte Lucia irritiert zurück.

»Nein, auf die Beisetzung heute. Aber ich wollte sehen, wer mein Haus jetzt erbt.«

»Weiß man denn noch nicht, wer die Erben sind?«, fragte Alma.

»Pietro hat nur einen Großneffen und eine Nichte ausfindig gemacht. Er wohnt in Mailand, sie nördlich von Neapel. Die beiden haben es beide offenbar nicht für nötig gehalten, heute hier vorbeizuschauen!«, antwortete Mafalda und schaute verärgert auf den kärglichen Rest der Trauergemeinde. »Denn wir zählten heute offenbar schon zu den engsten Freunden und Angehörigen.«

»Erben die Nichte und der Großneffe dann trotzdem?«, fragte Alma etwas naiv.

»Es hat gerade keine Anwesenheitskontrolle stattgefunden, denke ich«, schnaubte Mafalda sie an. »Die Testamentseröffnung werden die sich vermutlich nicht entgehen lassen. So eine gut in Schuss gehaltene Immobilie in zentraler Lage auf Murano ist mittlerweile ein kleines Vermögen wert«, sagte Lucia und starrte ins Leere, während sich vor ihrem inneren Auge Zahlenkolonnen auf und ab bewegten.

Mafalda zog die Augenbrauen hoch. »Gut in Schuss?«, fragte sie in Lucias Richtung. »Ich muss mit dir wohl mal eine Tour über den Dachboden machen? Einen Slalom um die vielen Eimer, die dort das Regenwasser auffangen sollen!«

Alma nickte. »Bei Maria im Erdgeschoss sind die Wände auch ganz feucht. Da müsste dringend mal was gemacht werden.«

»*Beh* … dann eben nur Immobilie in zentraler Lage!«, antwortete Lucia patzig. »Immer noch ein Filetstück! Da kann man eine Menge draus machen.«

»Du vergisst wohl, dass ich da noch wohne! Und da auch gerne noch eine Weile bleiben würde!«, knurrte Mafalda ihr zu.

»*Sì sì*, das meine ich doch nicht!«, antwortete Lucia abwehrend. Sie schüttelte die immer noch auf ihrem Schirm verbliebenen Regentropfen ins Gebüsch.

»Lasst uns schnell zum Anleger gehen und das *vaporetto* zurück nach Murano nehmen«, drängte sich Alma beschwichtigend dazwischen. Sie wusste aus Erfahrung nur zu gut, wie lange sich die feinen Kabbeleien zwischen ihren beiden Freundinnen hinziehen konnten, und war angesichts des regnerischen Wetters nicht gewillt, irgendetwas zu riskieren und so lange auszuharren. »Ich würde mich gerne bei Emilia in der Bar Il Sole etwas aufwärmen!«

»*Caffè* klingt sehr gut! Mit einem Schuss Grappa dazu!«, antwortete Lucia, dann klemmte sie sich beherzt ihren Schirm unter den Arm und ging schnellen Schrittes voran in Richtung des Ausgangs und der Haltestelle am Rande der Insel.

5

Nach dem *caffè* bei Emilia hatte Mafalda Alma noch nach Hause begleitet und dann den kleinen Umweg bis fast ganz ans Ende des Fondamenta Lorenzo Radi auf sich genommen. Sie wollte die neu eröffnete Glasmanufaktur in Augenschein nehmen, von der Pietro ihr berichtet hatte. Den Weg in den hintersten Winkel der Insel war sie schon oft gegangen, wenn sie Alma besucht hatte. Bis ganz nach hinten, wo sich der schmale Kanal mit den schmächtigen, zweigeschossigen Häuschen an beiden Seiten zur Lagune hin öffnete und man umkehren musste, weil kein anderer Weg zurückführte. Für die paar Extraschritte, die ihr die Dottoressa verordnet hatte, war der Weg allemal gut. Begegnete sie doch in dieser einsamen Gegend nur ganz selten jemandem, sodass sie ungestört und ohne Pause laufen konnte. Natürlich nicht, ohne am Ende der Sackgasse kurz innezuhalten, tief durchzuatmen und den Blick über die Inselwelt der Lagune vom schiefen Kirchturm auf Burano bis nach Certosa und den wuchtigen Gebäuden auf dem Lido schweifen zu lassen. Doch heute ging es nicht um ihre Gesundheit, und einsam war es entlang des Kanalufers auch nicht. Ob die Glasbläserei nun wirklich eröffnet war oder nicht, war noch nicht klar. Doch das hatte ein Grüppchen Einwohner von Murano nicht davon abgehalten, in diese abgelegene Ecke der Insel zu flanieren. Jedenfalls war es eine auffällig große Menschentraube, die die langgestreckte Sackgasse am rechten Kanalufer nach hinten gelaufen war und sich die Nase an den Schaufenstern des Showrooms plattdrückte. Die Schaufenster waren heute Morgen erst enthüllt worden. So viel hatte Mafalda schon vorab erfahren. Sie konnte die Menschenansammlung vor ihnen bereits aus einiger Entfernung sehen.

Als sie näher kam, sah sie zwar Lichter in den blank geputzten Schaufenstern. Die Eingangstür in der Mitte des Gebäudes war aber mit einer Kette verschlossen. Weder neben der Tür noch an der Fassade zeugte ein neues Firmenschild von bald aufzunehmenden geschäftlichen Aktivitäten. Für eine Besichtigung war sie wohl zu früh dran, so wie die anderen Inselbewohner auch. Und ob in den Schaufenstern überhaupt schon Exponate standen, konnte sie zunächst nicht sehen – so eng standen die Menschen beisammen. Schritt für Schritt bahnte sie sich ihren Weg nach vorn, ihre Handtasche vorweg, um sich den Weg frei zu machen.

Was sie hinter der blitzblanken Glasscheibe des rechten der drei Fenster sah, ließ ihr den Atem stocken: Ein sechzehnflammiger Glaslüster hing da auf Augenhöhe, reichlich bestückt mit bunten Blütenblättern, in den typisch kräftigen

Muranoglasfarben. Am Ende eines jeden Armes leuchtete eine echt anmutende Kerze, die sanft vor sich hin flackerte. Nur echt *anmutend* vermutlich, denn niemand würde wohl echte Kerzen in einem Schaufenster vor einem naturfarbenen Leinenvorhang anzünden. Aber doch wunderschön, so fragil und majestätisch zugleich, dass Mafalda ihn am liebsten gleich eingepackt hätte, wären die Zimmerdecken in ihrer Wohnung nur etwas höher als knapp zwei Meter gewesen. Vier Meter würden dafür nötig sein oder sogar mehr. Etwas Schöneres aus Glas hatte sie hier auf der Insel noch nie gesehen.

»Ein Meisterstück«, sagte ein junger Mann mit schütterem Haar direkt neben ihr. Er war in fleckige Arbeitskluft gekleidet und gut einen Kopf größer als sie. Sie hatte ihn nicht kommen sehen. Wie aus dem Nichts war er erschienen. Der Mann musste ihr Erstaunen bemerkt haben. Mafalda schaute ihn an, blickte dann zum Leuchter zurück.

»Ein Meisterstück«, wiederholte sie seine Worte. Er nickte dabei säuerlich. Sie blickte fragend zu ihm hinauf und konnte sich keinen Reim darauf machen, wie jemand den Lüster so loben, jedoch dabei so missmutig dreinschauen konnte. Er nickte nochmals, deutete auf den Leuchter und sagte dann: »*Mein* Meisterstück.«

Nun verstand Mafalda gar nichts mehr. »*Signora*«, sagte er, »dieser Lüster zählt zu dem Schönsten aus Muranoglas, was auch ich je gesehen habe.« Er machte eine dramatische Pause, blies die Wangen auf und ließ die Luft dann lautstark entweichen. Dann zeigte er auf den gepflasterten Boden vor ihnen. »Aber ich kann Ihnen versichern, dass dieses schöne Stück nicht hier in dieser Manufaktur hergestellt wurde. Weil *ich* es hergestellt habe. In *meiner* Werkstatt.«

Mafalda starrte ungläubig zwischen dem Leuchter und dem Mann hin und her.

»*Scusi*, ich habe mich gar nicht vorgestellt«, sagte der Mann und deutete eine Verbeugung an. »Ettore Casarotti aus der Calle San Cipriano. Ich arbeite als Glasbläser bei Righetti vorn auf der Insel. Und dieses Stück«, er zeigte auf das Schaufenster, »sollte eigentlich mein Meisterstück werden und in unserer Auslage hängen. Aber dann wurde es plötzlich verkauft. Abends war es noch da, doch am nächsten Morgen war es schon verschwunden. Mein *padrone* wollte mir nichts dazu erklären. Aber ich habe die wild blinkenden Eurozeichen in seinen Augen gesehen!«

Nun verstand Mafalda schon etwas mehr. Sie suchte an und unter dem Leuchter nach einem kleinen Schild, das einen Hinweis auf den Handwerksmeister geben könnte, der den Lüster geschaffen hatte. »Ist es nicht normalerweise üblich …«, fragte sie und deutete auf das Fenster, ohne ihre Frage jedoch zu beenden.

»… sich nicht mit fremden Federn zu schmücken?«, vollendete Ettore grimmig lächelnd ihre Frage und nickte.

Mafalda fühlte, wie sich ihr Mund wieder öffnete. Sie brauchte einen Moment, um sich zu sammeln. »*Scusi*«, sagte sie. »Bitte entschuldigen Sie, ich habe mich gar nicht vorgestellt. Ich bin …«

»… Signora Mafalda Cinquetti«, sagte Ettore freundlich

lächelnd. »Man kennt Sie auf Murano«, fügte er etwas mysteriös hinzu und reichte ihr die Hand.

Mafalda schüttelte seine Rechte und schaute ihn dabei reichlich erstaunt an. Man kannte sie, wunderte sie sich. Woher? Wieso? Nun war es gewiss nicht so, dass sie zurückgezogen lebte und Kontakten aus dem Weg ging. Doch dass dieser ihr bis eben wildfremde junge Mann sie kannte und nebenbei zur Inselgröße erklärt hatte, wunderte sie schon sehr.

Sie musterte ihn neugierig von oben bis unten. Dieser Ettore Casa… – sie versuchte, sich an seinen Namen zu erinnern. Dieser Ettore Casarotti schaute sie mit wachen hellgrünen Augen aus einem von der Sonne oder von den Glasbläseröfen gegerbten Gesicht an. Er mochte keine vierzig sein, aber die früh gekommenen Falten und sein kurzes mittelbraunes Haar mit den hohen Geheimratsecken machten ihn älter. Älter jedenfalls als seine immer noch voll jugendlicher Neugier, gepaart mit einer Prise Zorn, funkelnden Augen. Sie erinnerten Mafalda ein wenig an ihren Salvatore, wenn sie sich gestritten hatten. Was freilich nie lange angehalten hatte – deswegen hatte sie es ja in so guter Erinnerung.

»Woher wissen Sie …«, fing Mafalda an zu fragen und deutete wieder auf die Auslage im Schaufenster.

»… dass der Leuchter hier hängt?«, fragte er zurück und redete weiter, ohne auf ihre Antwort zu warten. »Bis gestern waren die Schaufenster noch mit Packpapier verklebt. Niemand konnte sehen, was sich im Inneren verbirgt. Ein

Freund hat es mir heute Morgen gesagt. Er ist mit meiner Arbeit vertraut, daher hat er sie sofort erkannt. Ich bin gleich hierhergekommen. Ich konnte es erst nicht glauben, als ich den Leuchter hier wirklich im Schaufenster gesehen habe. Ich habe geklingelt, geklopft, immer wieder. Aber niemand hat die Tür geöffnet. Dabei habe ich ganz deutlich Schatten hinter den Leinenvorhängen gesehen, die sich bewegt haben.«

Mafalda nickte und schaute auf die verschlossene Eingangstür. »Ist das nicht …« Sie stockte und musste erst ihre Gedanken sortieren. »Ist das nicht ein Fall für die Polizei?«, fuhr sie fort. Den Hinweis auf ihren Enkel, den *Carabiniere*, unterließ sie. Für den Moment jedenfalls.

Ettore schüttelte den Kopf. »Es ist üblich, den Meister zu nennen, der ein Stück in dieser Größe geschaffen hat. Aber es ist nicht verboten, es nicht zu tun.«

»Und Ihr Chef?«, fragte Mafalda. »Ihr *padrone*?«

»Der ist keine Hilfe«, sagte Ettore missmutig.

»Ach ja, das sagten Sie ja schon«, antwortete Mafalda. Sie war immer noch ein wenig von den Gedanken abgelenkt, woher Ettore sie kennen könnte.

»Mit dem Leuchter wollten wir eigentlich den Ruf unserer Manufaktur ein wenig aufpolieren«, sagte er und ballte die Fäuste in den Taschen seines Blaumanns zusammen. »Sogar im Museo del Vetro sollte er für einige Wochen ausgestellt werden. In einer Sonderausstellung. Um zu zeigen, dass wir uns von der Billigkonkurrenz durchaus abheben können.«

»Billigkonkurrenz?«, fragte Mafalda zurück.

Ettore winkte ab. »Ach kommen Sie«, entfuhr es ihm. »Drüben in Venedig wird mehr einfaches Glas als Muranoglas verkauft, als auf unserer kleinen Insel überhaupt hergestellt werden kann. Das ist doch nun wahrlich kein Geheimnis.«

Mafalda dachte nach. Der plump gefälschte Leuchter in Jesolo, die Handkette aus der Strada Nova, die abfärbte und die Haut reizte. Das waren für sie alles Einzelereignisse gewesen. Ärgerliche Begebenheiten, aber doch voneinander isolierte Geschehnisse. Einen größeren Zusammenhang hatte sie dahinter bisher nicht vermutet. Wenn die Leute von der Welle gefälschter Billigkopien gesprochen hatten, hatte sie das zwar immer wahrgenommen, aber nie die Verbindung ins benachbarte Venedig und schon gar nicht in ihr Murano hergestellt. Vielleicht ein Fehler, wenn sie Ettore so reden hörte. »Ist es denn wirklich so viel?«, fragte sie zögerlich.

»Es wird immer mehr«, antwortete er verbittert. »Selbst die Herkunftsaufkleber mit den Hologrammen, von denen sie uns gesagt haben, sie wären fälschungssicher, werden mittlerweile reihenweise kopiert.« Er deutete mit dem Arm in Richtung Venedig. »Gehen Sie doch mal in so einen Souvenirshop drüben bei San Marco oder Rialto. Da finden Sie fast keine Originale mehr. Keine echten zumindest. In den Outlets an der Autobahn oder online ist es nicht besser. Und die Touristen stört es nicht. Die kaufen alles.«

»Ist das nicht wirklich ein Fall für die Polizei?«, fragte

Mafalda schon wieder. Mit ihrem Trumpf, einen *Carabiniere* in der Familie zu haben, wollte sie immer noch nicht herausrücken.

Ettore schüttelt energisch den Kopf. »Die haben sie an die Kette gelegt«, sagte er sauertöpfisch. Mafalda verstand nicht und schaute ihn verwundert an. Er hob beide Hände zur Seite und schaute kurz in Richtung Himmel. »Wenn die Touristen glücklich sind, ist die Stadt glücklich. Denn sie sorgen für Umsatz drüben in Venedig. Und dann klingeln auch bei der *Città* die Kassen. Geschichten über gefälschtes Glas in den Einkaufstaschen der Besucher von auswärts stören da nur. Wir haben es wirklich versucht! Wir finden einfach nicht heraus, wer da dahintersteckt.«

»Wir?«, fragte Mafalda zurück.

Ettore stockte kurz. »Sagte ich wir?«, fragte er nach einer kurzen Pause. Mafalda nickte. Er dachte sichtbar angestrengt nach. »Nun, wir aus Murano, meinte ich wohl«, sagte er leicht vernuschelt. »Wir sitzen da letztlich alle im gleichen Boot. Oder irgendwann im gleichen *vaporetto*, wenn Sie so wollen.« Mafalda nickte wieder, war aber insgeheim nicht überzeugt. Was auch immer Ettore mit »wir« gemeint haben könnte, *das* war es sicherlich nicht. Dazu war ihm das Wörtchen zu flüssig über die Lippen gekommen.

6

Mafalda stand auf dem Campo San Bernardo vor ihrem Haus, hielt einen Brief am langen Arm in die Abendsonne und las mit zusammengekniffenen Augen Wort für Wort laut, was darin geschrieben stand:

... müssen wir Sie daher auffordern, Ihre Wohnung bis Ende nächsten Monats zu räumen.

Das Herz klopfte ihr bis zum Hals, und sie konnte ihres Ärgers kaum Herr werden. »Was für eine bodenlose Ungerechtigkeit!«, blaffte sie lautstark. »Das können die doch einfach nicht machen. *Dio Mio!* Nach so vielen Jahren in diesem Haus!«

Sie blickte auf zu ihrer Nachbarin Maria aus der Erdgeschosswohnung, die mit rot verweinten Augen vor ihr stand, gestützt auf ihre Tochter Anna, die Mafalda Minuten zuvor mit lautem Hämmern an ihre Wohnungstür im ersten Stock um Hilfe gerufen hatte. »Es war vorhin in der Post«, sagte Anna. Das jugendlich entspannte Lächeln, das normalerweise immer ihr Gesicht zierte, war tiefen Sorgenfalten auf der Stirn gewichen.

»Die Alte ist seit heute Morgen unter der Erde, und schon stürzen die sich wie die Geier aufs Erbe!«, echauffierte Mafalda sich, reichte Maria den Brief zurück und schaute mit in die Hüfte gestemmten Händen über die rund um den *campo* aufgereihten Häuser. »Ich frage mich, wie lange die das schon alles geplant hatten. Sowas zaubert man doch nicht von einem Tag auf den anderen aus dem Ärmel!«, sagte sie nach kurzer Pause.

»Sie war siebenundneunzig. Das war wohl schon länger in Vorbereitung«, sagte Anna resigniert.

»Wo soll ich denn jetzt hin?«, wimmerte Maria.

»Sie gehen nirgendwohin!«, antwortete Mafalda patzig, dabei stampfte sie mit dem rechten Fuß auf. »Sie wohnen seit mehr als zwanzig Jahren in der Wohnung unter mir. Da steht Ihnen wohl etwas mehr als ein Monat Kündigungsfrist zu! Wenn es denn überhaupt geht! Sie überweisen schließlich Monat für Monat Ihre Miete!«

Beim Wort überweisen schaute Maria kurz erschrocken auf. »Sie hat nichts überwiesen«, sagte Anna leise. Mafalda schaute fragend zwischen Anna und Maria hin und her.

»Ich habe jeden Monat am Ersten einen Umschlag mit der Miete in ihren Briefkasten geworfen«, stammelte Maria. »Also nicht in den ersten Jahren. Da ist sie vorbeigekommen und hat das Geld persönlich kassiert. Erst später, als sie nicht mehr laufen konnte, haben wir das mit dem Briefumschlag gemacht.«

»*Ohne* jeden Beleg? Über zwanzig Jahre lang?«, fragte Mafalda gedehnt, und Maria nickte.

»Hast du denn keinen Vertrag? Irgendetwas Schriftliches?«, fragte Anna ihre Mutter hilflos.

»Einen Vertrag gibt es nicht. Das lief alles mündlich. Am Anfang hat sie mir noch alles quittiert. Aber die alten Quittungen werde ich wohl nicht mehr haben«, sagte Maria kleinlaut mit gesenktem Kopf, immer wieder von heftigem Schluchzen unterbrochen. »Die Alte sagte immer, es sei günstiger, wenn die Aasgeier in Rom nicht mitverdienen würden. Und das ginge schon so in Ordnung.«

»*Mamma mia* … fünfundzwanzig Jahre, ohne eine Lira Steuern darauf zu bezahlen!«, stöhnte Mafalda.

»Das macht hier fast jeder so, den ich kenne«, sagte Maria entschuldigend.

»Und liefert sich damit komplett den Vermietern aus!«, sagte Mafalda. Sie war fürwahr keine glühende Anhängerin der Regierung in Rom, welcher auch gerade immer. Aber ein bisschen Ordnung brauchte sie schon für ihr Leben. Und sei es nur, dass ihr Mietvertrag ordnungsgemäß bei der Stadt angemeldet war. Die alte Vermieterin hatte ihre Miete zwar versteuern müssen, aber dafür war Mafalda jetzt auch vor der Unbill des Wohnungsmarkts geschützt. Mafalda stockte und schaute Anna fragend an. »Wer sind eigentlich die neuen Vermieter?«

Anna zeigte schulterzuckend auf den Brief. »Irgendeine Firma in Liechtenstein. Am Telefon geht nur ein Anrufbeantworter ran. Und die Adresse ist vermutlich ein Postfach.«

Mafalda drehte sich auf dem rechten Absatz zur Seite, schaute zum Kirchturm von Santi Maria e Donato und faltete die Hände, als wenn sie ein Stoßgebet absetzen wollte. »Legale Steuerhinterziehung also!«, stöhnte sie. Dann stutzte sie kurz. »Keine italienische Steuernummer, keine Kontonummer?«, fragte sie wieder an Anna gewandt.

Anna schüttelte den Kopf. »Miete wollen sie ja nicht, weil meine Mutter angeblich illegal hier wohnen würde«, sagte sie. Mafalda starrte gleichermaßen ratlos wie wütend um sich her. Erst nach links über den Campo San Bernardo, dann rechts in die Calle Motta. Irgendwann fasste sie sich, schaute Maria tief in die Augen und tippte ihr mit dem Zeigefinger auf die rechte Schulter. »Sie bleiben hier, Maria! So wahr ich Mafalda Cinquetti heiße! Diese Messe ist noch nicht zu Ende gelesen, das sage ich Ihnen!«

Maria schaute sie mit rot verweinten Augen an. »Wenn Sie meinen«, sagte sie nur mit leiser Stimme.

Die Nacht war kurz gewesen für Mafalda. Schon um kurz nach drei wurde sie von einem Scheppern geweckt. Im Halbschlaf hatte sie das für das Rollen und Klicken von Rollkoffern gehalten, die die in Richtung von Marias Wohnung anrollenden Partytouristen im Schlepptau hinter sich herzogen. Erst erschrak sie sich, dann ging sie unsicher im Halbdunkel vom Schlafzimmer ins Wohnzimmer hinüber. Dort schob sie die Gardinen beiseite und war glücklich, dass keine Rollkoffer vor dem Haus zu sehen waren.

Erleichtert atmete sie tief ein, zog einen der Esstischstühle zu sich hinüber und ließ sich darauf fallen. Ihr Blick glitt über ihre geliebte Wohnzimmereinrichtung, über das schwere Sideboard mit den Schnitzereien, die massigen Kerzenleuchter darauf und über die in Silber gerahmten Spiegel an der Wand. Das alles hier war schon so lange ihr Zuhause, dass sie sich gar nicht vorstellen konnte, auf ihre alten Tage noch einmal woanders hinzuziehen. Was sie ja wohl auch nicht müsste, wenn sie Pietro richtig verstanden hatte. Aber wäre das alles hier noch dasselbe, wenn statt wie bisher Maria täglich wechselnde Touristen in der Wohnung unter ihr hausen würden? Oder direkt über ihr, wenn die seit Jahren unbewohnte Wohnung unter dem undichten Dach saniert und tageweise vermietet würde?

Mafalda strich sich mit den Händen über die Oberarme. Ihr war kalt. In der Eile hatte sie vergessen, den Morgenmantel überzuziehen. Müde zog sie sich am Tisch nach oben. Sie ging zurück in ihr Schlafzimmer und nahm den Mantel vom Stuhl an der Wand. Auf dem Weg zurück in die Küche streifte sie sich ihn über, nahm die *caffettiera* aus dem Schrank, füllte Wasser sowie Kaffeepulver ein und stellte den Kaffeekocher auf den Herd. Sie zündete ein Streichholz an, vergaß aber, den Herd einzuschalten. In ihren Gedanken war sie ganz weit weg.

Was würde sie tun können? Um Marias Wohnung den neuen Eigentümern abzukaufen, dafür fehlten ihr die Mittel. Sie selbst hatte nie daran gedacht, ihre Wohnung zu kaufen, obwohl sie nach all den Jahren vermutlich schon mehr Miete gezahlt hatte, als sie das Apartment zum Kauf gekostet hätte.

Alma brauchte sie nicht zu fragen, deren Rente war kaum höher als die ihre. Und deren neuen Freund Enzo, ihren langjährigen Stammapotheker – Mafalda seufzte –, den würde sie sich nicht zu fragen trauen. Geld und Freundschaft passten für sie einfach nicht zusammen. Lucia und ihr Mann Francesco, die hätten das nötige Kleingeld. Aber die war ja auch eine Freundin. Francesco weniger, Lucia schon. Doch ob Lucia oder Francesco hier helfend einspringen könnten oder wollten, das wäre noch die Frage. Und ob die neuen Eigentümer so ein Angebot überhaupt in Erwägung ziehen würden, das wäre noch eine viel größere Unbekannte.

Die Art und Weise, wie Marias Wohnung samt Haus binnen weniger Tage den Besitzer gewechselt hatte, sprach eher dafür, dass die neuen Eigentümer einen klaren Plan hatten, was sie mit dem Haus und mit Marias Wohnung anstellen wollten. Allein für so einen kurzfristigen Termin bei Venedigs behäbiger *Agenzia delle Entrate* für die Eintragung im Kataster hatten sie vermutlich einiges an Trinkgeld hinblättern müssen.

Das beinahe bis auf ihre Fingerkuppen hinab abgebrannte Streichholz weckte Mafalda schmerzhaft aus ihren Sorgen. Erschrocken wedelte sie mit der Hand, um die Flamme zu löschen, dann nahm sie ein neues Streichholz aus der Packung, zündete es an und hielt es an den nun angeschalteten Brenner ihres altmodischen Gasherdes.

»Wo bin ich nur mit meinen Gedanken?«, murmelte sie

unwirsch in die Leere ihrer halbdunklen Küche. Erst jetzt schaltete sie die grellweiße Deckenlampe ein, setzte sich auf den Hocker neben der Spüle und wartete darauf, dass ihr *caffè* endlich durchgelaufen sein würde.

Nachdem sie die erste Tasse getrunken hatte – heiß, schwarz und ohne Zucker wie immer am Morgen –, holte sie Besen und Wischmopp aus dem windschiefen Einbauschrank im Flur und machte sich daran, ihre Wohnung gründlich durchzuputzen. Nicht, weil es nötig gewesen wäre, sondern vor allem, um etwas zu haben, bei dem sie ihrem Ärger freien Lauf lassen konnte. Und mit nichts konnte Mafalda so gut Ärger abbauen wie mit energischem Kehren und Wischen bis in die entferntesten und schwerstzugänglichen Ecken ihrer Wohnung.

Um ein Haar hätte sie auch noch ihre Wohnzimmergardinen zum Waschen abgenommen. Aber dann schrak sie doch davor zurück, weil sie die Gardinen zwar allein von der Gardinenstange herunterbekommen hätte, zum Wiederaufhängen der nass-schweren Gardinen aber zwingend auf Pietros Hilfe angewiesen wäre.

Zufrieden schaute sie sich um, zog die gelben Gummihandschuhe, die sie vor dem Wischen angezogen hatte, wieder aus und wischte sich mit dem Handrücken der rechten Hand erschöpft über die schweißnasse Stirn. »Besser!«, rief sie laut ausatmend durch das Zimmer. Damit meinte sie nicht nur die Sauberkeit des Raumes.

Immerhin war es mittlerweile draußen einigermaßen hell geworden. Immer noch früh am Tag, aber zumindest nicht mehr stockfinster. In ihrer Wohnung gab es nichts mehr für Mafalda zu tun, also hatte sie sich langsam angezogen, frisiert, ihren blauen Wollmantel übergeworfen und war nach draußen gegangen, um über die Insel zu laufen. Zunächst ohne ein konkretes Ziel im Blick zu haben. Sie wollte nur ihre Nerven beruhigen. Dafür reichte es manchmal aus, zu sehen, dass alles auf der Insel noch an seinem angestammten Platz war.

Mehr als ein paar Spatzen war sie auf ihrem Weg durch das frühmorgendliche Murano nicht begegnet. Emilias Bar Il Sole war wie immer um diese Uhrzeit verschlossen. Der Campo San Donato war noch menschenleer. Wobei menschenleer nicht ganz stimmte, denn als sie um die Ecke der *bar* bog, da wo der Weg vom *campo* den Kanal entlangführte, sah sie einen einsamen Mann an einem der Tische sitzen. Sie konnte ihn nicht erkennen, denn so, wie er saß, war für sie nur sein Hinterkopf zu sehen. Oder vielmehr eine Kapuze, mit der er sich vor dem noch frischen Morgenwind schützte.

Für einen Moment erwog sie, ihn zu grüßen, lief dann aber doch weiter. Einer ihrer Bekannten würde es kaum sein. Wer sie kannte, der wusste, dass sie hier nie vor elf Uhr ihren *caffè* trank. Ein Bekannter von ihr würde niemals … Sie hörte ein Räuspern hinter sich und drehte sich zu dem Fremden, der sich von seinem Stuhl erhoben hatte, als sie ihn passiert hatte. »Ich hatte gehofft, Sie hier zu finden«, sagte er.

»Signor Casarotti?«, rief sie erstaunt aus. Sie musterte den Glasbläser in abgewetzten Jeans, ehemals weißen Turnschuhen und taubenblauem Kapuzenshirt. Dann kam sie wieder ins Grübeln, und fragte schließlich: »*Mich?* Wieso wollten sie *mich* finden?«

»Man sagte mir, dass ich Sie hier treffen könnte«, antwortete er knapp.

Mafalda musterte ihn immer noch misstrauisch. »*Man* sagt?«, wiederholte sie seine Worte. »Erst treffen wir uns an der neuen Glasmanufaktur am Fondamenta Radi und jetzt schon wieder. Darf ich fragen, was Sie wirklich wollen?«

Ettore Casarotti hob beschwichtigend die Hände. »Mit Ihnen sprechen, in erster Linie«, antwortete er leise.

»Das haben wir gestern schon getan«, sagte Mafalda unwirsch, der diese Sache mittlerweile mehr als eigenartig vorkam. Hätte Ettore nicht so eine ehrliche und liebenswürdige Ausstrahlung gehabt, hätte sie sich vermutlich gefürchtet. Aber dieser Gedanke kam ihr nicht, während Ettore sie schüchtern anlächelte.

»Es war kein Zufall, dass wir uns gestern an der Glasmanufaktur getroffen haben«, sagte er stockend. Mafalda hob die Hände gen Himmel.

»*Den* Eindruck habe ich mittlerweile auch schon gewonnen.«

Ettore nickte. »Man sagte mir, dass Sie uns vielleicht weiterhelfen könnten. Und dass ich Sie hier beim Kaffeetrinken treffen könnte.«

»Aber doch nicht um diese Uhrzeit!«, entfuhr es Mafalda eine Spur zu laut, noch bevor sie richtig nachdenken konnte. »Wer sagt das?«, fügte sie dann wieder etwas misstrauischer an.

»Padre Osman«, antwortete Ettore. Und nach kurzer Pause: »Beppe. Außerdem die Chefin Ihres Enkels bei den *Carabinieri.*«

Mafalda deutete mit nach oben geöffneter Hand auf ihn, blickte zum Turm der Kirche und rief: »Dafür, dass ich ihn erst vor zwei Tagen kennengelernt habe, kennt er sich aber schon hervorragend in meiner näheren Umgebung aus!« Dann warf sie noch einen strengen Blick auf Padre Osmans Kirche, der Ettores Liste der Menschen angeführt hatte, die Mafaldas Stammcafé am Rio San Donato verraten hatten. Kein wirkliches Geheimnis auf Murano, aber überrumpelt fühlte sie sich doch.

»Wollen Sie sich nicht kurz setzen, damit ich Ihnen alles erklären kann?«, fragte Ettore scheu. »Auf einen *caffè* kann ich Sie ja leider noch nicht einladen, weil die *bar* noch geschlossen ist.«

»Emilia macht immer erst später auf«, antwortete Mafalda und setzte sich auf den zweiten Stuhl an Ettores Tisch. Sekunden später schnellte sie wieder empor und deutete dem verdutzten Ettore, ihr zu folgen. »Ich habe das Gefühl, dass das hier länger dauern könnte. Auf dem *campo* um die Ecke sitzen wir windgeschützter als hier am Kanalufer«, sagte sie und ging voraus.

Sie nahm sich einen der Bistrostühle und setzte sich so,

dass die noch niedrig stehende Sonne sie wärmte, ohne sie zu blenden. »Padre Osman also? Und Beppe?«, fragte sie Ettore geradeheraus, während der noch seinen Stuhl zurechtschob und sich setzte.

Ettore lächelte ein wenig verschämt und nickte. »Sie hätten Biss, sagen sie. Wenn Sie sich hinter etwas klemmen, dann ließen Sie nicht locker, bevor Sie Ihr Ziel erreichen. Sie hätten ein Herz für diejenigen, die sonst unter die Räder kommen.«

Mafalda lauschte seiner Aufzählung mit Erstaunen. Etwas mürrisch drehte sie sich zur Seite, blickte in Richtung Kirchenfassade und murmelte: »Demnächst stellt Padre Osman vermutlich noch eine Statue von mir da oben auf.« Dann schaute sie wieder zu Ettore und pochte mit dem Zeigefinger auf den Tisch. »Mit Wegweiser zur Bar Il Sole hier.«

»Und genau so jemanden brauchen wir«, redete Ettore davon unbeeindruckt weiter.

Mafalda hob die Hände nach oben. »Wir! *Wir!* Ich höre immer nur wir! Welches wir? Wer ist das? Wer sind Sie?«, fragte sie ungeduldig, ein wenig ermüdet von Ettores langatmigem Geschwafel. Für einen frühen Morgen noch vor dem ersten *caffè* war das eigentlich schon viel mehr Konversation, als sie sich sonst zumutete.

Er schaute ihr tief in die Augen, wartete, bis sie sich wieder beruhigt hatte, und sagte dann mit leiser, aber fester Stimme: »Die Glasbläser von Murano, Signora Mafalda.«

Die brauchte einen Moment, um das eben Gehörte sacken zu lassen. »Die Glasbläser von Murano. Etwas kleiner machen Sie es wohl nicht?«, fragte sie etwas ungehalten.

»Fälschungen gab es immer«, begann Ettore zu erzählen. »Aber seit einiger Zeit nimmt das überhand. Unsere Umsätze gehen nach unten. Und unser guter Ruf leidet unter all dem scheußlichen Plunder, der neuerdings als Muranoglas angeboten wird.«

Mafalda nickte. Sie hatte eine grobe Vorstellung davon, wie Ettore das meinte. Innerlich musste sie sich immer noch schütteln, wenn sie an die Scheußlichkeit von einem Glaslüster in Jesolo dachte. Kein Vergleich zu Ettores Meisterstück im Schaufenster hier um die Ecke bei ihrer ersten Begegnung vor zwei Tagen.

»Wir sind nicht nur Handwerker«, erklärte er weiter und faltete seine Hände kraftvoll zusammen. »Wir sind auch Künstler. Das geht gegen unseren guten Ruf. Man *schätzt* unsere Arbeit!« Eine Schweißperle lief ihm über die Stirn.

»Und jetzt möchten Sie, dass ich Ihnen helfe?«, fragte Mafalda direkt heraus.

Ettore nickte. »Wir haben versucht herauszufinden, wer hinter den Fälschungen steckt. Der Menge nach muss das fast industriell aufgezogen worden sein. Aber wir kommen einfach nicht weiter.«

»Sie und Ihre Chefs?«, hakte Mafalda nach.

Ettore schüttelte den Kopf. »Nein, die sind erstaunlich passiv. Das sei immer schon so gewesen, meinen die. Wir sollten uns nicht so viele Gedanken machen. Und wahrscheinlich stecken die die kleinen Umsatzeinbußen auch besser weg.« Er rutschte auf seinem Stuhl hin und her und beugte sich dann zu Mafalda vor. »Aber uns geht das in erster Linie gegen die Berufsehre«, sagte er und fuchtelte mit dem Zeigefinger in der Luft herum. »Dieses Zeug, das als Muranoglas verkauft wird, hat nichts, aber auch überhaupt nichts mit dem zu tun, was wir in unseren Glasöfen herstellen. Aber jeder denkt das! Das können wir doch nicht auf uns sitzen lassen?«

»Und uns heißt in diesem Fall?« Langsam wurde Mafalda wirklich ungeduldig. Was für ein Spiel spielte Ettore mit ihr? Musste sie ihm jedes Detail aus der Nase ziehen?

Ettore holte tief Luft. »Die *Fratelli del Vetro*«, sagte er.

»Die Bruderschaft der Glasbläser?«, fragte Mafalda erstaunt zurück.

»Ja.«

»Aus Murano?«

»*Naturalmente.* Woher sonst?«, antwortete Ettore.

»Sollte ich die nicht kennen?«, hakte Mafalda nach. »Ich meine, ich wohne schon mein ganzes Leben auf Murano und habe noch nie davon gehört?«

»Wir zeigen uns nicht der Öffentlichkeit«, antwortete Ettore. »Wir agieren eher im Hintergrund.«

»Im Hintergrund«, sagte Mafalda und nickte bedeutungsschwanger. »Und jetzt wollen Sie, dass ich zu Ihnen in den Hintergrund komme und Ihnen helfe?«

Ettore schaute unsicher in ihre Richtung, ohne ihre Frage zu beantworten. »Nicht ganz«, sagte er nach ein paar Sekunden betreten. »Es gibt da noch ein Problem.«

Mafalda war dieses Hin und Her nun wirklich zu viel. »Welches Problem? Jetzt kommen Sie doch endlich zur Sache!«

»Es heißt *Fratelli del Vetro. Bruderschaft*«, sagte er. Mafalda wedelte ungeduldig mit den Händen und schaute ihn fragend an. »Bruderschaft«, wiederholte er. »Wir nehmen nur Männer als Mitglieder auf.«

Mafalda stöhnte laut, faltete die Hände und blickte dann demonstrativ auf ihre Armbanduhr.

»Haben Sie noch einen Termin?«, fragte Ettore erschrocken.

»Nein«, entgegnete Mafalda trocken. »Ich wollte nur sehen, welche Jahreszahl die Datumsanzeige hat.«

Erbost und mit geröteten Wangen stand sie auf. »Verstehe ich Sie richtig, dass Sie zwar gerne meine Hilfe hätten, ich aber bei Ihnen nicht willkommen bin, weil ich eine *Frau* bin?«, fragte sie. Ettore saß eingeschüchtert da, schaute zu ihr hinauf und druckste nur verlegen. Mafalda ließ sich davon nicht aufhalten und deutete mit dem Zeigefinger auf Ettore: »Richten Sie Ihren Mitbrüdern bitte aus, dass wir für mehr gut sind, als Ihre Vasen zu entstauben und Blumen darin hübsch zu arrangieren!« Sie nahm ihre Handtasche und wandte sich zum Gehen. »Wenn Sie zur Vernunft gekommen sind, können Sie sich gerne wieder bei mir melden. *Arrivederci!*«, sagte sie etwas lauter und mit Nachdruck, stapfte von dannen und ließ den verdutzten Ettore sitzen.

Mafalda hatte ohne nachzudenken den Rückweg angetreten. Dabei war das gar nicht die Richtung, in die sie hatte gehen wollen. Denn von zu Hause war sie ja weggelaufen, um einen klaren Kopf zu bekommen. Ein Unterfangen, bei dem die Begegnung mit Ettore nicht hilfreich gewesen war.

Auf den Stufen hinter der Basilika Santi Maria e Donato hielt sie inne. Wenn sie jetzt umkehren würde, um die Brücke über den Canale di San Donato zu nehmen, würde Ettore sie sehen. Dann würde es unweigerlich zu einem weiteren Zusammentreffen mit ihm kommen – und das wollte sie überhaupt nicht. Also blieb nur der längere Weg hinten herum über die Ponte de le Terese und den Weg am anderen Kanalufer entlang.

Auch da würde Ettore sie sehen können. Aber sie könnte immer so tun, als hätte sie ihn nicht bemerkt oder gehört, und ihren Weg ungehindert fortsetzen. Das Wasser des Kanals war eine sichere Barriere zwischen den beiden.

Etwas außer Atem, aber unbeobachtet von Ettore, erreichte sie ihr eigentliches Ziel: die neue Glasmanufaktur am Fondamenta Radi. Auch sonst war ihr niemand begegnet, von einem müde blinzelnden älteren Mann, der seinen Hund ausführte, mal abgesehen. Bei ihrem letzten Besuch in der Glasmanufaktur war sie durch das aufwühlende Gespräch mit Ettore gar nicht dazu gekommen, das Gebäude näher in Augenschein zu nehmen. Es waren dafür auch viel zu viele Menschen vor Ort gewesen. Zu viele zumindest für Mafaldas Geschmack, denn unter den Blicken von so vielen wachsamen Augen hätte sie kaum ungestört herumschnüffeln können. Oder sich ein genaueres Bild von der Lage machen können, wie sie es lieber bezeichnete. Heute, so früh am Morgen, schien ihr die Gelegenheit günstiger.

Was sie bei der Manufaktur wollte, wusste sie gar nicht so genau. Es war mehr so ein unbestimmtes Gefühl. Ein Gefühl gepaart mit ihrer ureigenen Neugier. Ettores Meisterwerk von einem Kronleuchter in der Auslage dieses Ladens war mehr als nur merkwürdig gewesen. Wer sich derart mit fremden Federn schmückte, der machte sich auf Murano vielleicht nicht gleich verdächtig, aber seltsam war es schon. Und dazu kam noch die Tatsache, dass die Glasbläserei binnen weniger Tage hergerichtet worden war, nachdem sie zuvor an die fünfzig Jahre geschlossen gewesen war. Bauarbeiten in diesem Umfang hätten normalerweise Monate, wenn nicht gar Jahre, gedauert. Und wären auf der kleinen und relativ übersichtlichen Laguneninsel sicher nicht unbemerkt geblieben. Aber nichts von dem war geschehen.

Die Lichter in den Schaufenstern waren noch nicht eingeschaltet, die Tür noch immer verschlossen. Über den Haupteingang würde sie nicht hineinkommen. Vorsichtig schaute sie nach links und nach rechts, ob da jemand war, der sie beobachten könnte. Aber da war immer noch niemand, wie sie beruhigt bemerkte. Sie ging ein paar Meter zurück den Kanal entlang, bis zum nächsten Haus. Einem unbewohnten Haus, allem Anschein nach. Aber mit einer alten Holztür, morsch und nur noch mit Resten von Farbe bedeckt, zum Kanalufer hin. Sie drückte vorsichtig gegen die klinkenlose Tür, aber sie war verschlossen.

Mafalda brummte missmutig. Sie ging zurück in die andere Richtung, an der Manufaktur vorbei und noch ein Haus weiter. Auch das hatte eine schmale Tür an der Seite. Sie drückte gegen die Tür, die gab nach und den Blick auf einen schmalen Gang zwischen den beiden benachbarten Häusern frei. Mafalda erinnerte sich, dass zwischen vielen Häusern kleine Gänge lagen, die vom Kanal aus nicht zu sehen waren. Früher konnte man über diese Gänge im Notfall von einem Haus zum anderen gelangen: Bei einem Brand zum Beispiel, wie er bei den glutheißen Glasöfen nicht selten vorkam. Schließlich waren die Glasbläser einst aus Venedig nach Murano verbannt worden, um die Brandgefahr in der Stadt zu verringern. Viele dieser Türen waren zwischenzeitlich verschlossen worden. Aber Mafalda hatte Glück: Nachdem sie an die fünfzig Meter durch den schmalen Gang gelaufen war und sich dabei den Weg durch unzählige Spinnennetze hatte bahnen müssen, fand sie an der rechten Seite eine morsche Holztür. Die Klinke war so festgerostet, dass sie sich nicht rührte. Aber auf sanften Druck gab die Tür nach und den Weg auf das Nachbargrundstück frei.

Auf der anderen Seite, es musste der Hinterhof der Manufaktur sein, sah sie erst einmal nur wild übereinandergestapeltes Gerümpel. Sperrmüll und rostige Metallstreben, die eigentlich längst entsorgt gehörten. Im Hof war keine Menschenseele zu sehen und auch kein Geräusch zu hören, von dem ununterbrochenen Geschrei der Möwen abgesehen, die beständig über das Gelände flogen und die die *vaporetti* auf der Lagune wohl für Fischerboote hielten. Zu ihrer Rechten lagen die Verkaufsräume mit den Schaufenstern zur Kanalfront. In diese Richtung zog es sie nicht. Zwar hatte sie kein Licht und keinerlei Bewegung hinter den Fenstern gesehen, aber sicher war sicher. Darüber hinaus verspürte sie nicht die geringste Lust, dort jemandem direkt in die Hände zu laufen und sofort wieder hinausgeworfen zu werden. Der Zugang über den verdeckten Gang auf das Grundstück war für eine einmalige Benutzung gut. Ein zweites Mal würde ihr das nicht gelingen.

Die Tür links zu den Werkstätten sah für sie schon viel interessanter aus, denn derentwegen war sie ja eigentlich gekommen. Auch diese Tür war offensichtlich auch schon lange nicht mehr benutzt worden, denn durch die ehemals durchsichtigen Glasscheiben war kein Einblick nach drinnen mehr möglich, und selbst die Türklinke war dick mit Staub und Taubendreck bedeckt. Sie liebte Tauben über alles, aber auf den Dreck konnte sie verzichten. Aus ihrer Handtasche zog sie ein Taschentuch, drückte damit vorsichtig die Klinke herunter und öffnete die Tür. Die war durch die jahrelange Vernachlässigung eingerostet, öffnete sich nur auf stärkeren Druck und quietschte dabei laut in ihren Angeln. Erschrocken blickte sich Mafalda um, aber niemand war zu sehen oder hatte etwas gehört.

Das wäre auch verwunderlich gewesen, denn das Drinnen hatte mehr mit einer Ruine zu tun als mit einer Glasbläserwerkstatt. Die Scheiben der Dachfenster waren zerborsten. So fiel wenigstens Licht in die ansonsten recht dunkle Werkstatt. Aber leider auch der Regen, der über die Jahre seine Spuren hinterlassen hatte. An den hinteren Wänden sah sie zusammengefallene Holzregale. Die Türen des einen Glasofens standen offen, und Tauben hatten sich darin eingenistet. Bei dem anderen hatte man sie ganz herausgerissen, und der Regen hatte einen kleinen Tümpel in der Brennkammer des Ofens geschaffen. Es war kein Wunder, dass niemand in letzter Zeit Rauch aus den Schloten der Werkstatt hatte kommen sehen. Hier war schon seit Ewigkeiten nicht mehr gearbeitet worden. Kein Wunder also, dass man Ettores Kronleuchter für das Schaufenster hatte aufkaufen müssen. Einen eigenen hatte man ganz offensichtlich nicht zu bieten. Wobei immer noch die Frage blieb, warum jemand eine Glasbläserei auf Murano ohne Werkstatt und offenbar auch ohne Glasbläser eröffnete.

Mafalda verspürte keinen Drang, in die angrenzenden Räume weiterzugehen. So baufällig, wie das Gebäude aussah, fürchtete sie, dass ihr jeden Moment ein Dachbalken oder etwas anderes auf den Kopf fallen könnte. Sie hatte gefunden, wonach sie auf der Suche war. Sie hatte es mit eigenen Augen gesehen: Hier war schon seit Ewigkeiten kein Glas mehr produziert worden. Und der Grund, warum man trotzdem den Laden am Kanal eingerichtet hatte, den würde sie hier, in der staubigen und verfallenen Werkstatt, bestimmt nicht finden. Sie verließ das Grundstück, zog die alte Tür vorsichtig wieder ins Schloss und entschwand durch den Gang nach draußen. Nicht ohne sich an der Tür zum Kanal noch einmal vorsichtig in alle Richtungen umzusehen.

7

*E*twas später am Tag schreckte Mafalda plötzlich auf. Den Morgen über hatte sie sich mit diesem oder jenem beschäftigt, sich aber auf keine einzige Tätigkeit richtig konzentrieren können. Nur das Gefühl, etwas Wichtiges vergessen zu haben, blieb die ganze Zeit. Einen wichtigen Termin. Ihr tägliches Treffen mit Alma und Lucia in der Bar Il Sole!

Sie blinzelte kurz auf ihre Uhr. Schon kurz nach elf. »Viel zu spät!«, murmelte sie und spurtete durch die Gassen zum Campo San Donato. Für die Schönheiten der Insel hatte sie heute keinen Blick, weder für die in voller Blüte stehenden Glyzinien an der Hauswand gegenüber noch für die schon leicht abgeblühte Magnolie im Garten der Gelateria am Rande des Platzes.

Als Mafalda um die Ecke der Basilika abbog, sah sie schon, wie Lucia kritisch ihre Uhr beäugte und Alma die Hände vor der Brust zusammenschlug. »Ich dachte schon, wir müssen einen Suchtrupp losschicken!«, rief Letztere gekünstelt aus, begleitet von Lucias missmutigen Blicken.

»*Beh* … ein Anruf auf meinem *telefonino* hätte vollkommen genügt!«, knurrte Mafalda leise zurück und ließ sich schwer atmend in den dritten Bistrostuhl am Tisch ihrer beiden Freundinnen fallen.

»Hast du das denn neuerdings bei dir und nicht mehr zu Hause am Ladekabel liegen?«, ätzte Lucia, die sehr großzügig darin war, andere warten zu lassen, selbst aber nicht gerne auf jemanden wartete.

Mafalda nahm ihre Handtasche, die sie bei ihrer stürmischen Ankunft eben neben sich auf den Boden hatte fallen lassen, nach oben, wühlte darin und zog schließlich triumphierend ihr *telefonino* hervor. »Schau! Da wir alle mittlerweile wissen, dass diese Dinger Leben retten können, habe ich meines jetzt immer dabei«, sagte sie lächelnd, strich über die Anzeige und musterte kritisch den Akkustand. Eine Routine, die ihr Pietro beigebracht hatte, denn was nützte ihr im Ernstfall ein *telefonino* mit leerer Batterie?

»Was ist jetzt mit Maria, weshalb du so dringend mit uns sprechen musstest?«, fragte Alma ungeduldig auf ihrem Sitz hin und her rutschend. Mafalda wollte gerade zu sprechen ansetzen, als Kellnerin Emilia sich näherte, wie immer nur flüchtig geschminkt und nachlässig gekämmt. »Einen *caffè doppio* und eine *ombra*. Pinot Grigio, weil Sie es sind, Signora Mafalda!«, sagte Emilia.

Mafalda klatschte in die Hände. »*Molto bene!* Jemand ist zur Vernunft gekommen«, rief sie Emilia zu.

»Ich habe immer noch Riesling«, sagte Lucia trocken, nahm ihr Glas und trank einen kräftigen Schluck daraus. »Und *mir* schmeckt er«, fügte sie ein wenig trotzig hinzu.

»Ich nehme noch ein Wasser dazu, Emilia. Es ist mittlerweile doch wärmer, als ich gedacht hatte. Und das Wasser hat immer noch mehr Bouquet als der Riesling!«, sagte Mafalda und zwinkerte Lucia lächelnd zu. Dann nahm sie einen Schluck von ihrem *caffè*, rutschte auf ihrem Stuhl nach vorn und schaute mit leicht zusammengekniffenen Augen zu Lucia hinüber. »*Va bene, va bene …* es tut mir leid. Ich habe die Zeit vergessen. Es waren aber nur ein paar Minuten!«.

»Deinem ruppigen Ton nach zu urteilen, muss sich bei dir aber einiges an Ärger aufgestaut haben!«, mischte sich Alma von der Seite in das Gespräch der beiden ein.

»Das kannst du laut sagen!« Mafalda nahm einen kräftigen Schluck aus ihrem Weinglas. »Sie haben …«, fing sie an zu reden, schaute dann auf ihr Weinglas und nickte anerkennend. »Sie haben Maria die Wohnung gekündigt. Schon zu Ende Mai.«

»Was?«, rief Alma entsetzt aus und schlug beide Hände vor ihrer Brust zusammen.

»Genau das war meine Reaktion«, antwortete Mafalda und zeigte auf Almas vor ihrer Brust verschränkten Hände. »Im Gegensatz zu mir hat sie leider keinen registrierten Vertrag.«

»Das mit Ende Mai kann ich mir beim besten Willen nicht vorstellen«, sagte Lucia. »Nach meiner und Francescos Erfahrung dauert es viel länger, missliebige Mieter loszuwerden.« Almas und Mafaldas strenge Blicke trafen Lucia, und ihrem betroffenen Blick nach bereute sie diese Formulierung noch in dem Augenblick, als sie sie benutzt hatte. »Ich meine, man kann Mieter nicht so ohne Weiteres kündigen«, sagte Lucia etwas leiser. »Dagegen gibt es doch Gesetze!«

»Maria hat die Miete immer bar bezahlt. Früher gegen Quittung. Aber die hat sie nicht aufgehoben. Und seit die Alte nicht mehr laufen konnte, hat sie das Geld in ihren Briefkasten geworfen. In einem Umschlag. Ohne Beleg und ohne Steuern. Monat für Monat«, sagte Mafalda und seufzte bitter.

»Demnach gibt es keinen Vertrag?«, hakte Lucia nüchtern nach. Dem Ton nach war sie mehr daran interessiert, ein mögliches Schlupfloch aufgetan zu haben, als dass ihr wirklich Marias Wohlergehen am Herzen lag.

»Keinen auf Papier! Alles lief mündlich. Und die Stadt hat keine Ahnung von der Vermietung. Die Finanzpolizei sowieso nicht«, antwortete Mafalda.

Alma verdrehte die Augen. »Dass sich Maria auf so ein windiges Konstrukt eingelassen hat!«, sagte sie und schüttelte den Kopf. »Bei der Wohnungsknappheit heutzutage … meinetwegen! Aber damals war das doch noch anders. Wie lange wohnt sie schon da?«

»Fast fünfundzwanzig Jahre. Anna war gerade neu geboren, als sie nach Murano kam«, antwortete Mafalda. »Und als ledige Mutter dachte sie wohl, sie hätte keine große Auswahl und müsste alle Bedingungen akzeptieren.«

»Aber da muss es doch Unterlagen geben, wenn jemand ein Vierteljahrhundert da gewohnt hat. Steuerbescheide,

Stromrechnungen, Müllgebühren … irgendetwas!«, protestierte Lucia.

»*Sì, certo.* Pietro sagt, das sind Indizien. Gute Indizien, wenn man damit vor Gericht gehen würde. Aber bis Ende Mai sind es nur noch sechs oder sieben Wochen. Bis dahin würden die Gerichte bei uns in der Stadt nicht mal einen Brief öffnen, den man ihnen schickt«, antwortete Mafalda.

»Und solange die vor Gericht nicht anerkannt werden, geht die Stadt davon aus, dass Maria die Wohnung gar nicht gemietet hat«, sagte Alma resigniert und schaute auf ihre auf ihrem Schoß zusammengefalteten Hände.

»Ich wette, die haben die Vermietungsanzeige für die Touristen schon vorformuliert!«, sagte Lucia, schaute mürrisch zur Seite und schlug mit den Handflächen mehrfach auf ihre Stuhllehnen.

Mafalda nickte. »Bestimmt. Mir haben sie einfach nur eine neue Kontonummer in Liechtenstein für die Überweisung durchgegeben. Kein Büro in Venedig. Keine italienische Telefonnummer. Da hätte ich ja lieber noch die Mafia als Vermieter!«, echauffierte sie sich. Alma schaute erschrocken zu Mafalda auf, als sie das Wort ›Mafia‹ hörte.

»Ich fand Maria«, sagte Lucia nach kurzer Pause, »immer ein wenig, wie soll ich sagen …?«

»Anstrengend?«, kam ihr Alma zu Hilfe.

»Ich wollte überspannt und etwas aufdringlich sagen. Aber anstrengend trifft es auch ganz gut«, sagte Lucia. »Aber das hat sie nun wirklich nicht verdient. Sie nicht, und ihre Tochter auch nicht.«

»Anna, ja. An die hatte ich gar nicht gedacht«, sagte Alma leise.

»Um Anna müssen wir uns keine Sorgen machen«, sagte Mafalda. »Die kann es ohnehin kaum erwarten, wieder bei ihrer Mutter auszuziehen. Aber Maria war gestern komplett am Boden zerstört.«

»Nachvollziehbar«, knurrte Alma mit gesenktem Blick.

»Wo bleibt Emilia nur mit dem Wasser?«, sagte Mafalda und schaute verärgert in Richtung Tresen.

»Sie wird es vergessen haben«, sagte Alma lakonisch. »Sie ist heute nicht ganz sie selbst.«

»Streng genommen ist sie vor zwölf Uhr nie ganz sie selbst«, antwortete Lucia.

»Ich will gleich noch zu Pietro. Wir haben gestern Abend nur kurz telefoniert«, sagte Mafalda. »Vielleicht hat er ja noch etwas herausgefunden. Könnt ihr für mich bezahlen?«

»Ist dir schon mal in den Sinn gekommen, dass Pietro die dauernden Besuche seiner Großmutter in seinem Büro bei den *Carabinieri* unangenehm sein könnten?«, fragte Lucia.

Mafalda stutzte, dann schaute sie Lucia ungehalten an. »Ich bin seine *nonna*. Natürlich nicht! Man merkt, dass du keine Enkel hast!«

»Ja, geh nur, ich kümmere mich um alles!«, sagte Alma. »Vielleicht kann Pietro ja etwas mehr Licht ins Dunkel bringen.«

Mafalda stand auf, winkte Emilia hinter dem Tresen zu und deutete auf Alma, die für sie bezahlen würde. Dann verabschiedete sie sich knapp und ging über den *campo* zum Canal Grande di Murano. Den um den Müllcontainer hinter der Kirche herumtollenden Spatzen warf sie ihren zerkrümelten Kaffeekeks zu, schaute sich nochmal kurz nach ihren Freundinnen um und setzte dann kopfschüttelnd ihren Weg fort. Dass ihre Besuche bei Pietro im Büro ihm unangenehm sein könnten, war für sie komplett ausgeschlossen. Schließlich hatte sie auch schon ihren Mann und ihren Sohn dort regelmäßig auf der Arbeit besucht. Keiner der beiden hatte sich darüber jemals beschwert.

Kurz nachdem sie den Platz verlassen hatte, sah sie einen Stadtführer mit einer Bootsladung Touristen im Schlepptau aus dem Glasmuseum Museo del Vetro kommen. Die für die Jahreszeit viel zu dick eingemummten Besucher, Amerikaner allem Anschein nach, füllten nach und nach den kompletten Uferweg vor dem *museo*. An ein Durchkommen war nicht mehr zu denken. Mafalda drehte genervt um. Sie ging ein paar Meter zurück und bog vor der Basilika links ab. Ohne ihre Schleichwege über die Insel wäre sie heute aufgeschmissen gewesen. Sie hatte gerade den Durchgang zwischen Basilika und Kirchturm passiert, als ihr *telefonino* klingelte.

Sie blieb stehen, kramte es aus der Handtasche, drückte den grünen Button und wollte das *telefonino* schon wie gewohnt ans Ohr halten, als sie im letzten Moment Angelo auf dem Display sah. »Könnt ihr nicht anrufen wie normale Leute?«, grüßte sie ihn wirsch.

»Dir auch einen schönen Tag!«, grüßte Angelo zurück.

»Ich muss mich erstmal setzen. Sonst kippe ich noch vornüber, wenn ich dir hier auf dem *telefonino* zuschaue«, sagte Mafalda und schaute sich suchend nach einer Sitzgelegenheit um. In der Kirche hätte es davon ausreichend gegeben. Aber es schien ihr nicht schicklich, dort zu telefonieren. Hier auf dem kleinen *campo* vor der Kirchentür blieben ihr nur die Stufen zur angrenzenden *calle*. Sie schnaufte, ging resolut auf die Stufen zu und setzte erst ihre Handtasche und dann sich selbst auf den Stufen nieder.

»Was ist?«, fragte sie Angelo kurz angebunden und auch ein wenig außer Atem.

»Pietro und Anna haben mir alles erzählt, wegen deinem Haus und der Wohnung von Maria«, antwortete Angelo.

»*E?*«, fragte Mafalda. Sie war auf dem direkten Weg zu ihrem Enkel, und da wurde sie nicht gerne unterbrochen.

»Und Pietro ist heute sehr beschäftigt und hat mich deshalb gebeten, dir zu helfen.«

Mafalda zog die Augenbrauen hoch. »Er weiß doch gar nicht, dass ich bei ihm vorbeikommen wollte?«, fragte sie erstaunt zurück.

»Es war wohl so eine Art Ahnung«, antwortete Angelo spitzbübisch grinsend. Mafalda schüttelte ungläubig den Kopf.

»Er wird doch wohl für seine *nonna* etwas Zeit haben«, sagte sie.

»Ein andermal gerne. Aber heute passt es ihm wirklich nicht.«

»Und warum sagt er mir das nicht selbst, sondern lässt

dich anrufen?«, fragte sie ungehalten. Angelo mochte sie als Schwiegersohn oder Schwiegerenkel in der Familie will-kommen geheißen haben. Aber als italienische Großmutter rüttelte das nicht an ihren Prioritäten. Angelo zuckte mit den Schultern und lächelte.

»Vielleicht wollte er, dass dir jemand Kompetentes als Ansprechpartner für deine Fragen zur Verfügung steht?«, sagte er.

»Und wer genau sollte das sein?«, murmelte Mafalda mit einem Anflug von Grinsen in ihr *telefonino*.

»Also *ich* hätte Zeit für meine Lieblingsnonna!«, sagte Angelo schelmisch lachend.

»Junger Mann, ich weiß zufällig, dass ich die einzige Großmutter bin, die du noch hast!«

»Lieblingsnonna«, wiederholte Angelo charmant lä-chelnd.

»*Bene*«, antwortete Mafalda. »Wo treffen wir uns?«

»Heute gar nicht. Ich bin bei einer Freundin in Milano. Aber ich habe mich schon mal auf die Suche nach dei-nen neuen Vermietern gemacht. Anna hatte recht. Unter der Adresse in Liechtenstein haben sie nur einen Briefkas-ten.«

»Ach!«, entfuhr es Mafalda. Und wenn sie nicht schon gesessen hätte, dann hätte sie sich jetzt hingesetzt. »Ist das nicht reichlich dubios?«, fragte sie.

»Weniger dubios als man denkt«, sagte Angelo und neigte den Kopf von einer Seite zur anderen. »Unter der Adresse sind mehrere zehntausend Firmen registriert. In einem dreistöckigen Wohnhaus! Da lag der Gedanke nahe, dass es eine Briefkastenfirma ist.«

»Und das ist erlaubt?«, fragte Mafalda irritiert zurück.

»*Non in Italia*. Dort schon«, sagte Angelo nüchtern. »Wenn man es diskret mag oder lieber keine Steuern bezahlt, dann wählt man so eine Konstruktion.«

»Um keine Steuern bezahlen zu müssen, hätten sie Italien nicht verlassen müssen«, knurrte Mafalda. »Das hat die Alte vorher mit Marias Miete auch fünfundzwanzig Jahre lang nicht gemacht.«

»Dann wohl Diskretion. Oder beides«, sagte Angelo, und Mafalda nickte zustimmend.

»Ich bin jetzt schon so weit, dass ich herausgefunden habe, dass hinter diesem Briefkasten eine Firma steckt. Aus Bergwald«, sagte Angelo weiter. Er betonte den Ortsnamen italienisch: »Berge Walde.«

»Wo ist das denn?«, fragte Mafalda.

»Ein kleines Bergdorf in der Schweiz ohne Straßenanbindung. Nur mit einer Zahnradbahn zu erreichen. In der Gegend von *Glarona*, Glarus«, sagte er.

»Ich habe nicht die geringste Ahnung, was oder wo das ist«, sagte Mafalda und versuchte sich an alle Schweizer Orte zu erinnern, die sie zumindest dem Namen nach kannte.

»Ein winziger Bergkanton im Osten. Einer, der sogar vielen Schweizern nicht einfällt, wenn sie alle Kantone aufzählen sollen«, erklärte Angelo. »Hinter dem *Gottardo* gleich rechts über eine steile Passstraße. Aber nur im Sommer. Im Winter ist der Pass gesperrt.«

»Und da kommen die her?«, fragte Mafalda, die nach wie vor nur eine extrem grobe Vorstellung davon hatte, wo dieses Bergwald lag.

»Es hat den Anschein!«, antwortete Angelo nicht ohne Stolz. »Wer genau das ist oder wie die Firma heißt, habe ich aber noch nicht herausgefunden.«

»Wie bist du denn an diese Information gekommen? Sind die nicht normalerweise sehr zurückhaltend, wenn es um ihre Besitzverhältnisse geht?«, fragte Mafalda erstaunt zurück.

Angelo grinste schelmisch. »Sagen wir es mal so ...«, antwortete er, »Pietro meinte, er wolle nicht wissen, woher ich das weiß.«

»Nicht?«, fragte Mafalda unentschlossen zurück.

»Nein«, antwortete Angelo.

»Und das gilt auch für mich?«, fragte sie. Angelo legte den Kopf schief zur Seite und sagte nichts.

»*Bene*«, sagte Mafalda nach einer kurzen Pause. »Ich will nicht drängen. Vielen Dank für deine Hilfe.«

»Nichts zu danken«, antwortete Angelo.

»Und wen rufe ich jetzt an, wenn bei mir wieder mal das Regenwasser durch das Dach läuft oder der Boiler streikt? Einen Briefkasten in Liechtenstein?«, fragte Mafalda einigermaßen ratlos.

Angelo zuckte mit den Schultern.

»Trotzdem danke«, sagte Mafalda. »Ich würde dir jetzt am liebsten kräftig in die Wange kneifen, aber das geht am *telefonino* ja leider nicht.«

»Zum Glück«, antwortete Angelo.

»*Come?*«, fragte Mafalda irritiert zurück.

»Mach das nicht, es tut weh!«, sagte Angelo mit gespielt vor Schmerzen verzogenem Gesicht.

»*Bene, bene* … wenn der junge Herr sich zu fein ist, in die Wange gekniffen zu werden«, antwortete Mafalda ein wenig beleidigt.

»Er ist«, antwortete Angelo. »Und streich Pietro nicht immer in aller Öffentlichkeit durch die Haare. Er würde dir das nie sagen, aber er hasst das. Nicht mal ich darf das machen!«

Mafalda schaute schief in ihr *telefonino* und hielt das Gerät dann weit von sich weg. »Irgendwie habe ich schlechten Empfang, ich kann dich gar nicht gut hören«, sagte Mafalda, grüßte kurz und legte auf.

Sie stand auf, dabei schaute sie missmutig zu der Mobilfunkantenne hinauf, die im letzten Frühling auf dem Wohnhaus neben der Kirche errichtet worden war, nahm ihre Tasche vom Boden auf und setzte sich dann kopfschüttelnd in Bewegung. Erst wollte sie ihr Enkel nicht sehen, weil er angeblich zu beschäftigt wäre? Und dann sollte sie ihm nicht mehr durch die Haare streichen? Die gleichen dunklen Haare, die sie schon an ihrem seligen Salvatore so bewundert hatte, als der noch jung war. Wo sollte das nur noch hinführen?!

8

*E*inen Tag später war Mafalda immer noch kein bisschen klüger. Die Puzzleteile wollten und wollten sich für sie nicht zu einem Ganzen zusammenfügen. Ja, sie hatte immer noch Mühe, die einzelnen Puzzleteile überhaupt ausfindig zu machen und als solche zu erkennen. Alma und Lucia hatten sich für heute entschuldigt. Alma, weil sie einen Arzttermin hatte, und Lucia, weil ... nun ja ... Mafalda war sicher, dass Lucia den Grund nur erfunden hatte. Aber über die Jahre hatte sie gelernt, dass es sinnlos war, Lucia auf so etwas anzusprechen. Kein gemeinsamer *caffè* heute also in der Bar Il Sole.

Ein wenig orientierungslos wanderte sie durch Murano, erledigte dies und erledigte das, nichts von alledem wichtig oder auch nur annähernd dringend. Die Kirchturmuhr von Santi Maria e Donato zeigte wie immer elf Uhr an. Mafalda schaute auf ihre Armbanduhr. Es war schon kurz nach eins. Zu früh, um wieder nach Hause zu gehen, und zu spät, um noch etwas ganz Großes zu beginnen.

Auch wenn eine anonyme Briefkastenfirma in Liechtenstein jetzt ihr Haus besitzen würde, beim Verkauf musste dennoch irgendjemand seine Unterschrift für die Käufer unter die Akte gesetzt haben. So dachte sie sich das zumindest. Und der oder die wäre dann nicht mehr anonym, hoffte sie.

Mafalda grübelte. Für die Immobilien auf Murano war das Catasto di Venezia zuständig, das Katasteramt drüben in Venedig. Vielleicht würde man ihr da helfen können. Das Amt saß in der Agenzia delle Entrate am alten Campo Sant'Angelo drüben in San Marco, das hatte sie in der Zeitung gelesen. Schmierig lächelnd hatte der Bürgermeister mit dem Behördenleiter vor der Eingangstür für ein Foto posiert, das nach Abschluss der Renovierungsarbeiten im vergangenen Jahr die Titelseite des Regionalteils des *Gazzettino* geziert hatte. Alma würde die Ausgabe bestimmt noch auf ihrem Dachboden aufbewahrt haben, dachte sie sich und musste laut lachen.

Eine an ihr vorbeilaufende Frau schaute Mafalda erschrocken an. Mafalda kannte sie nicht, und sie kannte eigentlich jede und jeden auf Murano. Eine unbekannte Frau, hier in diesem abgelegenen Winkel hinter *ihrer* Basilika. Mafalda lächelte sie unschuldig an, drehte sich dann zur Seite und murmelte leise: »Das geht ja schon gut los mit den Touristen hier bei uns im Viertel!«

Sie schaute nochmals auf ihre Uhr. Bis nach San Marco würde sie eine knappe Stunde brauchen, davon ein kurzer Teil Fußmarsch vom Fondamenta Nove zum *vaporetto* am Canal Grande, das sie in die Nähe des Campo Sant'Angelo, gleich beim Teatro La Fenice, bringen würde. Bis sie da war, wäre die Mittagspause sicher vorbei und die Damen und Herren Beamten wieder bei der Arbeit. Resolut drehte sie um und marschierte zurück, schnurstracks auf den Campo San Donato zu, dann über die steinerne Brücke über den Kanal, den immer noch vor dem Museo del Vetro auf der anderen Kanalseite planlos herumstehenden Amerikanern sicher ausweichend. Sie folgte dem Kanal bis zur Haltestelle Navagero. Die lag fast bei Lucias Haus.

Sie erreichte das *vaporetto* der Linie 4.2 im letzten Moment, ging an Bord, und wenige Augenblicke später setzte sich das Boot schon in Bewegung. Mafalda hatte Mühe, sich auf dem schwankenden Boot festzuhalten, dessen Stahldach ihr dazu zu hoch war und dessen Plätze entlang der Reling schon besetzt waren. Erst kurz vor der nächsten Haltestelle, Murano Faro, traute sie sich, nach innen in die Kabine zu gehen und sich einen Sitzplatz zu suchen. Bis sie saß, hatte das Boot schon fast Murano Colonna erreicht und fuhr dann direkt weiter an der Trutzmauer um die Friedhofsinsel San Michele vorbei auf Venedig zu.

Am Fondamenta Nove angekommen, stieg sie als eine der Ersten aus dem Boot. Wie immer hatte sie schon seit dem Anleger an der Friedhofsinsel San Michele ungeduldig auf Deck gestanden und die Ankunft an der nächsten Haltestelle abgewartet. Ihre Sitzplatzsuche kurz zuvor hatte sich nicht wirklich gelohnt. Am Ufer schaute sie sich kurz links und rechts um und entschied sich dann für eine der weniger frequentierten Nebengassen, durch die sie, das wusste sie, ihr Ziel wesentlich schneller erreichen würde als über die mit gelben Wegweisern ausgeschilderte Hauptstrecke, der alle Ortsfremden folgten. Sie lief durch finstere *calle* voller verrammelter Fenster und Wände mit abblätterndem Putz, ohne an einem einzigen Restaurant oder Ladengeschäft vorbeizukommen. Es roch feucht, nach Schimmel und Urin. Mehr als einmal musste sie einer Pfütze ausweichen. Immer in der Hoffnung, dass es wenigstens Regenwasser war, dem sie da auswich. Denn es hatte seit Tagen nicht mehr geregnet.

Zehn Minuten später öffnete sich die schmale Gasse zwischen einem Geschenkeladen und einem Bekleidungsgeschäft urplötzlich zur weiten und lichtdurchfluteten Strada Nova, wo mit Licht und Weite allerdings auch wieder die Touristen zum Vorschein kamen. Mafalda ging zielsicher ein paar Schritte nach rechts und verschwand in der nächsten Gasse auf der gegenüberliegenden Seite, die sie nach ein paar Schritten an den Canal Grande an die Haltestelle Ca d'Oro brachte. Im Gewirr der Gassen von Venedig hatte sie eine Ortskenntnis, die Pietro und Angelo auch mit ihren *telefonini* nie würden schlagen können!

Heute schien ihr Glückstag zu sein: Das *vaporetto* der Linie 1 näherte sich gerade dem Anleger, als sie aus der schmalen Gasse auf den kleinen *campo* mit dem davor schwimmenden Haltestellen-Ponton heraustrat. An anderen Tagen hatte sie hier schon gut zehn oder gar zwanzig Minuten auf das nächste Boot warten müssen. Jetzt ging sie schnell an Bord, setzte sich auf einen der freien Plastiksessel im Inneren des *vaporetto* und versuchte, sich an ihren letzten Besuch in der Agenzia delle Entrate zu erinnern.

Das war vor über zwanzig Jahren gewesen. Nach fast zwei Jahren des Wartens auf Salvatores Steuererstattung war ihr der Kragen geplatzt, und sie war, wie heute, spontan hinüber zu dem alten Gemäuer am Rio de Sant'Angelo gefahren. Erst hinter dem zweiten Innenhof hatte sie nach einem Gewirr von Gängen und Treppen ihr Ziel gefunden. Kein Schild hatte ihr den Weg gewiesen. In der muffigen, mit grauem Linol ausgelegten Wartehalle hatte sie eine Nummer ziehen und zwischen zwei halbtoten Gummibäumen endlos warten müssen. Irgendwann hatte man sie aufgerufen, in eine bis zur Decke mit staubigen Aktenordnern gefüllte Kammer geführt, nur um sich dort von einem vertrockneten Männchen mit Halbglatze in ausgeblichenem beigem Flanellhemd und mittelbrauner Baumwollhose anhören zu müssen, dass er nicht zuständig sei.

Sie hoffte inständig, dass ihr heute mehr Glück beschieden sein würde. Am Anleger Sant'Angelo verließ sie das *vaporetto* und folgte mit sicherem Gespür den Gassen, die sie ihrer Erinnerung nach zum wuchtigen Gebäudekomplex der Agenzia delle Entrate bringen würden. Das massige Gebäude hatte früher mal ein Kloster beherbergt. Aber die Tage von Verzicht und Enthaltsamkeit waren mit dem Einzug der Steuerbehörden ein für alle Mal zu Ende gegangen.

So kurz nach Mittag war hier fast niemand unterwegs. Mitten in der Gasse lag eine riesige Zimmerpalme im zerborstenen Topf am Boden, und die Blumenerde hatte sich rund um den Pott auf dem Steinboden der *calle* verteilt. Der Wind musste die Pflanze von einer Dachterrasse nach unten gefegt haben. Wind als Vorzeichen für die stürmischen Zeiten, die ihr bevorstünden? Doch so stark geweht hatte es in den letzten Tagen gar nicht. Mafalda schritt sorgsam um den Topf herum und blickte misstrauisch nach oben, ob nicht noch weitere Pflanzen dieser einen folgen würden.

Irgendwann ging es nur noch nach rechts oder nach links weiter. Mafalda schaute unschlüssig in beide Richtungen. Wenn sie sich richtig erinnerte, dann lag das Gebäude der Finanzverwaltung nur wenige Meter links von hier.

Ja, es war links. Ein paar Schritte weiter konnte sie die markanten Fenster des Komplexes sehen, die mehr vergitterten Schießscharten als richtigen Fenstern ähnelten. Aber sie zeigten ihr doch, dass sie eben richtig abgebogen war. Der breite Eingang befand sich einige Meter weiter direkt auf einer Kanalbrücke, die hinüber zum großen Campo Sant'Angelo führte. Auf dem *campo* herrschte das übliche Treiben von geschäftigen Marktverkäufern, fahrenden Händlern und orientierungslosen Touristen. Der Eingang zur Agenzia war dagegen weitaus weniger besucht, als Mafalda das in Erinnerung hatte. War sie doch noch zu früh?

Mafalda fasste sich ein Herz und betrat das Gebäude. Zuerst wollte sie ihren Augen nicht trauen. Der Bürgermeister schien einen ordentlichen Batzen Steuergelder in die Renovierung der Agenzia gesteckt zu haben: Die Säulengänge waren sauber verputzt und geweißt. Große und deutlich sichtbare Wegweiser wiesen den Weg durch die Gänge des

Gebäudes. Wo früher graues Linoleum lag, waren jetzt die alten Steinböden des ehemaligen Augustinerklosters wieder freigelegt. Und wo einstmals grüne Schalensitze aus Hartplastik den Raum füllten, standen jetzt bequeme Sessel mit breiter Lehne und weicher Sitzfläche. An der Decke waren die Neonleuchten verschwunden, und an ihrer Stelle waren indirekte Lichtspots verbaut worden, die den gesamten Raum in taghelles, aber doch angenehmes Licht hüllten.

Leider war mit der Renovierung auch der Automat verschwunden, aus dem man die Wartenummern ziehen konnte. Und eine Empfangsdame mit Tresen und kleinem Drehkreuz daneben versperrte jetzt den Durchgang zum hinteren Kreuzgang des ehemaligen Klosters, über den alle Amtsstuben des Gebäudes zu erreichen waren. Mafalda stand unschlüssig vor dem Tresen.

»Sie sind?«, fragte die gestresste Empfangsdame im grauen Zweiteiler und mit streng zurückgekämmtem Haar grußlos, ohne Mafalda anzusehen.

Mafalda zögerte erst und sagte dann leise: »Cinquetti. Mafalda Cinquetti. Aus Murano.«

Die graue Maus hinter dem Tresen tippte, ohne aufzusehen, wild auf ihrer Computertastatur herum und schüttelte immer wieder den Kopf. »Cicchetti oder Cinquetti? Ich finde Sie hier nicht. Haben Sie denn keinen Termin?«, fragte sie mit angestrengtem Blick auf ihren Bildschirm.

»Ich dachte, es ginge auch so. Mit Wartenummern«, antwortete Mafalda kleinlaut. Die Empfangsdame schaute sie mit vor Erstaunen weit aufgerissenen Augen an. Streng genommen war das das erste Mal, dass sie Mafalda überhaupt anschaute. Sie schien sie für ein Relikt aus einer vergangenen Zeit zu halten. Was zumindest teilweise wohl auch zutraf.

»Wartenummern?«, fragte sie nach einer Weile gedehnt. »Die haben wir hier schon seit Ewigkeiten nicht mehr. Eine Kollegin hat mal davon erzählt«, sagte sie und blickte dabei im Raum umher, als wenn sie durch ein Zeitloch in eine vergangene Epoche blicken wollte. Dann schaute sie Mafalda wieder in die Augen und sagte mit Nachdruck: »Aber nicht, seit ich hier arbeite. Sie brauchen einen Termin!«

Mafalda war ein wenig eingeschüchtert. »Könnte ich … vielleicht jetzt einen Termin vereinbaren? Kurzfristig?«, fragte sie zaghaft.

»Das geht nur online. Es gibt da durchaus eine gewisse Nachfrage«, antwortete die Tresenkraft. Und auf Mafaldas fragenden Blick fügte sie hinzu: »Sie müssen mit einer erheblichen Wartezeit rechnen«, und zeigte mit der Hand zum Ausgang.

Mafalda hörte sie noch wie aus weiter Entfernung »Der Nächste bitte!«, sagen, drehte sich dann langsam um und ging durch den Ausgang über die Brücke hinaus auf den *campo*, quer über den Platz, an den Marktständen und der kleinen Imbissbude in der Platzmitte vorbei. Erst vor dem Restaurant an der rechten Platzhälfte blieb sie stehen, ließ sich auf einen der Stühle fallen, ihre Handtasche neben sich auf dem Steinboden. Als der Kellner kam, deutete sie ihm schon aus der Ferne an, dass er ihr einen *caffè* bringen solle.

Sie schaute unschlüssig von links nach rechts über den ganzen *campo*, hinüber zu den tobenden Kindern aus dem Viertel, zückte dann ihr *telefonino* und tippte darauf herum.

»*Salve Mafalda!*«, meldete sich Angelo über den Telefonlautsprecher, und sein Gesicht war auf dem Display zu sehen.

»Ich brauche deine Hilfe«, fiel Mafalda direkt grußlos mit der Tür ins Haus und atmete tief ein und aus. Angelo zog die Augenbrauen nach oben.

»Was ist los?«, sagte er.

»Ich war gerade in der Agenzia delle Entrate hier in Venedig. Aber scheinbar braucht man mittlerweile einen Termin. Eine Wartenummer reicht nicht mehr«, sagte Mafalda.

»Das muss schon eine Weile so sein. Ich kenne das gar nicht anders«, antwortete Angelo am anderen Ende der Leitung.

»Kannst du mir möglichst schnell einen Termin besorgen?«, fragte Mafalda hoffnungsvoll.

Angelo lachte heiser. »Für heute?«, fragte er.

»Wenn es geht?«, antwortete Mafalda. »Du kannst doch sowas?«

Angelo atmete tief ein. »Ich bin nicht sicher, ob du die richtige Vorstellung von dem hast, was ich machen kann«, sagte er nach kurzer Pause.

»*Prego!*«, hakte Mafalda nach. Er war im Moment ihre einzige Hoffnung.

»Steuern oder Katasteramt?«, fragte Angelo.

»*Catasto*«, antwortete Mafalda beinahe flehentlich.

»Gib mir zehn Minuten!«, antwortete Angelo nach kurzem Nachdenken. »Ich rufe dich zurück.«

»*Grazie mille*«, sagte Mafalda.

Der Kellner hatte während des Gespräches den *caffè* und ein Glas Wasser gebracht. Mafalda leerte erst das Wasser in einem Zug und nippte dann am Kaffee. Sie schaute den Kindern zu, die über den *campo* jagten und die Touristen dabei als Verstecke und Hindernisse missbrauchten. Eine Frau mit breiter Sonnenbrille und roter Schirmmütze schrie erschrocken auf, als eines der Kinder ihre beulige, unförmig geschnittene und offensichtlich gefälschte Luxuslabeltasche anhob, um darunter hindurchzulaufen. Sie hatte wohl Schlimmeres befürchtet als die kindliche Attacke auf ihre Einkäufe. Mafalda schüttelte den Kopf, trank ihren *caffè* aus, legte ein paar Münzen auf den Tisch und ging.

Sie lief zielstrebig zur Platzmitte zurück, wo die eben noch tobenden Kinder mittlerweile verschwunden waren. Dafür vergnügte sich eine Großfamilie Tauben mit dem, was die Touristen an Eiswaffelresten übrig gelassen hatten. Mafalda nahm die beim Kaffeetrinken heute Vormittag und gerade eben geretteten Kekse aus ihrer Handtasche. Sie packte sie aus und warf die Krümel den Tauben hin. Danach betrachtete sie selig lächelnd, wie sie sich um die Kekskrümel balgten. Von den Eiswaffeln allein waren sie nicht satt geworden, wenn sie denn überhaupt jemals satt sein würden.

Die gefälschte Tasche der Touristin von eben brachte sie auf eine Idee. Entlang der Häuserzeilen am Rande des *campo* hielt sie Ausschau nach einem Souvenirgeschäft und wurde nicht einmal, sondern gleich zweimal fündig. Sie wählte das linke der beiden, in dessen Auslage sie schon von Weitem Glasvasen und Trinkgläser sehen konnte. Keine sehr schönen Stücke, wie sie sah, als sie dem Laden Meter um Meter näher kam. Von der Form her allzu einheitlich. Keinem Glasbläsermeister, selbst einem noch so guten, würde zehnmal nacheinander exakt die gleiche Form gelingen. Leichte Abweichungen gab es immer. Die Glasbläserei war reine Handarbeit, und die Perfektion lag in der Gesamtkomposition aus filigranen Formen und leuchtenden Farben.

Dem Schild im gläsernen Regal des Schaufensters nach sollte es sich um echte Einzelstücke handeln. Aber die simplen Formen und die blässlichen Farben sprachen sie nicht an. Den Trinkbechern fehlte die Größe und Erhabenheit, die Mafalda so an ihrem Muranoglas liebte, und die Vasen hatten eher Ähnlichkeiten mit Urnen als mit Behältern für so etwas Lebendiges wie frische Blumen. Sie bog um die Ecke, um das andere Schaufenster in der kleinen *calle* anzuschauen, und wäre dabei beinahe mit der schläfrigen Verkäuferin zusammengestoßen, die mit einem Wischlappen bewaffnet die Glasscheibe traktierte. Auf der Scheibe waren Reste von Sprayfarbe zu sehen, die die junge Frau mühevoll versuchte wegzuputzen. »Oh, hier auch?«, fragte Mafalda erschrocken.

Doch die Verkäuferin schaute sie nur verständnislos an. »Nur Englisch«, sagte sie und widmete sich weiter ihrer Arbeit.

Mafaldas *telefonino* klingelte. »Das war schnell«, sagte sie ein wenig beeindruckt – von Angelo und von sich selbst, weil sie den grünen Button für die Gesprächsannahme so schnell gefunden hatte.

»Du hast einen Termin in zehn Minuten. Du musst dich am Empfang melden. Wenn du zu spät kommst, verfällt der Termin«, scheppert Angelos Stimme etwas gehetzt aus dem Lautsprecher.

»Wie hast du das gemacht?«, fragte Mafalda aufrichtig beeindruckt. »Oder sollte ich lieber nicht fragen?«

»Jemand hatte kurzfristig abgesagt, und ich habe den Termin für dich gebucht. Was dachtest du denn?«, antwortete Angelo und lachte lauthals.

»Oh, ich dachte … weil Pietro immer so etwas andeutet …«, stotterte Mafalda. Angelo blickte sie streng über den Bildschirm an, bevor er wieder zu einem breiten Grinsen wechselte.

»Du hast zu viele Hacker-Stories in deinem Revolverblatt beim Friseur gelesen!«, sagte er laut prustend.

Mafalda lächelte verschämt. »Das mag sein«, sagte sie und kicherte. »Ich hatte mir das vorgestellt, als würdest du mir aus dem Nichts am Computer eine komplett unerwartete Lösung herbeizaubern, mit der überhaupt nicht zu rechnen gewesen wäre. Aber wenn ich ehrlich bin, fand ich das in diesen Zeitungen beim *parrucchiere* schon immer reichlich unglaubwürdig.«

»Was bekomme ich denn dafür?«, fragte Angelo keck.

»Was meinst du?«, fragte Mafalda, obwohl sie schon wusste, worauf Angelo aus war.

»Ich hatte schon lange keine *spaghetti alla busara* mehr. Morgen Abend bei dir?«, fragte Angelo frech.

»Aber du bist doch in Milano?«, fragte Mafalda irritiert zurück.

Als Antwort drehte Angelo sein *telefonino* zur Seite, und Mafalda konnte die vor einem Zugfenster vorbeigleitende Landschaft auf dem Bildschirm sehen. Angelo drehte das *telefonino* zurück und sagte: »Ich fahre eher zurück als geplant. Morgen Abend gegen acht mit Pietro bei dir?«, fragte er.

»Punkt acht«, antwortete Mafalda, der sofort Angelos notorische Unpünktlichkeit in den Sinn kam. »Und ich denke mir noch eine Vorspeise aus.«

»Punkt acht«, sagte Angelo. »Und jetzt mach schnell, sonst verpasst du deinen Termin!«

»Ich dachte, Sie hätten sich nicht vorab angemeldet?«, fragte die irritierte Empfangsdame Mafalda im Eingangsbereich der Agenzia.

»Schauen Sie doch nach!«, antwortete Mafalda lächelnd und zeigte mit dem rechten Zeigefinger auf den Monitor. »Wahrscheinlich haben Sie es vorhin nur übersehen.«

Die Mausgraue wollte protestieren, doch wenige Klicks später hatte sie schon Mafaldas Namen im Terminkalender gefunden und verstummte abrupt. Sie drückte einen großen runden Knopf am Rand ihres Schreibtischs, und eine Lampe neben dem Drehkreuz, das den Zugang zum Inneren versperrte, fing hektisch an zu blinken. »Zimmer einhundertfünf, rechts durch den Kreuzgang, die fünfte Tür auf der rechten Seite«, sagte sie nur und wies mit der Hand zum Innenhof des Gebäudes. Mafalda schnappte sich ihre Handtasche und marschierte triumphierend an ihr vorbei.

Erst nachdem sie den Kreuzgang betreten hatte, wurde ihr klar, dass sie beinahe vergessen hatte, warum sie eigentlich hier war. Zu viel Aufwand und Energie hatte sie verschwenden müssen, um überhaupt erst hierher und hier hineinzukommen. Der Verkauf ihres Hauses musste, wie der aller Immobilien in der Stadt, hier im *Catasto* registriert sein. Und statt einer anonymen Briefkastenfirma hatte hier eine Person aus Fleisch und Blut ihre Unterschrift unter die Kaufakte setzen müssen. Eine Person, über die sie hoffte, an die wirklichen Eigentümer ihres Hauses heranzukommen. Und mehr über deren Beweggründe herauszufinden.

Catasto stand an der Tür, an der sie klopfte und die sie dann sofort öffnete. Anstelle der von ihr erwarteten Aktenberge fand sie hinter der Tür nur vier nüchterne Glasschreibtische und mehrere filigrane Designerstühlchen mit dürren Kunststoffbeinen, die so aussahen, als würden sie unter jedem, der das Idealgewicht auch nur leicht überschritt, unweigerlich in die Knie gehen. Kein weiteres Möbelstück füllte den weiß gekalkten Raum. In seiner neuen Aufmachung hatte dieser Raum wohl mehr mit seiner einstigen Bestimmung als Klosterzelle gemein als jemals zuvor in den dazwischenliegenden Jahrhunderten.

Nur ein Schreibtisch war besetzt, aber das genügte Mafalda. Das dünne Männchen mit dem spärlichen Haarwuchs, dem eine Nummer zu großen blassblauen Hemd und der schief gebundenen Krawatte hatte sie offenbar schon erwartet und schaute bei ihrem Eintreten zu ihr auf. »Signora Cinquetti?«, fragte er, stand angedeutet auf und bedeutete ihr mit der rechten Hand, sich an seinen Schreibtisch zu setzen. Mafalda setzte sich. Sie fand auf dem unbequemen Stuhl jedoch keinen richtigen Halt und rutschte unruhig hin und her. Ihr fehlten die Worte, um zu beginnen.

Stattdessen stotterte sie das Männchen ihr gegenüber an, das laut seinem Schild auf dem Schreibtisch auf den Namen Stefano Bernardi hörte. Es quittierte Mafaldas Stottern mit einem fragenden Blick.

Mafalda holte tief Luft und begann von Neuem. »Mein Haus wurde verkauft«, sagte sie und machte dann eine Kunstpause. Seinem Blick nach schien Mafaldas unverkennbarer venezianischer Dialekt ihn milde zu stimmen. »Also das Haus, in dem ich wohne. Zur Miete.« Signor Bernardi nickte verstehend. »Und nun würde ich gerne wissen, wer das Haus gekauft hat. Denn bisher habe ich nur eine obskure Adresse im Ausland. Keine italienische Telefonnummer. Keinen Ansprechpartner. *Niente.*«

Bernardi nickte wieder. »Um welches Haus geht es?«, fragte er.

»Murano. Campo San Bernardo«, sagte sie und fügte dann noch die Hausnummer hinzu.

Bernardi tippte auf seiner Tastatur herum, schaute, tippte wieder und nickte dann. »Verkauft am 9. April«, sagte er.

Mafalda schlug mit den Handflächen auf ihre Oberschenkel. »Da war sie noch nicht mal unter der Erde!«, entfuhr es ihr entsetzt.

»*Come?*«, fragte Bernardi irritiert zurück.

Mafalda schaute im Raum umher. Für einen Moment hatte sie sich in ihren Gedanken verloren. »*Scusi!* Ich meinte meine alte Vermieterin. Das Haus wurde verkauft, da war sie noch nicht mal beerdigt.«

»Das haben wir hier häufiger«, sagte er wissend und schaute sie verständnisvoll an.

Mafalda deutete mit dem Zeigefinger in Richtung von Bernardis Monitor. »Ist denn bekannt, wer die neuen Eigentümer sind?«, fragte sie.

»*Certo.* Irgendjemandem muss es ja gehören«, sagte Bernardi schulterzuckend und wendete sich wieder seinem Computer zu. »Murano Immo Invest Stiftung Liechtenstein«, sagte er nach einigem Tippen.

»Die residieren in einem Briefkasten!«, sagte Mafalda lakonisch und hob etwas hilflos die Hände.

»Auch das haben wir hier in letzter Zeit häufiger«, antwortete Bernardi wenig überrascht.

»Ist denn sonst nichts bekannt? Hat nicht jemand unterschrieben? Wen rufe ich denn an, wenn der Boiler streikt oder es durchs Dach tropft?«, fragte sie einigermaßen hilflos. Das Drama um Marias Kündigung wollte sie lieber noch nicht erwähnen.

»Für solche Sachen bestellen die meisten einen Verwalter vor Ort«, antwortete Bernardi und fing wieder an zu tippen. Einige Momente später stoppte er und zeigte auf seinen Bildschirm.

»Der Kaufvertrag wurde von einer Elisabeth Rhyner unterschrieben, falls Ihnen das weiterhilft. Die Unterschrift hat sie aber vor einem Partnernotar getätigt. In *Glarona*, in der Schweiz.« Er klickte mit der Maus, tippte ein wenig und las dann laut vor: »Elisabeth Rhyner als Geschäftsführerin der Rhyner Invest AG, Bergwald, Glarona, Svizzera.« Mafalda kritzelte den Namen auf einen kleinen Zettel, den sie aus ihrer Tasche hervorgekramt hatte. Erst wollte ihr Stift nicht schreiben, dann schaute sie Bernardi fragend an und deutete auf seinen Stift auf dem Schreibtisch. Er nickte und schob ihr seinen Stift herüber.

»Da haben die wohl nicht gut aufgepasst. Normalerweise schreiben sie den Namen der Firma hinter dem Briefkastenkonstrukt nicht so offen in die Akten«, sagte er und schaute unschlüssig zwischen Mafalda und seinem Computer hin und her.

»Und diesen ganzen Aufwand mit dieser Briefkastenfirma und so weiter, den betreiben die nur wegen eines einzigen Hauses?«, fragte Mafalda reichlich ratlos. Und wohl auch in der Hoffnung, Bernardi noch ein paar mehr Informationen entlocken zu können.

War es spontane Sympathie, lokale Verbundenheit oder ein Anflug von Mitleid? Jedenfalls tippte er urplötzlich weiter auf seiner Tastatur herum, nickte schließlich und schaute Mafalda dann wieder an. »Die Firma besitzt bereits acht weitere Immobilien hier in Venedig. Alle auf Murano, alle …«, er fuhr mit dem Zeigefinger über die Liste auf seinem Bildschirm, »… alle in den letzten drei Monaten gekauft.«

Mafalda schaute erschrocken und nickte.

»Die breiten sich hier immer schneller aus«, sagte er, hob dann den rechten Zeigefinger vor seinen Mund und fügte schnell hinzu: »Aber das haben Sie nicht von mir!«

Mafalda nickte wieder.

Bernardi schrieb etwas auf einen Zettel und schob den zu Mafalda über die absolut staubfreie Glasplatte seines Schreibtisches. »Eine Telefonnummer in der Schweiz. Hatte ein Kollege zu der Akte notiert«, sagte er verschwörerisch. »Ich befürchte, das ist alles, was ich Ihnen zu der Immobilie sagen kann. Haben Sie sonst noch Fragen?«

Mafalda schüttelte den Kopf. »Nein, keine Fragen. *Mille grazie!* Sie haben mir sehr weitergeholfen.« Er nickte, sie verabschiedeten sich, und Mafalda verließ Bernardis Büro.

9

Nach der Rückkehr aus Venedig war Mafalda auf ihrem Fernsehsessel eingeschlafen. Erst tief nachts war sie hochgeschreckt, ging ins Schlafzimmer und zog ihr Nachthemd an. Ganz gegen ihre sonstige Gewohnheit schlief sie tief und fest und erwachte erst, als die Sonne schon hoch am Himmel stand.

Aber nicht nur die Gewaltmärsche des gestrigen Tages hatten ihren Tribut gefordert: Der rechte Absatz von Mafaldas Schuhen hatte sich nun gänzlich verabschiedet. Bequeme graublaue Mokassins, die zu tragen allein für Freundin Lucia eine Zumutung gewesen wäre. Bereits vor Wochen hatte die Sohle begonnen sich abzulösen. Doch nachdem der alte Schuster beim Campo Santo Stefano schon vor langer Zeit mangels Nachfolger sein Geschäft aufgegeben hatte, blieb ihr auf Murano keine Möglichkeit, ihre liebgewonnenen Treter neu besohlen zu lassen. Pietro hatte sie gefragt, Angelo auch. Sogar Anna. Doch alle drei hatten sie nur ausgelacht. Niemand würde heutzutage mehr Schuhe neu besohlen lassen. Niemand außer Mafalda jedenfalls.

Eine Bekannte hatte ihr den Tipp gegeben, dass es in einer Seitengasse bei Rialto noch einen Schuhmacher geben sollte, der dort seinem selten gewordenen Handwerk nachging, eingepfercht zwischen Souvenirshops und ganzjährig geöffneten Läden für Karnevalsmasken. Auch er war schon gut über siebzig und arbeitete nur noch an einzelnen Wochentagen. Deswegen hatte sie erneut die lange Anfahrt auf sich genommen und war nun überglücklich, die geliebten Schuhe endlich zur Reparatur abgeben zu können.

Kaum hatte sie das Geschäft wieder verlassen, hörte sie ein seltsames Zischen nur wenige Meter von ihr entfernt. Als wenn die Luft aus einem Fahrradreifen entweichen würde – gäbe es denn Fahrräder in Venedig. Kurz darauf war lautes Schreien zu hören, gefolgt von aufgeregtem Stimmengewirr. Jemand rief laut »*Viva Murano!*« in die Menge. Es war nicht nur das Wörtchen »Murano«, das ihre Aufmerksamkeit erregte. Es war auch die Stimmlage, die gesamte Sprechweise des Rufers, die ihr bekannt vorkam. Ein Mann mit tief ins Gesicht gezogenem Kapuzenpullover lief eilig an ihr vorbei.

»Ettore?«, entfuhr es Mafalda wie von selbst, nachdem sie die Stimme und den taubenblauen Pullover wiedererkannt hatte. »*Ettore?*«, rief sie noch einmal. Der Mann erstarrte, drehte sich langsam um und fixierte Mafalda dann mit weit aufgerissenen Augen. Die schaute immer wieder zwischen Ettore und dem besprühten Schaufenster hin und her. Währenddessen versuchte sie, die mit schwarzer Sprayfarbe auf der Fassade hastig aufgebrachte Schrift zu entziffern.

Bevor Mafalda noch ein weiteres Mal »Ettore« rufen konnte – zu anderen Äußerungen schien sie vor Schreck nicht in der Lage zu sein –, zog der Gerufene sie am Ärmel in eine Seitengasse und bedeutete ihr mit dem Zeigefinger zu schweigen. Mafalda konnte immer noch nicht glauben, was sie gerade gesehen hatte. »Ettore«, beschwor sie ihn flüsternd, »das ...«

»Das ist nicht das, wonach es aussieht«, sagte er fast nicht hörbar.

»Das ist *sehr wohl* das, wonach es aussieht!«, entgegnete Mafalda empört.

»*Ssh!*«, fauchte ihr Ettore entgegen. »Man kann uns hören.« Mafalda drehte sich auf dem Absatz um. Dem Absatz der intakten Schuhe, denn sonst wäre das nicht so ohne weiteres möglich gewesen.

»Wir müssen reden«, sagte sie leise und pochte ihm mit dem Zeigefinger auf die Brust. »*Wir* müssen reden«, wiederholte sie noch einmal und holte tief Luft. »Von mir aus nicht hier. Und heute passt es mir auch nicht mehr.« Schließlich erwartete sie heute Abend Pietro und Angelo zum Essen. Sie dachte angestrengt nach. »Morgen. Zehn Uhr. Bei mir vor dem Haus.«

Um Ettore in ihre Wohnung einzuladen, kannte sie ihn noch nicht gut genug. Eigentlich kannte sie ihn gar nicht, wenn sie in Betracht zog, was sie eben gesehen hatte. »Auf der Bank auf dem Platz vor meinem Haus«, wiederholte sie erregt. »Campo San Bernardo auf Murano.« Aber das wusste Ettore vermutlich schon, so viel wie Padre Osman, Beppe und die anderen über sie geredet hatten. Ettore nickte nur stumm, Mafalda drehte sich um und machte sich mit geballten Fäusten zu Fuß auf den Weg zum *vaporetto* am Fondamenta Nove.

Als sie die Tür zu ihrer Wohnung öffnen wollte, fiel ihr ein kleiner Zettel auf der Fußmatte auf. Sie bückte sich, nahm ihn hoch und versuchte, ihn mit zusammengekniffenen Augen zu entziffern. Ein Paket! Mafalda schüttelte den Kopf. Wer schickte ihr denn Pakete? Vielleicht wurde es ja unten bei Maria abgegeben. Sie würde sie gleich nachher fragen. Oder besser morgen, denn heute war sie beschäftigt. In jedem Fall eine gute Gelegenheit, mal wieder ein Gespräch mit Maria von Angesicht zu Angesicht zu führen und nicht immer nur über Dritte.

Rechtzeitig vor dem Abendessen ruhte in Mafaldas Kühlschrank eine schaumig-süße *Zabaione alla Veneziana*. Den Aufstrich für die Crostini-Schnittchen als Vorspeise hatte sie bereits zusammengemischt, und die Nudelsauce köchelte auf dem Herd vor sich hin. Wenn Pietro und Angelo kämen, würde sie nur noch die Scampi zur Sauce geben müssen und die Spaghetti kochen. Das Wasser dafür stand schon auf dem Herd.

Für den Moment blieb ihr nicht viel mehr zu tun. Mit geübten Handgriffen hatte sie den Tisch gedeckt, ihre geliebte Stehlampe mit der einen Kristallleuchter tragenden Putte angeschaltet und sich zum Ausruhen in ihren breiten Fernsehsessel gesetzt. Doch jetzt, wo sie saß, merkte sie, dass sie viel zu energiegeladen war, um sich dem Müßiggang hinzugeben. Sie bückte sich hinunter zu ihrer Korbhandtasche, die sie neben ihrem Sessel auf den Boden gestellt hatte, und fischte aus der Seitentasche den Zettel heraus, auf dem sie sich gestern bei Bernardi in der Agenzia Notizen gemacht hatte.

Sie hielt den Zettel mit der rechten Hand weit von sich weg, konnte das Geschriebene im funzeligen Licht der Stehlampe aber dennoch nicht entziffern. Ächzend beugte sie sich erneut zu ihrer Handtasche hinunter und schnappte sich ihre Lesebrille. »Rhyner Invest AG, Bergwald, *Glarona*, Schweiz«, las sie laut, nachdem sie sich ihre Brille aufgesetzt hatte. Und weiter: »Elisabeth Rhyner, Geschäftsführerin.« Darunter hatte sie sich noch die Telefonnummer notiert, die Bernardi ihr auf einem Stück Papier zugeschoben hatte. Seinen Zettel hatte er behalten wollen, weil darauf seine Handschrift zu erkennen war.

Mafalda schaute unentschlossen erst auf ihr Telefon und dann auf die Uhr. Es war halb acht Uhr abends. Pietro und Angelo würden erst in einer halben Stunde kommen, wenn die beiden denn überhaupt pünktlich wären. Denn dieses permanente Zuspätkommen war eine Unart, die sich ihr Enkel sehr zu Mafaldas Leidwesen recht schnell von Angelo abgeschaut hatte. Dreißig Minuten oder sogar mehr: Ihr blieb noch mehr als genug Zeit bis zum Abendessen. Um diese Zeit würde sie in dieser Firma sicher niemanden mehr erreichen. Aber ob die Telefonnummer überhaupt stimmen würde, das könnte sie überprüfen.

Sie legte den Zettel auf die Stuhllehne und zog sich mit beiden Händen nach oben. Sie ging zum Telefontisch neben der Wohnzimmertür und nahm das graue Tastentelefon von dem Tisch zu ihrem Sessel hinüber, immer bemüht, die lange Schnur vorsichtig hinter sich her zu ziehen, damit sie sie nicht beschädigte. Mit dem Telefon in der Hand ließ sie sich wieder in ihren Sessel fallen, nahm den Zettel von der Stuhllehne und legte den Hörer neben das Gerät. Langsam tippte sie Ziffer für Ziffer der langen Nummer in das Gerät. Dann nahm sie den Hörer an ihr Ohr.

Erst rauschte es. Ob das an Mafaldas altmodischem Telefon lag oder an der langen Verbindung, war nicht auszumachen. Schließlich ertönte ein Freizeichen. Mafalda erwartete, dass jeden Moment ein Anrufbeantworter am anderen Ende der Leitung anspringen würde, aber dem war nicht so. Stattdessen klickte es laut hörbar, und eine Frauenstimme meldete sich mit schweizerdeutschem Dialekt. »Ja?«, fragte sie ungehalten und grußlos in die Leitung.

»Cinquetti hier. Mit wem spreche ich denn?«, fragte Mafalda wie automatisiert.

»Rhyner Invest AG, Elisabeth Rhyner persönlich«, schepperte es blechern aus der altmodischen Hörmuschel. Mafalda erstarrte. Sie hatte fest damit gerechnet, um diese Uhrzeit niemanden zu erreichen, und war ganz und gar nicht darauf vorbereitet, aus dem Stand und komplett unvorbereitet ein Gespräch zu führen. Ihr erster Impuls war es, den Hörer wieder aufzulegen. Aber was, wenn ihr Gegenüber ihre Nummer hatte sehen können? Sie hatte gelesen, dass so etwas mittlerweile auch bei alten Telefonen wie dem ihren möglich war.

»Guten Abend«, sagte sie nach längerer Pause. Fast hatte sie schon befürchtet oder gehofft, ihr Gegenüber hätte schon aufgelegt. »Guten Abend«, wiederholte sie. »Hier spricht Mafalda Cinquetti. Aus Murano bei Venedig.« Deutsch hatte sie in der Schule gelernt. Sogar recht gut war sie damals gewesen. Aber das war natürlich Jahrzehnte her. Und ihre Fremdsprachenkenntnisse hatte sie seitdem nur ab und zu mit Touristen üben können.

»Das ist meine private Natelnummer. Weshalb rufen Sie mich auf dieser Nummer an? Woher *haben* Sie diese Nummer?«, herrschte die Frau am anderen Ende der Leitung Mafalda an. Und es war ihr anzumerken, dass sie dieses Gespräch so schnell wie möglich beenden wollte. Dass sie Mafalda mit allen Mittel aus der Leitung drängen wollte.

Mafalda überlegte einen Moment. »Sie haben mein Haus auf Murano gekauft. Und ich habe deshalb einige Fragen«, sagte sie langsam in den Hörer. Am anderen Ende war nur Schweigen zu hören. Und ein gewisses Grundrauschen in der Leitung. »Hallo. Sind Sie noch am Apparat?«, fragte Mafalda schließlich.

»Ja« war die knappe Antwort, die sie erhielt.

Mafalda versuchte es noch einmal. »Sie haben mein

Haus auf Murano bei Venedig gekauft. Und ich …«, sagte sie, wurde aber von der anderen Seite unterbrochen.

»Da müssen Sie sich irren!«, sagte die Stimme am anderen Ende der Leitung schroff. »Wir besitzen keine Immobilien im Ausland.« Und nach kurzer Pause fuhr sie wie zur Selbstbestätigung fort: »Sie haben eine Nummer in Glarus angerufen, in der Schweiz. Wir sitzen in der Schweiz. Nicht in Italien. Sie müssen sich verwählt haben!«

Mafalda stotterte: »Aber … aber ich habe Ihre Nummer von der Agenzia delle Entrate.«

»Einen schönen guten Abend noch«, sagte Elisabeth Rhyner und beendete abrupt das Gespräch. Ein einsames Tuten war in der Leitung zu hören, und Mafalda legte den Hörer zurück auf die Gabel.

Die Nummer, die Bernardi ihr herausgesucht hatte, stimmte also! Dass es Rhyners Firma war, die hinter dem Hauskauf stand, daran gab es für Mafalda auch keinen Zweifel. Sowas wurde schließlich offiziell beurkundet und geprüft. Da konnte man nicht schummeln! Nur warum hatte diese Signora Rhyner dann so vehement abgestritten, dass sie die Käuferin des Hauses war?

Es klingelte an der Tür. Mafalda sprang auf, verhedderte sich kurz in der Schnur des Telefons und ging nach einigen Schreckmomenten schließlich mit dem Telefon in Richtung Wohnzimmertür. »Wie tollpatschig von mir«, murmelte sie.

Mafalda stellte den Apparat auf sein Tischchen, wedelte

mit geübten Bewegungen mit dem langen Kabel wie mit einem Lasso, sodass es wie von Hand aufgerollt neben dem Tisch zu liegen kam, und ging weiter zur Wohnungstür. Vor der Tür standen Pietro, noch in seiner *Carabinieri*-Uniform, und Angelo, in Jeans, Turnschuhen und extra weitem weißem Baumwollhemd.

»Pietro, mein Goldstück!«, begrüßte sie ihren Enkel mit weit geöffneten Armen. Sie umarmte ihn und strich ihm dabei durchs Haar. Angelo starrte sie entsetzt von der Seite an. Mafalda warf ihm einen triumphierenden Blick zu, wandte sich dann gänzlich zu ihm, umarmte ihn und kniff ihn zur Begrüßung in die Wange. »Schön auch dich wieder zu sehen, Angelo!«, sagte sie. Eine Bemerkung über seine wie immer zerschlissenen Jeans verkniff sie sich.

Pietro und Angelo lächelten leicht gequält, als sie Mafalda nach drinnen folgten. »Oh, du hast die Stehlampe eingeschaltet«, sagte Pietro lakonisch, nachdem sie das Wohnzimmer betreten hatten. »Die bleibt hier!«, antwortete Mafalda energisch und deutete im Gehen mit dem linken Zeigefinger auf die Bronzeputte mit dem Kronleuchter in der Hand. »Keine Angst, ich wollte sie nicht für mich«, antwortete Pietro schnell und musterte die Scheußlichkeit abfällig von oben bis unten.

»Setzt euch doch!«, sagte Mafalda. »Ich bringe gleich die *crostini*. Ihr könnt schon mal den Wein aufmachen! Oder darfst du in Uniform nichts trinken?«, fragte sie und musterte seine schmucke Uniform, die sie schon an ihrem Salvatore immer so gemocht hatte. Pietro holte die Weinflasche aus dem Kühlschrank in der Küche.

»Ich komme direkt von der Arbeit. Aber jetzt ist Feierabend«, sagte er, beäugte neugierig das Etikett und nahm dann den Korkenzieher vom Haken neben der Küchentür. Es war ein Pinot Grigio aus dem Veneto. Nichts anderes hatte er von seiner Großmutter erwartet.

»Wenn du weiter so fleißig arbeitest, wirst du es mindestens noch so weit wie dein Großvater bringen!«, sagte Mafalda. Pietro quittierte das mit einem leisen Stöhnen und einem Rollen seiner Augen. Dann verschwand er durch die offene Tür ins Wohnzimmer.

»Ich habe herausgefunden, wer genau hinter der Briefkastenfirma in Liechtenstein steckt«, rief Angelo im Setzen zu Mafalda in die Küche hinüber. Obwohl die Nudelsauce laut in der Pfanne zischte, hatte Mafalda ihn sofort verstanden und wollte sich diesen Triumph nicht nehmen lassen. Sie nahm die Pfanne vom Herd, um dann durch den Türrahmen zwischen Wohnzimmer und Küche zu schauen.

»Eine Signora Elisabeth Rhyner aus Bergwald in der Schweiz, ich weiß!«, sagte sie lächelnd, während Angelo seine Gesichtszüge langsam entglitten. Sie war schon halb wieder am Herd zurück, als sie umdrehte und noch einmal durch die Tür ins Wohnzimmer schaute. »Wir haben gerade eben miteinander telefoniert!«, sagte sie in Richtung Esstisch.

Pietro schaute Angelo irritiert an. Der wiederum blickte abwechselnd seine *nonna* und seinen Freund an. »Worüber redet ihr?«, fragte Pietro schließlich an beide gerichtet. Mafalda war wieder zu ihrer Nudelsauce zurückgekehrt und überließ es Angelo, Licht ins Dunkel zu bringen.

»Die Firma, die dieses Haus hier gekauft hat«, hörte sie Angelo reden, »ist eine Briefkastenfirma in Liechtenstein. Aber dahinter steht eine Investmentfirma aus *Glarona* in der Schweiz.«

»Von woher?«, fragte Pietro zurück.

»*Glarona*. Glarus«, berichtigte ihn Angelo. »Die Rhyner Invest AG aus Bergwald. *In Svizzera*. Im Osten der Schweiz. Und deren Chefin ist eine gewisse Elisabeth Rhyner.«

»Ach deshalb wolltest du, dass ich mich nach der erkundige!«, antwortete Pietro. »Und warum machen die so etwas … Briefkästen … verdeckte Immobilienkäufe?«

Angelo zuckte mit den Schultern. »Vielleicht, um keine Steuern bezahlen zu müssen«, mutmaßte er.

»Um in Italien keine Steuern bezahlen zu müssen, müssten sie das Land nicht verlassen!«, sagte Pietro, schnalzte mit der Zunge und goss allen dreien ein Glas Wein ein.

»Das habe ich Anna und Maria auch schon gesagt«, mischte sich Mafalda ein, die wieder aus der Küche zurück war. »Wenn es nicht um Steuerhinterziehung geht, dann wohl eher darum, diskret an Immobilien zu kommen«, sagte sie und stellte das silberne Tablett mit den *crostini* auf den Tisch. »Und diskret war sie, diese Rhyner. Hat vorhin am Telefon sogar abgestritten, dass sie hinter dem Hauskauf steht«, fuhr Mafalda ratlos fort und stemmte beide Hände in die Hüften. »Dabei steht es schwarz auf weiß in den Akten!« Mafalda setzte sich und musste beim Setzen an das spartanische Büro von Bernardi in der Agenzia delle Entrate denken. »Jedenfalls steht es schwarz auf weiß im Computer. Oder wie auch immer man das dann nennt«, fügte sie etwas unsicher hinzu.

Sie hob ihr Glas, prostete ihrem Enkel Pietro und seinem Freund zu. Danach deutete sie auf die Schnittchen, die vor ihr auf dem Tisch standen. »Die dunklen, das ist *fegato*, pürierte Leber. Und die roten, das sind *pomodori*, Tomaten mit Basilikum und Knoblauch. Nehmt euch!«

»Sie hat es abgestritten?«, fragte Angelo irritiert und nahm sich zwei *crostini* mit Leber auf seinen Teller.

»Rundweg abgestritten!«, sagte Mafalda mit Nachdruck und legte sich ihre Serviette auf den Schoß. »Ich hätte mich verwählt. Das sei die Schweiz. Und nicht Italien!«, äffte sie Elisabeth Rhyner verärgert im deutsch gefärbten Italienisch der Schweizer nach. Einem Akzent, mit dem ihr Gegenüber am Telefon gar nicht gesprochen hatte. Aber er passte zu gut zu dem Klischeebild, das sich Mafalda von ihr zurechtgelegt hatte.

»Das ist wirklich eigenartig«, sagte Angelo nachdenklich und hielt ein Schnittchen in der Hand, ohne davon abzubeißen. »Denn laut den Unterlagen, die ich gefunden habe, ist diese Rhyner AG die alleinige Stifterin hinter dieser Briefkastenfirma. Da gibt es niemanden anderen, das sind die ganz allein.«

»Du hattest mich doch gebeten, nach dieser Signora Rhyner zu suchen«, sagte Pietro zu Angelo. »Und diese alte Schachtel …« Mafalda hustete gekünstelt und schaute Pietro direkt an.»... diese ältere Dame – sie ist schon weit über achtzig – ist derzeit in Venedig«, sagte er.

»*Cosa?*«, fragte Angelo überrascht.

»Sie ist hier? Seit wann?«, fragte Mafalda empört und hämmerte mit den Griffen von Messer und Gabel auf die Tischplatte, dass die Gläser wackelten. »Denn vorhin hat sie mir am Telefon noch gesagt, dass sie in der Schweiz wäre und ich mich verwählt hätte.«

Angelo zuckte mit den Schultern. »Telefonate kann man weiterleiten. Oder es war ihre Mobilnummer«, sagte er. »Nur weil du eine Schweizer Nummer gewählt hast ...«

»... mit zwei Nullen vorn dran! Das war bestimmt sündhaft teuer!«, unterbrach ihn Mafalda.

»... nur weil du eine Schweizer Telefonnummer gewählt hast, heißt das nicht, dass nicht ein Telefon irgendwo hier in Venedig geklingelt hat und sie rangegangen ist.«

»Jedenfalls ist sie hier«, fuhr Pietro fort. »Seit mindestens einer Woche. Ich habe das von den Kollegen von der *Città*. Sie hat eine Anmeldebescheinigung beantragt, was heißt, dass sie länger bleiben will.«

»Was es nicht alles gibt«, entfuhr es Mafalda, die Zeit ihres Lebens in Murano gewohnt hatte, niemals einen Reisepass besessen hatte und sich auch nirgends damit hatte anmelden müssen.

»Sie hat als Adresse das Hotel Danieli angegeben. Aber da wohnt sie nicht mehr. Ich habe das schon überprüft.«

Mafalda pfiff anerkennend: »Nobel, nobel. Wenn sie sich das Danieli leisten kann, wundert es mich nicht, dass sie auch mein Haus kaufen konnte.« Sie faltete die Hände zusammen und legte den Kopf selig lächelnd zur Seite. »Das Danieli. Ich erinnere mich noch gut.«

Beinahe hätte sie wieder mit der Geschichte ihrer Hochzeitsnacht mit Salvatore im Hotel Danieli angefangen, für die alle Freunde und Verwandten zusammengelegt hatten.

Doch Pietro kannte die von seiner *nonna* wieder und wieder erzählte Uraltanekdote zu Genüge, deswegen fiel er ihr ins Wort: »Jedenfalls ist sie dort gemeldet und hat dort auch mehrere Nächte verbracht«, sagte er. »Und wenn sie ein Zimmer in dem alten Kasten gebucht hat …« Beim Wort »alter Kasten« schaute Mafalda ihn missbilligend an. »… dann hat sie sowohl reichlich Geld als auch ein ausgeprägtes Interesse an Venedig.«

»Wie offenbar auch an meinem Haus«, sagte Mafalda sauertöpfisch, sprang aber im selben Moment auf. »Was bin ich nur für eine Gastgeberin! Die Scampi verkochen doch!«, rief sie und verschwand mit erhobenen Händen in der Küche.

Mafalda hatte die Töpfe schnell von der Herdplatte genommen. Mehr als geköchelt hatten sie ohnehin nicht mehr. Währenddessen war sie wie immer mit einem Ohr an der Tür zum *soggiorno* und hörte Pietro und Angelo sprechen.

»Wie hast du das über deine Frau Rhyner so schnell herausgefunden?«, fragte Angelo.

»Sie ist nicht meine Frau Rhyner!«, protestierte Pietro.

»Na jedenfalls ist sie jetzt Mafaldas Frau Rhyner«, antwortete Angelo leicht beleidigt und runzelte die Stirn.

»Sie haben die Akten neuerdings im Computer«, erzählte Pietro. »Das macht es um einiges leichter, darin zu recherchieren. Leichter zumindest, als wenn ich erst herumtelefonieren und Gefallen einfordern müsste.«

»Was die Alte wohl jetzt treibt?«, fragte Angelo selbstvergessen. »Die Alte hat für euch die *spaghetti alla busara* zubereitet«, sagte Mafalda spitz, als sie mit gestrickten Topflappen und ihrer gusseisernen Servierpfanne aus der Küche zurückkam.

»*No* … nicht du … ich meinte eine andere Alte … eine andere *Frau*«, verbesserte sich Angelo stotternd. »Ich meinte diese Signora Rhyner.«

»Ja, die darfst du gerne Alte nennen«, sagte Mafalda schnippisch, stellte die Servierpfanne auf den Tisch und fing an aufzugeben – ganz gegen ihre Gewohnheit nicht ihrem Enkel Pietro zuerst, sondern Angelo. Ihm zu Ehren veranstaltete sie dieses Abendessen schließlich. Was nicht hieß, dass sie ihren Enkel und seinen Partner nicht auch ohne Grund und Anlass bei jeder Gelegenheit liebend gerne bekochte.

Während Angelo mit einem widerspenstigen Krebs kämpfte, hatte sich Mafalda nur Spaghetti und *sugo* aufgegeben, weil sie dies so lieber mochte. »Wenn diese Rhyner jetzt in Venedig ist … meint ihr, die würde mit mir reden?«, fragte Mafalda unsicher.

»Aber sie hat dich schon am Telefon abgewimmelt?«, fragte Pietro zweifelnd.

»Vielleicht … einen Versuch wäre es trotzdem wert. Vielleicht kann ich ein gutes Wort bei ihr für Maria einlegen, sodass sie doch in ihrer Wohnung bleiben kann«, überlegte Mafalda, immer noch ein wenig rat- und planlos.

»Sollten wir nicht besser erst noch herausfinden, was sie hier überhaupt will?«, schlug Angelo vor. »Wenn wir wissen, was ihre Motive sind, können wir auch besser einschätzen, ob wir bei ihr für Maria etwas erreichen können. Denn um Mietwohnungen in Ferienwohnungen umzuwandeln, müsste sie nicht selbst nach Venedig kommen.«

»Gibt es eigentlich noch Dessert?«, fragte Pietro plötzlich, der seinen Teller schon geleert hatte.

»Leider nein«, sagte Mafalda mit gesenktem Kopf. »Dafür hatte ich heute keine Zeit mehr.« Pietro starrte sie entsetzt mit weit aufgerissenen Augen an. Das wiederum ließ Mafalda laut auflachen. »*Un scherzo!* Natürlich gibt es Dessert. Ich habe *Zabaione alla Veneziana* gemacht«, sagte sie und sprang auf, um die Schüssel aus dem Kühlschrank in der Küche zu holen.

»Zabaione kenne ich. Aber was macht aus Zabaione eine *Zabaione alla Veneziana?*«, fragte Angelo Pietro.

»Vielleicht dass sie in Venedig gemacht wurde?«, sagte Pietro und lachte laut, was Mafalda, die mit zwei Schüsseln aus der Küche zurückkam, mit einem missbilligenden Blick quittierte.

»Ich verwende *Torcolato di Breganze* statt *Marsala*, weil der weniger zuckrig schmeckt und mehr nach Aprikosen und getrockneten Feigen. Er kommt aus der Gegend, wird nördlich von Vicenza angebaut. Ich bin mit Alma mal da gewesen, es ist ganz hübsch da«, sagte sie, stellte die Schüsseln auf den Tisch und setzte sich.

»Du findest etwas hübsch, das außerhalb der Lagune von Venedig liegt?«, fragte Pietro spöttisch.

»Eigentlich war es eher trostlos und hat die ganze Zeit über geregnet«, gab Mafalda mit einem Anflug von Lächeln zu. »Aber Alma hatte das Wochenende bei einem Preisausschreiben gewonnen und wollte nicht alleine fahren. Also bin ich mitgekommen und habe mir auf die Lippen gebissen, um ihr den Spaß nicht zu verderben.«

Dann zeigte sie auf die Zabaioneschüssel vor ihr auf dem Tisch und sagte: »Aber der Wein war eine wirkliche Entdeckung! Probiert selbst. Ich habe *Bussolà buranei* gekauft, die kleinen Teigkringel können wir hineintunken.« Sie deutete auf die zweite Schüssel. Angelo hatte inzwischen Teller und Besteck in die Küche geräumt und dafür Mafaldas bunte tönerne Dessertschalen nebst Löffeln mitgebracht und starrte nun gierig auf die Schüssel mit der Zabaione.

»Habt ihr eigentlich etwas von Anna gehört?«, fragte Mafalda, während sie einem nach dem anderen aufgab. »Ihre Mutter hat sich komplett in ihrer Wohnung verschanzt, seit man sie da rauswerfen will. Sie lässt sich gar nicht mehr blicken.«

»Anna? Nicht viel«, antwortete Pietro. »Ein paar einsilbige Textnachrichten, kein einziger Anruf.«

»Maria sucht wohl schon eine neue Wohnung«, sagte Angelo und dippte einen der Teigkringel aus Burano tief in seine Zabaione. »Zumindest hat das Anna mir gegenüber angedeutet.«

»Ich hoffe ja immer noch, dass die beiden hier wohnen bleiben können«, sagte Mafalda und runzelte sorgenvoll die Stirn. »Wenn Maria schon nicht mit mir redet, vielleicht kann ich dann wenigstens mit Anna sprechen?«, fragte sie leise mehr an sich gerichtet. Sie stand energisch auf, nahm die Lesebrille von der eichenen Anrichte und schnappte sich ihr *telefonino*, das auf dem Telefontisch am Ladekabel hing. Erst wischte sie aus einem gewissen Abstand und mit Nachdruck scheinbar wirr auf dem Gerät herum, schien dann aber doch das gefunden zu haben, wonach sie suchte, und fing an zu tippen:

Jemand wird morgen Mittag zum Essen eingeladen. Um ein Uhr in der trattoria am Rio Novo gleich bei deinem Büro. Saluti, Nonna Mafalda. Sekunden später vibrierte Mafaldas *telefonino*, und Annas Antwort erschien auf dem Bildschirm:

Das klappt leider nicht. Wir besichtigen morgen eine Wohnung in Mestre.

Mafalda las die Nachricht und ließ entsetzt ihr *telefonino* bis auf die Tischplatte sinken. »Auf dem Festland!«, entfuhr es ihr, und sie schaute erst Pietro, dann Angelo entsetzt an.

»Sie wollen vermutlich nur auf Nummer sicher gehen. Eine neue Wohnung in der Hinterhand haben für den Fall der Fälle«, versuchte Angelo sie zu beruhigen, was ihm aber nicht wirklich gelang.

»Wie schnell wir doch die goldene Regel vergessen haben, dass am Tisch kein *telefonino* erlaubt ist!«, sagte Pietro und deutete grinsend auf Mafaldas.

Doch seine *nonna* war immer noch ganz aufgewühlt und hatte ihm gar nicht zugehört. »Anna und Maria können doch nicht aufs Festland ziehen!«, rief sie schreckensbleich aus.

10

*E*ttore hatte den *campo* mit gesenktem Kopf betreten, dann aber sofort aufgeschaut und Mafalda auf der roten Bank in der Platzmitte sitzen sehen. Sie konnte sich denken, dass es für seinen Geschmack auf dem einem Ameisenhaufen gleichenden *campo* viel zu belebt für das nun anstehende Gespräch war. Aber sie ließ ihm keine Wahl, saß mit verschränkten Armen und verbiesterter Miene auf der Bank. Auf ihrer Bank.

»Ettore, du redest von eurem Stolz und eurer Ehre, die verletzt werden, und dann machst du solche Sachen? Die uns alle hier in Verruf bringen? Unser ganzes Murano?«, rief sie ihm vorwurfsvoll statt einer Begrüßung entgegen. Der drehte sich vorsichtig in alle Richtungen, ob sie auch ja niemand belauschen würde. Aber sowohl der *padrone* der *trattoria* am *campo* als auch der Metzgermeister aus dem Eckladen gingen schläfrig ihrer Arbeit nach und interessierten sich nicht für das Geschehen in der Platzmitte. Schüchtern stand er vor ihr, trat von einem Bein auf das andere, bis sie unwirsch auf den Platz neben ihr deutete, er sich setzte, dabei aber immer sorgsam Mafaldas Blick mied.

»Laut herumzukrakeelen. Und diese komischen Buchstaben darauf zu sprayen. Was sollte das eigentlich bedeuten? *Noomg?*«, fragte sie ungehalten.

»*No OMG*«, antwortete Ettore patzig, doch Mafalda schaute ihn nur fragend an. »*No OMG*«, wiederholte er. »*No Original Murano Glass.*«

Mafalda gestikulierte wild in der Luft herum. »Nicht mal ich verstehe das. Und ich bin aus Murano«, sagte sie. »Wie sollen das dann die anderen verstehen?«

Ettore senkte den Kopf und redete leise weiter. »Das ist etwas außer Kontrolle geraten. Uns irgendwie über den Kopf gewachsen«, sagte er mit hängenden Schultern. Als Mafalda nicht reagierte, redete er weiter: »Erst haben wir nachts in aller Stille nur unseren Spruch auf die Scheiben gesprüht. Aber da hat niemand wirklich reagiert, und alles war schnell wieder weggeputzt.«

»*Noomg*«, äffte Mafalda den Spruch bewusst falsch nach und grinste ihn spöttisch an.

Ettore musste lächeln. »Sie haben ja recht, Signora Mafalda«, sagte er. Die schaute ihn interessiert an. Mit einem so durchschlagenden Erfolg ihrer Gardinenpredigt hatte sie nicht gerechnet. »Ich habe das mit meinen Mitbrüdern besprochen«, begann er langsam weiterzuerzählen. Nun hatte Mafaldas Blick etwas Erwartungsvolles. »Vielleicht ist es doch an der Zeit, unsere eisernen Regeln zu lockern.«

Mafalda nickte und legte den Kopf dann leicht zur Seite.

»Nicht erst seit heute, wenn Sie mich fragen. Aber ich bin trotzdem froh, das zu hören.«

Ettore schaute sie heute das erste Mal direkt an. »Wenn es nur an mir läge, wäre die Entscheidung klar. Aber ich muss auch meine Brüder überzeugen«, sagte er. »Und ich befürchte, dass das noch ein Stück Arbeit wird.«

»Dann überzeugen Sie die mal schön«, antwortete Mafalda, stand auf und wandte sich schon zum Gehen. Im letzten Moment drehte sie sich zurück, richtete ihren Zeigefinger auf ihn und sagte mit Nachdruck: »Und bis dahin: Keine Aktionen wie gestern mehr!«

Ettore blickte nach unten und sagte: »Sowieso nicht.«

»Ich komme ja!« war es leise aus Marias Wohnung zu hören. Nach so vielen Tagen der Funkstille hatte Mafalda sich für heute fest vorgenommen, in jedem Fall Maria abzupassen. Erst hatte sie zaghaft und dann mit Nachdruck mit beiden Fäusten gegen die Tür geklopft. Mit Erfolg. Denn nach zähen fünf Minuten öffnete sich endlich die Tür einen Spalt, und Maria war zu sehen – zerzaust, ungeschminkt, mit rot geweinten Augen und im Morgenmantel.

»Was ist denn?«, fragte sie müde.

»Ist dieses Paket bei Ihnen abgegeben worden?«, fragte Mafalda und wedelte mit dem Paketzettel vom Vortag in der Hand. »Wir haben Sie nicht angetroffen« war schludrig auf dem Zettel angekreuzt. Ob das Paket bei den Nachbarn abgegeben wurde oder der Bote am nächsten Tag nochmals vorbeikommen würde, das durfte man selbst erraten.

Maria kniff die Augen zusammen und schaute auf den Paketzettel. »Der ist von gestern?«, fragte sie, nachdem sie versucht hatte, das Datum zu entziffern. Mafalda stellte ihre Handtasche auf den Boden, nahm die Brille heraus und musterte den Zettel nochmals genau.

»*Sì*, gestern. Sie haben mich nicht angetroffen, steht da«, sagte sie, nahm die Brille ab und schaute dann wieder zu Maria. »Ich war drüben in Venedig unterwegs. Währenddessen muss der Bote wohl da gewesen sein. Ich dachte, vielleicht hat er ja bei Ihnen geklingelt?«

Maria schüttelte den Kopf. »Ich war gestern in Mestre. Zur Wohnungsbesichtigung«, sagte sie.

»*Beh* … klein beigeben und freiwillig das Feld räumen? So kenne ich Sie gar nicht, Maria!«, sagte Mafalda und verschränkte beide Arme.

»Es wird mir nichts anderes übrig bleiben«, sagte Maria resigniert. »Die von der Stadt sagen, ich kann da nichts machen. Und ohne die neue Wohnung in Mestre sitze ich in knapp sechs Wochen auf der Straße.«

Mafalda wiegte sich ungläubig hin und her. »Es gibt keine Straßen auf Murano, auf denen Sie sitzen könnten. Weil wir hier gar keine Straßen haben. Und das ist nur einer der Gründe, warum die letzte Messe hier noch nicht gelesen ist, glauben Sie mir!« Als sie »letzte Messe« sagte, dachte sie daran, dass sie unbedingt noch Padre Osman besuchen müsste. Wenn jemand noch besser auf Murano vernetzt war als sie selbst, dann war es ihr Priester und Beichtvater. Vielleicht würde er eine Idee haben, wie Maria sich gegen den

Rauswurf wehren könnte? Ideen, die allerdings nur eine Chance auf Umsetzung hätten, wenn Maria nicht vorher schon aufgeben und nach Mestre umziehen würde. Und sich nicht das ganze Osterfest in ihrer Wohnung verbarrikadieren würde, wie zu befürchten war.

Der Paketzettel war natürlich nur ein Vorwand für Mafalda, um Maria aus ihrem Trott und aus dem Selbstmitleid herauszuholen. Wenn das Paket bei Maria abgegeben worden wäre, hätte sie es ihr längst vor die Tür gestellt. Oder in der *trattoria* gegenüber abgegeben, so wie immer. »Ich muss nachher vielleicht nochmal weg. Sind Sie heute zu Hause und können das Paket annehmen?«, fragte Mafalda. Maria deutete wortlos von Kopf bis Fuß an sich hinunter, und Mafalda folgte ihren Gesten mit ihren Blicken. »Ich meinte, ob Sie heute in einem Zustand zu Hause sein werden, den man einem Paketboten zumuten kann?«, fragte sie mit erhobenen Augenbrauen.

»Geben Sie mir eine Viertelstunde. Ich gehe duschen«, sagte Maria beleidigt.

»Sagen wir eine halbe Stunde«, antwortete Mafalda trocken. »Aber dann freue ich mich, Sie hier wieder unter uns Zivilisierten willkommen zu heißen.«

Maria nickte müde. »Ich bin in jedem Fall zu Hause. Mein Chef hat mir freigegeben. Mit mir sei jetzt ohnehin nichts anzufangen«, sagte sie und schloss die Tür hinter sich.

11

»Nach Einbruch der Dunkelheit im großen Saal der Bruderschaft«, sagte Ettore zu Mafalda.

Sie stöhnte anstelle einer Antwort laut ins Telefon. »Geht das auch ein wenig präziser?«, raunzte sie Ettore an.

»Zehn Uhr in der Calle Alvisi Vivarini«, beeilte er sich zu sagen. »Am Ende der Gasse geht es durch ein kleines Gittertor, dann gleich wieder links und dann immer geradeaus. Der Eingang ist mit Kerzen beleuchtet. Sie können ihn nicht verfehlen.«

Mafalda brummte zustimmend. Jetzt sprach Ettore eher ihre Sprache. »Ich werde da sein«, antwortete sie knapp. Ihre Freude darüber, dass alle Mitbrüder der *Fratelli del Vetro* zugestimmt hatten, sie als erste Frau überhaupt in ihre heiligen Hallen zu lassen, hielt sich in Grenzen, weil sie dies für eine Selbstverständlichkeit hielt. Schließlich waren es die Mitglieder der Bruderschaft selbst gewesen, die um ihre Hilfe ersucht hatten.

»Und nicht vergessen«, sagte Ettore. »Kein Wort. Zu niemandem. Alles ist streng vertraulich. Die Parole ist ›Glasofen‹.«

»Wie kreativ!«, antwortete sie trocken und legte den Hörer auf die Gabel.

Kurz vor zehn stand Mafalda vor dem Gittertor im Norden von San Pietro, der vorderen der Inseln, die zusammen Murano ausmachten. Auf ihren nächtlichen Streifzügen war sie in ihrer Schlaflosigkeit schon oft hier entlang gegangen. Meist nur im Mantel über dem Nachthemd. Der kleinen Pforte am Ende des Weges hatte sie aber nie Beachtung geschenkt. Das war Privatgelände, und das betrat sie nicht. Nicht ohne triftigen Grund jedenfalls. Statt Wollmantel über dem Nachthemd hatte sie sich heute Abend für ihr dunkelgraues Kleid mit den dünnen weißen Querstreifen und ein wollenes Cape darüber entschieden. Beides hatte sie zuletzt beim Opernbesuch mit Alma getragen im La Fenice. Lucias Modegeschmack hätte es vermutlich nicht mehr entsprochen, aber für Mafalda drückte es eine gewisse Seriosität aus, ohne gleich allzu formell zu wirken. Sie wusste nicht, was sie heute Abend erwarten würde. So war sie für alle Fälle gerüstet.

Die vergitterte Pforte war nur angelehnt. Schnell schlüpfte sie hindurch, sah wie angegeben im schummrigen Halbdunkel links den Weg zwischen den unverputzten Backsteinfassaden der alten Glasbläsereien. Aber etwas war eigenartig, ließ sie innehalten und sich wieder umdrehen: Die Pforte hatte sich absolut geräuschlos geöffnet und wieder geschlossen. Nicht dass sie lautes Quietschen gestört hätte und noch weniger überrascht – aber die Scharniere dieser Tür musste jemand vor Kurzem erst sorgfältig geölt haben. Und das war mehr, als sie bei so einem alten Gittertor in dieser abgelegenen Gegend von Murano erwartet hatte. Ungläubig bewegte sie das Türchen hin und her, bevor sie ihren Weg fortsetzte.

In einiger Entfernung, am Ende der Gasse, konnte sie ein Flackern ausmachen, das sich beim Näherkommen als Kerzenlicht herausstellte. Hier war sie richtig. Mit leichtem Herzklopfen erreichte sie die hölzerne Doppeltür und schlug mit dem gusseisernen Türring gegen die Pforte. Ein kleines Guckloch in der Tür öffnete sich Momente später, und eine Nase erschien dahinter. Mehr konnte sie nicht sehen.

»Parole?«, fragte die jugendliche Stimme hinter der Tür. Es musste wohl ein Mann sein, schließlich war Mafalda hier heute als erste Frau überhaupt eingeladen.

Sie stöhnte laut. »Als ob sich um diese Uhrzeit jemand anderes in diese abgelegene Gegend verirren würde!«, schnaubte sie der Stimme entgegen.

»Parole?«, wiederholte der Sprecher ungerührt.

»Glasofen«, antwortete Mafalda patzig, und das Fenster schloss sich im gleichen Moment. Sie hörte, wie die Tür mit einem altertümlichen Schlüssel aufgeschlossen wurde und danach mindestens zwei Riegel zur Seite geschoben wurden. Dann öffnete sich die Pforte langsam, die hölzerne Tür glitt nur mit Mühe über den steinernen Fußboden – über die Jahre hatte sie schon eine Schleifspur auf den Steinfliesen hinterlassen –, und Mafalda konnte endlich nach drinnen blicken.

Viel sah sie da zunächst nicht, denn da war es genauso dunkel wie auf den letzten Metern des Weges hierher, und kleine Ölfackeln an den Wänden dienten als einzige richtige Beleuchtung. Der Sprecher von eben, ein junger Mann mit dunklem Haar in einer samtroten Kutte, kaum älter als Anfang zwanzig, hielt ihr die Tür auf und grüßte sie wortlos mit einem Nicken seines Kopfes. Sobald sie eingetreten war, schloss er die Tür hinter ihr wieder doppelt zu und schob sorgsam die beiden eisernen Riegel in ihre Verschlüsse.

Mafalda schaute ihn fragend an, doch er reagierte nicht. »Wo muss ich lang?«, fragte sie ihn schließlich. Er deutete den Gang entlang.

»Erst rechts, dann die fünfte Tür auf der linken Seite.«

»Und durch das magische Gittertor den kleinen verwunschenen Weg entlang bis zur Tür mit dem mystischen Kerzenlicht«, murmelte sie leise, aber der junge Mann schaute sie nur verständnislos an. Sie sagte nur leise »Niente!«, fand den Gang und auch die fünfte Tür darin. Sie war nur angelehnt. Flackerndes Licht und lebhaftes Stimmengewirr drangen durch den Spalt nach draußen.

Noch bevor Mafalda die Tür erreichen konnte, öffnete sie sich, und ein weiterer Kuttenträger kam ihr entgegen. Sie konnte den Mann im Gegenlicht zunächst nicht gut sehen. Er zog die Tür hinter sich zu und streifte sich die Kapuze vom Kopf. Jetzt erkannte sie ihn, es war Ettore. Der junge Mann an der Pforte musste ihm ein Signal gegeben haben, als sie angekommen war.

Er begrüßte sie herzlich und schüttelte ihre Rechte mit

beiden Händen. »Ich freue mich, dass Sie den Weg zu uns gefunden haben, Signora Mafalda«, sagte er so salbungsvoll, wie Padre Osman es bei seiner Predigt nicht besser hinbekommen hätte. »Das Kerzenlicht hat mich geleitet«, antwortete Mafalda ein wenig spitz, doch Ettore schien ihren Unterton nicht zu bemerken. Oder bemerken zu wollen, denn Anspannung und Nervosität waren ihm trotz der freundlichen Begrüßung anzumerken.

»Die Mitbrüder haben sich schon versammelt«, sagte er und deutete auf die Tür hinter ihm. Mafalda nahm das als Zeichen einzutreten und marschierte schnurstracks auf die Tür zu. Doch Ettore hielt sie am Arm zurück: »Erst die Formalien«, meinte er lächelnd.

»Muss ich jetzt hier noch einen Mitgliedsantrag ausfüllen?«, antwortete Mafalda indigniert.

»Es dauert nicht lange. Aber Tradition ist Tradition.«

Tradition war etwas, das Mafalda eigentlich immer am Herzen lag. Aber in diesem Fall folgte sie Ettore nur widerwillig und verdrehte dabei die Augen. Er führte sie in einen kleinen Seitenraum, karg, schmucklos, die Wände weiß gekalkt und nur mit einem kleinen Tisch ausgestattet, wo er ihr den alten Eid der Bruderschaft abnahm. Dieser Zinnober erschien Mafalda mehr als unnötig, zumal sie ernsthafte Bedenken hatte, ob sie die auferlegte Schweigepflicht einhalten können würde. Geheimnisse zu behalten gehörte eindeutig nicht zu ihren Stärken. »Das gilt doch nicht für beste Freundinnen?«, fragte sie vorsichtig, als Ettore sie wieder aus der Kammer herausgeleitete.

»Gegenüber jeder und jedem, Schwester Mafalda«, erwiderte Ettore. »Das sagte ich dir doch schon.«

Ihre Ankunft im Saal gegenüber war schon sehnlichst erwartet worden. Die Stimmen verstummten, als Ettore für Mafalda die Tür öffnete. Schwungvoll nahm sie ihren weiten Mantel ab, hing ihn an den eisernen Garderobenständer, der direkt neben der Tür stand, und schaute erwartungsvoll in den üppig beheizten Raum. Alle Augen waren auf sie gerichtet. An die zwanzig Gestalten zählte sie im Halbdunkel, alle gekleidet in karminrote Kutten, so wie der junge Mann am Eingang und Ettore auch. Weiter hinten sah sie schemenhaft einen riesengroßen quadratischen Tisch mit wuchtigen Stühlen an allen vier Seiten, an der ihr gegenüberliegenden Wand brannte ein offenes Feuer in einem riesigen Kamin. Offenbar hielt man so viel Heizung auch an einem Abend im April noch für nötig.

»*Buona sera*, meine Herren!«, grüßte Mafalda geradeheraus. »Damen muss ich wohl nicht grüßen, nach dem, was mir gesagt wurde«, fügte sie ein wenig schnippisch hinzu. Ihre Antworten gingen im allgemeinen Gemurmel unter. Ein jeder nickte ihr zu, der eine freundlicher, manch anderer weniger freundlich. Niemand verlor ein weiteres Wort.

»Wollen wir nicht Platz nehmen?«, fragte Ettore und versuchte damit auch ein wenig, die peinliche Stille zu unterbrechen. Er deutete auf die große Tafel im hinteren Teil des Raumes. Mafalda folgte ihm und schaute sich bei dieser Gelegenheit nochmals gründlich im Raum um, dem großen Saal, wie ihn der junge Mann am Eingang genannt hatte. Allmählich hatten sich ihre Augen an das Licht gewöhnt, und nun konnte sie große, schwere Wandteppiche mit Motiven aus Murano an den Wänden sehen. Santi Maria e Donato, eine altertümliche Karte der Insel und natürlich immer wieder Glasöfen und Glasbläser bei der Arbeit.

Fenster sah sie nicht. Die hatte man entweder verhängt, oder es gab gar keine. Von einem abgesehen: einem runden Wandfenster aus buntem Bleiglas an der Stirnseite des Raumes, wie man es eigentlich nur in alten Kirchenschiffen fand. Durch das Fenster drang schummrig-buntes Licht in den Saal. Tageslicht konnte das um diese Uhrzeit nicht mehr sein, man musste das Fenster von hinten beleuchtet haben. So wie die vielen gläsernen Vasen, die zwischen den dicken Wandteppichen in kleinen Nischen entlang der Außenmauern standen. Jede von ihnen stand auf einem kleinen Metallsockel und wurde von unten sanft beleuchtet. Es waren alte Glasvasen, schon ein wenig blind vom langen Herumstehen. Doch prachtvoll verziert, mit Weinlaub, Blütenblättern und feinen Ornamenten. So etwas Schönes wurde auf Murano nur noch selten hergestellt.

Abgesehen vom Kaminfeuer und den schweren Glasleuchtern auf der großen Tafel mit ihren unzähligen Kerzen, deren Wachs schon nach unten auf die Tischplatte tropfte, gab es keine hellen Lichter. Der junge Mann vom Eingang hatte einen Holzspan angezündet und ihn in eine ellenlange Zange geklemmt, mit der er jetzt über dem Tisch die Kerzen eines Kronleuchters eine nach der anderen anzündete. Als das Licht heller wurde, erkannte Mafalda immer mehr Details des alten Glaskandelavers. Sechsundzwanzig Kerzen zählte sie, jede am Ende eines langen Glasarmes, mit filigranen Blättern und Blüten verziert. Ein Glanzstück der Glasbläserkunst auf Murano. Er überdeckte fast komplett die riesige, hölzerne Tafel.

Je mehr Kerzen des Leuchters brannten, desto besser konnte sie die Umgebung sehen. Hoch über ihr sah sie ein gemauertes Bogengewölbe, das den Saal nach oben hin abschloss. Die Tischplatte vor ihr war mehr als nur pures Holz. Nur der erste Meter vor den einzelnen Stühlen war glatt. Geölt, von tiefen Rissen durchzogen, aber doch weitgehend glatt. Erst weiter in der Mitte erkannte sie feine Intarsien und Glasstücke, die in die Tischplatte eingearbeitet waren. Im Licht der Kerzen funkelten die bunten Glassteine in allen Farben und gaben dem Tisch etwas Magisches.

Ettore schob Mafalda einen der schweren, mit Schnitzereien verzierten Holzstühle zurecht, und Mafalda setzte sich und versank tief in dem weichen Polster des Sitzes. Den tiefroten Sitzbezug zierten goldgelbe venezianische Löwen. Das gleiche Muster, das auch an den Rückenlehnen der riesigen Sitze zu finden war. Ettore selbst ging zielgerichtet auf einen Stuhl an der gegenüberliegenden Seite des Tisches zu und setzte sich. Der Selbstsicherheit nach, mit der er sich in dieser Umgebung bewegte, war er hier wohl der Chef oder Zeremonienmeister, vermutlich aber mit klangvollerem Namen.

Im Sitzen konnte Mafalda auch mehr Details des großen Saales erkennen. Oberhalb der Wandteppiche sah sie einen goldenen Fries, der in eine Art geländerlosen Balkon mündete, auf den man dicht an dicht Glasvasen in allen denkbaren Farben und Formen gestellt hatte. Das hier war echt. Das war alt. Das war die Essenz des alten Muranos. Das hier gefiel Mafalda.

Die Außenmauern dieses Gebäudes mussten fast direkt an den Canale Serenella grenzen, der den Rest von Murano von der gleichnamigen Insel abtrennte. Jahrelang war sie hier mit der Ringlinie des *vaporetto* nach Venedig entlanggefahren, das hier auf seiner Route Murano umrundete und durchfuhr. Aber sie hatte keine Ahnung gehabt, welche Pracht sich hinter diesen Mauern verbarg. Ihre Zweifel, ihr feiner Spott, ja ihr Impuls, sich über diese eigenartigen Herren in ihren komischen Kutten lustig zu machen, waren aufrichtiger Bewunderung gewichen.

Die anderen Männer hatten nun auch Platz genommen. Kein Stuhl war frei, man war also vollzählig. Einer nach dem anderen streifte seine Kapuze ab, und Mafalda konnte dadurch zum ersten Mal ihre vom Kerzenlicht erleuchteten Gesichter sehen. Alles bekannte Gesichter, denn auch wenn man sich nicht persönlich kannte – auf einer überschaubaren Insel wie Murano hatte man sich irgendwo immer schon einmal gesehen: Im *supermercato*, in einem der kleinen Cafés oder auf dem *vaporetto* nach Venedig. Da war niemand, den sie nicht sofort in Murano verortet hatte. Man war unter sich. Im kleinen Kreis.

Ettore erhob sich, legte die rechte Hand auf seine Brust und begann nach einer kurzen, angedeuteten Verbeugung zu reden: »*Fratelli!* Wir sind bereit, diese außerordentliche Versammlung zu eröffnen. *Viva Murano!*«

Die Umsitzenden schnellten von ihren Plätzen nach oben, legten, jeder für sich, die Hand auf ihr Herz und riefen unisono lautstark ihr »*Viva Murano!*« in die Runde.

»Wir sind heute zusammengekommen, um *Suora* Mafalda als erstes weibliches Ehrenmitglied in unsere seit beinahe eintausend Jahren bestehende Bruderschaft aufzunehmen.« Die Brüder klopften als Zeichen ihrer Zustimmung mit der Faust auf den Tisch, manche energischer, manche zaghafter. Mafalda nickte freudig in die Runde. »Sie hat vorhin den Eid geleistet und wird unserer Gemeinschaft fortan als Ehrenmitglied angehören«, trug Ettore weiter vor.

»Hört, hört« war von den Plätzen rund um die Tafel zu vernehmen.

»Gebt Glas ins Feuer!«, rief Ettore laut über den Tisch. Dieser Satz verunsicherte Mafalda dann doch ein wenig. Welches Glas sollte geformt werden? Und wo? Im Kamin etwa? Der junge Kuttenträger, der sie an der Eingangstür hereingelassen hatte, erhob sich, nahm ein riesiges Weinglas von der Anrichte hinter Ettores Platz, stellte es vor Ettore und füllte es dann mit Rotwein aus einer reich verzierten Karaffe. »Ehrwürdiger Meister, das Glas ist im Feuer!«, sagte der junge Mann, nachdem er es gefüllt hatte. Ettore nahm das Glas an seine Lippen, trank den ersten Schluck und gab es dann nach rechts in die Runde.

Einer nach dem anderen nahm den Kelch in beide Hände, setzte ihn an seine Lippen und nahm einen Schluck vom Wein. Je näher Mafalda das Glas kam, desto größer wurde ihr Unbehagen. Sie schaute zu ihrer Handtasche auf dem Boden neben ihrem Stuhl und wünschte sich, sie hätte jetzt eines von Almas allgegenwärtigen Reinigungstüchern dabei. Aber sie wusste, da war nichts. Nicht mal ein Taschentuch hatte sie einstecken. Derweil hatte der Becher den Bruder direkt zu ihrer Linken erreicht.

Als der getrunken hatte, reichte er das Glas an Mafalda weiter. Sie tat so, als wäre es ihr zu schwer, stellte es kurz auf dem Tisch ab und nutzte diese kleine Pause, um mit dem Ärmel ihres Kleides den Rand des Glases abzuwischen. Danach nahm sie deutlich beruhigter einen Schluck. Sie roch Beeren, Trüffel und Bitterschokolade, bevor der Geschmack von reifen Früchten und Röstaromen ihre Zunge umspielte. Ein Alzero, kein Zweifel. Aus dem Veneto natürlich. Und ein guter zumal. Da konnte nicht einmal Padre Osmans Messwein mithalten. Mafalda reichte den Kelch weiter, und ein Bruder nach dem anderen nahm seinen Schluck, bis es wieder bei Ettore angekommen war.

Der erhob sich, schob das Glas beiseite und begann nach einer leichten Verbeugung zu reden: »Bevor wir uns der Tagesordnung widmen, möchte ich *Suora* Mafalda offiziell in unserer Runde begrüßen.« Er nickte dem jungen Mann von eben zu, der aufstand, eine Kutte vom Haken an der Wand nahm und diese Ettore reichte. Der nahm sie, ging mit bedächtigen Schritten um den Tisch herum auf Mafalda zu. Die wusste, was zu tun war, stand auf und schob ihren Stuhl nach hinten. Ettore legte ihr die Kutte um und knöpfte sie unter ihrem Kinn zu. Mafalda nickte ihm dankend zu und setzte sich wieder auf ihren Platz. Mit der Hand berührte sie den Stoff des Umhangs, ein samtiger, dicker Stoff, der die Haut umschmeichelte.

Ettore war unterdessen zu seinem Platz zurückgekehrt. Er nahm einen hölzernen Hammer vom Tisch auf und schlug damit dreimal kräftig auf den Tisch vor ihm ein. Es hatte sich schon eine kleine Kuhle an der Einschlagstelle gebildet. Wie viele vor ihm mochten dieses Ritual schon ausgeführt haben? »Zur Ordnung, meine Brüder!«, rief Ettore. Mafalda räusperte sich hörbar. »Und meine Schwester!«, fügte er eilig zu und lächelte Mafalda über den Tisch hinweg zu. »Beginnen wir mit der Aussprache!«

Aussprache hieß in diesem Fall zuerst auch Umtrunk, denn der junge Mann hatte den großen Kelch beiseitegeräumt und dafür jedem der Anwesenden einen kleineren Glaspokal an den Platz gestellt und jeden einzelnen aus einem überdimensionalen Dekanter aufgefüllt. Der Farbe nach wieder der gute Alzaro von eben. Einer nach dem anderen stand auf, erhob das Glas und prostete den anderen mit einem lauten »*Viva Murano!*« zu. Mafalda betrachtete den bunten Glaspokal mit Wohlgefallen. Auch sie erhob sich und tat es ihnen gleich, auch wenn sie beim Aufstehen den schweren Rotwein schon spüren konnte.

Nachdem alle getrunken hatten, ließ Ettore den Hammer nochmals dreimal auf den Tisch fallen. Eben noch hatte ehrfürchtige Stille im Saal geherrscht, nur unterbrochen von Ettores altertümlichen Ansagen und den lauten

Trinksprüchen. Jetzt begann jeder der Anwesenden wild durcheinanderzureden. Mafalda konnte kaum ein Wort verstehen. Zwar traf man sich hier regelmäßig, das hatte Ettore Mafalda zuvor erzählt, aber der Zorn und die Wut hatten sich in den Tagen seit der letzten Zusammenkunft aufgestaut. Ettore hob nochmal den Hammer und ließ ihn erneut dreimal auf die Tischoberfläche fallen. Ruhe kehrte ein.

»Ich verstehe euren Ärger, meine Brüder«, sagte Ettore bedächtig, »und meine Schwester. Aber dieses Durcheinander bringt uns nicht weiter.« Alle nickten stumm, und niemand sagte ein weiteres Wort. »Ich habe *Suora* Mafalda eingeladen, weil sie uns vielleicht helfen kann. Und weil wir offensichtlich jede Hilfe brauchen. Denn besonders weit sind wir allein nicht gekommen.« Betretenes Schweigen. »Paolo«, sagte Ettore an einen Mann zu seiner Rechten gerichtet. »Möchtest du uns nicht einen kurzen Überblick geben?«

Ein untersetzter Mittfünfziger mit Haarkranz und Stirnglatze erhob sich links von Mafalda. Sie hatte ihn schon mehrfach auf der Insel gesehen, seinen Namen bis eben aber nicht gekannt. Seine Frau arbeitete im *supermercato* hinter der Käsetheke, das wusste sie. »Es wird immer mehr«, fing er mit bebender Stimme an zu reden. »Und ich meine nicht die kleinen Glasgondeln und den anderen Kitsch, der schon seit Jahren drüben an der Riva und in Rialto verscherbelt wird.« Er zeigte in die Runde. »Wir haben es alle gesehen. Sie verkaufen den billigen Plunder, als ob er aus Murano käme. Gläser, Vasen und Leuchter. Und seit Neuestem klebt sogar unser Echtheitsaufkleber auf den Sachen, wie auch immer sie darangekommen sind.« Er musste schlucken und redete mit leidendem Gesichtsausdruck weiter, während sich seine Stimme mehrmals überschlug: »Die Leute in Venedig fangen langsam an zu glauben, dass das wirklich Muranoglas ist.«

»Emiliano, hast du mit den Händlern gesprochen, wie wir es beim letzten Mal verabredet haben?«, fragte Ettore einen jüngeren Mann mit tiefschwarzen schulterlangen Locken auf der anderen Tischseite. Der erhob sich, blickte in die Runde und gleich wieder nach unten. »Mit wenig Erfolg, ja. Eigentlich sogar ganz ohne«, sagte er betreten. »Niemand will verraten, wo er das Zeug einkauft. Oder sie behaupten ganz frech, es wäre wirklich aus Murano. Was offensichtlich nicht stimmt. Manche sprechen nicht mal Italienisch.« Er setzte sich wieder.

»Das ist diese neue Glasmanufaktur am Fondamenta Radi, ich habe es euch doch gesagt!«, rief einer der Männer ihm gegenüber wütend in die Runde, ohne aufzustehen oder überhaupt nur zum Sprechen aufgefordert worden zu sein. Ettore ließ ihn gewähren. Der Mann haute mit der Faust auf den Tisch. »Seit die sich in den alten Kasten eingenistet haben, hat das hier mit dem ganzen gefälschten Glas angefangen! Noch bevor sie die Schaufenster aufgehübscht haben.«

Mafalda nickte. »Ich kann bestätigen, dass dort kein Glas hergestellt wird«, sagte sie. »Die Werkstatt ist komplett zerfallen. Ich habe es mit eigenen Augen gesehen. Es regnet durchs Dach, in einem Glasofen nisten Tauben, und im anderen hat sich ein kleiner Tümpel gebildet. Da wurde seit Jahrzehnten nicht mehr gearbeitet.« Der Mann, der eben gesprochen hatte, nickte grimmig.

»Dann sind da noch die Boote«, rief Emiliano von rechts dazwischen. Alle anderen blickten ihn fragend an. »Ich habe es vom Parco Navagero aus gesehen, wenn ich meinen Hund rausbringe. Ganz früh, jeden Morgen. Es kommen Boote voll Kisten von der Lagune und machen am Anleger des neuen Glasladens fest. Wenig später verlassen sie ihn wieder, aber mit anderen Kartons beladen.«

»Die habe ich auch schon gesehen«, warf Paolo von links erregt ein.

Mafalda, der nächtliche und frühmorgendliche Spaziergänge über Murano eigentlich nicht fremd waren, hatte noch nichts dergleichen bemerkt und fragte die beiden: »Und woher kommen die, und wohin fahren sie?«

Beide zuckten mit den Schultern und schwiegen.

»Ja, habt ihr die Boote denn nicht verfolgt?«, fragte Mafalda fassungslos.

»Ich habe kein eigenes Boot«, antwortete Paolo kleinlaut.

»Ich habe Angst vor dem Wasser«, sagte Emiliano verschüchtert.

Mafalda schlug mit der flachen Hand auf den Tisch. »Der eine hat kein Boot, und der andere hat Angst vor dem Wasser. Auf einer Insel! Ist das denn zu glauben?« Ettore schaute neugierig zu Mafalda hinüber. Kaum aufgenommen war sie schon mittendrin in der Diskussion der Bruderschaft. Der Bruderschaft mit Bonusschwester. Genau das hatte er sich erhofft.

»Ihr seid also überzeugt, dass zwischen der Glasmanufaktur am Fondamenta Radi und den vielen Fälschungen ein Zusammenhang besteht?«, fragte Mafalda in die Runde. Als Antwort bekam sie ein Raunen und allgemeines Nicken. »Dann ist doch ganz klar, was wir machen müssen«, redete Mafalda weiter. Alle schauten sie erwartungsvoll an. »Wir müssen die Boote verfolgen! Eines zumindest. Auf dem Rückweg von Murano. Denn auf dem Weg hierher werden wir es kaum erwischen.«

Aus der Runde war kein Widerspruch zu hören. Im Grunde war das der nächste Schritt, von dem jeder wusste, dass er erforderlich wäre. Nur hatte niemand das im Zustand allgemeiner Empörung bisher so ausgesprochen. Geschweige denn in die Tat umgesetzt. »Wer von euch hat ein Boot?«, fragte Mafalda. Niemand antwortete, auch nicht, als sie einem nach dem anderen reihum in die Augen schaute. Mafalda seufzte. »Nun denn«, sagte sie, »dann muss ich das wohl selbst in die Hand nehmen.« Mit Enzo und seinem Boot war sie schon oft gefahren. Und mit etwas Glück würde sie auch Alma überzeugen können, mitzukommen. Mit Lucia war so früh am Morgen eher nicht zu rechnen.

Sie nahm ihr *telefonino* aus der Handtasche am Boden und wollte Alma eine Nachricht schreiben, sah jedoch Ettores Kopfschütteln aus dem Augenwinkel. »Keine Telefone im großen Saal!«, rief er ihr über den Tisch hinüber zu.

Mafalda blinzelte. »So habe ich früher auch geredet. Meinem Enkel habe ich früher telefonieren am Esstisch verboten«, sagte sie. »Aber er hat mich überzeugt. Diese Dinger können recht nützlich sein. Sie können sogar Leben retten.« Doch Ettore schüttelte nur streng den Kopf. Mafalda ließ ihr *telefonino* leicht beleidigt wieder in ihre Handtasche gleiten, nahm sie vom Boden auf und stand auf. »Dann treffen wir uns wieder, sobald ich mehr herausgefunden habe?«, fragte sie mehr rhetorisch in die Runde. Alle nickten.

»Meine Herren, *buona serata*, es hat mich gefreut, Sie kennenzulernen«, sagte sie zum Abschied. »Allein schon, um etwas frischen Wind in diese alten Mauern zu bringen.« Sie schaute über den leeren Tisch. »Aber das nächste Mal bringe ich ein paar Häppchen mit. Köstliche *cicchetti*. Wir sind schließlich auch Venezianer!«

12

*E*s wird ja wohl erlaubt sein, sich anzuschauen, was ihr beiden frühmorgens hier draußen treibt!«, moserte Alma und verschränkte ihre Arme. Von allen Personen, die Mafalda kannte, war Alma am ehesten diejenige, die sie als Morgenmensch bezeichnet hätte. Aber auch das hatte offenbar seine Grenzen.

Wie an den beiden Tagen zuvor hatte Enzo Mafalda mit seinem Boot in Sichtweite der Glasmanufaktur am Fondamenta Radi gebracht, nur nicht auf der Kanalseite, sondern auf der der Lagune zugewandten Seite, wo ein mehr als zehn Meter langer Anlegesteg auch größeren Booten einen Platz zum Festmachen und Be- und Entladen bot. Es war früher Morgen, die Sonne war gerade erst aufgegangen, und die Luft stand eisig über der Lagune. Das Wasser lag bis zum Horizont oder bis zur nächsten Insel spiegelglatt vor ihnen. Kein Boot und kein *vaporetto* hatten an diesem Morgen das Wasser schon durchquert und zerkräuselt.

Zweimal hatten sie hier schon vergeblich auf der Lauer gelegen. Heute waren sie früher aufgebrochen: Die Uhr zeigte erst kurz nach fünf Uhr. Enzo blinzelte verschlafen aus seinen schmalen Augen und hielt das Ruder mit seinen Lederhandschuhen fest umfasst. Mafalda kauerte sich auf dem kleinen Boot mit Schal und Wollmütze zusammen. »Wenn es nach mir gegangen wäre, hättest du auch vorgestern schon dabei sein können. Aber du wolltest ja nicht«, antwortete Mafalda müde.

Alma ignorierte ihre Ansage. »Für wen oder was machen wir das hier eigentlich?«, fragte sie.

»Ich darf nicht darüber reden«, antwortete Mafalda tonlos. Sie hatte sich fest vorgenommen, zumindest zu versuchen, das abgegebene Schweigegelübde einzuhalten. Auch ihren besten Freundinnen gegenüber.

»Sie darf nicht darüber reden!«, echauffierte sich Alma etwas lauter. »Sie darf nicht darüber reden!«, wiederholte sie und wedelte mit ihren Armen.

»Ich habe es geschworen«, antwortete Mafalda bräsig.

»Wem?«, hakte Alma nach. Weitschweifige Konversation war um diese Uhrzeit nicht ihre Sache.

»Den Brüdern von der …«, fing Mafalda an zu reden und stoppte gerade noch im richtigen Moment. »Ich bin nicht befugt, darüber zu reden«, sagte sie stattdessen trotzig.

»Brüder? Welche Brüder?«, fragte Alma.

»Meine Damen, vielleicht darf ich darauf hinweisen, dass die Möwen wegen eures Gezeters gerade das Weite gesucht haben«, sagte Enzo langsam und mit stoischer Ruhe. »Wenn die euch gehört haben, dann werden die, wegen denen wir hier auf der Lauer liegen, das sicher auch tun.« Alma schaute ihn betreten an und nickte Mafalda dann zu. Mafalda reichte Alma eine Decke aus der hinteren Backskiste. Vielleicht würde sie etwas Wärmendes freundlicher stimmen. Gemeinsam starrten sie still über das Wasser. Weit im Osten, nach Grado hin, erschien langsam die Sonne am Horizont und verdrängte die vereinzelten Nebelbänke über dem Lagunenwasser.

Ihre Geduld und das frühe Aufstehen wurden heute belohnt, als sie einen Frachtkahn vom Süden aus auf Murano zusteuern sahen. Vielleicht waren sie gestern und vorgestern einfach zu spät hier gewesen, oder das Boot fuhr nicht jeden Tag. Das herauszufinden war ja gerade der Grund, warum sie hier auf die Pirsch gegangen waren. Denn dass das ihr Kahn war, nach dem sie auf der Suche waren, darüber bestand bei ihnen kein Zweifel. Wer sonst sollte in dieser Herrgottsfrühe über die Lagune auf Murano zufahren?

Das Boot drehte vor dem Anleger ein und machte dann lautlos seitlich vor der Glasbläserei fest. Drinnen hatte man sie wohl schon erwartet, denn noch bevor der leise tuckernde Bootsdiesel ausging, kamen vier Männer von drinnen heraus, machten das Boot am Anleger fest und nahmen dann Kiste für Kiste der Ladung entgegen, um diese auf kleinen Stechkarren nach drinnen zu befördern. Um ihre Gesichter zu erkennen, waren sie zu weit entfernt. Mafalda hätte nur zu gerne gesehen, ob sie einen der Männer aus Murano kannte. Ihr Opernglas hatte sie zu Hause vergessen. Zur passionierten Hobbyermittlerin fehlte ihr noch einiges an Erfahrung.

Zu viert hatten die Männer die Ladung des Bootes innerhalb weniger Minuten komplett gelöscht. An die fünfzig Kisten hatte Mafalda gezählt, jede davon einen knappen Kubikmeter groß und bestimmt einige Kilo schwer. Zumindest gemessen daran, wie viel Mühe die Männer gehabt hatten, sie an Land zu befördern. Nachdem die Ladung gelöscht war, brachten sie andere Kartons von ähnlicher Größe aus dem Gebäude hinaus auf den Steg. Kiste für Kiste davon wurde vorsichtig auf das Boot hinausgehoben und dort verstaut. Der gesamte Vorgang war penibel durchorganisiert und dürfte im Ganzen keine Viertelstunde gedauert haben. Mafalda konnte sehen, wie die Taue vom Steg gelöst wurden und der Kahn sich langsam wieder vom Ufer entfernte.

»Nimm die Verfolgung auf!«, rief Mafalda Enzo leise zu. Sie hatte den Satz mal im Fernsehen gehört und ihn immer schon einmal selbst sagen wollen. Freilich war die Verfolgung im Film einiges rasanter und schneller vor sich gegangen als hier bei kaum mehr als sechs Kilometern pro Stunde auf dem Wasser, wo Enzo in sicherer Entfernung hinter dem Frachtboot herkreuzte und dabei ab und zu nach links und rechts vom Kurs abwich, um keinen Verdacht zu erregen.

Das fremde Boot befuhr die Fahrrinne, die von Murano aus an San Michele vorbei zum hinteren Ende von Venedig führte – der Schwanzflosse, wie sie auch gelegentlich flapsig ihrer Form wegen genannt wurde. Mafalda war hier schon einmal mit dem Schnellboot von Murano nach San Marco gefahren, das aber nur in den Sommermonaten verkehrte. Die tiefstehende Sonne beleuchtete die altehrwürdigen

Mauern des Arsenale in einem fast unwirklichen Gold-
gelb. Niemand sonst war auf dem Wasser unterwegs, nur der
Frachtkahn vor ihnen und sie. Vor Le Vignole bog der Kahn
sanft rechts in Richtung Certosa und Lido ab und nicht
nach links, wie Mafalda es vermutet hatte. Enzo ließ sein
Boot noch ein Stück weiter zurückfallen. In der Einsamkeit
dieser Tageszeit würden sie den Frachtkahn nicht aus den
Augen verlieren. Ihm aber direkt auf den neuen Kurs zu
folgen würde sie verdächtig machen.

Hinter Certosa bog das Boot scharf links zum Lido ab.
Die dabei erzeugte Bugwelle konnte Mafalda auch noch
spüren, als sie mehr als eine Minute später die gleiche Stelle
durchkreuzten. Enzo musste ordentlich gegensteuern, um einen sauberen Kurs halten zu können. Vor ihnen sahen sie am
Fähranleger die Autofähre zum Tronchetto, die am Lido auf
die ersten Pendler des Tages wartete. Der Frachtkahn steuerte
auf eine Brücke in der Uferstraße etwas links davon zu.

»Das ist San Nicolò. Der Stichkanal zum Flugplatz«, sagte
Enzo mit zusammengekniffenen Augen. Der Wind von der
Öffnung zum Meer hin hatte jetzt deutlich aufgefrischt,
und die Temperatur war gefühlt nochmals gesunken.

»Kannst du ihm da noch folgen?«, fragte Mafalda unsicher.

Enzo schüttelte den Kopf. »Ich kreuze besser vor der
Brücke. Wenn ich in den Kanal reinfahre, wird er mich sofort sehen. Mehr als hundert Meter geht es da nicht weiter.«

Mafalda nickte ein wenig enttäuscht und verfolgte den
Lastkahn mit Argusaugen.

»Das Gute ist«, sagte Enzo bedächtig, »dass es da drinnen nicht viele Ziele gibt, zu denen sie fahren können. Eigentlich nur eines.«

»Der Flugplatz?«, fragte Alma, und Enzo nickte.

San Nicolò war Venedigs erster Flugplatz. Der erste an Land zumindest. Es hatte früher bereits eine Landebahn für Wasserflugzeuge auf der Lagune gegeben. Aber San Nicolò war die erste Landemöglichkeit auf festem Untergrund. Freilich nicht mehr die, auf der heute Touristen aus aller Welt in Venedig ankamen. Die kleine Graspiste diente heute fast nur noch Hobbypiloten und Privatfliegern. Der Stichkanal zum Flugplatzgebäude wurde zu einer Zeit angelegt, als es für die Venedig besuchenden Stars und Sternchen noch schick war, am Lido direkt vom Taxiboot ins Leichtflugzeug umzusteigen.

Mafalda konnte sehen, wie das Boot an der linken Kanalseite festmachte, wo es schon von schwarz gekleideten Männern mit mehreren Rollwagen erwartet wurde. Wie auf Murano fingen kräftige Lagerarbeiter sofort an, die Fracht auf die Rollwagen umzuladen. Der Bootsführer stieg an Land und begleitete sie auf das Flugplatzgebäude zu.

»Du kannst jetzt reinfahren«, sagte Mafalda zu Enzo. Sie hatte sich die Hand über ihre Augen gehalten, um das ganze Geschehen besser verfolgen zu können. Enzo gab sanft Gas, und das kleine Boot setzte sich wieder in Bewegung. Bei der Durchfahrt durch die niedrige Brücke senkten Alma und Mafalda instinktiv ihre Köpfe. Nötig wäre das nicht gewesen, aber der erste Autobus, der gerade im Moment ihrer Durchfahrt über die Brücke polterte, hatte sie mehr als erschreckt.

Enzo legte kurz hinter dem Frachtkahn an. Mafalda ging mit einem der Taue an Land und verknotete das Boot sicher an Land. Mochten ihre Mitbrüder von der *Fraternità* kein Boot besitzen oder sogar Angst vor dem Wasser haben – sie beherrschte die gängigen Knoten aus dem Eff-Eff. Ihr Vater hatte es ihr gezeigt, und sie hatte es nie verlernt. Als Bewohnerin einer Insel war das für sie selbstverständlich, auch wenn sie selten von diesem Wissen Gebrauch machte.

»Kommt ihr?«, fragte sie von der Kaimauer herab zu Enzo und Alma, die noch auf ihren Plätzen im Boot saßen.

»Ich habe eigentlich einen Termin bei der Dottoressa«, antwortete Alma betreten.

»Und ich muss in einer halben Stunde die Apotheke aufmachen«, pflichtete Enzo ihr bei.

Mafalda verdrehte die Augen. »Wie ihr wollt! Ich kann ja das *vaporetto* von Santa Maria Elisabetta zurücknehmen, wenn ich hier fertig bin«, sagte sie ein wenig eingeschnappt. Insgeheim hatte sie damit gerechnet, ja darauf gehofft, dass sowohl Enzo als auch Alma hier an Land an ihrer Seite bleiben würden. Sie machte das Tau wieder los, warf es ins Boot, und Enzo tuckerte augenblicklich langsam rückwärts auf die Brücke am Lagunenufer zu, um dann draußen nach einer rasanten Wende mit Vollgas zurück nach Murano zu brausen. Die, denen sie gefolgt waren, waren ja nun außer Hörweite. Außerdem sorgte der einsetzende Berufsverkehr auf dem Wasser dafür, dass ein einzelnes schnelles Boot in der Menge nicht mehr auffiel.« Einen schönen Tag noch«, murmelte Mafalda leise zu sich.

Mafalda ging auf das einstmals prächtige Empfangsgebäude des Flugplatzes zu. Das Moos an der Fassade des Gebäudes, der von der unerbittlichen Sommersonne rissig gemachte Asphalt und die lieblos auf dem *campo* dahinter aufgestellten Müllcontainer trübten den ersten Eindruck ein wenig. Das breite Stahltor zum Flugplatzgelände stand sperrangelweit offen. Doch schon wenige Meter weiter wiesen hastig beschriebene Kreidetafeln den Weg zum Flugplatzgelände um das Empfangsgebäude herum und nicht durch das Gebäude hindurch, wie es ein jeder wohl vermutet hätte.

Mafalda blieb kurz stehen und musterte das stattliche Gebäude, das doch irgendwie kleiner war als in ihren Erinnerungen. Ein lupenreines Juwel der dreißiger Jahre. Keine Sanierung hatte dem Gebäude etwas anhaben können. Die Fassade war vermutlich irgendwann einmal weiß gewesen. Jetzt wetteiferten verschiedene Schattierungen von schmutzig weiß um die Aufmerksamkeit der Betrachter. Über dem kastigen Hauptgebäude erhob sich ein zierlicher, halbrunder Glastower, der mit allerlei Antennen bestückt war, aber vermutlich auch eine hervorragende Aussicht über den Lido und bis hinüber nach Venedig bot. Zur Rechten erstreckte sich ein eleganter, geschwungener Flachbau mit Dachterrasse. Hier mochten die Passagiere vergangener Zeiten vor oder nach ihrem Flug gespeist haben; der Eindruck drängte sich förmlich auf.

Gleich ins Auge gefallen war Mafalda der Fahnenmast auf dem Hauptgebäude. Hier hing statt der italienischen Tricolore eine Flagge, die sie nicht kannte, und wehte kräftig im vom Meer her wehenden Wind. Über die ganze Fassade waren wuchtige rechteckige Holzfenster mit dicken, schwarz gestrichenen Rahmen und Querverstrebungen verteilt. Aber alle Fenster waren mit weißem Stoff verhangen, sodass man nicht nach drinnen sehen konnte. Mafalda versuchte es, aber es war zwecklos.

Sie ging auf die linke der drei Eingangstüren zum Hauptgebäude zu. Oben am Gebäude prangte in verblichenen Lettern »*Aeroporto Nicelli*«, der offizielle Name des Flugplatzes, den alle nur als San Nicolò kannten. Die Namensschilder an der Tür waren mit Paketband überklebt. Daneben hatte man einen Zettel mit dem Aufdruck »Zugang nur mit Termin« angebracht. Insgesamt erweckte das eher den Eindruck, dass man unbedingt draußen bleiben und es ja nicht wagen sollte, das Gebäude zu betreten.

Mafalda schluckte, ließ sich davon nicht beirren und drückte gegen die Tür, die sich laut quietschend öffnete. Direkt hinter der Eingangstür hatte man zwei kantige schwarze Schreibtische aufgestellt. Eigentlich mehr eine Art Bügel mit zwei Tischplatten, die links und rechts massiv als Tischbeine bis zum Boden hinuntergingen. Dahinter standen weiße Paravents, die den Blick in das Gebäude versperrten. Wer hineinwollte, musste zwischen den Schreibtischen und den Raumteilern hindurchgehen. Und diesen Durchgang bewachte eine gelangweilt dreinschauende

Empfangsdame, die bis eben Löcher in die Luft gestarrt hatte und deren einzige Aufgabe es zu sein schien, hier auf Besucher zu warten oder diese abzuschrecken. »Haben Sie einen Termin?«, krakeelte sie Mafalda laut und grußlos entgegen, als sie noch in der Tür stand.

Mafalda wollte etwas sagen, ihr fiel aber nichts Sinnvolles ein. Die Türsteherin schaute auf den komplett leeren Kalender hinab, der ausgebreitet auf dem Schreibtisch vor ihr lag. »Sie haben keinen Termin!«, sagte sie, nicht weniger schrill und dem Ton nach nicht mit Widerspruch rechnend. Mafalda fehlten immer noch die Worte. Sie versuchte etwas zu sagen, stammelte aber nur einzelne Silben. »Sie brauchen einen Termin!«, krakeelte der Türdrachen, ohne Mafaldas Satz abzuwarten. »Es steht draußen an der Tür – Zugang nur mit Termin!«

Mafalda fragte sich langsam, ob außer »Termin« noch andere Substantive zu ihrem Wortschatz gehörten. Sie musterte die in einem Kleid mit einem zebraartigen Schwarz-Weiß-Muster und zum Zopf gebundenem, zurückgekämmtem, pechschwarzem Haar hinter dem Schreibtisch sitzende Frau von Kopf bis Fuß. Ihr Gesicht drückte vor allem eines aus – abweisende Ablehnung. Nicht die geringste Gefühlsregung war ihr anzusehen. Das war vermutlich auch die Einstellungsvoraussetzung für diesen Job gewesen.

Mafalda fiel ein, dass sie das Gebäude ohne irgendeine Idee betreten hatte, was sie als Grund ihres Besuches nennen wollte. Sie war nur den Männern mit den Kisten vom Boot aus gefolgt. Wobei auch das nur aus so sicherer Entfernung geschehen war, dass sie nicht mehr gesehen hatte, wie sie das Gebäude betreten hatten. Doch es musste das Flugplatzgebäude gewesen sein, denn andere gab es hier gar nicht. Wenngleich Mafalda beim Blick zurück auf die zum Gebäude hinaufführenden Treppenstufen Zweifel kamen, ob die Männer mit dem Rollwagen wirklich diesen Weg genommen hatten.

»Wir … wir veranstalten ein Nachbarschaftsfest. Und dazu wollte ich Sie gerne einladen«, fing Mafalda langsam an zu reden. Es war die erstbeste Ausrede, die ihr eingefallen war. Die erstbeste, aber eindeutig nicht die beste, das musste sie zugeben. Sie hoffte trotzdem, damit durchzukommen.

Die Frau hinter dem Schreibtisch sagte nur schrill »Termin« und deutete auf die Eingangstür.

»Es geht ja nur um die Einladung«, beharrte Mafalda.

»Auch dafür brauchen Sie einen …«

»… Termin. Das sagten Sie schon«, vervollständigte Mafalda ihren Satz. »Könnte ich denn einen Termin machen?« Das war mehr als hilflos formuliert. Aber für den Moment hatte sie keine andere Idee, wie sie an dem Empfangsdrachen hinter ihrem Schreibtisch auf anderem Wege vorbeikommen könnte.

»Dafür bin ich nicht zuständig«, antwortete die Türsteherin zugeknöpft und spielte mit dem schwarzen Füllfederhalter in ihrer rechten Hand. Ihre Expertise schien mehr im Abwehren jeglichen Besuches zu liegen.

»Aber es muss doch möglich sein, zumindest einen Termin zu vereinbaren!«, antwortete Mafalda zunehmend verärgert.

»Wenn wir es für wichtig erachten würden, mit Ihnen zu sprechen, würden wir von selbst auf Sie zukommen, Signora Cinquetti«, antwortete die Schwarz-Weiß-Gestreifte spitz.

»Nun denn«, sagte Mafalda enttäuscht, drehte auf dem Absatz um und ging in Richtung Tür zurück. Eine Verabschiedung hielt sie für überflüssig, schließlich war sie auch nicht begrüßt worden. Und nach Lage der Dinge war auch nicht mit einer freundlichen Verabschiedung durch die Empfangsdame, die ihr ihren Namen nicht verraten hatte, zu rechnen. Aber wenn Mafalda noch einmal das Wort »Termin« aus ihrem Mund hören würde, dann würde sie ihr an die Kehle gehen, so viel war sicher!

13

Kaum draußen vor der Eingangstür blieb Mafalda irritiert stehen. Hatte die Frau da drinnen sie gerade mit ihrem Namen angeredet? Den sie ihr gar nicht genannt hatte? Oder doch? Sie versuchte sich krampfhaft zu erinnern. Sie war reingekommen, hatte gegrüßt, wurde wieder und wieder abgewiesen und musste schließlich unverrichteter Dinge gehen. Sie käute jeden einzelnen Satz des Gesprächs wieder. Aber sosehr sie sich auch bemühte, sie konnte sich nicht entsinnen, da drinnen ihren Namen genannt zu haben. Wie auch, wenn ihr mitten in jedem Satz ein schrilles »Termin« entgegenkrakeelt wurde? Sich vorzustellen, dafür war ihr gar keine Zeit gelassen worden.

Aber woher sollte die Dame hinter dem Schreibtisch sie sonst kennen, wenn Mafalda ihr nicht ihren Namen genannt hatte? Sie schüttelte den Kopf. »Ich war wohl ein wenig durcheinander«, sagte sie leise zu sich. Sie musste ihren Namen genannt haben und erinnerte sich nur nicht mehr daran. So musste es gewesen sein!

Vom weiteren Grübeln hielt sie ein Mann ab, der ihr laut

von der Seite aus zurief: »Sie da! Haben Sie auch versucht, diese Tür zu nehmen? Seit die Alte da ist, hat sie alles dichtgemacht!«

Mafalda schaute sich überrascht nach dem Mann um, der sie so unflätig von der Seite angesprochen und aus ihren Gedanken gerissen hatte. Die einzige Person, die sie auf dem mit gerissenem Asphalt bedeckten Vorplatz des Flugplatzes sah, war ein Mann um die fünfzig, groß, drahtig, mit grauen Schläfen und in schneidiger Pilotenuniform. Oder zumindest dem, was sich Mafalda unter einer Pilotenuniform vorstellte. Denn geflogen war sie noch nie.

Sie schaute sich unsicher um, ob hinter oder neben ihr noch jemand stehen könnte, den der Mann gemeint haben könnte. Aber da war niemand, nur sie. Sie drehte sich zurück, schaute ihn fragend an und zeigte mit dem rechten Zeigefinger auf sich. »Ja, Sie!«, sagte er und zwinkerte ihr im Gehen zu. »Sie haben doch eben versucht, in das Flugplatzgebäude hineinzukommen?« Mafalda nickte zögerlich. »Seit die den Laden angemietet haben, ist hier alles dicht. Kein Durchkommen mehr! Ich bin einmal durch die Hintertür ins Gebäude, da haben die mich gleich wieder rausgejagt«, sagte er.

Mafalda wusste nicht, ob sie nicken, den Kopf schütteln oder etwas sagen sollte. Der Mann war für einen komplett Unbekannten ausgesprochen redselig. Die Sache mit dem abgesperrten Flugplatzgebäude schien ihm nahezugehen.

»Jedenfalls müssen wir jetzt alle außenrum laufen. Ein Riesenumweg«, sagte er, stampfte mit dem rechten Fuß auf und zeigte an der Vorderfront des Gebäudes entlang. »Das geht schon eine Weile so. Gefühlt mache ich mittlerweile mehr Meilen am Boden als in der Luft!«, ließ er seinem Ärger weiter freien Lauf und ballte seine rechte Hand zur Faust. Mafalda folgte seinem Vortrag ungläubig. Er tippte mit dem Finger an seine Pilotenmütze und sagte: »Aber nichts für ungut. Entschuldigen Sie die Störung. Die da drinnen treiben mich einfach zur Weißglut. Einen schönen Tag noch!«

Mafalda grüßte abwesend und machte sich auf den Heimweg zur Uferstraße und weiter zur Vaporetto-Halte-stelle. Auf halbem Weg über den *campo* vor dem Flugplatz-eingang stoppte sie. Hatte der Mann gerade etwas von einer offenen Hintertür gesagt? Sie drehte sich um und schaute zurück zu der Tür, aus der sie gerade gekommen war. Über den Haupteingang war heute kein Reinkommen möglich, das war klar. Sie drehte sich in die Richtung, in der der Pilot eben verschwunden war, und sah ihn hinter dem Hauptge-bäude scharf links abbiegen. Dort musste der Zugang zum Flugplatz sein, von dem er geredet hatte!

Mafalda krallte ihre rechte Hand fest um den Griff ih-rer Handtasche und machte sich auf, um dem Piloten zu folgen. Der Weg führte sie an dem langgestreckten Res-taurantflügel des Flugplatzes vorbei. Zwischen einigen der hohen, beinahe quadratischen Fenster waren Kreidetafeln an den Wänden verankert, die früher womöglich einmal die Angebote des Tages angepriesen hatten, heute aber nur noch leer mit schmutzig weißen Kreideresten an der Wand hingen.

Am Ende des Gebäudes zweigte ein in die Jahre gekommener Betonpfad nach links ab. Hundeblumen und Grasbüschel hatten sich ihren Weg durch die Betonfläche gebohrt, und wild wuchernde Wurzeln der umstehenden Bäume hatten die einstmals glatte Oberfläche in eine Buckelpiste verwandelt. Der Weg gab nach einigen Metern den Blick auf das Flugfeld und die Graspiste frei. Mehr eine Sandpiste als eine Graspiste, umgeben von üppigen Löwenzahnkulturen. Der Pilot von eben stand bei einer der kleinen einmotorigen Maschinen und winkte Mafalda zu. Sie winkte zaghaft zurück und ging langsam an der Hinterseite des Gebäudes entlang.

An der Seite führte eine geschwungene Freitreppe zu etwas nach oben, das vermutlich mal eine Art Aussichtsterrasse gewesen war. Aber die gesamte Hinterfront des Restaurants war mit einem rostigen Stahlzaun zum Flugplatz hin abgesperrt, durch den kein Durchkommen war. In jungen Jahren hätte sie den Zaun mühelos überklettert. Aber heute verursachte allein der Gedanke daran einen kleinen Schweißausbruch bei ihr.

Hinter dem Zaun kümmerten schmutzige Plastikstühle und Tische sowie einige bemooste Sonnenschirme zusammengeklappt vor sich hin und warteten auf bessere Zeiten. Auf den Zaun folgten drei riesige Doppelflügeltüren, jede einzelne gut vier oder fünf Meter hoch. Doch ihre rostigen Türgriffe waren mit blitzblanken, dicken Stahlketten verschlossen, ein handgeschriebenes Schild mit »Eingang verboten!« hing an jeder der drei Türen, und schon allein die herrische Handschrift auf den Schildern verbot jedes Zuwiderhandeln.

Noch ein Stück weiter sah sie eine kleine Doppeltür, zu der eine schiefe Ebene hinaufführte. Dem Aussehen nach diente diese Tür als Lieferanteneingang. Repräsentativ war sie jedenfalls nicht. Fünf schwer bepackte Muskelmänner, alle hochgewachsen, schwarz gekleidet, mit sauber gezogenem Seitenscheitel und an den Seiten kurz geschorenen Haaren trugen von zwei Lastwagen schwere Kisten durch die Tür ins Gebäude hinein. Von den Rollwagen, die beim Ausladen des Bootes benutzt worden waren, war nichts mehr zu sehen. Es schienen andere Kisten zu sein.

Kurzentschlossen ging Mafalda auf die Tür zu, wo sie fast mit einem der Lastenträger zusammenprallte, der über und über mit Kisten bepackt versuchte, mit dem kleinen Finger die Tür zu öffnen. »Lassen Sie mich Ihnen helfen!«, sagte Mafalda, ging leicht zur Seite und hielt ihm lächelnd die Tür auf. Der Mann schaute sie erst grimmig an, nickte dann scheu und ging durch die Tür. Und Mafalda mit klopfendem Herzen und ohne groß nachzudenken ihm hinterher.

Drinnen herrschte ein ziemliches Chaos. An beiden Seiten eines langen Flurs standen Kartons, die noch darauf warteten, verstaut zu werden. Hinter der Ecke, hinter der die Männer verschwunden waren, hörte Mafalda Stimmen in einer fremden Sprache. Eine Frau redete in barschem Ton mit den Männern. Zumindest klang es so aus der Ferne. Und es war nicht die Dame vom Empfang. Deren quietschige Stimme hätte sie wiedererkannt.

Irgendwann hörte die Frau auf zu reden, und stattdessen war lautes Klappern von Absätzen auf dem dunklen Steinboden zu hören. Mafalda schaute sich erschrocken um. Noch einmal wollte sie nicht aus dem Gebäude rausgeworfen werden. Durch die Tür zu ihrer Linken sah sie eine Art Großküche, in die Jahre gekommen, aber gut in Schuss. Am anderen Ende dieses Raumes war eine weitere Tür, die nur angelehnt war.

Das Absatzgeklapper um die Ecke kam näher und näher. Mafalda war es wie Minuten vorgekommen, aber es konnten nur ein paar Sekunden gewesen sein. Eine Schweißperle lief über ihre Stirn, und ihr Puls hämmerte gnadenlos gegen ihre Schädeldecke. Es gab keine andere Wahl: Mafalda verschwand auf leisen Sohlen in der alten Küche, ging auf Zehenspitzen auf die Tür an der anderen Seite des Zimmers zu, öffnete sie und ging hinein. Nachdem sie die Tür hinter sich geschlossen hatte, atmete Mafalda tief ein und wieder aus, nur um sich fast im gleichen Moment erschrocken die linke Hand vor den Mund zu halten, aus Angst, man könnte sie hören. Ihre Beine waren wie Gummi. Sie hätte sich gerne gesetzt. Aber es war zu dunkel, um auch nur ansatzweise erkennen zu können, ob es hier überhaupt eine Sitzgelegenheit gab. Oder Spinnen und deren Netze, vor denen sie panische Angst hatte.

Draußen klapperten die Absätze immer weiter im fast gleichen Takt wie Mafaldas Puls. Sie schwitzte, hielt sich die rechte Hand ans Herz, mit der sie immer noch ihre Handtaschengriffe fest umkrallt hielt, und bereute, dass sie heute Morgen nicht die von der Dottoressa verordnete Blutdrucktablette genommen hatte. Die Frau draußen auf dem Flur musste dem Geräusch nach mittlerweile eigentlich fast am Lieferanteneingang angekommen sein, denn die Schritte wurden wieder etwas leiser.

Als sich Mafaldas Augen an das Dunkel des Raumes gewöhnt hatten, erkannte sie leere Regale an beiden Seiten des Raumes. Sie war in der alten Speisekammer gelandet. Vorsichtig hielt sie sich an der Tür zur Kammer fest, ließ sie gerade so weit offen, dass sie durch den Spalt beobachten und belauschen konnte, was draußen vor sich ging. Mafalda hörte, wie draußen eine Tür laut ins Schloss fiel und sich gleich danach ein Schlüssel im Schloss drehte. Sie schaute vorsichtig durch den Türspalt. Viel konnte sie nicht sehen, aber sie erspähte kurz die Silhouette einer schlanken Frau mit kurzen blonden Haaren und im blauen Blazer, die an der Küchentür vorbeilief. Ihr Gesicht sah sie nicht, das wandte sie ihr nicht zu.

Die Blonde war mittlerweile wieder dahin verschwunden, wo sie hergekommen war. Irgendwann hörte Mafalda auch die Männer nicht mehr, die zuvor noch eine Weile laut schnaufend Kisten hin und her getragen hatten. Wie lange, hätte sie in der Dunkelheit ihres Verstecks nicht sicher sagen können.

»Beruhige dich, Mafalda!«, flüsterte sie sich leise zu. Dann, nach mehrmaligem Ein- und Ausatmen, hörte auch endlich das kräftige Pochen ihres Pulses auf, das ihr noch Augenblicke zuvor fast den Atem geraubt hatte. Sie fischte ein Taschentuch aus der Seitentasche ihrer Handtasche und tupfte sich damit die Stirn trocken. »Lucia hätte jetzt nach einem doppelten Grappa verlangt«, seufzte sie leise.

Sie fragte sich, wohin die Lastenträger verschwunden waren. Vielleicht waren sie durch den Vordereingang nach draußen gegangen, denn die Tür zum Lieferanteneingang war ja jetzt zu? Oder waren sie noch immer drinnen im Gebäude? Irgendwas an diesen Männern kam ihr im Nachhinein gefährlich, beinahe bedrohlich vor. Aber vielleicht waren das auch nur die wirren Gedanken einer alten Frau, die sich in einer dunklen Speisekammer versteckte? Und auch wenn die Hintertür jetzt verschlossen war, redete sie sich ein, dann stand sie, Mafalda, jetzt wenigstens auf der richtigen Seite der Tür: Sie war drinnen!

Vorsichtig öffnete sie die Tür zur Küche ein wenig, um etwas mehr Licht in den Raum zu lassen. Weit kam sie damit nicht, denn die Scharniere der Tür quietschten erbärmlich, und Mafalda hielt erschrocken inne. Hatte die Tür auch schon so laut gequietscht, als sie hier hineingegangen war? Wenn ja, dann erinnerte sie sich nicht. Immerhin fiel nun genug Licht in die Kammer, um sie den Lichtschalter finden zu lassen. Mafalda drückte den ausgeblichenen Schalter aus sprödem Hartplastik. Nach einigem Flackern erleuchtete schließlich eine von zwei Neonröhren an der Decke den kleinen Raum. Die zweite Röhre hatte scheinbar schon länger das Zeitliche gesegnet, den vielen Spinnweben nach zu urteilen. Aber immerhin konnte Mafalda keine Spinnen in ihrer näheren Umgebung entdecken.

Die Regale der Speisekammer waren komplett leer. Nur zwei speckige Salzstreuer und eine Flasche billigen Olivenöls vom Discounter standen in einem der Fächer. Mafalda nahm die Flasche, rümpfte beim Blick auf das Etikett die Nase, öffnete sie dann aber und benetzte ihren rechten Zeigefinger mit ein paar Tropfen des Öls. Dann rieb sie über die Türscharniere, so wie sie das auch zu Hause immer tat. Nicht mit einem so billigen Öl selbstverständlich! Nach mehrmaligem Ölen drückte sie vorsichtig an die Tür. Und siehe da, sie bewegte sich völlig geräuschlos. Mafalda verschloss die Ölflasche wieder und stellte sie an ihren alten Platz – so viel Ordnung musste sein. Sie schaute sich dann nochmal um, ob sie irgendetwas aus dieser Speisekammer zu ihrer Verteidigung finden konnte, entdeckte in den leeren Regalen aber nichts. Sie löschte das Licht und verließ die Kammer.

Die Küche war alt, aber sauber. Die letzten Benutzer hatten ganze Arbeit geleistet: Nicht ein Fleck, nicht ein bisschen Dreck war auf den abgewetzten Stahloberflächen zu sehen. Staub schon, aber kein Dreck. Allerdings auch keinerlei Kochutensilien. Keine Töpfe, keine Messer. Nichts hatten sie zurückgelassen! Bis auf ein paar eiserne Pfannen an Haken über der Tür, die wohl mehr der Dekoration als dem Kochen gedient hatten.

Mafalda stellte sich auf die Zehen und versuchte die Pfannen über der Tür zu erreichen. Zwei-, drei-, viermal, aber immer vergeblich. Die Pfannen hingen einfach zu hoch. »Wie schade«, sagte sie leise zu sich, die hätten sich hervorragend geeignet! Sie versuchte es noch einmal, stellte ihre Handtasche auf den Boden und stellte sich dann auf ihre Zehenspitzen. Sie hatte die linke der Pfannen beinahe erreicht, als sie innehielt, die rechte Hand ans Kinn hielt und nachdachte.

Wieso eigentlich verteidigen? Sie war eine alte Frau, die durch die falsche Tür versehentlich ins Gebäude gelangt war. Das könnte man ihr kaum zum Vorwurf machen. Aber der herrische Auftritt der Blondine eben, ihr Auftreten gegenüber den Lastenträgern zuvor und das martialische Auftreten der Männer selbst hatten in ihr irgendwie das Bedürfnis entwickelt, sich im Fall der Fälle verteidigen zu können. Auf ihre Pfeffersspraypistole aus China, die sie von Angelo bekommen hatte, konnte sie leider nicht mehr zählen. Denn die hatte ihr ihr Enkel Pietro weggenommen, nachdem er völlig entsetzt davon erfahren hatte, dass seine *nonna* mit einer Waffe in der Handtasche durch die Gegend lief.

Mafalda schaute vorsichtig durch die Küchentür auf den Gang hinaus. Da niemand zu sehen war, ging sie langsam, sorgsam einen Fuß vor den anderen setzend, auf den Gang hinaus, blieb jedoch einen Moment später erschrocken stehen. Sie trug, wie meistens, flache Schuhe. Aber das Geräusch, das diese auf dem Steinboden machten, war dennoch im ganzen Flur zu hören. Das übertönte sogar das laute Klopfen ihres Pulses.

Sie schaute sich um. In der Mitte des Gangs lag ein grauer Webteppich. Sie war nicht viel mehr als einen Meter davon entfernt. Wie eine Eisläuferin schob Mafalda lautlos ein Bein vor das andere und kam dem rettenden Teppich so immer näher. Als sie ihn erreicht hatte, tappte sie vorsichtig mit ihrem rechten Schuh auf den Boden und stellte zufrieden fest, dass nun nichts mehr zu hören war. Sie atmete tief ein und aus – das Atmen hatte sie auf den letzten Metern vor Schreck beinahe vergessen – und schaute sich im Flur um. Der Boden aus schwarzem Marmor, der graue Teppich darüber, auf dem sie jetzt stand. Die Wände weiß. Marmorweiß, wie ihr schien. Zumindest nicht nur getüncht oder aus billigem Stein. Weit oben konnte sie noch Haken in der Wand sehen und hellere Stellen darunter, wo einstmals Bilder gehangen haben mussten. Neue aufzuhängen hatte sich noch niemand die Mühe gemacht.

Die Türen an beiden Seiten des Flurs waren verschlossen. Die Klinken herunterzudrücken traute sie sich nicht, weil sie nicht wusste, was oder wer sich hinter der Tür verbergen würde. Durch eine von diesen Türen musste dem Geräusch nach vorhin auch die Blonde verschwunden sein. Denn bis zur großen Eingangshalle, auf die sie jetzt zuhielt, war es zu weit. So lange hatte sie die Absätze der Unbekannten nicht klappern gehört.

Vorsichtig um sich schauend, ging sie weiter und kam schließlich in die riesige Halle. Sie versuchte sich zu orientieren: Das musste die Eingangshalle sein, vor der man sie vorhin an der Vorderseite des Gebäudes abgewiesen hatte. Durch die weißen Baumwollvorhänge zu ihrer Linken fiel gedämpftes Licht. Dahinter konnte sie schemenhaft die drei mit Ketten verschlossenen Flügeltüren sehen, an denen sie draußen auf dem Flugfeld vorbeigekommen war.

Das laute Aufheulen eines Motors durchbrach die Stille. Mafalda machte vor Schreck drei Schritte zurück und suchte Schutz in dem Gang, aus dem sie eben gekommen war. Zitternd tastete sie sich wieder vor, schaute erst lange nach rechts, dann ausführlich nach links, konnte aber nichts sehen. Das Motorengeräusch war immer noch zu hören, aber jetzt leiser und stetiger. Einer der Piloten hatte Motor und Propeller seines Flugzeugs gestartet und damit diesen Krach verursacht. Mafalda lächelte erleichtert. Ihre Entspanntheit und ihre Furchtlosigkeit waren durchaus noch ausbaufähig, wenn sie jetzt häufiger herumschnüffeln würde.

Zum Glück lag auch hier in der Halle ein Teppich, der, wenn auch nachlässig, faltig und schief verlegt, das Geräusch ihrer Schritte dämpfte. Nicht auszudenken, wenn die junge Frau am Eingang, von der sie hier nur wenige Meter trennten, sie hören und gleich wieder hinauskomplimentieren würde. Nein, dachte sie sich, nicht hinauskomplimentieren. Schnöde rausschmeißen, das war das richtige Wort!

Über dem abgetrennten Vordereingang sah Mafalda eine riesige Europakarte mit den Flugverbindungen ab Venedig aus der Hochzeit des Flughafens: Tripoli, Tirana, Berlin und Königsberg. Aus italienischer Sicht die Eckpunkte der politischen Weltkarte der damaligen Zeit. Ein engmaschiges Netz von Verbindungen mit den Alliierten und Gleichgesinnten mit reichlich Zwischenstationen für die langsamen Propellerflugzeuge. Die meisten davon Orte, in denen heute nicht einmal mehr ein Zug hielt.

Sonst war auch hier keinerlei Mobiliar zu sehen. Dunklere Rechtecke am Boden verrieten noch die Stellen, wo früher einmal Möbel gestanden haben mussten. Aber zwischen den Säulen aus schwarzem Marmor und den zartgelb getünchten Wänden stand heute nichts mehr herum, bis auf einen verlorenen schwarzen Ledersessel mit abgewetzten Armlehnen. Alles war leergeräumt.

Eine Treppe an der Seite der Halle führte nach oben. Aber Mafaldas Interesse galt erst einmal dem ehemaligen Restauranttrakt an dem ihr gegenüberliegenden Ende der Halle. Sie hatte nicht gehört, dass die Männer Kisten nach oben getragen hatten. Der Klang der schweren Schritte auf der Treppe hätte sich im ganzen Gebäude ausbreiten müssen, da war sie sicher. Da aber im Gang eben keine Kisten mehr standen, mussten die gegenüber ins alte Restaurant gebracht worden sein.

Sie durchquerte langsam die große Halle, bis sie – es war fast genau in der Mitte der Halle – vor Schreck wie zur Eissäule erstarrte. »Sì. Signora Cinquetti ist wieder gegangen«, hörte sie eine Frauenstimme sagen, so dicht, als würde jemand direkt neben ihr stehen, und die Worte hallten im ganzen Raum wider. Sie schaute sich erschrocken in alle Richtungen um, konnte aber niemanden sehen, der sprach. »No, ich habe ihr gesagt, dass sie einen Termin braucht, wie vereinbart. Und dann ist sie wieder gegangen«, hörte sie die Frauenstimme nach kurzer Pause sagen.

Die Stimme kam aus Richtung des Eingangs zur Straßenseite, wo sie vorhin am Empfang abgewiesen worden war. Der Empfang war nur durch eine dünne Pappwand von der Eingangshalle abgetrennt. Das erklärte wohl, dass es so klang, als würde die Frau fast direkt neben ihr stehen und sprechen. Die Akustik in der leeren Empfangshalle dürfte ein Übriges dazu getan haben.

Doch auch wenn Mafalda sich das alles logisch erklären konnte, beruhigte sie das kein bisschen. Die Frau, die da hinter der Wand sprach oder telefonierte, den Gesprächspausen nach zu urteilen, musste die sein, die sie vorhin abgewiesen hatte. Auch wenn deren Stimme durch die Akustik der leeren Empfangshalle jetzt ganz anders klang. Ja, sie musste es sein, denn genau das hatte sie ihrem Gegenüber am Telefon ja gerade gesagt.

Aber – Pappwand hin oder her – wenn Mafalda sie so hören konnte, als wenn sie direkt neben ihr stehen würde, dann konnte auch sie Mafalda hören. Und jeden Schritt und jedes Geräusch, das sie hier machen würde. Für einen Moment fürchtete Mafalda, sie würde gleich hier und jetzt in Ohnmacht fallen. Da war plötzlich wieder dieses unsichere Gefühl in den Beinen, und die Halle um sie herum fing an, sich vor ihren Augen zu drehen. Dennoch war tief in ihr irgendetwas, dass sie antrieb, das sie wie von selbst dazu brachte, weiterzumachen und weiterzugehen.

Der Teppichboden hatte schon auf dem Weg bis in die Halle ihre Schritte ausreichend gedämpft. Davon ermutigt lief sie mit schnellen Schritten in Richtung der Flügeltür zum alten Restaurant, drehte sich um, nachdem sie die Tür durchquert hatte, und schloss den Türflügel ganz langsam, den Türgriff mit beiden Händen fest umfassend, damit die Tür beim Schließen ja kein zu lautes Geräusch machen könnte. Als die Tür dann endlich geschlossen war, hörte Mafalda nichts mehr. Nur noch ihr Herz, das laut und wahrnehmbar klopfte. Sie hielt sich weiter mit beiden Händen an den Türgriffen fest und atmete schwer. Schweiß lief ihr schon wieder über die Stirn. Das Taschentuch in ihrer Handtasche würde gleich wieder gute Dienste leisten.

Irgendwann ließ sie den Türgriff los und drehte sich langsam um. Vor ihr lag der langgestreckte Raum, mit den großen, raumhohen Fenstern an beiden Seiten, durch die sie vorhin vergeblich versucht hatte, nach drinnen zu schauen. Hier darüber musste die Terrasse sein, zu der die Freitreppe führte, die sie vorhin vom Flugfeld aus gesehen hatte. Mafalda schaute sich um. Es roch nach Staub und abgestandener Luft. An beiden Seiten des langgestreckten Raumes waren unzählige Kisten gestapelt, so wie sie es vermutet hatte. Die Kartons standen in Viererreihen, jeweils drei bis vier übereinander auf einer Länge von bestimmt fünfzehn Metern.

An die sechshundert Kartons mochten das sein, rechnete sie schnell im Kopf. Sie ging langsam an den Kistenstapeln entlang und schaute, eines nach dem anderen, auf die Etiketten und Klebezettel auf den Kisten. Auf einigen prangten fremde Schriftzeichen, die sie nicht lesen konnte. Seltsame Striche und Kringel in einer Sprache, die sie nicht verstand. Auf anderen Kisten klebten nur die Etiketten diverser Kurierdienste. Die meisten davon waren direkt hierher verschickt worden, wie Mafalda mithilfe ihrer Brille las, die sie vor ihr Gesicht hielt, ohne sie richtig aufzusetzen.

Eine der Kisten mit den Kurieretiketten hatte man bereits geöffnet. Mafalda stellte ihre Handtasche auf den Boden, ließ ihre Brille durch den offenen Reißverschluss in die Tasche gleiten und widmete sich neugierig der Kiste vor ihr. Sorgsam bemüht, nichts zu beschädigen, räumte sie mit beiden Händen die Transportverpackung zur Seite. Darunter verbarg sich, in Stoff eingewickelt, eine Glasvase, die sie vorsichtig aus der Kiste zog. Nicht unähnlich denen, die auf Murano hergestellt wurden, aber doch plumper in der Form, dicker im Glas und mit einem undefinierten Dekor verziert, das sie nicht sicher als Weinlaub oder Lorbeerkränze ausmachen konnte. Keine Schönheit, eher eine Scheußlichkeit, eine komplette geschmackliche Entgleisung. Und dennoch fragte sich Mafalda, warum jemand so etwas Zerbrechliches wie eine Glasvase hierher transportieren ließ. So, als ob es in Venedig und Murano nicht schon genug Glasvasen gäbe. Schönere allemal. Mafalda drehte die Vase hin und her. Gerade als sie sie wieder in die Kiste stellen wollte, fiel ihr ein weißer Aufkleber auf der Unterseite ins Auge. Sie nahm die Vase vorsichtig in die linke Hand, ging in die Knie, zog mit der rechten Hand ihre Brille wieder aus ihrer Handtasche und hielt sie sich über ihre Nase. Dann las sie, was da ganz deutlich in Druckbuchstaben auf dem Aufkleber geschrieben stand: »Made in China«.

Kopfschüttelnd ließ sie die Hände sinken. Fast wäre die Vase dabei zu Bruch gegangen. Sie legte das scheußliche Ding zurück in den Karton, stopfte das Verpackungsmaterial nachlässig wieder darüber und suchte sich dann eine neue Schachtel. Jetzt, wo sie eine Kiste geöffnet hatte, wollte sie unbedingt mehr sehen. Sie stellte die Vase samt Verpackung eine Reihe weiter nach links und öffnete den Karton darunter. Der war noch verschlossen, doch das halbherzig befestigte Paketband hatte sich an einer Seite schon abgelöst und war dadurch im Handumdrehen zu entfernen. Unter dem Kartondeckel verbarg sich weißes Styropor, das Mafalda vorsichtig beiseitelegte. Darunter funkelten im kaltweißen Licht der Neonbeleuchtung unzählige kleine Glasstückchen. Mafalda konnte nicht genau erkennen, um was es sich handelte, nahm eines hoch und musterte es kritisch mit zusammengekniffenen Augen und Lesebrille. Es schien sich um eine venezianische Gondel zu handeln. Plump nachgestellt und ohne Liebe zum Detail eingefärbt, aber dennoch zumindest auf den zweiten Blick als Gondel zu erkennen. Nur da, wo der Gondoliere hätte stehen sollen, prangte nur ein kleines Loch, und kein Männchen war zu sehen.

Sie schaute in die Kiste. Das mussten wirklich hunderte von kleinen Gondeln sein. Niemand hatte sich die Mühe gemacht, sie einzeln zu verpacken. Sie lagen einfach nur ungeschützt auf-, neben- und übereinander in dieser Kiste, und wie bei der Gondel in ihrer Hand waren Teile schon abgebrochen. Es war genau die Art von Billigsouvenirs, die

Touristen vorn an der Riva degli Schiavoni oder an der Piazzale Roma von fliegenden Händlern zu vermeintlich günstigen Preisen kauften, wenn sie schnell ein Andenken an Venedig mitnehmen wollten und über dessen eigentliche Herkunft keine Fragen stellten. Ein Sakrileg für eine alteingesessene Einwohnerin von Murano wie Mafalda. Angewidert warf sie das Glasstück in die Box zurück, legte das Styropor wieder obenauf und verschloss die Kiste.

Den Karton daneben, genau genommen waren es drei, die man aufeinandergestapelt hatte, hatte man aus Mailand heranschleppen lassen, wie der Aufkleber verriet. Auch ihn hatte man schon geöffnet. Obenauf lag weißliches Papier, das sie erst für Verpackungsmaterial hielt. Doch Mafalda wunderte sich, als darunter weitere Lagen des gleichen Papiers zum Vorschein kamen. Vorsichtig wendete sie das Papier hin und her, immer bemüht, es nicht zu knicken oder sonstwie zu beschädigen. Auf der Unterseite waren silberne und schwarze Quadrate zu sehen und etwas, das sie für Buchstaben hielt, aber das Licht im Raum war zu dunkel, um es genau sehen zu können.

Mafalda nahm eine der Papierbahnen und ging damit in die Raummitte, wo das Licht besser war, kippte ihre Brille leicht an und versuchte, die winzige Schrift zu entziffern. Erst gelang es ihr nicht, und die einzelnen Buchstaben drohten immer wieder zu verschwimmen. Doch zumindest die oberen Zeilen meinte sie erahnen zu können. So wie bei ihrem alten Augenarzt, wo sie die größeren Buchstaben auf der altertümlichen Testtafel immer noch leidlich erkannte, die unteren aber nur nennen konnte, weil sie vorher heimlich an die Tafel herangetreten war, um die Zeichen auswendig zu lernen. Ihr Arzt bescheinigte ihr dadurch Jahr für Jahr, dass alles beim Alten geblieben war. Nur hier und heute half ihr auswendig lernen nicht weiter. Sie ging mit dem Papierbogen zu dem Umzugskarton zurück, neben dem sie ihre Handtasche abgestellt hatte, und fischte mit geübtem Griff aus der seitlichen Innentasche eine Lupe heraus. Dank der konnte sie nun auch trotz des schlechten Lichts sehen, was schlecht lesbar auf silbrig glitzerndem Untergrund auf dem Bogen stand: Oben drei große Buchstaben, die für sie keinen Sinn ergaben, und jeweils darunter in kleinerer Schrift »Original Murano Glass.« Unter dem Schriftzug war ein schwarzes Quadrat zu sehen, wie sie es schon in Zeitungsanzeigen gesehen hatte, schwarz, mit weißen Punkten darin, aber insgesamt seltsam verwaschen, so als ob jemand über die noch nicht trockene Druckerschwärze gewischt hätte.

Plötzlich durchfuhr es sie. »Noomg« hatte Ettore an die Souvenirläden gesprüht. Oder vielmehr »No OMG«, wie er ihr später erklärt hatte. Was sie in den Händen hielt, waren die gefälschten Aufkleber, von denen die Bruderschaft gesprochen hatte. Unberührt und direkt von der Druckerei geliefert. Sie schaute auf den aus Mailand angelieferten Karton, neben dem sie stand. Die ganze Kiste war mit weißen Aufkleberbögen gefüllt. Und die beiden identischen Boxen darunter vermutlich auch.

Mafalda schaute zurück zu der Schachtel, aus der sie

eben noch die unbeschreiblich hässliche Chinavase entnommen hatte. Jetzt machte der ganze Aufwand hier Sinn:
Die unzähligen Kisten mit Glas aus Fernost, die Muranoglasaufkleber aus Mailand, die Scheußlichkeiten und der
billige Plunder, der überall in Venedig verkauft wurde. Wer
auch immer dahintersteckte, ließ hier im großen Stil Billigglas in Handwerksprodukte aus Murano umwandeln und
strich danach den nicht unerheblichen Preisunterschied als
Reingewinn ein! Ihre Mitbrüder von den *Fratelli del Vetro*
hatten recht mit ihrer Vermutung: Die Glasmanufaktur am
Fondamenta Radi spielte eine entscheidende Rolle bei der
Verteilung der Billigkopien. Und das Flugplatzgebäude hier
war ihre andere Drehscheibe, ihr Hauptlager!

Dass immer wieder billige Imitate ihren Weg zu den
Marktständen an den Hauptattraktionen für Touristen in
Venedig fanden, war ein offenes Geheimnis. Aber wenn all
die Kisten hier mit Glasvasen, Leuchtern und Andenken
gefüllt waren – und die Anzahl der Aufkleber, die sie eben
gefunden hatte, ließen kaum einen anderen Schluss zu –,
dann hatte dieser Betrug eine ganz andere Dimension!
Wenn Sie Ettore und seine Brüder darüber hatte sprechen
hören, war das für sie immer abstrakt geblieben, irgendwie theoretisch und ganz sicher in seinem Ausmaß nicht
greifbar oder nachvollziehbar. Was hier aber in den Kisten
verpackt herumstand, entsprach mindestens einer Jahres-
produktion der Glasbläsereien auf Murano, wenn nicht
mehr. Das war von großer Hand geplant und stabsmäßig
umgesetzt worden! Das war echt. Oder eben gerade nicht

echt. Und es fühlte sich bedrohlich an, ob seiner schieren Menge.

Sie wurde ruckartig aus ihren Gedanken gerissen, weil sie aus der Haupthalle, von der großen Flügeltür aus, ein Geräusch hörte. Keine Schritte, und auch keine Stimmen. Eher ein dumpfes Geräusch, so wie wenn jemand mit Wucht gegen etwas gestoßen wäre. Die ganze Zeit über hatte sie sich schon beobachtet gefühlt. Sie schaute zur Tür, ob sich dahinter etwas bewegte. Aber die Tür war immer noch verschlossen und hinter ihren Glasfenstern niemand zu sehen.

»Mafalda, deine Nerven«, sagte sie leise zu sich. Aber das Gefühl, dass sie beschattet wurde, wollte nicht weichen. Sie faltete den Karton mit den Aufklebern zu und wollte zur nächsten Kiste weitergehen, als sie im Augenwinkel rechts von sich einen Mann sah, der sie durch ein Fenster ansah. Nicht deutlich und nur schemenhaft, so wie man etwas im Halbdunkel eben sieht. Außerdem hatte sie wieder ihre Lesebrille auf der Nase, weshalb sie in die Ferne nur unscharf sehen konnte.

Sie erschrak fürchterlich, drehte sich in Richtung des Mannes und wollte schon etwas Entschuldigendes stottern, zögerte dann aber, als ihr auffiel, wie regungslos der dort hinten stand. Sie setzte die Lesebrille ab und schaute nochmals in seine Richtung, fasste sich dann ans Herz und atmete erleichtert auf: Der Mann, ein untersetzter älterer Herr mit grauem Backenbart, Glatze und eiskalten, stechend blauen Augen, starrte sie so grimmig an, wie sie das eben schon verschwommen gesehen hatte. Aber das, was sie für ein Fenster gehalten hatte, war ein Bilderrahmen.

Mafalda näherte sich langsam dem Bild. Es war das einzige Bild, das man im ganzen Raum aufgehängt hatte. Alle anderen Wände waren leer. »Was bist du mir denn für ein Bürschchen?«, fragte Mafalda das Ölbild nun gelöster und tippte mit dem Finger nach oben auf die Nase des Mannes. Kein sehr furchterregendes Bürschchen, jedenfalls mit der richtigen Brille aus der Nähe betrachtet und trotz seines bösartigen Blickes. »Du machst mir keine Angst mehr!«, sagte sie leise, schmunzelte und gab dem Rahmen einen sanften Schubs, der das Bild leicht schief hängen ließ. Nicht sehr, nur ein bisschen, aber für jedes eingeweihte Auge sichtbar.

Mafalda drehte sich um und betrachtete seufzend die Kistenberge auf beiden Seiten des Raumes. Das war Frevel! Das ging über die alltäglichen Betrügereien hinaus! Und das ging ihr als Bewohnerin von Murano gehörig gegen die Ehre! Ihre Mitbrüder hatten recht gehabt mit ihren Sorgen und ihren Ängsten. Wo war sie hier nur reingeraten??? Sie umklammerte empört mit beiden Händen die Griffe ihrer Handtasche – den einzigen Gegenstand, der ihr gerade Halt geben konnte – und marschierte über den Teppich zurück in Richtung Haupthalle, willens, das Gebäude schnellstmöglich zu verlassen. Sie öffnete so leise wie möglich die Flügeltür und ging dann weiter.

»Was machst du hier?«, hörte sie laut hinter sich eine tiefe Männerstimme barsch fragen. Diesmal kam die Stimme von rechts, von den Fenstern vom Flugfeld aus, nicht wie vorhin von links, vom Eingang her. Auch wenn der zeitversetzte Widerhall von den Wänden der leeren Eingangshalle es schwierig machte, genau zu bestimmen, woher die Stimme kam. Erschrocken blieb Mafalda stehen und drehte sich wie in Zeitlupe zur Seite. In dem schwarzen Ledersessel neben der rechten der drei Türen sah sie einen der schwarz gekleideten Männer von vorhin breitbeinig sitzen, seinen Blick spöttisch lächelnd auf sie gerichtet.

»Was du hier machst, habe ich dich gefragt?«, sagte er nochmals, diesmal lauter und irgendwie auch bedrohlicher. Mafalda hatte ihn gleich wiedererkannt: Es war der, der sie schon vorhin finster gemustert hatte, als sie noch über das Flugfeld gelaufen war. Mit seinen tätowierten Armen und den kastig-kurzgeschorenen Haaren wirkte er mehr als nur gefährlich auf sie.

»Ich ... ich denke, ich habe mich verlaufen«, stotterte Mafalda und schaute sich verstohlen in der Halle um, ob es einen Weg geben würde, diesem Verhör hier zu entfliehen. Aber natürlich gab es den nicht, denn wo auch immer sie hätte hingehen können, der jüngere und trainierte Mann wäre um vieles schneller gewesen als sie. Hätte sie doch vorhin nur die Eisenpfanne aus der Küche mitgenommen, so wie ihr Instinkt es ihr geraten hatte! Ihr Plan, sich als einfache Rentnerin auszugeben, die sich nur verirrt hatte, wirkte plötzlich selbst auf sie wenig glaubhaft.

»Verlaufen, so so!«, sagte er und erhob sich aus seinem Sessel. »Und wo du dich schon mal verirrt hast, hast du gleich die Gelegenheit genutzt und unsere Warenkartons durchstöbert?«

Mafalda schaute ihn ängstlich an, als er langsam einen Fuß vor den anderen setzend im Halbkreis vor den Türen zum Flugfeld um sie herumlief. Wie ein Raubtier auf der Jagd, dachte sie sich. Was sie wohl zu seiner Beute machte. »Ich weiß nicht, wovon Sie reden!«, protestierte Mafalda halbherzig. Auch wenn er sie hartnäckig duzte, blieb sie beim ›Sie‹, schon um ihn wenigstens mit Worten auf Distanz zu halten. Seine plumpe Vertraulichkeit war ihr zuwider. Und dennoch war das gerade ihr geringstes Problem.

Der Tätowierte lief immer noch im Kreis um sie herum, war keinen Moment stehen geblieben. Mafalda drehte sich mit ihm und merkte, wie er ihr mit jedem Schritt etwas näher kam. »Du dachtest wohl, dass du hier durch die Hintertür unbeobachtet reinschlüpfen könntest?«, sagte er und lief weiter.

»Das ...«, setzte Mafalda an zu protestieren, doch stockte noch, bevor sie den Satz richtig begonnen hatte. Woher wusste dieser Mann davon? Wie lange hatte er sie schon beobachtet? Und weshalb?

»Das ...?«, fragte er und hatte jetzt fast wieder den Ledersessel erreicht, auf dem er gesessen hatte. Nur stand er jetzt viel näher bei Mafalda, keine zwei Meter mehr von ihr entfernt.

»Das bilden Sie sich alles nur ein!«, antwortete Mafalda patzig. Für eine bessere Antwort fehlten ihr die Argumente.

Und sie war sich immer noch nicht im Klaren, wie viel dieser Mann vor ihr wusste und wie viel nicht.

»Einbilden. Was du nicht sagst!«, zischte er grinsend und hielt sein *telefonino* hoch, das er die ganze Zeit über in seiner linken Hand gehalten hatte. Er drehte das Display so, dass Mafalda es sehen konnte. Und was sie sah, war das Bild einer Überwachungskamera, das sie, Mafalda, hier in der Haupthalle des Flugplatzes direkt vor ihm, dem vermeintlichen Lastenträger, zeigte. »Einbilden?«, wiederholte er leise und langgezogen, während Mafaldas Knie anfingen zu zittern.

»Lassen Sie mich in Ruhe!«, rief sie ihm schließlich etwas schriller zu, als es ihre Absicht gewesen war, und hielt die Hand abwehrend in seine Richtung. Das war natürlich nicht mehr als eine hilflose Geste. Ihre Pfefferpistole hätte sie jetzt gebraucht. Oder eben diese Eisenpfanne aus der Küche. Mit Argumenten war hier nichts mehr zu gewinnen, das spürte sie deutlich. Überdeutlich.

»Oder was?«, fragte er kalt lächelnd und ging weiter auf sie zu. »Ich schreie! Ich werde schreien!«, sagte Mafalda, der Panik nahe, und hielt ihre Handtasche schützend vor sich. Er war ihr mittlerweile bis auf wenige Zentimeter nahe gekommen, beugte sich zu ihr vor und fragte höhnisch: »Dass du unbefugt hier eingedrungen bist?«

»Ich … ich …«, stotterte Mafalda.

»Du kommst jetzt erstmal mit mir mit nach draußen!«, sagte er und deutete mit der Hand in Richtung Haupteingang. Oder Ausgang in diesem Fall. Hatte sie vorhin um jeden Preis vermeiden wollen, wieder vor die Tür gesetzt zu werden, so wünschte sie sich jetzt nichts mehr, als das Gebäude so schnell wie möglich und unbeschadet verlassen zu können. Am liebsten aus freiem Willen natürlich, aber die herrische Gestik des jungen Mannes ließ jeden Widerstandswillen in ihr schon im Keim absterben, und sie fügte sich widerstandslos. Dieser finstere Muskelmann löste so viel in ihr aus. Angst zuallererst. Echte Angst, dass er ihr etwas tun könnte. Und Respekt. Nicht im Sinne von Achtung. Mehr im Sinne des untrüglichen Gefühls, ihm hier besser nicht zu widersprechen und ihm Folge zu leisten.

Der Lärm in der Eingangshalle hatte mittlerweile auch die Frau am Empfang alarmiert, die irritiert ihren Kopf zwischen den Pappwänden am Eingang hindurchsteckte. »Ich dachte, Sie wären längst gegangen?«, fragte sie verärgert.

»Signora Cinquetti möchte uns jetzt verlassen«, sagte der Kraftprotz mit tönender Stimme.

Mafalda erschrak und ging drei Schritte zurück. Hatte er gerade ihren Namen gesagt? Sie hatte ihm den doch gar nicht genannt? Ihm jetzt doch ganz sicher nicht! »Woher kennen Sie meinen Namen?«, fragte sie erregt einen Ton zu hoch und zu laut und hielt ihre Hand abwehrend in seine Richtung.

»Nicht nur deinen Namen! Wir wissen eine Menge über dich. Genug, um dir ordentlich Ärger zu machen, wenn du nicht bald von hier verschwindest!«, sagte er finster grinsend und zeigte wieder in Richtung Ausgang.

»Ich habe Ihnen doch gesagt, dass Sie einen Termin brauchen«, sagte die Frau am Eingang selbstgefällig grinsend. Sie saß mittlerweile wieder hinter ihrem Schreibtisch, feilte ihre Fingernägel und sah dem Geschehen unbeteiligt zu. Dass der Lastenträger mehr als nur ein einfacher Lastenträger war, dämmerte Mafalda nun auch allmählich. Mit seiner rechten Hand öffnete er die mittlere der drei Türen und schob Mafalda mit der linken nach draußen. Wobei er nicht wirklich handgreiflich wurde. Es war Mafalda, die freiwillig ging, weil sie nicht die geringste Lust verspürte, von ihm nach draußen geschoben zu werden. Denn dass er das beim geringsten Zögern ihrerseits machen würde, das stand für sie außer Frage. »Mach uns keinen Ärger!«, sagte er nochmals zu ihr und kam dabei ganz dicht von hinten mit seinem Kopf an den ihren heran, sodass sie seinen Atem spüren konnte. Dann zog er die Tür hinter ihr zu und ließ sie laut ins Schloss fallen.

Mafalda fackelte nicht lange und fing an zu laufen. Laufen, immer nur laufen, nur weg von hier! Sie rannte über den Vorplatz des Flugplatzes, durch das immer noch offenstehende Tor, über die um diese Uhrzeit menschenleere Straße nach vorn bis zur Lagune. Vorn angekommen, schaute sie sich orientierungslos um, entschied sich dann spontan, nach links loszulaufen und nicht rechts auf den Bus zu warten, wann auch immer der fahren würde. Sie lief, rannte, wurde mehrfach von Autos angehupt, denen sie achtlos in den Weg gelaufen war. Immer weiter, bis sie nach einem Kilometer Santa Maria Elisabetta erreichte, wo sie sich unter den vielen Menschen endlich wieder in Sicherheit wähnte.

Verschwitzt und mit zerzaustem Haar erreichte sie den Umsteigeknoten. Ein kleines Mädchen starrte sie entgeistert von oben bis unten an, zeigte mit dem Finger auf sie und wollte etwas sagen. Doch es wurde von seiner Mutter beiseitegezogen, die Mafalda dabei böse anstarrte. Erschöpft ließ sich Mafalda auf eine der Bänke fallen. Sie atmete schwer, sowohl wegen des Rennens als auch wegen des eben Erlebten. Sie nahm das Taschentuch aus der Handtasche und tupfte sich die Stirn trocken. Was ihr nur teilweise gelang, denn das Tuch selbst war mittlerweile klitschnass. Danach versuchte sie, mit den Händen ihre Frisur zu richten, so gut das eben ohne Kamm und Spiegel ging.

Noch immer schlug ihr Puls so heftig, dass sie es in ihren Ohren rauschen hörte. Aus dem Augenwinkel sah sie, wie das *vaporetto* der Linie 1 anlegte. Wie von der Tarantel gestochen sprang sie auf, lief über den Anleger, drängte sich ganz gegen ihre Art an den Wartenden vorbei aufs Boot und stellte sich vorn neben den Steuerstand des Kapitäns. Nicht irgendwo hinten im *vaporetto*, wo ihr hier, an der Endstelle, ein Sitzplatz sicher gewesen wäre, sondern direkt am Steuerstand, wo sie auf tatkräftige Hilfe hoffte, sollte sie nochmals von jemandem bedroht werden.

Das Boot legte ab und schwankte langsam auf die Lagune hinaus. Mafalda stand schweißnass neben dem Kapitän und hielt mit ihren Händen die Haltestange fest umklammert. So fest, dass ihre Handknöchel weiß hervortraten. Erst als das Boot sich einige Meter vom Ufer entfernt hatte, wurde sie langsam ruhiger, und ihr Puls hörte auf, in den Ohren und gegen die Schädeldecke zu klopfen, während der *pilota* das Boot langsam auf die offene Lagune manövrierte und Fahrt aufnahm. Sie ließ die Haltestange los, drehte sich nach außen zur Lagune, stieß einen spitzen Schrei aus und atmete dann tief ein und aus. Das kleine Mädchen von eben beäugte sie schon wieder misstrauisch, die anderen Passagiere sowieso.

»Geht es Ihnen gut, Signora?«, fragte der *pilota* besorgt von seinem Steuerstand aus. Mafalda drehte sich zu ihm und nickte. »Ja. Jetzt wieder!«

14

Wenn jeder Kronleuchter aus Muranoglas echt wäre, müsste Murano so groß sein, dass kein Platz mehr für die Lagune um die Insel herum wäre!«, sagte Lucia und wischte mit ihrer rechten Hand Mafaldas Bedenken förmlich davon. Das half freilich wenig. Stattdessen traf sie ein strenger Blick von Alma, die direkt zu ihrer Rechten saß. Lucia fuchtelte wirr mit den Händen in der Luft herum. »Es ist doch wahr! Jeder weiß, dass hier und da mal eine Fälschung verkauft wird. Das ist doch nun wirklich keine Neuigkeit.«

»Das war mehr als hier und da eine Fälschung!«, entgegnete Mafalda erregt und krallte sich mit den Fingern in ihre Stuhllehnen. »Der komplette Flugplatz war mit Kisten voll, wenn ich es dir doch sage!«

»Bist du sicher, dass du dich da nicht in etwas hineingesteigert hast, Mafalda?«, versuchte Alma die Wogen zu glätten.

»*Hineingesteigert?*«, rief Mafalda schrill. »Es stand alles voll mit diesem Gerümpel! Und dann hat mich diese fiese Type bedroht und rausgeschmissen! Ich habe es euch doch schon erzählt!«

»Um ehrlich zu sein, als sich damals das Eichhörnchen auf deinen Dachboden verirrt hatte, warst du auch überzeugt davon, dass es eine Ratte war«, sagte Lucia und deutete mit nach oben geöffneter Hand in Mafaldas Richtung. »Ich will nicht sagen, dass du dir das komplett eingebildet hast«, sprach sie weiter und lehnte sich im Stuhl zurück. »Aber dass jemand den ganzen Flugplatz mit gefälschtem Muranoglas vollräumt und sich dazu eine halbe Privatarmee leistet, und niemand soll etwas davon bemerken, das übersteigt schon ein wenig meine Vorstellungskraft!«

»Wenn ich es euch doch sage!«, zeterte Mafalda und hielt ihre Hände etwas hilflos in die Höhe. »Da stand alles voll mit Kartons. Bedroht hat mich nur einer, aber da waren noch viel mehr Männer!«

»Irgendjemand muss die ganzen Kisten ja tragen«, antwortete Lucia lakonisch.

Wegen der ungewöhnlichen Zeit am späten Mittag, zu der Mafalda ihre beiden Freundinnen hierherzitiert hatte, war ihr Stammtisch in der Bar Il Sole nicht frei, und sie mussten mit einem der kleineren Tische am Kanalufer vorliebnehmen, wo der Wind entlangpfiff und der weniger geschützt vor dem Wetter und neugierig gespitzten Ohren der Vorbeigehenden war als ihr Stammplatz zur Platzmitte hin. Nicht dass das die Spatzen gestört hätte, die Mafaldas Umzug ohne großes Federlesen mitgemacht hatten und um sie herum auf die ihnen zustehenden Keks- und Brotkrümel warteten. Nur leider hatte sie sie heute noch keines einzigen Blickes gewürdigt. Ganz gegen ihre sonstige Gewohnheit.

Mafalda hatte noch vom *vaporetto* aus ihre beiden Freundinnen angerufen und sie zu diesem Treffen zitiert. Lucias Widerspruch, sie hätte andere Pläne, hatte sie nicht gelten lassen. Jetzt saß sie hier, immer noch sichtbar erregt, die Hände fest in die Stuhllehnen gekrallt und mit für ihre Verhältnisse zerzauster Frisur. »Da waren Vasen und kleine Gondeln ohne Ende. Alles aus China. Und kistenweise Muranoglasaufkleber dazu«, blaffte Mafalda Lucia von der Seite an.

Lucia zuckte mit den Schultern. »Ach«, sagte sie, »ein bisschen Schummeln hier, ein bisschen Tricksen da, das macht doch heutzutage jeder. Ich würde auch nicht für jeden von Francescos Geschäftspartnern die Hand ins Feuer legen, aber …« Weiter kam sie nicht, denn Almas Blicke durchbohrten sie wieder von der Seite. Ihr Angetrauter Francesco war offenbar nicht sonderlich wählerisch bei der Auswahl seiner Geschäftspartner. »Geld stinkt nicht«, sagte Lucia nach kurzem Schweigen entschuldigend und mit gesenktem Haupt, ohne gefragt worden zu sein.

»Bedrohen Francescos Geschäftspartner auch unschuldige alte Frauen?«, fiel ihr Mafalda ins Wort. Lucia drehte sich verschnupft zur Seite.

»Mit alten Frauen kenne ich mich nicht aus!«, sagte sie. Alma beugte sich zu Mafalda und hielt ihre Hand.

»Erzähl es uns doch nochmal ganz ruhig und von Anfang an«, sagte sie mitfühlend. Doch Mafalda schüttelte nur energisch den Kopf, winkte Emilia und zeigte dabei auf das vor ihr stehende leere Grappaglas. »Den ganzen Weg von San Nicolò bin ich gelaufen. Gerannt!«, sagte sie, beugte sich vor und schaute Lucia erbost an.

»Deine neuen Freunde von dieser Bruderschaft haben dich da irgendwie aufgewiegelt«, sagte Lucia unwirsch und blickte in die Ferne. Mafalda schaute sie mit großen Augen an. Woher kannte ihre Freundin dieses Geheimnis? Ihr Geheimnis, das zu hüten sie geschworen hatte? Auch gegenüber ihren besten Freundinnen – das hatte sie Ettore versprechen müssen. Ihr Blick fiel von Lucia auf Alma. Die bemerkte das und schaute schnell in eine andere Richtung. Die langen gemeinsamen Stunden auf Enzos Boot heute Morgen. Und ihr Streit, eigentlich nicht mehr als ein Gekabbel unter Freundinnen, warum es nötig war, sich so frühmorgens auf die Lauer zu legen. Hatte sie sich verplappert, etwas verraten? Nicht alles, nein, niemals! Bestenfalls Details hatte sie angedeutet. Alma musste sich den Rest zusammengereimt haben. Mafalda blickte zurück zu Lucia. »*Niemand* hat mich aufgehetzt«, sagte sie und schaute ihre Freundin böse an. »Und kein Wort, zu niemandem, das ist *geheim*!«

»Also du bist rein in das Gebäude und wolltest nachsehen, wohin die Männer mit den Kisten aus dem Frachtkahn verschwunden sind?«, fing Alma an und ignorierte damit Mafaldas Ausbruch von eben komplett. Kein sehr erfolgversprechendes Unterfangen.

»Das habe ich doch schon alles erzählt!«, antwortete Mafalda ungehalten und hob hilflos beide Hände nach oben. »Am Vordereingang haben sie mich abgewiesen, also bin ich durch den Hintereingang rein.«

»Und da hat dich dann dieser Hausmeister hinausbegleitet?«, fragte Alma.

»Der *war* kein Hausmeister!«, fuhr Mafalda sie eine Spur zu laut an, sodass die Gäste an den anderen Tischen schon wieder betreten zu ihnen herüberschauten. »Erst hat er die Kartons mit reingetragen, dann hat er mich drinnen abgepasst. Eine ganz fiese Type, sage ich euch! Über und über tätowiert und wirklich gefährlich!«

Lucia zuckte mit den Schultern. »*Beh* ... wenn jemand bei mir ungebeten durch den Lieferanteneingang eindringen würde, würde ich ihn auch rausschmeißen!«, sagte sie. Darauf trafen sie die erbosten Blicke von Mafalda und Alma gleichzeitig. Allerdings aus unterschiedlichen Gründen.

»Du bist gerade nicht hilfreich!«, sagte Alma leise zu Lucia.

Emilia brachte den Grappa, einen doppelten, und Mafalda griff sich das Glas, bevor Emilia es auf den Tisch stellen konnte, leerte es in einem Zug und stellte es auf Emilias Serviertablett zurück. Die schaute verwundert zwischen dem leeren Glas und Mafalda hin und her und verschwand dann wieder im Inneren der *bar*. So kannte sie ihre Stammkundin gar nicht. »Der war gefährlich!«, fing Mafalda wieder an. »Der kannte meinen Namen! *Die* kennen meinen Namen!«

»Du wirst ihnen deinen Namen genannt haben, *cara mia*, ganz sicher! Jeder stellt sich doch mit Namen vor, wenn er jemanden besucht oder sprechen möchte!«, sagte Alma, und Lucia nickte zustimmend dazu.

»Meint ihr denn wirklich?«, fragte Mafalda, leicht resigniert und etwas weinerlich. Es mochten sowohl der Grappa als auch die Erschöpfung sein, die ihren Kampfeswillen jetzt deutlich dämpften und sie den Beschwichtigungen ihrer beiden besten Freundinnen Glauben schenken ließ.

»Vielleicht …«, stotterte Alma. Sie suchte nach Worten. »Du wirst es vergessen haben, in der Aufregung. Du wirst halt älter. Wir alle werden älter!«, sagte sie und schaute zu Lucia hinüber, die ihrem Blick auswich und stattdessen wieder gespielt gelangweilt zum Himmel starrte. Mafalda sagte dazu nichts mehr. Aber ihre beinahe zufallenden Augen drückten mehr aus, als sie hätte sagen können.

»Geh nach Hause, nimm eine Dusche, mach ein Nickerchen, und nachher sieht die Welt wieder anders aus!«, sagte Alma, gefolgt von Lucias beherztem Nicken. Ob Lucia dies aus wirklichem Mitgefühl tat oder weil sie noch den eigentlich für heute geplanten Termin im Hinterkopf hatte, war nicht klar. Mafalda seufzte.

»Gut, dann gehe ich eben nach Hause«, sagte sie, erhob sich leicht schwankend vom Grappa und wollte zu Emilia an den Tresen gehen, um zu bezahlen.

»Lass mal, das erledige ich!«, rief ihr Lucia zu, und Mafalda dankte ihr mit einem stillen Nicken, nickte dann auch Alma zum Abschied zu und machte sich von dannen.

15

Wir wissen eine Menge über dich«, hallte es durch Mafaldas Schlafzimmer. Das reichte, um sie abrupt aus dem Tiefschlaf zu reißen und sie orientierungslos im Zimmer umherschauen zu lassen.

Gestern Nachmittag hatte sie vor Aufregung nicht schlafen können. Erst spät am Abend waren ihre Augen zugefallen. Nicht für lange, dann wurde sie schon wieder unsanft geweckt. Bis sie merkte, dass das eben nur ein Traum gewesen war, vergingen einige Augenblicke. Genug, um sie schweißgebadet in ihrem Bett aufrecht sitzen zu lassen. Sie schaute auf die alte Wanduhr über der Tür. Erst kurz nach drei. Stockfinstere Nacht. Viel zu früh, um jetzt schon aufzustehen. Eigentlich. Denn an Schlaf war für sie jetzt nicht mehr zu denken. Für Mafalda war es in solchen Momenten schon zu einem festen Ritual geworden: Zärtlich tastend strich sie über die leere Betthälfte neben ihr und seufzte leise: »O *Salvatore, o Salvatore*, du fehlst mir!«

Mafalda stand auf, schenkte sich ein Glas Wasser aus der Flasche auf ihrem Nachttisch ein, leerte das Glas und ging in Richtung Bad. Bestürzt betrachtete sie ihr zerzaustes Haar und die tiefen, dunklen Furchen um ihre Augen im Spiegel. In die Dusche hatte sie es gestern nicht mehr geschafft, so sehr hatten die Ereignisse des Tages sie mitgenommen. »Mafalda, Mafalda, du verwandelst dich langsam in eine Vogelscheuche!«, sagte sie zu ihrem Spiegelbild. Sie fasste mit der Hand an den Boiler. Er war noch warm. Duschen würde sie auch jetzt noch können. Und wenn sich Maria im Erdgeschoss beschweren würde, weil sie die Geräusche des plätschernden Wassers mitten in der Nacht in der Wohnung über ihr geweckt hätten, dann würde Mafalda sie wenigstens wieder einmal zu Gesicht bekommen.

Als sie aus dem Bad kam, frisch frisiert und eingekleidet, da war sie äußerlich wieder ganz die alte Mafalda. Doch die innere Mafalda hatte jetzt das ganz dringende Bedürfnis, nicht mehr allein zu sein. Sie wollte mit jemandem sprechen. Ratlos schaute sie auf die Uhr. Trotz der mehr als ausgiebigen Dusche war es immer noch nicht ganz vier Uhr. Keine Zeit, um jemanden zu stören. Und auch keine Zeit, um schon einen *caffè* zu trinken, wie sie sich nach einem kurzen Blick durch die Küchentür besann. Sie beschloss, trotzdem nach draußen zu gehen. Ihr würde es guttun etwas herumzulaufen, um die Nerven zu beruhigen, so wie sie es häufig nachts tat, wenn sie nicht schlafen konnte. Hier, in ihrer Wohnung, wollte sie jetzt nicht bleiben. Nein, konnte sie nicht bleiben.

Mafalda warf sich kurz entschlossen ihren beigen wattierten Mantel über, denn Mitte April konnten die Nächte auf Murano noch sehr frisch sein. Draußen auf dem Campo San Bernardo vor ihrem Haus war noch alles finster, von der funzeligen Straßenlaterne abgesehen. Selbst ihre Tauben schliefen noch an einem sicheren Ort und ließen kein Gurren von sich hören. Mafalda ging schnellen Schrittes durch die dunkle, schluchtartige Calle Angelo dal Mistro in Richtung Canal Grande di Murano, in der Hoffnung, dass es dort, am offenen Wasser, etwas heller wäre und weniger unheimlich als hier in den finsteren, engen Gassen. Sie wurde nicht enttäuscht: Der Mond hatte in den letzten Tagen deutlich zugenommen und war jetzt schon wieder im zweiten Drittel. Dafür wehte in dieser sternenklaren Nacht ein eisiger Wind entlang des Hauptkanals.

Ohne stehenzubleiben, zog Mafalda ihren Mantelkragen nach oben und bog nach rechts ab, um entlang des Kanalufers und entgegen der Windrichtung weiterzulaufen. An der Ponte Longo überlegte sie kurz, nach links abzubiegen und der Brücke in den vorderen Teil von Murano zu folgen, wo die Gebäude entlang der Kanäle sie besser vor dem eisigen Wind schützen würden. Diesen Gedanken verwarf sie aber sofort wieder. Zu oft war sie nachts, wenn sie nicht schlafen konnte, dort langgegangen. So oft, dass sie befürchtete, die Anwohner könnten sie mittlerweile für ein Gespenst halten. Ein Gespenst, dessen Nachthemd an manchen Tagen noch unter dem Mantel hervorragte.

Sie ging also geradeaus weiter, vorbei am ihr wohlvertrauten Posten der *Carabinieri*. Mit den Schritten vertiefte sie sich wieder mehr und mehr in ihre Gedanken.

»Wir wissen eine Menge über dich. Genug, um dir ordentlich Ärger zu machen!« Das hatte dieser … Mistkerl … dieser Halunke zu ihr gesagt. Das hatte sie sich doch nicht nur eingebildet? Sowas bildete man sich doch nicht so einfach ein? Doch was gab es über sie schon zu wissen? Warum sie nach San Nicolò gegangen war, in das alte Flugplatzgebäude, das konnte der doch gar nicht wissen. Woher denn? Und auch wenn er sie beim Schnüffeln in seinen Kisten erwischt hatte, dann wäre das immer noch kein Grund, ihr derart zu drohen? Sie rauszuschmeißen, sie ohne große Worte vor die Tür zu setzen – ja, aber doch nicht um ihr derart Angst einzujagen.

Am Tor zum alten Kloster Santa Maria degli Angeli blieb Mafalda kurz stehen. Die einzige Laterne, die den Kirchhof hier normalerweise in ein dämmriges Licht tauchte, war kaputt, so wie die Kirche auch. Und ein Spaziergang über das holprige Pflaster des Vorplatzes im Mondschein klang romantischer, als er war, wenn man kaum die eigene Hand vor Augen sehen konnte. Für einen Moment dachte Mafalda darüber nach umzukehren. Aber jetzt den ganzen Weg zurückzulaufen, nur um dann nochmal einen ganz anderen Weg einzuschlagen, darauf hatte sie keine Lust.

»Genug, um dir ordentlich Ärger zu machen!«, hatte er gesagt, da war sie sich jetzt wieder sicher. Egal was Alma und Lucia dazu meinten! Dieses impertinente Geduze fand sie auch einfach nur abstoßend. Und Ärger – wie sollte man ihr, einer alten Frau, ernsthaft Ärger machen können? Und dennoch schaute sie sich mehr als einmal um, als sie entlang der verfallenen Fassade der alten Basilika ging, ob da nicht jemand wäre, der ihr folgen würde.

Nach dem Kirchhof ging der Weg wieder direkt am Wasser entlang. Hier funktionierten die Laternen wieder, und der Mond tat ein Übriges, um den Weg zu erleuchten. Zur Linken mündete der Kanal in die offene Lagune. Hinter dem Damm, der Venedig mit dem Festland verband, konnte sie die hell beleuchteten Industriekomplexe von Marghera sehen, mit den vielen Schornsteinen, die Tag und Nacht unablässig Dreck in die Luft über Venedig pumpten.

Wieso hatten die sie gestern alle mit ihrem Namen angesprochen? Obwohl sie sich nicht vorgestellt hatte – das stand für sie nun außer Zweifel. So etwas war ihr bisher nur einmal untergekommen, in einer *osteria* auf Burano. Der Inhaber musste sie wohl für jemanden anderes gehalten haben. »Das Gleiche wie immer?«, hatte er gefragt. Es war nur eine Verwechslung. Harmlos. Aber dennoch hatte sie sich so unbehaglich gefühlt, dass sie direkt wieder gegangen war. Damals konnte sie so einfach gehen, und der Spuk war vorbei. War das jetzt auch möglich, bei den Leuten auf dem Lido, ihren staubigen Kartons und dem impertinenten Lastenträger mit den vielen Tätowierungen? Wenn er das denn war, ein Lastenträger? Mafalda stand, in Gedanken vertieft, und schaute auf die Lagune hinaus, an deren östlichstem Ende sich das Aufgehen der Sonne schon erahnen ließ. Von innerer Unruhe getrieben, schaute sie sich auf dem weiten *campo* um, aber außer ihr war niemand zu sehen. Nur ein einsames Taxiboot zog in einiger Entfernung vom Ufer seine Linien vom Flughafen in Tessera nach Venedig hinüber. Sie seufzte. So weit war es schon gekommen, dass sie sich auf ihrem Murano unsicher fühlte!

Sie wollte gerade ihre Runde entlang des nördlichen Endes von San Donato, ihrem Teil von Murano, fortsetzen, als ihr Blick auf das Haus von Enkel Pietro und seinem Freund Angelo fiel. Dass sie hier entlangkam, war nichts Besondres. Das Haus lag an einem ihrer normalen Rundgangwege, dem sie oft folgte, ohne die beiden zu besuchen. Sie waren tagsüber ja auch meist unterwegs. Und sich aufdrängen oder ihnen lästig fallen wollte sie auch nicht. Zumindest nicht mehr, als jede andere italienische Großmutter das tun würde. Manchmal warf sie ihnen eine Nachricht in den Briefkasten − altmodisch auf Papier geschrieben. Oder sie stellte etwas vor ihrer Wohnungstür ab. Mehr aber nicht.

Aber zu ihrer Überraschung waren die beiden kleinen Küchenfenster der beiden im zweiten Stock direkt unter dem Dach hell erleuchtet. Sie schaute zweimal, um sicher zu sein, dass sie sich nicht irrte. Es war noch immer mitten in der Nacht, kurz vor halb fünf. Jedenfalls keine Uhrzeit, zu der sie ihren Enkel und seinen Freund wach in der Küche vermutet hätte. Wo sich beide doch schon über ihre regelmäßigen Anrufe am frühen Sonntagmorgen beschwerten.

»Was machst du denn hier?«, grüßte sie Angelo im Bademantel, mit zerzausten Locken und mit schläfrigem Blick, als er Mafalda die Tür aufmachte.

»Dir auch einen guten Morgen!«, grüßte sie zurück. »Ich

war gerade unterwegs, habe Licht gesehen und wollte bei euch vorbeischauen.« Als Angelo nicht reagierte und durch sie hindurchschaute, fügte sie hinzu: »Aber ich habe lieber geklopft und nicht geklingelt, weil ich nicht wusste, ob ihr beide wach seid.« Er sagte immer noch nichts, ging aber langsam zur Seite und gab damit die Tür frei. Mafalda nahm das als Zeichen, um einzutreten, und ging mit einem flüchtig gehauchten »*Permesso*« an Angelo vorbei in den kleinen Flur der Wohnung. Dort musterte sie Angelo kritisch von Kopf bis Fuß. »Aber wenn keiner von euch beiden wach ist, dann kann ich auch wieder gehen?«, fragte sie mehr rhetorisch, denn sie hatte nicht die geringste Absicht, wieder zu gehen. Angelo schüttelte energisch den Kopf.

»*No, no*, komm rein!«, sagte er. »Es ist nur … ich hatte die Zeit vergessen und mich in etwas verrannt. Ich mache gleich *caffè*.«

Mafalda ging voraus in die Küche und setzte sich an den kleinen Küchentisch links in der Nische vor dem Fenster, dem Platz an der Heizung, der fast zu einer Art Stammplatz für sie geworden war. Nicht dass es viele andere Sitzmöglichkeiten in der kleinen Küche gegeben hätte. Aber nach dem Spaziergang durch die frische Frühlingsnacht genoss sie es, ihren Rücken an dem wohlig warmen Heizkörper wärmen zu können, der auch um diese Jahreszeit frühmorgens noch bullerte. Angelo folgte ihr, klappte das Notebook zu, das noch auf dem Tisch stand, und machte sich dann an der *caffettiera* zu schaffen.

»Sollte ich mir Gedanken machen, weil du mitten in der

Nacht durch Murano wanderst?«, fragte er und schaute sie dabei schief von der Seite an.

Mafalda schüttelte den Kopf. »Nein, nein. Nicht mehr Gedanken als ich, weil du um diese Zeit noch wach bist. Ich kann öfter mal nicht schlafen. Aber bisher war da bei euch noch niemals das Licht an«, sagte sie.

»Pietro meinte, die defekte Laterne bei degli Angeli würde dich davon abhalten, uns nach Einbruch der Dunkelheit zu besuchen.«

»Ich hoffe, er war deswegen besorgt und nicht erleichtert?«, fragte Mafalda mit keckem Lächeln zurück.

Angelo lachte und schüttelte den Kopf. »Er hat schon dreimal bei der Stadtverwaltung angerufen deswegen«, sagte er müde, während er dem *caffè* beim Kochen zusah.

»Da bräuchte es schon mehr als eine kaputte Laterne, um mich davon abzuhalten!«, antwortete Mafalda im Brustton der Überzeugung.

»*Nonna!*«, grüßte sie Pietro, der schlaftrunken im zerknitterten weißen T-Shirt und karierten Boxershorts aus dem Schlafzimmer auf der anderen Seite des Hauses kam. Das Klopfen an der Tür und die Stimmen hatten ihn scheinbar doch geweckt. »Schön dich …«, fing er an zu reden. Doch dann fiel sein Blick erst hinaus in die Dunkelheit vor dem Küchenfenster und dann auf die Küchenuhr an der Wand daneben. »Schön dich so früh zu sehen!«, sagte er schließlich.

»Das Licht war an«, sagte Mafalda und hob entschuldigend beide Hände. Pietro nickte langsam, blickte Angelo fragend an. Doch der schüttelte nur träge den Kopf und schaute Pietro mit großen Augen an, als Zeichen, dass er mit Mafaldas frühem Erscheinen nichts zu tun hatte.

»Gibt es …«, fragte Pietro wieder an seine Großmutter gerichtet, »einen besonderen Grund, warum du uns so *früh* besuchst?« Mafalda wollte zur Antwort ansetzen, doch Pietro kam ihr zuvor: »Nicht, dass du uns nicht willkommen bist. Das bist du immer! Es ist nur ungewöhnlich … früh?«

Sie überlegte, wie sie am besten anfangen könnte, schob Erklärungen und Ausflüchte beiseite und entschied sich, gleich auf den Punkt zu kommen. »Es geht um diese Glasfälscher. Ihr habt sicher auch schon davon gehört. Ich bin gestern einem Boot gefolgt, das Warenkartons nach Murano gebracht und wieder weggefahren hat. Bis zum Lido hinüber.« Sie schluckte kurz. »Und da bin ich wohl mitten in ihr Hauptlager geraten. Kisten voll Billigglas und jede Menge grimmig dreinblickende Muskelmänner, die sie herumtragen und bewachen«, sagte sie ohne Umschweife.

Angelo schaute nun sie mit großen Augen an: »Bei San Nicolò?«

Mafalda nickte. »Im alten Flugplatzgebäude. Da sitzen sie. Hauptlager plus Privatarmee.« Beim letzten Wort schauten sie sowohl Angelo als auch Pietro überrascht an. Mafalda hob die Hände, wie um zu beschwichtigen. »Privatarmee ist vielleicht etwas übertrieben. Zumindest wollten mich Lucia und Alma davon überzeugen, dass ich mir das nur eingebildet habe. Und dass es nur der Hausmeister war, der mich rausgeschmissen hat. Aber ich weiß, was ich gesehen habe!«

»So etwas in der Art hatte ich gestern auch schon gehört«, sagte Angelo. »Dass sich auf dem alten Flugplatz so eine finstere Truppe eingenistet hat, und niemand weiß, was die da wirklich treiben.«

»Endlich glaubt mir mal einer!«, sagte Mafalda erleichtert, richtete sich auf ihrer Bank gerade auf und tätschelte Angelos Unterarm. »Wenn ich Alma und Lucia so zugehört habe, konnte ich fast den Eindruck bekommen, bei mir im Oberstübchen wäre nicht mehr alles in Ordnung!«

Pietro schaute ungläubig zwischen Angelo und seiner *nonna* hin und her. »Jetzt mal langsam«, sagte er. »Wieso verfolgst *du* Boote über die Lagune? Und schlägst dich dann mit windigen Lastenträgern herum?«

Angelo legte den rechten Arm um Mafalda und sagte zu Pietro: »Die Piloten am Flugplatz haben geschrieben, dass sie eine recht ruppige Sicherheitstruppe davon abhält, auch nur in die Nähe des Flugplatzgebäudes zu kommen.«

Pietro schaute ihn irritiert, aber immer noch schläfrig an. »Ich verstehe das nicht«, sagte er. »Selbst wenn diese Truppe sich dort eingenistet hat. *Was* machst du da? Was hast *du* damit zu tun?«

Mafalda wollte direkt antworten, biss sich jedoch auf die Zunge. Es reichte, dass sie Alma gegenüber Andeutungen hatte fallen lassen, die sich darauf ihren Reim gemacht und alles brühwarm an Lucia weitererzählt hatte. Sie hatte gleich gewusst, dass Geheimnisse zu behalten nicht ihre Stärke war – Eid hin, Eid her –, aber wenn sie jetzt alles noch Pietro und Angelo erzählte, dann wüsste es morgen die ganze Insel. »Das ist geheim«, sagte sie verschlossen. »Warum ich dort war, darf ich nicht sagen. Aber einer von den Kerlen ist mir gefährlich nahe gekommen. Da hat es mir fast den Atem verschlagen.«

Pietro schaute sie erschrocken an. »Geheim«, echote er. »Eine Privatarmee bedroht meine Großmutter, aber warum sie überhaupt da war, ist *geheim*.«

»Da ist möglicherweise mehr dran, als es auf den ersten Blick scheint«, sagte Angelo und nickte bedeutsam. »Und Mafalda ist möglicherweise mitten in ein Wespennest hineingeraten.«

Pietro schaute ihn immer noch verwirrt an, während Mafalda erzählte, was sie sagen konnte, ohne ihr Schweigegelübde zu brechen: »Seit einiger Zeit tauchen immer mehr gefälschte Muranoglasprodukte in der Stadt auf. Viel mehr als sonst und nicht nur bei den windigen Straßenhändlern, von denen man das erwarten würde. Auch in Läden, die bislang nie solche Sachen verkauft haben. Und in neuen Outlet-Centern auf dem Festland.«

»Und?«, hakte Pietro ungeduldig nach. Das Thema Fälschungen von Muranoglas betraf ihn sowohl als Polizist als auch als Einwohner von Murano.

»All diese Läden kaufen bei einem Großhändler billig ein. Das vermute ich jedenfalls mittlerweile, weil die Fälschungen zu ähnlich sind: plump, farblos, ohne Ausstrahlung. Besseres Pressglas, wenn überhaupt«, erzählte sie. »Aufgeflogen sind deswegen nur wenige Händler, und wenn, dann haben sie nicht verraten, bei wem sie die Sachen gekauft haben.Vielleicht wussten sie es auch gar nicht.« Mafalda faltete ihre Hände, legte den Kopf zur Seite und schaute ihren Enkel direkt an.

»Und die Polizei ist machtlos oder überfordert.« Pietro hob abwehrend die Hände. »Wir tun schon, was wir können«, sagte er in einem Ton, der vermutlich nicht einmal ihn überzeugte. »Unseren Chefs ist es lieber, wenn wir die Kleinganoven und Trickbetrüger hochnehmen, die die Touristen abschrecken«, fügte er wesentlich kleinlauter hinzu.

Die *caffettiera* hatte schon lange aufgehört, zu köcheln. Mafalda stand auf, drehte das Gas ab, schenkte den *caffè* in drei Tassen und stellte sie auf den Tisch. »Habt ihr keine Untertassen?«, fragte sie ungehalten mit suchendem Blick durch die Küche. Pietro und Angelo schüttelten gleichzeitig den Kopf, was Mafalda zu einem langen Seufzen verleitete. Sie suchte drei Löffel, fand zwei, jeder in einer leicht anderen Größe, und legte sie auf den Tisch. Dann nahm sie den Zuckerstreuer aus dem Regal über dem Küchentisch und setzte sich wieder. Kopfschüttelnd schaute sie zu, wie Pietro den Zucker in seinem Caffè mit dem silbernen Buttermesser umrührte, dass sie ihm zum Geburtstag geschenkt hatte.

»Untertassen sind gerade meine geringste Sorge«, sagte Pietro wütend.

»Löffel offenbar auch«, bemerkte Mafalda trocken mit Blick auf das Buttermesser.

Pietro schaute sie erst verständnislos an, blickte dann

zwischen Mafalda, seinem *caffè* und dem Buttermesser hin und her und schüttelte schließlich entnervt den Kopf. Für Diskussionen dieser Art war es ihm entschieden zu früh am Tag. »Ich werde mir den Laden heute gleich mal anschauen«, sagte er mit Nachdruck.

»Da wirst du nicht viel finden«, sagte Angelo. »Denn weiter als bis zur Pforte wirst du ohne Grund nicht kommen. Auch nicht in Uniform.«

»Ich weiß nicht. Die müssen doch irgendwo schon mal aufgefallen sein. Man fängt doch nicht einfach so an, im großen Stil gefälschte Produkte unter die Leute zu bringen. So ganz ohne Vorgeschichte.« Er rührte geistesabwesend weiter mit dem Buttermesser in seinem *caffè* herum, obwohl der Zucker längst verteilt war. »Und dieser Typ, der mit den vielen Tattoos. Der muss doch eine Vergangenheit haben. Einträge in Strafakten oder so etwas!«, sagte er. Und direkt an seine *nonna* gerichtet: »Weißt du, wie der Mann heißt, der dich bedroht hat?«

Mafalda dachte nach. Aber sie erinnerte sich nicht, dass er ihr seinen oder irgendeinen Namen genannt hatte. Auch die Frau am Empfang hatte ihn nicht mit Namen angesprochen. Nach einer Weile schüttelte sie den Kopf. »Aber der war ganz groß«, sagte sie, »mit Tätowierungen an beiden Armen, ganz in schwarz gekleidet und mit fast kahl geschorenem Kopf.«

»So sehen die alle aus«, sagte Angelo. »Nicht ungewöhnlich für die Security-Branche. Abschreckendes Äußeres ist Teil des Konzepts.«

Mafalda nickte langsam, auch wenn sie ihn zuerst nur für einen normalen Lastenträger gehalten hatte und sich beim Thema Security-Branche auch nicht wirklich auskannte. Auf Murano gab es so etwas nicht, und es war auch nie nötig gewesen.

»Mir ist jedenfalls klar geworden, dass ich mich so nicht einschüchtern lassen will! Sonst schlafe ich gar keine Nacht mehr durch!«, sagte Mafalda entschlossen. »Das heißt, ich werde dieser Bande weiter nachstellen, bis ich genau weiß, was die im Schilde führen. Und wie man sie davon abhalten kann.«

»Den Teufel wirst du tun!«, platzte es aus Pietro heraus. »Das ist viel zu gefährlich!«

Mafalda faltete pikiert die Hände zusammen. »Es wäre weniger gefährlich, wenn du mir nicht die Pfefferspraypistole abgenommen hättest!«, sagte sie vorwurfsvoll.

»Damit du wild in der Gegend herumschießt und dich damit in noch größere Gefahr bringen kannst?«, brauste Pietro auf.

»Heute hätte ich sie gut gebrauchen können«, parierte Mafalda seinen Ausbruch. »Und bei dem Sizilianer neulich hat es doch auch ganz gut funktioniert!«

Angelo wollte etwas sagen, aber Pietro hielt die flache Hand in seine Richtung und bedeutete ihm damit, still zu sein. »Sag jetzt nichts!«, fuhr er ihn an. »Sie sollte die gefährlichen Sachen denen überlassen, die beruflich damit zu tun haben!«

»Um dann von deinen *Carabinieri* genauso ignoriert zu

werden wie von Alma und Lucia gestern? Die alte Frau hat sich da in etwas hineingesteigert? Das bildet sie sich nur ein?«, fragte Mafalda, bewegte ihre Hände dabei flatterhaft in der Luft, und Pietro schwieg. Kritik an den *Carabinieri* wäre Mafalda normalerweise nie über die Lippen gekommen. Aber Pietro wusste, dass sie im Grunde recht hatte. Mit ihrer Geschichte, mit reinem Hörensagen ohne Konkretes, wäre sie auch bei einer persönlich vorgebrachten Anzeige auf seiner Dienststelle nicht weit gekommen.

»Ich habe keine Beweise, das weiß ich«, sagte Mafalda nach kurzer Pause schulterzuckend. »Nur, weil ich da zufällig etwas gesehen habe, wird keine Behörde etwas unternehmen. Das ist mir schon klar. Wenn ich wenigstens Fotos gemacht hätte!«, schimpfte sie mit sich. »Aber klein beigeben will ich auch nicht. Nicht so!«, fügte sie leise, aber bestimmt an. Pietro sagte immer noch nichts. »*Dio mio*, ich bin nur eine einfache Rentnerin. Wie um Himmels willen können die in mir denn eine echte Bedrohung sehen?«

»Ich finde, du solltest da nicht wieder hingehen!«, sagte Pietro patzig. Angelo sah nicht wirklich so aus, als wollte er ihm widersprechen.

»Und was sollte ich deiner Meinung nach bitte tun? Wenn weder die Polizei noch die Beamten aus der Stadt auf mich hören werden?«, fragte Mafalda leicht gereizt.

»Du könntest einen Anwalt beauftragen? Und ihn bitten, sie zu kontaktieren?«, schlug Pietro kleinlaut vor. Angelos Augenrollen darauf zeigte deutlich, dass er anderer Meinung war.

»Einen *avvocato*? Womit genau sollte ich den denn beauftragen?«, fragte Mafalda zurück.

»Das halte ich auch für keine gute Idee«, sagte Angelo leise. »Ganz abgesehen von den Kosten.«

»Was ist denn bitte dein Vorschlag?«, fragte Pietro Angelo ungehalten. »Dass sie sich im Alleingang mit deiner Pfefferspraypistole den Weg zu dieser Glasbande freikämpft? Mit der Spielzeugwaffe, die du ihr heimlich zugesteckt hast?«

»Das werde ich nicht mehr machen. Darüber haben wir schon gesprochen«, sagte Angelo beschwichtigend.

Pietro blickte beleidigt zur Decke, während Mafalda Angelo am Oberarm tätschelte. Angelo war aufgestanden, um sich *caffè* nachzuschenken. Das nutzte Mafalda, um sich ebenfalls zu erheben. »Ich habe euch schon lange genug aufgehalten. Ihr habt heute bestimmt noch einiges vor«, sagte sie.

»Schlafen zum Beispiel«, brummte Pietro.

»Ja … nun denn«, sagte Mafalda. »Wenn ihr noch etwas herausfindet …«

»Ich halte dich auf dem Laufenden«, sagte Pietro. Mit dem, was seine *nonna* plante, war er nicht im Geringsten einverstanden. Aber er wusste es besser, als ihr diese Pläne auszureden. Das war unmöglich, und das wusste er.

Mafalda stand schon im Türrahmen, als sie sich plötzlich umdrehte, in ihre Handtasche griff und drei flache Frischhaltedosen daraus hervorzauberte. »Das hätte ich beinahe vergessen«, sagte sie. »*Parmigiana*. Vorgestern frisch gemacht. Die mögt ihr doch so gerne!«

Pietro schaute sie überrascht an. »Ich dachte, du hat-

206

test gar nicht geplant, bei uns vorbeizukommen?«, fragte er mehr rhetorisch.

Sie stutzte kurz und drückte Pietro dann die Dosen in die Hand. »Großmütterliche Intuition vielleicht. Ich hätte sie euch ja vor die Tür stellen können.« Pietro stand immer noch wie angewurzelt mit den Frischhaltedosen in der Hand im Flur. »Magst du sie jetzt oder nicht?«, fragte Mafalda ungeduldig.

Pietro nickte. »Sicher. *Mille grazie, nonna!*«

»Einen schönen Tag noch!«, flötete Mafalda und war schon zur Tür hinaus.

»Was machst du denn um diese Zeit hier?«, fragte Mafalda ungehalten, als sie Alma auf ihrer roten Bank auf dem Campo San Bernardo sah. Mittlerweile war es zwar heller geworden, aber mehr als Morgengrauen konnte man das noch nicht nennen. Eine mehr als ungewöhnliche Zeit für einen Besuch.

»Ich konnte nicht schlafen und hatte das Gefühl, dass du das auch nicht konntest«, antwortete Alma.

»Ach?«, sagte Mafalda. Sie war immer noch schwer enttäuscht von der fehlenden Unterstützung durch ihre beiden besten Freundinnen gestern Abend in der Bar Il Sole. Zu behaupten, sie hätte sich das nur eingebildet und würde übertreiben, das klang eher nach der Dottoressa oder manchmal auch nach ihrem überfürsorglichen Enkel Pietro. Von ihren beiden besten Freundinnen hatte sie das nicht erwartet.

Alma stand auf und ging auf Mafalda zu. »Ich bin gekommen, um mich zu entschuldigen«, sagte sie mit gesenktem Haupt. Und als Mafalda nichts darauf sagte, blickte sie zu ihr auf und sagte: »Es war nicht richtig von uns, dir gestern einzureden, du hättest dir das alles nur eingebildet.«

»Uns?«, fragte Mafalda kurz zurück.

»Von mir. Und Lucia auch«, antwortete Alma. »Ich bin sicher, sie sieht das mittlerweile genauso. Aber sie könnte das niemals zugeben.«

Mafalda atmete tief durch. »Angelo hat mir gesagt, dass er auch gehört hat, dass jemand das ganze Flugplatzgebäude mit einer Sicherheitstruppe abgeriegelt hat«, sagte sie nach kurzem Nachdenken. »Ich komme gerade von den beiden, weil ich jemanden brauchte, der mir Halt und Unterstützung gibt.« Beim Wort »Unterstützung« schaute sie Alma durchdringend an.

Die hatte die ganze Zeit auf den Boden gestarrt. Aber beim letzten Satz schaute sie zu Mafalda auf. »Es tut mir wirklich leid«, sagte sie. »Kann ich es wiedergutmachen?«

Mafalda nickte. »Ich möchte mich von diesen Leuten nicht einschüchtern lassen. Die sollen mir nicht diktieren, wie ich mein Leben hier zu führen habe und in welche Angelegenheiten ich mich einmischen oder nicht einmischen soll«, sagte sie. »Dabei könnte ich etwas Unterstützung vertragen.«

»Ich habe 1978 einen Wochenendkurs in Aikido belegt«, sagte Alma.

»Ausgezeichnet! Ich gebe dir Bescheid, wenn ich dich

brauche«, sagte Mafalda. »Aber jetzt muss ich unbedingt noch Padre Osman sprechen.«

»Eine überfällige Beichte?«, fragte Alma amüsiert.

Aber Mafalda winkte nur wirsch ab. »Wegen Marias Kündigung bin ich auch noch nicht weitergekommen. Vielleicht kann er mir einen Tipp geben«, sagte sie und verließ den *campo* in Richtung Santi Maria e Donato.

16

*E*igentlich war es noch ein wenig zu früh, um in die Kirche zu gehen. Aber Mafalda wusste, dass Padre Osman ein Frühaufsteher wie sie war. Außerdem würde das Gotteshaus um diese Uhrzeit nur ihnen allein gehören. All diejenigen, die die Basilika Santi Maria e Donato nur als Sehenswürdigkeit auf ihrer Liste betrachten, würden frühestens ab elf Uhr die Insel und die Kirche erreichen, alles schnell besichtigen und dann abhaken.

Um Zeit zu gewinnen, ging Mafalda noch einen gehörigen Umweg nach Norden, über den Rio Terá San Salvador, vorbei an der *farmacia* ihres Schulfreundes Enzo, von dem natürlich um diese Uhrzeit noch nichts zu sehen war. Er wird warten, bis Alma zurück ist, um mit ihr zu frühstücken, dachte sich Mafalda, und dann gegen zehn seine Apotheke aufmachen und dabei so tun, als hätte er die Nacht bei sich zu Hause verbracht. Mafalda hatte Enzo einmal dabei ertappt, wie er einen Umweg gelaufen war, nur damit er aus der richtigen und unverdächtigen Richtung bei seiner *farmacia* ankam.

Am Canale di San Donato angekommen, bog Mafalda scharf rechts ab und folgte dem Kanalufer in Richtung Basilika. Natürlich nicht, ohne zuvor den Spatzen, die sich an der Ponte de le Terese tummelten, die Brotkrumen hinzuwerfen, die sie extra dafür von zu Hause in einer kleinen Papiertüte mitgenommen hatte. Der Campo San Donato war menschenleer, als sie ihn erreichte. Mafalda umrundete die Basilika, warf dabei die leere Papiertüte in den wie immer überfüllten Mülleimer, ging durch den Haupteingang ins Kirchenschiff hinein, bekreuzigte sich hastig und hielt nach Padre Osman Ausschau. Normalerweise würde er sich um diese Zeit im Chor aufhalten oder in dem winzigen Zimmer an der linken Seite arbeiten. Aber weder an der einen noch an der anderen Ecke war auch nur eine Spur von ihm zu sehen.

Mafalda ging zum Kerzenständer im westlichen Seitenschiff, warf ein paar Münzen in die Kollekte und nahm zwei Kerzen aus der Kiste daneben, eine für ihren Salvatore und eine für ihren Sohn. Gerade, als sie die Kerzen aus der Schachtel unter dem Leuchter entnommen hatte, hörte sie ein Geräusch am Eingang, drehte sich um und sah eine Frau aus dem Beichtstuhl kommen. Da war Padre Osman also zu finden!

Hastig zündete sie die beiden Kerzen an, warf je einen Kuss für Salvatore und Giuliano hinterher und eilte dann zum Eingang der Basilika, um Padre Osman direkt am Beichtstuhl abzufangen. Wieder und wieder schaute sie auf ihre Uhr. Doch von Padre Osman war nichts zu sehen.

Als sich auch nach fünf Minuten der Vorhang des Beicht-stuhls nicht geöffnet hatte, fasste sie sich ein Herz, ging in das rechte Abteil und zog den Vorhang hinter sich zu. Sie kniete nieder und bekreuzigte sich. »Gelobt sei Jesus Chris-tus«, sprach Mafalda.

Ihr Gegenüber antwortete: »*In eterno. Amen.*«

An der Stimme erkannte sie Padre Osman. Sie zögerte kurz, fasste sich dann aber ein Herz. »Verzeiht mir Padre, denn ich habe nicht gesündigt«, sagte Mafalda. Es folgten einige Momente der Stille, in denen nur das Heulen des Windes über der Kirchenkuppel und das Knacken der al-tersschwachen Holzkonstruktion zu hören waren. Padre Osman war offenbar noch da und hatte sich bewegt. Sehen konnte sie das nicht, nur hören.

Nach weiteren Augenblicken der Stille hörte sie ein er-lösendes Husten von da, wo sie den Padre vermutete. Kein normales Husten, eher ein gekünsteltes. »Verzeihen Sie mir Padre, aber ich bin gar nicht hier zum Beichten«, sagte Ma-falda.

»Dann sind wir hier am falschen Ort«, sagte der Padre, und Mafalda hörte, wie er aufstand. Hastig stand auch sie auf. Jedenfalls so hastig, wie es ihre Knie erlaubten. Sie zog den Vorhang beiseite und sah Padre Osman schon vor dem Beichtstuhl stehen, einen mehr als kritischen Blick auf sie gerichtet.

»Worum geht es denn diesmal?«, fragte er, mehr rheto-risch als aus wirklichem Interesse.

Mafalda überlegte kurz, kam zu dem Schluss, dass ihre

Geschichte wohl länger brauchen würde, und deutete auf das Kirchengestühl im Hauptschiff. Sie ging dahin und setzte sich. Padre Osman folgte ihr und setzte sich neben sie.

»Es geht um Maria«, fing Mafalda an. Padres Osman schaute sie verwirrt an und verstand erst nicht. Nach einigen Augenblicken kam ihm jedoch in den Sinn, dass es mehrere Marias in Mafaldas Leben geben dürfte.

»Ihre Nachbarin Maria?«, fragte der Padre.

»Sì. Aus dem Erdgeschoss. Unser Haus ist verkauft worden, nachdem die Eigentümerin gestorben ist. Und jetzt muss sich Maria etwas Neues suchen.«

Padre Osman nickte. »Das ging schnell. Die Beisetzung war doch erst vor einer Woche.«

»Die müssen das von langer Hand vorbereitet haben«, sagte Mafalda und schaute bitter zum Kirchenschiff hinauf.

»Und jetzt muss Maria ausziehen, Sie aber nicht?«, fragte er vorsichtig.

»Ich habe einen richtigen Vertrag, meine Miete immer pünktlich überwiesen, und es wurde auch alles versteuert.«

»Und Maria nicht?«, fragte der Padre. Mafalda legte den Kopf zur Seite und schaute leidend gen Himmel.

»Maria hat keinen Vertrag. Sie hat immer bar gezahlt. Und was die Steuer betrifft …«, Mafalda zuckte mit den Schultern, »… nun, ich hoffe, die Alte hat vor ihrem Ableben noch gebeichtet.«

Padre Osman schaute sie streng von der Seite an, nahm die linke Hand dann an sein Kinn, als würde er grübeln. »Kein Vertrag, keine Rechte. Diese Geschichte habe ich in den letzten Wochen schon oft gehört. Zu oft!«, sagte er und seufzte laut.

»Oh ja?«, fragte Mafalda überrascht zurück.

Aber der Padre machte eine abwehrende Bewegung mit seiner Rechten. »Beichtgeheimnis. Tut mir leid.«

Mafalda nickte. »Jedenfalls«, fuhr sie fort, »ist Maria drauf und dran, Murano zu verlassen und nach Mestre zu ziehen. Sie hat wohl schon eine Wohnung gefunden, sagte sie mir.«

Der Padre nickte.

»Und das kann ich doch nicht zulassen«, sagte Mafalda, »dass sie den Fehler ihres Lebens macht!«

Padre Osman schüttelte den Kopf und sagte: »Wahrscheinlich will sie nur auf Nummer sicher gehen. Und das kann man ihr ja schlecht verübeln?«

Mafalda stützte sich mit den Händen auf ihren Oberschenkeln ab und schob sich so nach oben, dass sie noch höher als normal saß. »Sofern man einen Wegzug aufs Festland als sichere Alternative betrachten kann«, sagte sie schmallippig. Padre Osman nickte verstehend.

»Ich will es zumindest noch einmal versuchen«, sagte sie und wippte hin und her, »und mit den neuen Eigentümern reden. Eine alte Frau aus Glarona in der Schweiz. Sie ist wohl zurzeit in Venedig. Aber niemand weiß, wo sie genau zu finden ist. Im Danieli jedenfalls nicht mehr. Da war sie wohl, ist aber ausgezogen. Pietro hat nachgefragt.«

Padre Osman horchte auf. »Ein alte Schweizerin sagen Sie?«, fragte er.

Mafalda nickte. »Elisabeth Rhyner. Aus Bergwald.«

»Gut in den Achtzigern, immer schwarz gekleidet und graue Kurzhaarfrisur?«, fragte der Padre.

Mafalda nickte. »Gesehen habe ich sie noch nicht. Aber so hat man sie Pietro zumindest beschrieben«, sagte sie.

Padre Osman öffnete die Augen weit und atmete schwer aus. »Beruflich stehen mir alle meine Schäfchen gleich nah. Aber privat kann ich verstehen, dass Maria Murano nicht verlassen will. Und diese Gemeinde wohl auch«, sagte er und zeigte mit der Hand durch das Kirchenschiff. »Dennoch …« Er überlegte angestrengt. »Dennoch darf ich leider nicht alles sagen, was ich jetzt sagen möchte.«

Mafalda schaute ihn befremdet an. Padre Osman schien schließlich einen Einfall zu haben. Jedenfalls, wenn man seinem sich aufhellenden Gesichtsausdruck nach urteilte. Er drehte sich zu Mafalda und sagte: »Sie kommen doch Sonntag zur Messe?«

»*Naturalmente*, Padre. Jeden Sonntag. Das wissen Sie doch! Zu Ostern sowieso!«

»Das ist *gut*«, sagte der Padre. Aber in seinem »gut« lag mehr als der reine Wortsinn, ohne dass Mafalda genau hätte ausmachen können, was er meinte. »Es ist Ostersonntag. Da werden sehr viele *Besucher* bei der Messe sein«, sagte er und schaute sie bedeutungsvoll dabei an.

Jetzt verstand Mafalda. »Die Rhyner? Hier?«, fragte sie überrascht. »Sie geht hier auf Murano zur Ostermesse?«

Padre Osman zuckte bedeutungsvoll mit den Schultern. »Vielleicht können Sie mir am Ende der Messe am Ausgang bei der Verabschiedung zur Seite stehen?«, fragte der Padre, und spätestens jetzt war klar, dass es ihm nicht nur um die reine Verabschiedung ging.

»Aber gerne doch, Padre«, sagte Mafalda lächelnd, stand auf und verabschiedete sich. »Bis Sonntag dann!« Der Padre nickte. »Passen Sie auf sich auf!«, sagte Padre Osman mit besorgtem Blick und nahm Mafaldas Hände in die seinen. Sie nickte.

»Und wegen der Beichte«, sagte er schmunzelnd und zeigte mit der linken Hand auf den Beichtstuhl, »vereinbaren Sie doch einfach das nächste Mal einen Termin.« Auf das Wort »Termin« reagierte Mafalda seit ihrem Ausflug auf den Lido leicht allergisch.

»Oh, ich habe eigentlich gar keinen Anlass …«, begann Mafalda zu reden.

Padre Osman schüttelte energisch den Kopf. »Mindestens einen haben Sie mir vorhin schon genannt.«

17

Mafalda war fürs Erste zufrieden. Teilweise zumindest. Denn bis zur Messe am Ostersonntag waren es noch fast drei Tage. Und drei Tage abzuwarten und nichts zu tun, das lag so gar nicht in ihrem Naturell. Unschlüssig stand sie vor der Kirchentür und überlegte, was sie in der Zwischenzeit tun könnte.

Beim Gang über den Campo San Donato schaute sie irritiert zu Emilias Bar Il Sole hinüber, die noch immer geschlossen war. Das war selbst für Emilias manchmal flatterhafte Verhältnisse außerordentlich ungewöhnlich. Kein *caffè* im Vorbeigehen also, stellte Mafalda mürrisch fest und setzte ihren Weg entlang des Kanals fort. Dafür lief sie an der Ponte de le Terese Ettore in die Arme. »Ettore, dich wollte ich auch noch sprechen«, rief sie ihm statt einer Begrüßung zu. Das hatte sie eigentlich schon gestern gewollt, aber dann war ihr zu vieles dazwischengekommen. Und heute früh im Morgengrauen nach der Rückkehr von Pietro und Angelo schien es ihr noch zu unschicklich, um ihn anzurufen. Aber nur eine Nachricht hinterlassen wollte sie nicht, sie wollte ihn von Angesicht zu Angesicht sprechen. Das war persönlicher.

Ettore hatte ihr ob der forschen Begrüßung nur zugenickt, und bevor er etwas sagen konnte, hatte Mafalda ihn schon am Arm gepackt und schob ihn rückwärts die Brücke hinab. »Aber nicht hier«, sagte sie. »Ich will nicht, dass man uns sieht.« Sie zog ihn an dem kleinen Kiosk vorbei in die überdachten Hallen des ehemaligen Fischmarkts. Das war zwar immer noch ein öffentlicher Ort, aber zumindest nicht mehr aus allen Himmelsrichtungen ungehindert einsehbar. Ettore war immer noch überrascht, wie Mafalda ihn von der Brücke über den kleinen *campo* hierherbugsiert hatte. Sie nahm ihn bei der Hand, beugte sich auf ihn zu und flüsterte: »Ettore, wieso wussten die, wer ich bin?«

Er schaute sie verwundert an. »Wer?«, fragte er.

Mafalda erkannte, dass sie bei ihrer Erzählung von vorn beginnen musste. »Ich bin dem Boot von der Glasmanufaktur aus gefolgt, wie wir es besprochen hatten. Es fuhr zum Lido, nach San Nicolò. Und dort …« Sie grübelte, entschied sich für die Kurzfassung. »Und dort lagern sie das ganze gefälschte Glas«, erzählte sie weiter. »Unmengen von Glas. Ich vermute, dass sie es nach Murano bringen, in die Glasmanufaktur da hinten, und dass sie es dort umpacken und zu Muranoglas machen. Anders kann ich mir keinen Reim darauf machen.«

Ettore schaute sie mit weit aufgerissenen Augen an. »Damit bist du weitergekommen, als wir in all den Wochen davor«, sagte er, nickte anerkennend und zog die Stirn in

Falten. »Aber wenn sie das Glas hinten auf Murano mit Muranoglasaufklebern versehen, dann ist das ...«, sinnierte er laut.

»... nur noch ein bisschen illegal«, fiel ihm Mafalda ins Wort. »Und noch schwerer zu beweisen. Hätte ich denn überhaupt Beweise.«

Er schaute sie fragend an.

»Sie haben mich rausgeschmissen, bevor ich überhaupt daran denken konnte, alles zu fotografieren. Und nochmal lassen die mich bestimmt nicht rein.« Ettore senkte enttäuscht den Kopf.

»Aber das ist nicht der Grund, weshalb ich dich so dringend sprechen wollte«, sagte Mafalda nachdrücklich. Sie machte eine dramatische Pause und fuhr dann fort: »Die *wussten*, wer ich bin. Die *wussten*, dass ich vorbeikommen würde.«

Ettore starrte sie verständnislos an.

»Ettore. Du und unsere Mitbrüder sind die Einzigen, die wussten, dass ich das Boot verfolgen würde und damit auch früher oder später in San Nicolò aufschlagen würde.«

Er holte tief Luft und schaute sie eindringlich an: »Du meinst ...«

»*Sì*. Könnte einer unserer Mitbrüder uns verraten haben?«, sagte sie und schaute ihn durchdringend an.

»Das kann ich mir nicht vorstellen«, antwortete er bestimmt.

»Enzo hat mich mit seinem Boot gefahren. Und Alma hat uns begleitet. Den beiden vertraue ich zu einhundert

Prozent. Außerdem wussten sie selbst nicht, wohin unsere Fahrt ging, bis wir am Lido angekommen sind. Sie können es nicht gewesen sein.«

Ettore nickte und dachte stumm nach. Mafalda konnte ihm ansehen, dass er die Brüder nacheinander vor seinem geistigen Auge unter die Lupe nahm. »Da gab es schon den einen oder anderen, der nicht sehr glücklich darüber war, dass wir dich aufgenommen haben«, sagte er zögerlich.

»Als Bonusschwester«, sagte Mafalda und lachte heiser.

»Und sonst hast du wirklich mit niemandem darüber gesprochen?«, fragte Ettore und runzelte die Stirn.

Sie ging ihre Kontakte der letzten Tage und Stunden einen nach dem anderen in Gedanken durch, merkte aber schnell, dass diese Liste ein gehöriges Ausmaß erreichen würde. Ob sie jemandem etwas verraten oder sich einfach nur verplappert hatte, konnte sie nicht sicher ausschließen. Zumindest nicht sicher genug, um die Schuld für die Konsequenzen einer solchen Indiskretion jemandem anderes in die Schuhe zu schieben. Und es könnte ja auch immer noch sein, dass sie jemand komplett Fremdes einfach nur beobachtet hatte. Wer wusste das schon so genau? Nach dem, was sie auf dem Lido gesehen hatte, konnte sie sich eine Menge vorstellen.

»Es ist jetzt, wie es ist«, sagte sie nach einer kurzen Pause. »Die wissen, wer ich bin. Und vermutlich mittlerweile auch, wo ich wohne. Ich will mich davon nicht ins Bockshorn jagen lassen. Auf keinen Fall! Das habe ich heute Nacht beschlossen.«

Er schaute sie irritiert an.

»Es ist für den Moment unerheblich, ob ich mich ver-plappert habe oder ob mich jemand verraten hat«, erklärte Mafalda. »Lass uns zwei Kontakt halten und die Brüder nicht über jeden Schritt informieren. Es reicht, wenn wir sie über das Große und Ganze im Bilde halten«, sagte sie.

Ettore nickte. Was hätte er auch anderes tun sollen. Mafalda hatte erkennbar das Heft des Handelns in ihre Hände genommen. Sie bestimmte, wo es langging.

»Ich muss jetzt noch einkaufen«, sagte Mafalda. »Ich melde mich bei dir, wenn es etwas Neues gibt«, fügte sie noch an und schob den verdutzten Ettore zurück zur Ponte delle Terese, während sie ihren Weg zu Susanna und ihrem *alimentari* fortsetzte.

Mit vier zum Bersten gefüllten Einkaufstüten, zwei in jeder Hand, kam Mafalda gegen Mittag von Susanna zurück. Bis zum Ostermontag galt es einige Tage zu überbrücken. Da wollte sie vorbereitet sein und nicht am Ende mit leerem Kühlschrank dastehen. Susanna hatte sie nach freien Wohnungen auf Murano für mehrere ihrer Kunden gefragt. Doch Mafalda hatte nur bedauernd den Kopf geschüttelt und nichts weiter dazu gesagt. Susanna war eine Klatschbase erster Güte, und Mafalda wollte nicht, dass ihre Geschichte jetzt schon auf Murano breitgetreten würde und diese Gerüchte dann vielleicht einem Treffen mit der Rhyner wirklich im Weg standen. Wobei es da ja bisher ohnehin nichts Konkretes zu erzählen gab.

Schnaufend stellte Mafalda die Tragetaschen im Hausflur unter den Briefkästen ab. Hier im kühlen Schatten würden die Einkäufe einige Minuten stehen bleiben können, ohne zu verderben. Für die Treppe zu ihrer Wohnung war sie nach dem Gewaltmarsch samt Einkauf viel zu sehr außer Atem. Sie klopfte an Marias Wohnungstür im Erdgeschoss. Maria öffnete wenige Augenblicke später, diesmal geduscht, gekämmt und geschminkt. Wer sie nicht genauer kannte, hätte sie nicht für die gleiche Person gehalten. »*Salve Maria!* Ist mein Paket mittlerweile angekommen?«, fragte Mafalda.

»*No.* Leider nicht«, antwortete Maria.

»Nun, dann wird der Paketbote vielleicht noch später kommen«, sagte Mafalda und wollte schon wieder gehen.

»Nein, der Paketbote war ja da«, sagte Maria und wedelte mit dem leeren Karton eines Versandhauses in der halboffenen Tür. »Aber Ihr Paket war leider nicht dabei. Ich habe extra gefragt.«

Mafalda schüttelte den Kopf. »Ich weiß schon, warum ich lieber vor Ort einkaufe als mit der Post!«, wetterte sie und schielte dabei auf den Karton in Marias Händen. Die wippte unsicher mit dem Kopf und schaute beinahe liebevoll auf das leere Paket in ihren Händen, entschied sich dann aber, Mafalda lieber nicht zu widersprechen.

»Ich werde Pietro anrufen!«, sagte Mafalda, was gewissermaßen ihre Patentantwort auf jegliche sonst unbeantwortete Frage war. »Vielleicht kann er etwas herausfinden.«

Maria nickte, schloss die Tür. Mafalda nahm ihre Einkäufe und ging nach oben. Nachdem alle verderblichen Lebensmittel im Kühlschrank verstaut waren, ging sie in ihr *soggiorno*, schnappte sich auf dem Weg *telefonino* sowie Lesebrille und setzte sich an den Esstisch, sodass genug Licht durch die Vorhänge auf den Tisch und die Paketbenachrichtigung vor ihr fiel. Sie wählte die Nummer ihres Enkels. Aus purer Gewohnheit immer noch Ziffer für Ziffer von einem Zettel ablesend, den sie immer in ihrer Handtasche bei sich trug.

»Ist etwas passiert?«, fragte Pietro hysterisch nach nur einem Klingeln.

»Was soll denn passiert sein?«, fragte Mafalda überrascht zurück.

Pietro stutzte für einen Moment. »Nun, erst besuchst du uns mitten in der Nacht. Jetzt rufst du schon wieder an. Da dachte ich …«, sagte er.

»Ich bin durchaus in der Lage, mir selbst aus meinen Schwierigkeiten zu helfen«, antwortete Mafalda pikiert und bereute im gleichen Moment, das Wort »Schwierigkeiten« gesagt zu haben.

»Welche Schwierigkeiten?«, fragte Pietro denn auch sofort zurück.

»Nichts. Nur so eine Redensart«, versuchte Mafalda ihn zu beruhigen. »Ich brauche nur mal schnell dein Internet!«

Pietro stöhnte leise. »Wofür?«, fragte er.

»Ich habe da ein Paket bekommen«, fing Mafalda an zu erzählen. »Also genau genommen habe ich es nicht bekommen. Noch nicht. Nur so einen Zettel, dass sie mich nicht angetroffen haben.«

»Die bekommen wir ständig!«, sagte Pietro.

»Ja, aber heute war der Paketbote wieder da. Und Maria hat ihn nach meinem Paket gefragt, und er wusste von nichts.«

»Steht eine Nummer auf dem Zettel?«, fragte Pietro, und Mafalda konnte hören, wie er zu tippen anfing. Misstrauisch beäugte sie den Zettel. »Nein. Nur so ein komisches Puzzle«, sagte sie.

»Genau da darunter müsste eine Nummer stehen?«, fragte Pietro mit Engelsgeduld zurück.

Mafalda kippte ihre Brille und schaute nochmal genauer hin. »Ach ja! Ich hatte das für eine Linie gehalten«, sagte sie erfreut und gab Pietro Ziffer für Ziffer die Paketnummer durch. Pietro tippte, und danach war für einen Moment Stille in der Leitung.

»Erwartest du ein Paket von *RFI*? Abteilung Infrastruktur?«, fragte Pietro schließlich. Mafalda brauchte einen Moment, um dahinter den neuen Namen der italienischen Eisenbahnen auszumachen. Eine Generation von reformwütigen Universitätsabsolventen hatte zusammen mit neuen Anweisungen aus Brüssel wieder einmal dafür gesorgt, dass die gute alte italienische Eisenbahn in neue Konstrukte überführt und umbenannt worden war. Sie wollte direkt mit ja antworten, schreckte jedoch jäh zusammen, bevor sie etwas sagen konnte. Sie hatte Pietro noch nichts vom Brief seines toten Vaters erzählt, den sie vor einigen Wochen erhalten hatte. Zu wenige Informationen waren letztlich in dem Brief selbst enthalten, um ihrem Enkel in die eine oder andere Richtung Informationen zu geben, ihm vielleicht sogar Hoffnung zu machen.

Wenn jetzt ein Paket von der Eisenbahn an sie unterwegs war, dann konnten das eigentlich nur die Unterlagen ihres Sohnes aus dem leergeräumten Schließfach am Bahnhof Santa Lucia sein. Denn nichts anderes hatte sie bei der Bahn bestellt. Wobei sie niemals auf den Gedanken gekommen wäre, dass die Bahn die von ihr so heiß ersehnten Unterlagen einfach per Paket mit der unzuverlässigen Post versenden würde. »Ich bin nicht sicher«, antwortete Mafalda ausweichend.

»Hier steht *errore*. Fehler bei der Paketzustellung«, las Pietro ihr vor. »Soll ich einen Nachforschungsantrag stellen?«

»Kann man das denn?«, fragte Mafalda erstaunt. Früher hätte sie einfach den Paketboten gefragt und sich mit seiner Antwort zufriedengegeben.

»Wenn dir das Paket wichtig ist?«, fragte Pietro.

»Aber sicher!«, beeilte sie sich zu antworten.

Pietro fing wieder an zu tippen. »Erledigt!«, sagte er einige Momente später.

»So schnell?«, fragte Mafalda überrascht zurück.

»Nur der Antrag ging schnell. Es kann bis zu vier Wochen dauern, bis sie sich melden«, sagte Pietro.

»Kann ich bis dahin etwas tun?«, fragte Mafalda etwas enttäuscht.

»Nur warten, befürchte ich«, antwortete Pietro.

»Aber es wird sich doch jemand kümmern?«

»Ja ganz bestimmt«, versicherte Pietro ihr. »Ich habe die

Meldung ja gerade abgeschickt. Was erwartest du denn so Wichtiges?«

»Ach nichts«, antwortete sie ausweichend. »Es wird nichts Besonderes sein. Es muss ja nur alles seine Ordnung haben.« Sie bedankte sich, legte auf und schaute dann etwas verloren zwischen dem Paketschein und dem Bild ihres Sohnes Giuliano auf der eichenen Anrichte hin und her.

18

Mafalda hatte sich fest bei Alma untergehakt, als die Prozession sich vom Campo San Donato aus in Bewegung setzte. Wie jeden Karfreitagabend zog die Gemeinde schweigend hinter einem riesigen Kreuz aus Blumen her. Wobei mit Gemeinde eher der harte Kern gemeint war und nicht die Massen, die zwei Tage später, am Ostersonntag, die Kirche besuchen würden, weil man das eben so macht. Heute liefen hinter dem Kreuz und Padre Osman nur ein paar alte Frauen und mehrere Paare mittleren Alters her. Schon die jungen Männer zu finden, die das Kreuz durch den hinteren Teil von Murano trugen, erwies sich von Jahr zu Jahr als schwieriger. Jahrein jahraus wurde die Anzahl der bei solchen Anlässen um Padre Osman oder seine Vorgänger gescharten Kirchgänger geringer. Nicht so sehr, weil so viele von ihnen verstarben, sondern vor allem, weil viele Junge weggezogen waren und ihnen niemand mehr nachfolgte.

Die Mitte April noch immer früh untergehende Sonne hatte Murano in einem Dämmerlicht zurückgelassen, das die wenigen Straßenlaternen nur teilweise aufhellten. Eigentlich ein romantisches Szenario, würde nicht der Frühjahrswind immer noch so kalt durch die *calle* und über die *campi* wehen. Immerhin regnete es nicht, wie im Jahr zuvor. Aber von Frühsommer zu sprechen, das war zumindest am heutigen Abend noch ein wenig vorgegriffen.

Dass Lucia auch zu der kleinen Gemeinde gestoßen war, wie immer im letzten Moment, hatte Mafalda wohl gesehen. Aber sie hatte Alma bewusst im Unklaren darüber gelassen und schnell wieder in eine andere Richtung geblickt. Sie zog Alma sanft am Arm weg, als die auf ihre Freundin zugehen wollte. Erst als das nichts half, wurde ihr Druck zusehends stärker, und das energische Ziehen ihres Armes in die entgegengesetzte Richtung ließ keinen Zweifel mehr daran, dass Mafalda Lucia ausweichen wollte. Zu einer Aussprache zwischen den beiden war es bislang nicht gekommen. Mafalda wusste nur zu gut, dass Lucia niemals das Wort »Entschuldigung« über die Lippen kommen würde und dass sie ihrerseits schmallippig bleiben würde, solange sie eben dieses Wort nicht von Lucia selbst gehört hatte.

Der Zug der Gemeinde hatte schon ein gutes Drittel des Weges durch die Gemeinde durch Navagero und dei Conventi zurückgelegt, als Lucia nach der Kanalbrücke Ponte de le Terese endlich zu Alma und Mafalda aufschloss. Erst links an Mafaldas Seite und nach kurzem Zögern dann doch rechts, mit Alma als Puffer zwischen ihr und Mafalda. »Ich habe mich ein wenig umgehört«, sagte Lucia leise, ohne Alma oder Mafalda direkt anzusprechen.

»Die Prozession wird schweigend zurückgelegt, wie du weißt«, antwortete Mafalda noch leiser und ohne Lucia dabei anzuschauen.

Danach brauchte es ein paar weitere Schritte – die Prozession war schon nach rechts in die Calle Brussa abgebogen –, bevor Lucia vorsichtig wieder zu sprechen begann: »Francesco hat für mich seine Kontakte spielen lassen, wegen deiner Rhyner.«

»Nur weil sie mein Haus gekauft hat, macht sie das noch lange nicht zu meiner Rhyner«, zischte Mafalda ihr leise zu.

Lucia nickte, machte eine Kunstpause und erzählte dann weiter: »Ihr verstorbener Mann hatte wohl ganz groß investiert. In Häuser und Bürogebäude bei sich zu Hause. Und dann hatte sie noch ein komplettes Dorf gekauft. So ein verlassenes Nest, in den Hügeln über Genua. Aber das hat sie alles verkauft, um sich jetzt auf Murano zu stürzen.«

»Warum ausgerechnet Murano?«, fragte Alma, auch um einem möglicherweise patzigen Kommentar von Mafalda zuvorzukommen.

Lucia zuckte mit den Schultern. »Das konnte er auch noch nicht in Erfahrung bringen. Nur das Übliche – Venedig ohne die Preise von Venedig – kann es nicht sein.«

»*Ssh!*«, rief jemand aus dem Schweigemarsch direkt hinter ihnen, und Mafalda schaute schuldbewusst zu Boden.

Lucia bemaß den Mann, der sie zur Ordnung gerufen hatte, mit einem genervten Blick, ging hinter Alma herum und hakte sich von links bei Mafalda ein, um so leiser mit ihr sprechen zu können. »Er wird sich aber noch weiter umhören«, flüsterte sie Mafalda zu.

Mafalda nickte und lief dem Zug ein paar Meter schweigend und in ihren Gedanken vertieft hinterher. »Entschuldigung angenommen«, sagte sie schließlich unvermittelt leise, die Hand vor den Mund haltend, sodass nur Lucia es hören konnte. Die kicherte ein wenig hysterisch, hakte sich fester bei Mafalda unter und ging mit deutlich erleichtertem Schritt Seite an Seite neben ihr her.

Der Prozessionszug hatte mittlerweile den gesamten Norden von San Donato umrundet, immer an dem schmalen Kanal entlang, der die Insel von der Brache Sacca Mattia trennte. Nach einem Park und ein paar verlassenen Schrebergärten öffnete sich der Blick auf die offene Lagune oder vielmehr das, was um diese Uhrzeit davon zu sehen war: die Lichter der Industriegebiete und Siedlungen auf dem Festland. Mit dem Blick verstärkte sich leider auch der Wind. Fast eisig wehte er über das offene Wasser auf Murano zu, und wer bis jetzt noch nicht seinen Kragen hochgestellt hatte, nestelte spätestens jetzt an seiner Kleidung herum.

Alma, die dem Zug eher aus Verbundenheit mit ihren Freundinnen und der schönen Ostertradition wegen folgte als aus echter Überzeugung und echtem Glauben, moserte in Richtung von Padre Osman nach vorn: »Padre, ist es wirklich notwendig, dass wir das Kreuz einmal um die Tennisplätze und den Schrottplatz tragen?«

»Von San Donato nach Santa Maria degli Angeli und zurück. So wie jedes Jahr«, antwortete Padre Osman stoisch.

Aber auch er hatte seine dicke Soutane schon mehrfach am Hals nach oben gezogen.

»Ich würde jetzt gerne bei Pietro und Angelo eine kurze Pause machen und mich aufwärmen«, seufzte Mafalda leise.

»Na, die würden Augen machen, wenn wir drei alten Schachteln am Stück bei ihnen einfallen würden!«, sagte Alma laut lachend.

»*Ssh!*«, mahnte es wieder aus der Dunkelheit hinter ihnen, und mittlerweile musste selbst Mafalda darüber schmunzeln, statt peinlich berührt zu sein. »Ich kann zumindest aus eigener Anschauung bestätigen, dass sie nicht ausreichend Kaffeelöffel für uns zur Verfügung hätten«, sagte Mafalda kichernd.

»Dann hättest du Pietro vielleicht Löffel statt des Buttermessers zum Geburtstag schenken sollen?«, fragte Alma ahnungslos und wurde dafür von Mafalda mit einem bösen Blick bedacht, worauf sie sich nicht mehr traute, weiter nachzufragen.

Auf dem Weg entlang des Canal Grande di Murano fing Alma an, leicht zu hüpfen, weil die Kälte immer mehr unter ihren Mantel kroch. »*Spritz caldo!* Ganz heiß serviert. Bei Emilia in der *bar*. Sobald wir dort ankommen. Ich zahle. Keine Widerrede!«, sagte Lucia entschlossen.

»Wir haben irgendwie sehr unterschiedliche Ansichten vom Fasten«, sagte Mafalda glucksend. »Aber nach diesem Gewaltmarsch sage ich da nicht nein.«

Der Zug war mittlerweile bei Santa Maria degli Angeli angekommen, bei fast zwei Dritteln des gesamten Weges.

Immerhin hatte die Stadt die kaputte Laterne reparieren lassen, die Mafalda vor wenigen Tagen hier fast noch zur Umkehr gebracht hatte. Die Bauzäune vor dem seit Jahren unbewohnten Kloster und seiner Kirche verhinderten, dass der Prozessionszug dem Gebäude näher kam. Aber angesichts des Wetters bedauerte wohl niemand, Padre Osman eingeschlossen, dass dieser ehemalige Stopp der Prozession in diesem Jahr ausgelassen wurde.

»Wenn ich den Padre richtig verstanden habe, dann werde ich diese Signora Rhyner am Sonntag nach der Ostermesse sehen und vielleicht auch sprechen können«, flüsterte Mafalda ihren Freundinnen zu.

»Wie hast du das angestellt?«, fragte Lucia überrascht.

Mafalda nickte bedächtig. »Ich werde dem Padre bei der Verabschiedung der Besucher am Ausgang nach der Messe zur Seite stehen. Da wird es wohl unausweichlich sein, dass ich ihr begegne. Vielleicht kann ich dann ein paar Worte mit ihr wechseln.«

»Es kann nicht schaden, herauszufinden, was sie hier wirklich will«, sagte Alma bedächtig nickend.

Den Rest des Zuges gingen alle tatsächlich schweigend, wohl auch, weil angesichts der bei diesen Temperaturen zurückgelegten Strecke niemand mehr Energie für ausführliche Gespräche hatte. An der Basilika Santi Maria e Donato löste sich der Prozessionszug schnell in alle Richtungen auf. Die müden Worte von Padre Osman konnten nach mehr als einstündiger Wanderung niemanden mehr zum Bleiben überreden. Wer später in der Karfreitagsnacht zurück zu ihm in die Basilika kam, tat dies wohl nur nach mehreren Grappa und etwas Stärkung in einer der umliegenden Bars. Lucia war die Erste, die sich nach dem Ende der Prozession entfernt hatte, dicht gefolgt von Alma und mit etwas Abstand von Mafalda. Sie schaute sich immer wieder voll schlechten Gewissens um, ob Padre Osman sie sehen könnte, wie sie die Menge so schnell verließ. Aber die Aussicht auf einen *Spritz caldo* nach dem langen Marsch durch Kälte und Dunkelheit hatte auch sie überzeugt, alle ihre Bedenken diesbezüglich fallen zu lassen.

Lucia lief zwischen Kirchturm und Kirche hindurch, um das Kirchenschiff herum auf die dunkle und menschenleere Seite des Campo San Donato. Doch nachdem sie die Ecke umrundet hatte, wurde sie mit jedem Schritt langsamer, denn die Türen der Bar Il Sole waren verschlossen und alle Lichter ausgeschaltet. »Das Geschäft mit den durchfrorenen Teilnehmern der Karfreitagsprozession lässt sich Emilia doch sonst nicht entgehen?«, fragte Lucia ratlos und noch immer langsam gehend.

»Heute Nachmittag hatte sie auch schon geschlossen«, sagte Alma. »Aber ich war fest davon ausgegangen, dass sie jetzt den Laden wieder aufmacht.«

Mafalda, die inzwischen zu den beiden aufgeschlossen hatte, schob sich an ihnen vorbei zur verschlossenen Eingangstür, an die ein handgeschriebener Zettel geheftet war. »Umständehalber geschlossen«, las Mafalda laut vor, drehte sich zu ihren Freundinnen um und fragte mit zusammengekniffenen Augen: »Welche Umstände?«

»Gestern Nachmittag habe ich noch einen *caffè* bei ihr getrunken. Da wirkte sie wie immer«, sagte Lucia gedankenverloren. »Vielleicht etwas mehr durch den Wind und etwas schwatzhafter als sonst. Aber ich habe nicht genau zugehört, das muss ich zugeben.«

»Es ist irgendwie nicht wie immer, wenn wir nicht zu Emilia können«, sagte Alma traurig und drückte sich die Nase an der Glastür platt.

19

Am Morgen danach um kurz nach neun, einer Zeit, zu der sonst selbst Emilia ihre *bar* geöffnet hatte und die für Mafalda schon fast in die Kategorie »früher Vormittag« fiel, stand sie wieder vor der immer noch verschlossenen Bar Il Sole und klopfte gegen die Glastür. Sie war kurz davor gewesen, wieder zu gehen, als sie weit im hinteren Teil des Lokals eine Bewegung zu sehen glaubte. Nach dem nächsten Klopfen sah sie schemenhaft noch mehr Bewegung. Also klopfte sie weiter und lauter.

»Ich komme. Ich komme doch«, hörte sie eine Stimme von drinnen, die Tür wurde aufgeschlossen und einen Spalt weit geöffnet. »Emilia!«, rief Mafalda und war sich in dem Moment, da sie dies sagte, nicht sicher, ob es Erstaunen, Erschrecken oder einfach nur Überraschung war. Vor ihr stand Emilia, mit zerzaustem Haar, ohne Make-Up und in einem schlafanzugähnlichen Hausanzug. So weit nicht ungewöhnlich für sie um diese Uhrzeit. »Ich bin gerade am Aufmachen«, sagte sie nach einem Moment verdutzten Schweigens, öffnete die Tür komplett, tippte auf den Lichtschaltern an der Wand daneben herum und ging dann hinter den Tresen, um die Kaffeemaschine einzuschalten. Mafalda war nicht entgangen, dass die Kühlvitrinen, in denen sonst fertig zubereitete *tramezzini* und frisch gebackene Teilchen lagen, komplett leergeräumt waren und auch die kleine Kühlmaschine für *Granita* und *Frosé* ausgeschaltet und statt Eis nur mit einer wässrigen Flüssigkeit gefüllt war.

»Du hattest gestern geschlossen. Das fand ich ungewöhnlich«, begann sie so neutral wie möglich, während Emilia fahrig Tassen und Gläser aus der Spülmaschine unter dem Tresen räumte.

»Umständehalber«, sagte Emilia abwesend und wuchtete den Mülleimer mit dem Kaffeetrester des letzten Tages nach draußen.

»Ich habe mir ein wenig Sorgen gemacht«, sagte sie vorsichtig. »So kurzfristig die *bar* dichtzumachen, das bist gar nicht du?«

Emilia schaute Mafalda kurz ratlos an, fuhr sich mit der rechten Hand durchs zerzauste Haar und wiederholte dann wieder nur einsilbig: »Umständehalber.«

Mafalda nickte. Auch wenn die Antwort sie so gar nicht zufriedenstellte. In Angelegenheiten anderer Leute hätte Emilia ihrerseits auch nicht lockergelassen, bis sie jedes Detail erfahren hätte. So verschlossen war sie nicht mal in eigener Sache. Jeder kannte die Geschichten von den Halunken, die sie verlassen hatten, und ihrer Familie in der Toskana, mit der sie abwechselnd im Streit oder in allergrößter Harmonie verbunden war. So verschlossen war sie nur – ja – nur heute.

Es blieb Mafalda für den Moment nichts weiter übrig, als hilflos mit den Schultern zu zucken. »Ich helfe dir schnell, die *bar* aufzumachen«, sagte sie kurzentschlossen, stellte ihre Handtasche auf einen der Barhocker, klatschte einmal in die Hände und lief dann los in Richtung des hinteren Teils des Lokals. »Ich hole schnell die *tramezzini* und die Teilchen aus dem Lagerraum«, sagte sie im Gehen.

»*No!*«, schrie ihr Emilia hinterher. Doch da war es schon zu spät. Reichlich entsetzt blickte Mafalda erst auf die alte Matratze, die da am Boden lag, und dann zurück zu Emilia. Emilias Augen waren vor Schreck weit geöffnet, und Mafalda meinte, Tränen an den Augenrändern und über den tiefdunklen Augenringen zu sehen. Emilia schaute verlegen erst in Richtung von Mafalda, dann nach unten und stammelte: »Es ist … es ist nicht für immer. Hoffentlich.«

»*Dio mio*, Emilia, was ist passiert?«, fragte Mafalda, nun wirklich aufrichtig besorgt.

Emilia schaute langsam wieder nach oben, wischte sich eine Träne aus dem rechten Auge und sagte dann leise: »Meine Wohnung. Sie ist mir gekündigt worden. Mir bleiben nur noch wenige Tage. Aber ich finde keine neue, nicht hier auf Murano.« Mafalda nickte. Die Geschichte kam ihr bekannt vor. »Ich war gestern nochmal unterwegs«, sagte Emilia, »aber wieder erfolglos. Also habe ich die Matratze hier reingelegt und es heute Nacht mal ausprobiert.« Sie schaute von Mafalda weg, drehte sich um und richtete die

Kaffeetassen im Regal über der Kaffeemaschine säuberlich eine neben der anderen aus. »Falls mir nichts anderes übrig bleiben sollte«, sagte sie noch leise.

»Oh Emilia!«, sagte Mafalda und schlug die Hände vor ihrer Brust zusammen. »Hättest du doch etwas gesagt! Wir erzählen uns doch sonst …« Hier stockte sie, überlegte einen Moment und redete dann weiter: »Hättest du uns doch etwas gesagt!«

»Es war mir so peinlich! So unfassbar peinlich!«, sagte Emilia mit gesenktem Blick und hochrotem Kopf. »Hier auf einer Matratze am Boden schlafen zu müssen!«

Mafalda nickte bitter. »Wie lange hast du denn noch?«, fragte sie.

»Bis Ende Mai«, antwortete Emilia und seufzte laut. »Aber es ist nichts frei auf Murano. Es ist nichts zu finden!«, sagte sie und schaute durch die offene Tür auf den *campo* nach draußen. »Ich habe schon alles abgeklappert.«

»Deine Wohnung wurde nicht zufällig von einer ominösen Firma aus Liechtenstein gekauft?«, fragte Mafalda aufs Geratewohl, wohl auch, weil sich die Geschichten von Maria und Emilia so glichen.

Emilia schaute erstaunt auf. »Woher wissen Sie das?«, fragte sie erstaunt.

»Du bist nicht die Einzige. Mein Haus wurde auch verkauft«, sagte Mafalda, um auf Emilias erschrockenen Blick abwehrend mit den Händen zu wedeln und zu sagen: »Mich betrifft es nicht. Mir können sie nichts. Aber Maria wollen sie rauswerfen. Auch zu Ende Mai.« Mafalda schaute kurz zur Decke und seufzte: »Und es ist natürlich nicht sonderlich hilfreich, wenn so viele Menschen gleichzeitig etwas Neues suchen.«

Emilia nickte still. Mafalda fasste sich und rieb ihre Handflächen aneinander. »Ich will dir nicht zu viel versprechen«, sagte sie, »aber ich habe mich da dahintergeklemmt. Unsere neue Vermieterin kommt nicht aus Liechtenstein, sondern aus Bergwald, einem kleinen Dorf in der Ostschweiz.« Emilia schaute Mafalda etwas hoffnungsvoller an, als sie, Mafalda, dies mit ihren Worten hatte bewirken wollen. Denn streng genommen hatte sie außer etwas Hintergrundwissen noch nichts zu bieten.

Doch Emilia schien jeder Strohhalm recht, um sie aus ihrer Misere zu erlösen. »Ich habe am Telefon immer nur einen Anrufbeantworter erreicht«, sagte sie niedergeschlagen.

Mafalda nickte. »Einen Anrufbeantworter und einen Briefkasten. Mehr haben sie da oben in Liechtenstein nicht«, sagte sie. »Die wirkliche Eigentümerin sitzt ein paar Kilometer weiter westlich. Oder jetzt eben hier in Venedig.« Emilias Augen leuchteten auf. Das war weit mehr, als sie in Erfahrung hatte bringen können. »Ich möchte Maria nicht als Nachbarin verlieren. Dich und die *bar* hier natürlich auch nicht. Das ist ja hier quasi mein zweites Zuhause. Und ich möchte schon gar nicht jeden Morgen über anderen Touristen aufwachen«, sagte sie. »Also werde ich wohl oder übel mit dieser Frau reden. Gleich morgen, hoffe ich.«

Emilia seufzte. Obwohl es mehr eine Art Grunzlaut war.

Nach all den Aufs und Abs der vergangenen Tage schien sie nicht mehr zu einer klaren Gefühlsregung in der Lage. Mafalda deutete auf die Kaffeemaschine und sagte: »Aus der werde ich wohl nicht so bald einen *caffè* bekommen?«

»Erst wenn sie aufgeheizt ist. In einer halben Stunde«, sagte Emilia verlegen und zeigte dann auf ihr Weinglas. »Eine *ombra* vielleicht?«

Mafalda lachte und wedelte abwehrend mit der rechten Hand. »*No, no*, dafür ist es wirklich zu früh!«, sagte sie. »Ich komme einfach später wieder. *Ciao, Emilia!*«

»*Ciao, Signora Mafalda!*«, rief Emilia ihr hinterher.

20

»Gehet in Frieden!«, rief Padre Osman seiner in der Basilika Santi Maria e Donato zur Ostermesse versammelten Gemeinde zu. Ein vielstimmiges »Dank sei Gott dem Herrn!« raunte es ihm als Antwort entgegen. So voll wie an diesem Ostersonntag war die Kirche des Padre schon lange nicht mehr gewesen. Wo sonst seine Stimme allein reichte, um sich Sonntag für Sonntag von der Kanzel aus Gehör zu verschaffen, brauchte er diesmal Mikrofon und Lautsprecher, um sich ausreichend verständlich zu machen. Dies war nicht seine erste Ostermesse gewesen. Doch Mafalda kannte ihn: Vor besonderen Anlässen verspürte er immer ein gewisses Lampenfieber und war jetzt sichtbar erleichtert, alles wie geplant und ohne Pannen und Versprecher hinter sich gebracht zu haben.

Die meisten der Anwesenden hatten sich zu diesem Zeitpunkt schon erhoben, schauten verstohlen auf ihre *telefonini*, wie lange es denn noch bis zur Essensreservierung in einem der umliegenden Restaurants dauerte. Nur der Kern der Gemeinde, die, die auch an allen anderen Sonntagen hier anzutreffen waren, verharrten noch auf ihren Plätzen, schon allein, weil sie nicht von dem nun zu erwartenden, fluchtartigen Aufbruch mitgerissen werden wollten. Mafalda, die unter normalen Umständen auch unter denjenigen gewesen wäre, die jetzt in aller Ruhe den Auszug der eiligen Massen abgewartet hätten, hielt es heute nicht mehr an ihrem Platz. Zu groß war die Schar der Kirchgänger an diesem Ostersonntag und mit ihnen die Anzahl unbekannter Gesichter, als dass sie Elisabeth Rhyner sofort hätte erkennen können. Mehrere ihr unbekannte grauhaarige Damen waren heute anwesend, was es ihr nicht leichter machte, Signora Rhyner zu erspähen.

Mehrfach hatte sie Padre Osman einen fragenden Blick zugeworfen, und ebenso oft war er ihrem Blick ohne ein Zeichen ausgewichen. Obwohl er sie doch gesehen haben musste auf ihrem Platz in der zweiten Reihe, da war sie sicher. Jetzt drehte sich Padre Osman noch einmal von seiner Gemeinde weg, ging auf den Altar zu und küsste ihn, um dann langsamen Schrittes in Richtung Ausgang zu gehen. Im Vorbeigehen nickte er Mafalda bedeutsam zu. Das war für sie das heißersehnte Zeichen. Unter dem Murren der Umsitzenden stand sie auf und drängte sich nach rechts außen, um dann im Seitenschiff der Kirche in Richtung des Ausgangs zu gehen. Hier standen schon die ersten Eiligen auf dem Weg nach draußen, die nur ein Anflug von Schicklichkeit davon abhielt, die Kirche noch vor Padre Osman zu verlassen. Mafalda hatte Mühe hindurchzukommen, schlängelte sich aber mit dutzenden dahingemurmelten »*Per-*

messo!« an der Meute vorbei und gelangte dadurch als Erste hinter Padre Osman nach draußen.

Dort hatten sich sämtliche Schleusen des Himmels geöffnet, und ein massiver Wolkenbruch ging hernieder. Die Steine vor dem Kirchenportal waren zentimeterhoch mit Regenwasser überflutet, und aus den überlaufenden Regenrinnen der an den *campo* angrenzenden Häuser lief weiteres Wasser an den Fassaden hinab. Mafalda schaute angewidert in Richtung Himmel, suchte einen Schirm oder zumindest ein Cape in ihrer Handtasche, fand aber keines von beiden. Die glatte Fassade der Basilika, ohne jeden Vorsprung, ohne jede Nische, bot auch keinen Schutz gegen den Regen. Ihr blieb nur, auf den Eingang des gelb verputzten Hauses zur Rechten auszuweichen. Sie schaute zu Padre Osman, der vor dem Starkregen wieder hinter der Tür im Inneren der Kirche Schutz gesucht hatte, zeigte auf den Eingang von Nummer neun, und er nickte ihr zu.

Der Versuch, beim Gang über den Platz das Regenwasser mit Händen und Handtasche abzuwehren, erwies sich als weitgehend untauglich. Kaum, dass sie im Eingang von Haus Nummer neun stand, spürte sie den eiskalten Regen unter ihrem Mantelkragen nach unten laufen. Der Türrahmen, unter dem sie jetzt stand, war so schmal, dass jede Regenböe sie mit voller Wucht traf. Doch jetzt aufzugeben und nach Hause zu gehen kam für sie nicht in Frage. Von ihrem Posten aus beobachtete sie, wie die Gemeinde Mann für Mann, Frau für Frau und Kind für Kind die Basilika verließ, jeder Einzelne persönlich verabschiedet von Padre

Osman. Fast befürchtete sie schon, sie hätte Signora Rhyner verpasst. Denn dass sie bei der Ostermesse anwesend gewesen sein musste, das stand für sie nach dem bedeutsamen Nicken von Padre Osman außer Frage. Doch jetzt hatte sie ihn nicht mehr nicken sehen. Hatte er sie vergessen?

Irgendwann, sie hatte die Hoffnung schon fast aufgegeben, schaute er zu ihr herüber und schielte dann zur Seite, ins Kircheninnere, als er sah, dass sie seinen Blick gesehen hatte. Kurz darauf kam eine hagere Dame mit kurzem Grauhaar und fast pechschwarzem Pelzmantel zum Vorschein, eine der Unbekannten, die Mafalda schon während der Messe gemustert hatte, und verabschiedete sich vom Padre. Nachdem sie die Kirche verlassen hatte, schaute Padre Osman nochmals zu ihr herüber, nickte bedeutsam und schaute dann in Richtung der Dame, die demnach wohl Elisabeth Rhyner sein musste.

Mafalda schaute kurz in Richtung Himmel: Der Regen hatte nicht nachgelassen, kein bisschen. Immer noch prasselten die Wassermassen unerbittlich auf den Steinboden herunter und formten überall kleine Rinnsale. Frau Rhyner hatte mittlerweile einen riesigen Schirm aufgespannt und war drauf und dran zu gehen. Mafalda fürchtete, dass sie ihr wieder entwischen könnte. Ohne Rücksicht auf den prasselnden Regen stürmte sie nach vorn, auf die Dame zu, und rief ihr laut hinterher: »Signora Rhyner?« Und als diese nicht reagierte, wiederholte sie lauter: »Signora Elisabeth Rhyner?«

Die Gefragte drehte sich langsam um, musterte die mittlerweile komplett durchnässte Mafalda abfällig von Kopf bis Fuß. Erst jetzt konnte Mafalda ihr Gesicht richtig sehen. Eulenartige Augen, die tief aus ihren dunklen Höhlen blickten. Darunter eine dünne, spitze Nase und ein schmaler Mund, beide Lippen fest zusammengepresst. Ein porzellanartiger Teint mit vielen Falten. Haut, die schon lange keine Sonne mehr gesehen hatte. All dies in einem Gesicht, das so aussah, als würde es niemals lächeln. »Wer fragt?«, sagte sie emotionslos und ohne eine Miene zu verziehen.

»Cinquetti«, beeilte sich Mafalda zu antworten. »Mafalda Cinquetti. Hier aus Murano.« Die Alte blickte sie ungerührt an und nickte dann irgendwann kaum merklich. »Mafalda Cinquetti. Sie haben mein Haus gekauft. Am Campo San Bernardo«, setzte Mafalda fort, während der Regen in ihrem Mantel nach unten lief und seinen Weg durch ihre Bluse fand. Die Alte nickte wieder, schaute leicht nach oben und betrachtete Mafalda dann von oben herab, ohne ein Wort zu sagen. »Ich muss Sie sprechen«, platzte es aus Mafalda heraus. Der alles durchdringende Regen ließ sie auf alle Förmlichkeiten verzichten. Kein Könnte. Kein Bitte. Nur die reine Botschaft.

Signora Rhyner blickte sie nochmals abfällig von oben bis unten an und fragte dann, fast zischend: »Die Frage ist doch wohl, muss ich Sie sprechen?«

Mafalda ging auf sie zu, wollte sie mit ihrer pitschnassen Hand am Arm fassen, doch Signora Rhyner wich zurück. »Ich muss Sie sprechen, bitte!«, sagte Mafalda. »Es ist wichtig!«

Die Alte schaute leicht genervt über den schon zentimetertief unter Wasser stehenden *campo*, nickte wieder nur und sagte schließlich: »Aber nicht hier und nicht jetzt.« Dann überlegte sie kurz und fügte an: »Ich werde Sie wissen lassen, wenn Sie mich sprechen können!«

Mafalda war mittlerweile jeder noch so kleine Hoffnungsschimmer recht. Begeistert nickend sagte sie: »Ich wohne am Campo …« Signora Rhyner unterbrach sie harsch mitten im Satz und sagte: »Ich *weiß*, wo Sie wohnen!«

Dieser plötzliche Wechsel im Tonfall erschreckte Mafalda, und sie zuckte instinktiv zurück. Wenngleich sie damit wohl das erreicht hatte, weswegen sie hier so lange auf dem regenüberfluteten *campo* ausgeharrt hatte: ein Gespräch mit Signora Rhyner. Oder wenn nicht ein Gespräch, dann wenigstens eine Kurzunterhaltung mit ihr, mit der Chance oder der Hoffnung auf ein ausführlicheres Gespräch. Einsam stand sie in der Mitte des nun fast menschenleeren Platzes und schaute Elisabeth Rhyner beim Weggehen zu. Ein Taxiboot wartete auf sie an der Kanalmauer, und Mafalda sah zu, wie der Fahrer ihr beim Einsteigen half, dann das Boot losmachte und nach rechts mit weit überhöhter Geschwindigkeit davonbrauste. Die meisten anderen Gemeindemitglieder hatten sich eiligst von der Basilika in alle Richtungen entfernt. Padre Osman stand immer noch in der Kirchentür, nun nicht mehr flankiert von den Ministranten an seiner Seite. Als Mafalda sich zu ihm umdrehte, lächelte er ihr zu. Mafalda schaute ihn erst unschlüssig an und musste dann auch lächeln.

»Wie sehen Sie denn aus?«, fragte Maria Mafalda, als sie ihr vor der Haustür auf dem Campo San Bernardo begegnete. Mittlerweile hatten sich sämtliche Regenwolken verzogen, und die Frühlingssonne strahlte am blauen Himmel. Wäre der Steinboden des Platzes nicht über und über mit kleinen Pfützen überzogen, hätte man meinen können, es hätte nie geregnet. Und stünde Mafalda nicht komplett durchnässt auf dem *campo* vor Maria. »Wie sehen Sie denn aus?«, wiederholte sie belustigt, als Mafalda nicht reagierte.

Kaum mehr als zwei Tage früher hatte Mafalda Maria die gleiche Frage stellen wollen und das nur aus Schicklichkeit nicht getan. Mafalda sann kurz nach einer ausführlichen Erklärung. Aber in ihrem Zustand, durchnässt bis auf die Knochen, war Mafalda nicht nach Small Talk zumute. »Wenn Sie sich nicht in Ihrer Wohnung verbarrikadieren würden und bei der Ostermesse gewesen wären, wie es sich gehört, dann hätten Sie gemerkt, dass es bis eben wie aus Eimern gegossen hat!«, raunzte sie Maria an. Die zuckte ein wenig zusammen ob der rauen Ansprache. So wie Mafalda, die im gleichen Moment, in dem sie ihren Satz beendet hatte, bemerkte, dass sie sich im Ton vergriffen hatte. »*Scusa Maria!*«, sagte sie. »Ich bin nass von Kopf bis Fuß und möchte nur noch nach oben, um eine heiße Dusche zu nehmen.«

Maria nickte. »Sie haben ja recht!«, sagte sie. »Ich habe mich gehen lassen. Vielen Dank, dass Sie mir vorgestern so deutlich die Meinung gesagt haben!« Mafalda schaute ihr tief in die Augen. In der Tat hatte sich Marias Aussehen seit ihrer letzten Begegnung deutlich geändert. Die zuletzt fettigen Haare waren frisiert. Auf dem Gesicht trug sie dezentes Make-up. Anstelle des Pyjamas trug sie eine Lederjacke über einem Baumwollkleid mit Leopardenprint. Nicht Mafaldas Geschmack – aber doch immerhin eine deutliche Verbesserung zu ihrem Aussehen am Donnerstag.

»Ich werde mich nicht aus Murano vertreiben lassen!«, sagte Maria, stemmte die Hände in die Taille und wiegte die Hüften hin und her.

»Also kein Umzug nach Mestre?«, fragte Mafalda, die sich immer noch keinen Reim auf Marias plötzliche Verwandlung machen konnte.

»Da müssen sie mich schon von der Insel tragen!«, sagte Maria.

Mafalda musste stark gegen ein Schmunzeln ankämpfen, weil sie sich im Kopf vorstellte, dass jemand Maria, die in den letzten Jahren doch erheblich an Leibesfülle zugelegt hatte, irgendwo hintragen wollte. »Woher der Sinneswandel?«, fragte sie schließlich.

»Mein Chef. Ich habe mit meinem Chef gesprochen. Dem Direktor vom Hotel«, sagte Maria. »Er hat mir gesagt, dass er mich nicht als Mitarbeiterin verlieren will, wenn ich aufs Festland ziehe. Und dass er keine neuen Ferienwohnungen auf Murano als Konkurrenz für sein Hotel möchte.« Da war das neue Luxushotel, gegen das sie so lange angekämpft hatte, doch mal für etwas gut, dachte sich Mafalda und nickte. »Jedenfalls hat er mir die Nummer seines Anwalts gegeben«, erzählte Maria weiter. »Bei dem habe ich Dienstag einen Termin, mein Chef kommt für alle

Kosten auf. Der Anwalt meinte am Telefon, ich hätte gute Chancen! Und mein Chef will seine Kontakte zur lokalen Politik spielen lassen, um etwas zu bewegen.«

»Das nenne ich mal großartige Neuigkeiten!«, sagte Mafalda aufrichtig begeistert. Am liebsten hätte sie Maria umarmt. Nur ihre immer noch tropfnasse Kleidung hielt sie davon ab. Mafalda fragte sich, ob der Anwalt auch Emilia helfen könnte, die ja in einer vergleichbaren Situation wie ihre Nachbarin Maria war. Doch das könnte sie Maria immer noch fragen, wenn sie mit dem gesprochen hatte. Auch von ihrem Zusammentreffen mit Signora Rhyner wollte sie noch nichts erzählen, solange noch nicht klar war, was sie dabei erreichen würde.

»Ich muss!«, sagte Mafalda und zeigte mit dem Zeigefinger hinauf zum Fenster ihrer Wohnung im ersten Stock.

»Sicher. Lassen Sie sich nicht aufhalten!«, antwortete Maria und gab Mafalda den Weg durch die Haustür nach oben frei.

Der Summer an Mafaldas Wohnungstür summte zweimal. Mafalda war gerade fertig damit, ihre Frisur wieder in Form zu bringen, hatte geduscht, sich frisch eingekleidet und zwei Glas Grappa getrunken, ein altes Familienmittel, um einer Erkältung vorzubeugen. Alma hatte ihr eine Nachricht geschickt, dass sie gegen ein Uhr bei ihr vorbeikommen würde, um sie zum Osteressen bei Lucia abzuholen. Mafalda schaute auf ihre Küchenuhr. Es war erst Viertel vor eins. »*Dio mio* ... kann diese Frau sich nicht einmal an die verabredete Uhrzeit halten!«, fauchte sie laut, ging zur Wohnungstür und nahm die Kette aus der Verriegelung und öffnete arglos die Tür.

Bei dem Anblick, der sich ihr bot, zuckte sie zusammen. »Was machen Sie hier? Wie kommen Sie hier herein?«, schrie sie mit weit aufgerissenen Augen und sich überschlagender Stimme.

»Schön Sie wiederzusehen, Signora Cinquetti«, sagte der Mann, der jetzt nur wenige Zentimeter vor ihrer Tür stand.

»Wie kommen Sie hier herein?«, schrie sie und hielt sich hilfesuchend am Türrahmen fest.

Vor ihr stand, breit lächelnd und mit verschränkten Armen, der Tätowierte vom Lido. »Die Haustür stand offen«, sagte er immer noch breit lächelnd und deutete die Treppe hinunter ins Erdgeschoss. »Und außerdem bin ich im Auftrag von Frau Rhyner hier. Wie Sie wissen, gehört ihr das Haus. Ich darf es also jederzeit in ihrem Auftrag betreten.«

Mafalda wollte ihm die Tür vor der Nase zuschlagen, doch er drückte die flache Hand dagegen und verhinderte so, dass sie komplett ins Schloss fiel. »Signora Rhyner wünscht Sie zu sprechen«, sagte er süffisant grinsend durch den Türspalt. »Morgen Vormittag um elf Uhr. Bei ihr. Kommen Sie zum Lido, nach Santa Maria Elisabetta. Sie wird Sie abholen lassen.«

Mafalda hielt immer noch die Tür zu. Es war ihr aber nicht gelungen, sie ins Schloss fallen zu lassen. Das gelang ihr erst jetzt, dafür umso lauter knallend, als der Mann die Tür losgelassen hatte, um die Treppe nach unten zu gehen.

Sie drehte sich um, lehnte sich mit dem Rücken an die verschlossene Wohnungstür, nur um sich den Bruchteil einer Sekunde später wieder hektisch umzudrehen, um die Sicherheitskette in ihre Halterung einzufädeln. Das wollte ihren zittrigen Händen erst nicht gelingen. Wütend stieß sie einen Schrei aus und trat mit dem rechten Fuß gegen die Tür. Als die Kette endlich fest verschlossen war, drehte Mafalda sich wieder um und lehnte sich mit geballten Fäusten erschöpft gegen die Wand neben dem Eingang. Die Dusche, die frisch frisierten Haare, all das war wieder passé. Der unerwartete Besuch des Mannes – sie kannte noch immer seinen Namen nicht – hatte sie komplett aus der Bahn geworfen.

Der Türsummer summte noch einmal. Diesmal kürzer und nicht so aggressiv wie beim ersten Mal. Mafalda drehte sich trotzdem erschrocken zur Tür um. Da der Summer direkt neben ihr hing, hatte sie die Vibration beim Summen beinahe körperlich spüren können. Für einen Moment dachte sie daran, sich zu verleugnen und die Tür nicht zu öffnen. Vorsichtig tastete sie mit der rechten Hand über die Kette, ob die Tür auch wirklich sicher verschlossen wäre. »Wer ist es?«, fragte sie kurz durch die verschlossene Tür, nachdem es ein zweites Mal geklingelt hatte.

»Ich bin es, Alma«, hörte sie von hinter der Tür. Mafalda fingerte eilig an der Kette herum, bekam sie aber nicht auf. Sie öffnete die Tür, die sich freilich mit der eingehängten Sicherheitskette nur wenige Zentimeter öffnete. »Wie siehst du denn aus?«, fragte Alma erschrocken Mafalda durch den

Türschlitz, wo sie ihre Freundin mit derangierter Frisur, kreidebleich und mit Schweißperlen auf der Stirn sah.

Mafalda antwortete erst nicht, schaute Alma wie erstarrt an. Dann drückte sie die Tür wieder ein wenig zu und machte sich an der Sicherheitskette zu schaffen. Schließlich schaffte sie es doch noch, die Kette aus dem Verschluss zu lösen, öffnete die Tür und bat Alma herein. »Frag nicht!«, sagte sie.

21

»Ich dachte, du fragst nie!«, sagte Mafalda zu Lucia und hielt ihr ihr Weinglas hin.

Lucia hatte den Tisch im Esszimmer gedeckt. Oder decken lassen, wie Mafalda vermutete. Auf der Terrasse zu decken war Lucia zu riskant um diese Jahreszeit. Und sie wurde in dieser Entscheidung von dem kräftigen Wolkenbruch, der völlig unerwartet an diesem Ostersonntagmorgen über Murano herunterkam, bestätigt. Sie schaute Mafalda verwundert an. »Nur weil mehr als ein Glas am Mittag sonst so gar nicht deine Art ist?«, sagte sie irritiert und goss erst Mafalda ein zweites Glas und sich dann ein weiteres Glas Wein ein. Für sie war es nicht das Zweite.

»Sie hatte ungebetenen Besuch«, sagte Alma mit wichtigtuerischer Miene und zeigte mit dem rechten Zeigefinger auf Mafalda. Bis jetzt hatte die gegenüber Lucia noch kein Wort über den Besuch des Muskelmanns und die Einladung, zu Signora Rhyner zu kommen verloren. Wobei die Einladung sich eher wie eine Aufforderung anfühlte, der unbedingt Folge zu leisten war. Lucia hatte nun schon den dritten Gang aufgefahren. Leckerei für Leckerei hatte sie auf dampfenden Servierplatten aus der Küche herübergetragen, und weder Mafalda noch Alma war es bis jetzt gelungen herauszufinden, von welchem Restaurant sie die Speisen hatte anliefern lassen. Nach der *trattoria* hier in Navagero schmeckte der Lammbraten jedenfalls nicht, und alle anderen Restaurants der Insel hatten den gar nicht auf der Speisekarte. Nicht jetzt an Ostern und den Rest vom Jahr schon gar nicht. Das jedenfalls hatten sich Alma und Mafalda in den kurzen Pausen heimlich zugeflüstert, wenn Lucia für den nächsten Gang in der Küche verschwunden war.

Mafalda hatte Lucias sorgfältig inszeniertes Osteressen nicht mit ihren Schreckensbotschaften stören wollen. Und dann waren ihr auch noch Zweifel gekommen, ob der Besuch wirklich so dramatisch abgelaufen war, wie sie ihn erlebt hatte. So unangenehm ihr dieser Kerl mit seinem selbstgefälligen Grinsen auch war – letztendlich hatte er ihr nur die Einladung zu Signora Rhyner überbracht und war wieder gegangen. Und das war exakt das, worum sie Frau Rhyner am Vormittag nach der Ostermesse gebeten hatte. So lautete zumindest die Version, die Alma ihr wieder und wieder erzählt hatte, um sie zu beruhigen.

»Du hattest ungebetenen Besuch?«, fragte Lucia lächelnd. »Machen die Zeugen Jehovas denn auch an Ostern keine Pause?«

Mafalda wedelte abwehrend mit der rechten Hand und kniff missbilligend die Augen zusammen.

»Wirst du es uns ... oder mir, da Alma es ja offenbar schon weiß, nun erzählen oder nicht?«, hakte Lucia ungehalten nach.

»Ich wollte dein Essen nicht stören!«, sagte Mafalda leise.

Lucia hob beide Hände nach oben und antwortete: »Du könntest mein Essen höchstens stören, indem du mir das Geheimnis weiterhin vorenthältst, das ihr beide«, sie zeigte abwechselnd auf Mafalda und Alma, »offenbar habt.«

»Sie soll morgen Vormittag zu dieser Signora Rhyner kommen«, sagte Alma und erntete für diese Indiskretion einen bösen Blick von Mafalda. Lucia schaute unentschlossen zwischen Alma und Mafalda hin und her und sagte dann schließlich zu Mafalda: »Signora Rhyner sprechen? Ist das nicht genau das, was du wolltest?«

»Schon«, sagte Mafalda und blickte nach unten.

»*Aber?*«, fragte Lucia gedehnt, die jetzt nicht mehr gewillt war, sich mit nur einem Teil der Geschichte abzugeben.

»Dieser Typ war bei ihr und hat es ihr gesagt. Stand einfach von jetzt auf gleich vor ihrer Wohnungstür«, sagte Alma in einem mitfühlenden, beinahe salbungsvollen Ton, und Mafalda nickte stumm dazu.

»Typ? Welcher Typ?«, fragte Lucia, die immer noch Schwierigkeiten hatte, der Geschichte zu folgen.

»Der mich bei meinem Besuch auf dem alten Flugplatz bei San Nicolò so unsanft rausgeworfen hat«, sagte Mafalda, die ihre Sprache wiedergefunden hatte. »Er stand plötzlich vor der Tür, als ich gar nicht darauf gefasst war.«

»Arbeitet der jetzt auch für diese Rhyner?«, fragte Lucia.

Mafalda stutzte. »Das habe ich ihn gar nicht gefragt. Also gesagt hat er es, aber in dem Moment habe ich irgendwie … ich weiß nicht.« Sie brachte den Satz nicht zu Ende.

»Wenn der so einfach vor meiner Tür gestanden hätte, hätte ich den Mund auch nicht aufbekommen«, sagte Alma und tätschelte Mafaldas Hand.

»Ist das nicht eigenartig, dass du es gleich zweimal in so kurzer Zeit mit der gleichen Type zu tun bekommen hast?«, fragte Lucia und legte ganz gegen ihre sonstige Gewohnheit die Stirn in Falten.

»Es könnte immer noch ein Zufall sein«, gab Alma zu bedenken.

Lucia hatte ihre Stirn schnell wieder glattgezogen, schüttelte aber unsicher den Kopf. So richtig wollte ihr Almas Erklärung offenbar nicht einleuchten. Mafalda schaute unsicher zwischen ihren beiden Freundinnen hin und her. Nach all der Aufregung fiel es ihr schwer, einen klaren Gedanken zu fassen. Äußerlich mochte sie wiederhergestellt sein, aber innerlich würde es noch etwas brauchen, bis sie wieder ganz auf der Höhe war.

»Ist er denn in deine Wohnung rein?«, fragte Lucia.

»*No*, er hat ihr nur die Nachricht von Signora Rhyner überbracht und ist wieder gegangen«, sagte Alma.

»Aber als er da so vor der Tür stand, da kamen die ganzen Gefühle, die ganze Angst wieder hoch, die ich dort auf dem Lido hatte«, sagte Mafalda leise und schaute zu Boden.

»Mafalda, *cara*, jeder kann bis zu deiner Wohnungstür.

Deine Haustür steht immer offen!«, sagte Lucia und gestikulierte wild herum. »Und an der Wohnungstür hast du doch diese Kette, die dir Pietro angebracht hat?«

»Die war nicht geschlossen«, antwortete Mafalda kleinlaut. »Ich hatte Alma erwartet statt ihn.«

Lucia schlug mit den flachen Händen auf ihre Oberschenkel und rang nach Worten, fand aber keine. Nach ein paar Augenblicken des Schweigens sagte sie schließlich: »Aber *in* deine Wohnung hinein ist er doch gar nicht gegangen, sagtest du, oder?«

»*No*«, antwortete Mafalda fast stimmlos.

»Ich verstehe, dass dir die Situation unangenehm war, weil es dich an den Vorfall in dem Flugplatzgebäude auf dem Lido erinnert hat. Aber dieser Mann hatte offensichtlich jede Möglichkeit, in deine Wohnung einzudringen, und hat es trotzdem nicht gemacht.« Lucia fuchtelte wild mit den Händen, deutete erst in Richtung Lido, dann auf Mafalda und dann in Richtung von Mafaldas Wohnung. »Er hat dir nur die Nachricht von dieser Rhyner überbracht«, sagte sie. »Und das war doch genau die, die du hören wolltest?«

»Ja doch«, antwortete Mafalda eine Spur bockig und uneinsichtig; und immer noch nicht gewillt, sich Almas und Lucias pragmatische Sichtweise als die ihre anzueignen.

»Dann hat er definitiv ein Händchen dafür, sich die unmöglichsten Jobs auszusuchen«, schwadronierte Lucia. »Wobei die bullige Version eines Mädchens für alles auch wieder sehr dazu passen würde, wie du uns den Typen beschrieben hast.« Mafalda nickte zaghaft. »Aber darüber hinaus«, redete Lucia weiter, »kann ich nichts daran finden.« Nach einer kurzen Atempause fragte sie: »Und was hat er dir denn genau gesagt? Wann und wo soll dieses Treffen stattfinden?«

»Morgen Vormittag«, beeilte sich Alma zu sagen. »Um elf Uhr.«

»Auf dem Lido. Sie lässt mich abholen«, fügte Mafalda leise hinzu.

»Gehst du hin?«, fragte Lucia Mafalda sehr direkt.

»*Naturalmente. Ich* wollte doch das Treffen«, antwortete sie.

»Ich fragte mich ja nur«, meinte Lucia, »ob der Auftritt dieses Mannes dich jetzt verschreckt hat.«

Mafalda runzelte die Stirn und wischte Lucias Bedenken wirsch mit einer Handbewegung davon.

»Soll ich mitkommen?«, fragte Lucia nach kurzer Pause deutlich leiser.

»*Das* würdest du tun?«, fragte Mafalda erstaunt.

»*Beh* … Francesco und ich wollten heute Abend eigentlich ins La Fenice. Die hundertste Neuinszenierung von *La Traviata* oder so etwas. Er wollte sie unbedingt sehen«, sagte Lucia angespannt, lehnte sich dann zurück und atmete tief durch. »Aber nach unserer *controversia* von heute Morgen, unserem Streit«, sie biss die makellos gerichteten Zähne zusammen, »glaube ich nicht, dass er sich vor morgen Mittag wieder blicken lässt.«

Alma und Mafalda schauten sich kurz an. Dass Lucia und Francesco Streit hatten, war eigentlich keine Erwähnung wert. Es wäre eine Nachricht gewesen, wenn sie keinen gehabt hätten. Über die Jahre hatten sich Alma und Mafalda so an die lautstarken Diskussionen und die noch emotionaleren Versöhnungen der beiden gewöhnt, dass keine mehr nachfragte, was der Grund für die aktuellen Differenzen war. Man war einfach für Lucia da, wenn es wieder einmal so weit war, und stellte keine lästigen Fragen, die Lucia vielleicht ohnehin nicht hätte beantworten wollen.

»Ich komme auch mit!«, sagte Alma. »Das ist doch selbstverständlich.«

Mafalda nickte verzagt. »Ich bin gespannt, was sie mir zu sagen hat.«

22

»Signora Cinquetti« stand auf der kleinen Kreidetafel, die der in schwarze Hosen und schwarzen Rollkragenpullover gekleidete Mann am Anleger Santa Maria Elisabetta gelangweilt in die Höhe hielt. Seine schwarzblaue Sonnenbrille passte zu seinem rabenschwarzen Haar. Einfach alles, was der Mann trug, schien schwarz zu sein. Auch sein Blick war vermutlich dunkel und düster, aber er war hinter seiner verspiegelten Sonnenbrille nicht zu sehen. Mafalda, Alma und Lucia waren gerade über die Landungsbrücke vom *vaporetto* am Lido an Land gegangen, als sie ihn sahen. Mafalda gab sich mit einem verschüchterten Fingerzeig zu erkennen, den er nur mit einem kräftigen Nicken quittierte. »Buongiorno. Bitte folgen Sie mir!«, sagte er.

»Meine Freundinnen begleiten mich«, sagte Mafalda bestimmt, wohl nicht nur, um ihn zu informieren, sondern vor allem auch, um sich selbst zu vergewissern, dass sie nicht allein mit dieser ungewohnten Situation konfrontiert war.

Er zuckte mit den Schultern, nickte stumm und ging ihnen voraus bis zu einer dunklen Limousine, die im Halteverbot direkt an der Bushaltestelle stand. Routiniert fischte er einen Strafzettel unter dem Scheibenwischer hervor, zerknüllte ihn und warf ihn ungelesen auf den Boden. Dann hielt er ihnen die hintere Tür auf und deutete auf die lederbezogene Sitzreihe. Die drei setzten sich nebeneinander, was reichlich eng war. Aber sie hatten seine wortlose Geste so verstanden, dass der Beifahrersitz für sie keine Option war. Als sie Platz genommen hatten, schloss er die Tür hinter ihnen. Eine Deckenlampe schaltete sich von selbst ein und tauchte die Rückbank in helles Licht. So hell, dass durch die verdunkelten Scheiben die Welt draußen nur noch schemenhaft wahrzunehmen war. Auch zum Fahrersitz hin war die Rückbank durch eine dunkle Glasscheibe abgetrennt. Durch die konnten sie gerade noch erkennen, wie er sich auf den Fahrersitz setzte und seine Tür schloss. »Wir werden in fünf Minuten da sein«, sagte er durch die Sprechanlage.

Die Limousine setzte sich in Bewegung und schüttelte Mafalda und ihre Freundinnen erst einmal richtig durch, als der Wagen über die Bodenschwellen am Kreisverkehr fuhr. Was vermutlich auch damit zu tun hatte, dass der Fahrer – er hatte sich nicht mit Namen vorgestellt – reichlich grob darüber gefahren war. Mafalda versuchte, durch die Fenster etwas von der Umgebung zu erhaschen. Aber das Licht im Inneren war zu hell, um draußen mehr als vage Konturen auszumachen.

»Wohin fahren wir?«, fragte Lucia, die in der Mitte saß und dadurch noch weniger sehen konnte.

»Ich habe nicht die geringste Ahnung«, antwortete Mafalda und schaute ratlos über die beleuchteten Tasten über dem Türgriff, von denen eine vermutlich die Scheibe geöffnet hätte. Aber sie wusste nicht, welche, und traute sich nicht, einen der Knöpfe auf Verdacht zu drücken. Mehr als ruppiges Links- und Rechtsabbiegen bekamen sie von der Fahrt nicht mit. Wobei die Liste der auf dem Lido mit dem Auto erreichbaren Ziele überschaubar war: Die Landzunge war nur elf Kilometer lang und kaum mehr als einen Kilometer breit. Sich hier überhaupt ein Auto mit Chauffeur zu leisten war ein komplett überflüssiger Luxus.

Wobei Lucia bei komplett überflüssigem Luxus vollständig in ihrem Element war. Sie hatte sich weit nach hinten in die weiche Lederpolsterung des Wagens gelehnt, während Alma und Mafalda links und rechts von ihr sich krampfhaft am Griff über der Tür festhielten und immer noch versuchten, nach draußen zu schauen. Irgendwann fuhr die Limousine langsamer, bog in eine Kurve und blieb stehen. Mafalda hörte, wie der Fahrer ausstieg, um das Auto herumging und die Tür sich darauf sanft elektrisch öffnete. Sie erhob sich von ihrem Sitz, stand auf, blieb jedoch sofort wieder stehen, ohne sich einen Millimeter weiter zu bewegen. »Willst du nicht weitergehen? Wir möchten auch aussteigen!«, drängte sie Lucia von hinten. Doch Mafalda stand wie angewurzelt da und setzte keinen Fuß mehr vor den anderen.

»Das kann nicht sein«, stammelte sie immer wieder.

»Wovon sprichst du?«, fragte Alma besorgt aus dem Wagen heraus. »Jetzt ... jetzt ergibt das alles Sinn«, flüsterte, ja hauchte Mafalda weiter.

»Für mich würde es jetzt vor allem Sinn ergeben, wenn du mich rauslässt!« Lucia wurde langsam ungehalten, weil sie schon so lange in der Hocke im Fonds der Limousine stand.

Mafalda ging zögerlich einen Schritt weiter, hielt sich aber immer noch an der Wagentür fest. »Ich hätte gleich darauf kommen müssen«, sagte sie, »als mich dieser Mann von den Glasfälschern zu ihr eingeladen hat.«

»Zu wem?«, fragte Alma aus dem Wageninneren. Von ihrem Sitz aus, an Lucia vorbei, konnte sie immer noch nichts sehen.

Lucia schon. Sie stieg aus dem Wagen aus, richtete sich Kleid und Kette und schaute dann nach oben. »*Bravo*«, sagte sie nur. Sie hatte verstanden.

Die Limousine hatte sie nicht zu irgendeinem Platz auf dem Lido gefahren. Sie hatte sie direkt vor dem Flugplatzgebäude bei San Nicolò abgesetzt. Genau da, wo Mafalda vor sechs Tagen durch den Hintereingang eingedrungen war, nachdem sie den Lastkahn vom Lido verfolgt hatte. Und dabei die Berge von Kisten voll gefälschtem Muranoglas gefunden hatte. »*Bravo*«, wiederholte Lucia noch einmal. »Jetzt wissen wir wenigstens, warum die Rhyner hier ist.« Alma war mittlerweile auch ausgestiegen und schaute schockiert auf die Flugplatzfassade. Hier so schnell wieder herzukommen, damit hatte sie nicht gerechnet.

»Ändert das was an deinem Plan, mit dieser Signora

Rhyner zu sprechen?«, fragte Lucia Mafalda, die immer noch regungslos vor ihr stand.

Die überlegte einen Moment, schluckte und ballte ihre Fäuste um den Griff ihrer Handtasche, die sie mit beiden Händen wie ein Schutzschild vor ihren Körper hielt. »Ich bin hierhergekommen, um ein gutes Wort für Maria einzulegen. Und nur das zählt.«

Anders als bei Mafaldas letztem Besuch stand die Sonne jetzt schon deutlich tiefer, und das spärliche Licht unter den tiefhängenden Wolken hüllte die ganze Gegend in eine düstere Atmosphäre. Aber das mochten auch Mafaldas Nerven sein oder ihre unangenehmen Erinnerungen an den letzten Besuch. Das große Tor stand wieder sperrangelweit offen, und das Pförtnerhäuschen war verwaist. Für die Kontrolle des Zugangs zum alten Flugplatz schien sich niemand besonders zu interessieren. Ganz anders als beim Flugplatzgebäude selbst.

Vor dem Hauptgebäude angekommen, wollte Mafalda instinktiv wieder den Pfad um das Haus herum zum Hintereingang nehmen. Erst nach einigen Metern stoppte sie, drehte sich um und sah in die verwunderten Augen ihrer beiden Freundinnen, die am Haupteingang stehen geblieben und ihr nur mit den Augen gefolgt waren. »*Scusate!* Meine Nerven!«, sagte Mafalda kopfschüttelnd und ging an ihren Freundinnen vorbei auf die mittlere Tür zu, ergriff beherzt den schmiedeeisernen Griff und zog die schwere Glastür auf sich zu.

Drinnen saß die gleiche Frau, die sie bei ihrem letzten Besuch hier so brüsk abgewiesen hatte. Doch anders als damals grüßte sie Mafalda heute mit schockgefrostetem Lächeln schon beim Eintreten. »Signora Cinquetti! Schön, dass Sie es möglich machen konnten!«, sagte sie beinahe grinsend, und Mafalda fragte sich, ob ihr jemand die Mundwinkel hinter den Ohren festgebunden hatte.

»Ich hatte ja um den *Termin* gebeten«, knurrte Mafalda zurück.

Die Frau ignorierte die kleine Spitze und bat Mafalda, ihr ins Gebäude zu folgen. »Signora Rhyner erwartet Sie!«, sagte sie, stellte sich neben den Durchgang in die Haupthalle zwischen den aufgestellten Pappwänden und bedeutete Mafalda, vorwegzugehen.

Mafalda ging, wie gebeten, an ihr vorbei. Doch als Alma und Lucia ihr folgen wollten, hob die Empfangsdame abwehrend die Hand und stellte sich in den Weg. »Nur Sie«, sagte sie rückwärts über ihre Schulter an Mafalda gewandt.

Alma wollte schon lautstark protestieren, doch Mafalda kam ihr zuvor und sagte bestimmt: »Das geht schon in Ordnung. Solange ihr nur in der Nähe seid. Wartet hier auf mich, dann weiß ich, wo ich euch finde.« Alma und Lucia nickten unsicher und gingen nach kurzem Zögern zu den Besucherstühlen hinüber, die man ganz in die Ecke neben zwei Verkaufsregalen eingezwängt hatte. Mafalda und die Empfangsdame verschwanden hinter den Pappwänden im Inneren des Gebäudes.

Lucia ließ sich schnaufend fallen, während Alma noch stehen blieb und den achtzehnflammigen Kronleuchter kritisch begutachtete, den man links vom Schreibtisch der Empfangsdame ungewöhnlich tief auf Brusthöhe aufgehängt hatte, damit er im durch die Tür einfallenden Licht besonders gut zur Geltung kam. »Ein Imitat«, sagte Lucia mit geschlossenen Augen, ohne den Lüster auch nur eines Blickes zu würdigen.

»Bitte?«, fragte Alma erstaunt zurück. Als Kennerin von Kunsthandwerk war Lucia bisher nie in Erscheinung getreten. Sie hatte einen teuren Geschmack. Aber das bedeutete nicht, dass sie automatisch immer dem Hochwertigsten den Vorzug geben würde.

»Ein Imitat«, wiederholte sie. »Schau dir die Farben an! Blass. Ohne Feuer. Ohne Ausstrahlung. Wie der in Jesolo.«

»Meinst du wirklich?«, fragte Alma. Lucia öffnete die Augen und zeigte mit der Hand müde und desinteressiert an dem Leuchter hoch und runter.

»Schau dir doch diese blassen Farben an! Da fehlt jedes Feuer, jedes Charisma. Muranoglas ist viel bunter als dieser Plunder! Und nach dem, was Mafalda uns erzählt hat, lagert hier im Gebäude noch viel mehr davon.« Alma griff mit der Hand nach dem Preisschild, das unter dem Leuchter baumelte. »Da steht aber Original Muranoglas«, sagte sie und drehte das Etikett um. »Und er kostet … oh!«

»Ja, die kosten so viel«, sagte Lucia ungerührt und schloss wieder ihre Augen. »Wenn sie echt sind, jedenfalls. Den hier habe ich aber schon einmal gesehen, fast identisch.« Sie zeigte mit immer noch geschlossenen Augen vor sich mit dem Zeigefinger ins Leere, so als ob sie sich die Szene wieder vor Augen führen wollte. »Bei einem Geschäftsessen mit Francesco letzte Woche, bei einem seiner Freunde. Der war ganz wild darauf, mit seiner Neuanschaffung anzugeben«, sagte sie, und Alma schaute sie erstaunt an. Lucia drehte sich zu ihr, formte mit den Lippen das Wort »falsch« und ließ sich dann wieder gelangweilt in ihren Stuhl zurückfallen. »Ich habe es auf den ersten Blick gesehen«, sagte sie. »Da passte gar nichts. Die Farben, die Formen. Vermutlich war es sogar Pressglas.« Alma schaute sie erstaunt an.

Drinnen hatte die Empfangsdame Mafalda mittlerweile durch die große Halle in das ehemalige Restaurant geführt. Im Eingangsbereich hatte man die Teppiche entfernt, was jeden ihrer Schritte auf dem schwarzen Marmorboden weithin klappernd hörbar machte. Entlang der Seitenwände standen nun finster dreinblickende Kriegerstatuen aus dunklem Stein oder dunkler Keramik, die bei ihrem letzten Besuch noch nicht dagestanden hatten. Mafalda erinnerte sich: Es war ein Politikum gewesen, als die Statuen endlich aus der Halle entfernt worden waren. In der Zeitung hatte es gestanden – Mafalda erkannte einige von den Fotos im *Gazzettino* wieder. Aber alle waren sich einig gewesen, dass die Skulpturen aus der Zeit des Flugplatzbaus schlicht nicht mehr zeitgemäß waren. Signora Rhyner schien das anders zu sehen und hatte sie wieder aus der Abstellkammer holen lassen.

Beim Betreten des ehemaligen Restaurantflügels schaute sich Mafalda irritiert um. Die Kisten, die hier bei ihrem letzten Besuch noch gestanden hatten, waren weggeräumt worden. Dafür hatte man gläserne Vitrinen auf beiden Seiten des langgestreckten Raumes errichtet, in die man einzelne Glasvasen und -skulpturen gestellt hatte. An die Leuchtstoffröhren an der Decke hatte man – reichlich unpassend – Glaslüster gehängt. Die Kisten, die weit mehr als die Handvoll Exponate hier enthalten hatten, waren entweder schon weiterverkauft oder woandershin geräumt worden. Das gesamte Arrangement sollte vermutlich beeindrucken, aber Mafalda konnte nur an die fernöstliche Herkunft des ganzen Plunders denken.

Ganz am Ende des Raums stand gertenschlank, wenn nicht gar spindeldürr, die wieder ganz in Schwarz gekleidete Signora Rhyner. Kerzengerade und komplett starr stand sie da, im bodenlangen Kleid mit einer doppelten Perlenkette als einzigem Schmuck, die Haare glatt und grau, fast weiß, ganz kurz und nach hinten gekämmt, und betrachtete Mafalda mit hochmütiger Miene. »Ich freue mich, dass Sie unserer Einladung folgen konnten!«, begrüßte Elisabeth Rhyner Mafalda schon von Weitem mit immer noch komplett regungslosem Gesicht, das entgegen ihrer Worte nicht den geringsten Anflug von Freude ausdrückte.

»Ich hatte ja darum gebeten«, antwortete Mafalda kurz und ging auf Signora Rhyner zu.

Die Empfangsdame hatte sich nach einem kaum merklichen Nicken von Frau Rhyner schon wieder zurückgezogen. Anstelle eines Handschlags zur Begrüßung und Reaktion auf Mafaldas weit ausgestreckte rechte Hand deutete Elisabeth Rhyner mit ihrer Rechten auf ihren in der Ecke aufgestellten Schreibtisch und ging vorweg zu ihrem Stuhl, um sich zu setzen. Mafalda blieb nur, ihre Hand wieder zurückzunehmen und sich auf den Besucherstuhl vor dem Schreibtisch zu setzen.

Die Fensterfront hinter dem Schreibtisch war der einzige Bereich im ganzen Gebäude, wo man die blickdichten Baumwollvorhänge wieder entfernt und so den Blick nach draußen aufs Flugfeld freigegeben hatte. Dabei hätten die sich gespenstisch dunkelblau-schwarz über dem Lido und hinter Signora Rhyner auftürmenden Gewitterwolken auch gut von einer Fototapete als Kontrast zu der davor im eiskalten Neonlicht noch blasser wirkenden Elisabeth Rhyner dienen können.

Mafalda schaute sich nochmals im Raum um, ließ ihren Blick über die Reihe der Leuchter und Vasen gleiten, die unter der nicht mehr ganz zeitgemäßen Neonbeleuchtung vor sich hindämmerten. Zusammen mit dem gedämpften Licht von draußen und dem durchaus in die Jahre gekommenen Gebäudekomplex wirkte die ganze Szenerie auf sie eher so, als wenn hier jemand dringend Staub wischen und durchfeudeln müsste. Rechts vom Schreibtisch hing immer noch das Ölbild des Glatzkopfs mit dem grauen Backenbart, das ihr beim letzten Besuch hier erst Angst eingejagt und das sie dann leicht schief zur Seite geschoben hatte. Es hing immer noch schief, wie sie zufrieden bemerkte. Signora Rhyner hatte Mafaldas Blick gesehen und sagte kühl: »Mein verstorbener Gatte. Ihm verdanke ich mein Vermögen.«

Sie blickte wieder über den Schreibtisch hinüber zu Elisabeth Rhyner. Oder hinauf, wie es passender hätte heißen müssen, denn entweder war Signora Rhyner auch im Sitzen außerordentlich groß, oder der Besucherstuhl war bewusst niedrig gehalten, um dem Besucher von Anfang an klarzumachen, wer hier das Sagen hatte. »Sie wünschen?«, eröffnete Elisabeth Rhyner direkt, in akzentfreiem Italienisch und ohne weitere Umschweife die Konversation. Wenn man überhaupt von Unterhaltung reden konnte, denn ihre wenigen einsilbigen Sätze ließen komplett ausgeschlossen erscheinen, dass jemand sie jemals als schwatzhaft bezeichnen könnte.

»Ich wünsche …«, begann Mafalda zögerlich, händeringend nach Worten suchend, um die Unterhaltung in dieser unterkühlten Atmosphäre zum Laufen zu bringen. »Sie haben mein Haus gekauft«, sagte Mafalda schließlich, und Elisabeth Rhyner nickte stumm. »Und haben meiner Nachbarin gekündigt.«

Nachdem Mafalda einige Sekunden nichts Weiteres gesagt hatte, nahm Elisabeth Rhyner dies als Anzeichen, dass auch nichts weiter folgen würde, und antwortete kurz: »Wir haben eine profitablere Möglichkeit gefunden, die Immobilie zu verwerten.«

Die Worte »Profitabel« und »Verwertung« rauschten nun durch Mafaldas Kopf, und sie wusste nicht, was sie dazu sagen konnte. Schließlich fand sie Worte: »Aber Maria, meine Nachbarin, wohnt seit fast einem Vierteljahrhundert da!«

»Ohne gültigen Mietvertrag. Weshalb wir dem jetzt ein Ende setzen«, sagte Elisabeth Rhyner kalt nickend. »Weshalb *ich* dem jetzt ein Ende setze«, fügte sie an und schaute Mafalda fest in die Augen.

»Aber es ist ihre Wohnung! Ihr Zuhause!«, antwortete Mafalda leise und fast flehentlich. Die eiskalte Regungslosigkeit von Elisabeth Rhyner begann sie einzuschüchtern.

»Und es ist mein gutes Recht, aus der von mir erworbenen Immobilie den maximalen Profit zu ziehen«, sagte sie wiederum nickend und griff sich mit der rechten Hand unter ihr Kinn.

»Ohne Rücksicht auf Verluste?«, fragte Mafalda, immer leiser werdend.

»Nicht meine Verluste, jedenfalls«, antwortete Frau Rhyner, zum ersten Mal mit einem Anflug von Lächeln auf den Lippen. »Nicht meine Verluste.«

»Könnte nicht … könnte nicht eine Freundin Ihnen das Haus abkaufen?«, fragte Mafalda freundlich lächelnd. Gefragt hatte sie Lucia nicht, aber immerhin war das eine gangbare Möglichkeit, wenn Lucia oder vielmehr Francesco zustimmen würden.

»Wie ich bereits sagte, habe ich Pläne für die Immobilie« war die kalte Antwort. »Aber Maria wohnt hier schon seit einer Ewigkeit. Und die anderen auch … Emilia …« Mafalda fing an zu stottern, ihr wollten keine Namen einfallen. »Die anderen auch, die gehören alle zu unserem Inselleben auf Murano. Jede und jeder Einzelne von ihnen«, sagte sie schließlich.

»Das ist nicht mein Problem«, antwortete Elisabeth Rhyner knapp.

»Nicht Ihr Problem«, echote Mafalda, schaute entgeistert durch den Raum und wunderte sich. Wunderte sich, dass diese Signora aus dem kleinen Bergdorf so kein bisschen Mitgefühl, so kein Quäntchen Einfühlungsvermögen für die Menschen auf Murano zeigte. Sie wusste nicht sicher, welche Reaktion sie auf ihre Bitte erwartet hatte. Wobei sie ja noch gar nicht dazu gekommen war, eine Bitte zu äußern. Aber sie hatte in jedem Fall doch auf einen Funken von Verständnis, auf einen Millimeter des Entgegenkommens gehofft. Das, was sie jetzt hier erlebte, ließ sie beinahe sprachlos zurück.

»Was wird denn jetzt aus Marias Wohnung?«, fragte sie schließlich. Denn dass Elisabeth Rhyner noch auf ihre Bitte, Maria dort wohnen zu lassen, eingehen würde, hielt sie mittlerweile für ausgeschlossen.

»Ich denke, ich bin nicht verpflichtet, Ihnen über meine allfälligen Pläne irgendwelche Auskünfte zu geben«, sagte Elisabeth Rhyner, plötzlich ins Deutsche wechselnd, was wohl ihre Art war, die Botschaft zu überbringen, dass dieses Gespräch beendet war. Mafalda verstand nicht alles, aber genug. War sie zuvor zuversichtlich gewesen, bei diesem Gespräch zumindest einen Aufschub für Maria oder auch Emilia erwirken zu können, so waren alle diese Hoffnungen nun zerstoben. Stumm und hilflos sah sie zu, wie sich hinter Elisabeth Rhyner in den Gewitterwolken das erste Wetterleuchten zeigte.

»Und das gilt auch für alle anderen Immobilien, die ich noch auf Murano erwerben werde«, sagte Elisabeth Rhyner zu ihr.

»Sie wollen noch weitere kaufen?«, fragte Mafalda mit weit aufgerissenen Augen, wohl wissend, dass diese Elisabeth Rhyner mit ihrem vielen Geld damit auch jede andere Bleibe für ihre Bekannten und Freunde auf Murano wegkaufen würde, bevor sie überhaupt richtig auf den Markt gekommen waren.

»Glauben Sie denn, ich bin nach Murano gekommen, um auf halbem Wege aus einer sentimentalen Regung aufzuhören?«, sagte sie süffisant lächelnd. Als Mafalda darauf nichts sagte, stemmte sie sich mit beiden Händen auf dem Schreibtisch in die Höhe, lehnte sich nach vorne und sagte, wieder zwischen Italienisch und Deutsch hin und her wechselnd: »Hören Sie zu! Das ist hier kein netter Kaffeeplausch. Meine Mitarbeiter sagen mir, dass Sie jemand sind, der sich überall einmischt, der gerne Ärger macht. *Sie* sind Ärger! Ich rate Ihnen: Stellen Sie sich mir nicht in den Weg! Sonst ...«

»Sonst?«, fragte Mafalda, den Blick auf die pulsierende Ader auf Signora Rhyners Schläfe gerichtet und mittlerweile gefühlt einige Zentimeter kleiner in ihrem ohnehin niedrigen Sessel geworden.

»Sonst werden Sie mich zur Feindin haben. Und glauben Sie mir, das möchten Sie nicht!«, redete Elisabeth Rhyner sich weiter in Rage, weitaus mehr, als man es ihr nach ihrem bis eben noch so emotionslosen Auftreten zugetraut hätte. »Ich werde jedes freiwerdende Haus auf Murano kaufen, wann immer sich eine profitable Gelegenheit bietet!«, sagte sie und zeigte mit der rechten Hand in Richtung Ausgang.

»Bis Ihnen halb Murano gehört und Sie alle Glasboutiquen mit billigen Fälschungen überschwemmt haben?«, fragte Mafalda, die ihren Mut und ihre Sprache wiedergefunden hatte, wutschnaubend mit abschätzigem Blick auf die an den Seiten des Raumes aufgereihten Vasen und Lüster und ganz gegen ihren Plan, in diesem Gespräch immer freundlich, zurückhaltend und überlegt zu bleiben. Eigentlich war sie nur gekommen, um ein gutes Wort für Maria einzulegen, um zu erreichen, dass Maria auch weiterhin in der Wohnung unter ihr wohnen bleiben könnte. Dass Signora Rhyner und die Person, die hinter den Glasfälschungen stand, ein und dieselbe Person waren, das hatte sie erst hier erfahren. Das hatte sie eiskalt erwischt. Aber um Marias willen und wegen dem Wohlergehen ihrer anderen Freunde und Bekannten auf Murano war sie bereit gewesen, das zurückzustellen. Für den Moment jedenfalls.

Mit Mafaldas Konter über ihr Glasgeschäft hatte Elisabeth Rhyner nicht gerechnet. Zufrieden beobachtete Mafalda, wie ihr die Gesichtszüge entglitten. Nur für einen Moment, dann hatte sie sich wieder voll unter Kontrolle. Aber wenigstens eine Gefühlsregung hatte sie ihr entlocken können, wenn auch nicht die erhoffte. Vielleicht wusste die

Dame vor ihr ja doch weniger von dem, was sie in der Bruderschaft besprochen hatten? Vielleicht hatte sie ja gar keine Ahnung, warum genau Mafalda hier herumgeschnüffelt hatte und wie viel sie wirklich wusste?

»Ich wünsche Ihnen noch einen schönen Tag«, sagte die Rhyner kalt und deutete auf die Tür.

Für Mafalda war hier und heute nichts mehr zu holen. Zerknirscht stand sie auf, nahm ihre Handtasche vom Boden, nickte Elisabeth Rhyner zaghaft zu. An ein Händeschütteln zum Abschied war nach der distanzierten Begrüßung und der Auseinandersetzung nicht mehr zu denken. Und Lust, sich zu verabschieden, verspürte sie ohnehin nicht mehr. Schritt für Schritt lief sie den Gang zwischen dem Glasklimbim und den Vasen in Richtung Ausgang entlang. Und dieses Mal kam der ihr viel länger vor, weil sie den abweisenden Blick der alten Rhyner auf ihrem Rücken ruhen spürte. Als sie endlich die Flügeltür erreicht hatte, ging sie nach draußen und ließ die Tür hinter sich laut knallend ins Schloss fallen, dass das falsche Glas in den Vitrinen schepperte. Ohne auch nur einen einzigen Blick hinter sich zu werfen, beschleunigte sie ihre Schritte und durchquerte die halbe Haupthalle in Richtung des Eingangs, wo sie Alma und Lucia warten wusste.

Als Mafalda durch die Lücke in den Pappwänden stürmte, wollte sich die Empfangsdame erheben, doch Mafalda fauchte ihren beiden Freundinnen nur wutschnaubend zu: »*Avanti!* Kommt! Wir gehen!« Und als die beiden sich mit fragendem Blick erhoben, fügte sie hinzu: »Die ist des Wahnsinns! Aalglatt und gefühllos! Gnadenlos!«, und stürmte durch die Tür nach draußen. Lucia und Alma folgten ihr.

»Was ist denn los?«, rief Lucia der auch vor dem Gebäude noch vorweg stürmenden Mafalda hinterher, schwer atmend und sichtbar mit Mühe, Schritt mit ihr zu halten.

»Verrückt! Sie ist komplett verrückt!«, rief Mafalda nochmals schnaufend aus und lief weiter.

Erst ein paar Meter weiter, schon außerhalb des Flugplatzgeländes am Rande des kleinen Kreisverkehrs mit der im Gewitterwind bedrohlich schwankenden alten Pinie in der Mitte, blieb sie stehen, drehte sich um und sagte mit geballten Fäusten: »Ganz Murano will sie aufkaufen, wenn sie die Chance dazu bekommt! Oder zumindest alles, was auf den Markt kommt. Aber zumindest mit dem Glas habe ich sie für einen Moment in die Enge treiben können.« Mafalda stampfte wütend auf dem Boden auf und lief dann ungebremst weiter. »Nicht in den Weg kommen soll ich ihr! Sonst hätte ich sie als Feindin! Und nicht die Spur von Mitgefühl hat sie für Maria und Emilia!«

»Was ist denn mit Emilia?«, fragte irritiert Alma von ganz hinten, denn ihr und Lucia hatte Mafalda noch nichts von ihrer Begegnung mit Emilia am Samstagmorgen in der Bar Il Sole erzählt.

Mafalda schnaufte erschöpft und schaute Alma und Lucia für einen Moment verdattert an. Um sie nicht einzuweihen, dafür war es nun zu spät. »Emilia hat sie auch rausgeschmissen«, sagte sie nach ein paar Momenten verkrampften Luftholens und deutete dabei mit dem rechten Arm auf das Flugplatzgebäude. »Wie Maria. Zu Ende Mai.«

»*Oddio!*«, war alles, was Lucia dazu über die Lippen kam, und Alma schwieg betreten.

»Und auch sie findet keine Wohnung auf Murano«, erzählte Mafalda weiter. »Aber aufs Festland kann sie nicht, weil sie die *bar* dann nicht mehr auf Murano betreiben könnte.« Alma nickte.

»Deshalb hatte sie die *bar* auch die letzten Tage geschlossen. Ich habe sie Samstagfrüh erwischt, wie sie in der Bar Il Sole auf einer Matratze geschlafen hat. Auf dem Boden. Zur Probe, wie sie meinte«, erzählte Mafalda aufgebracht.

»Auf dem Fußboden?«, fragte Lucia erschrocken zurück.

»Auf einer alten Matratze auf den eiskalten Steinfliesen«, sagte Mafalda, nickte und schaute zu Boden.

»Da muss man doch was tun!«, echauffierte sich Lucia. »Vielleicht kann Francesco ihr ja die Häuser abkaufen!«

»Das habe ich ihr schon vorgeschlagen«, sagte Mafalda und zuckte mit den Schultern. »Sie ist nicht mal darauf eingegangen. Und es geht wohl auch um viel mehr Häuser.«

Alma seufzte, schaute dann besorgt in Richtung der tiefschwarzen Wolken hinter ihnen. »Wenn ich euch für den Moment einen Vorschlag machen darf, dann wäre das, schnellstmöglich zum Boot zu gehen.«

Lucia nickte. »Ich hatte irgendwie im Gefühl, dass wir schnell von hier verschwinden wollen, und habe auf Verdacht ein Taxi bestellt«, sagte sie. »Die Überfahrt wird so oder so bei diesem Wetter kein Zuckerschlecken.«

Mafalda blieb kurz stehen und ging dann in Richtung des Taxis weiter. »Vielleicht bleiben wir so wenigstens trocken«, sagte sie. Ihr Widerwillen gegen die »sündhaft teure« Taxibootfahrt hatte sich im Angesicht des nahenden Gewitters in Nichts aufgelöst.

Lucia nickte. »Hier haben wir doch nichts mehr zu tun?«, fragte sie Mafalda.

»*Niente.* Nichts mehr. Gar nichts mehr«, sagte die wutschnaubend, während sie mit den Fäusten und ihrer Handtasche bedrohlich vor sich her fuchtelte.

»Dann lasst uns zum Boot gehen!«, sagte Alma, die mittlerweile zu ihren Freundinnen aufgeschlossen hatte, beide am Arm nahm und in Richtung des kleinen Anlegers zog. »Bevor wir noch komplett durchnässt werden.«

»Das soll ja nicht zur Gewohnheit werden, wenn ich diese Signora Rhyner treffe!«, zischte Mafalda missmutig und ließ sich nur zu gern von Alma zum Hafen ziehen.

23

Den Rest des Ostermontags hatte Mafalda das Haus nicht verlassen. Wie Maria die Tage zuvor hatte sie sich einer Mischung aus Weltschmerz, Hilflosigkeit und Grübelei hingegeben und wollte keine Menschenseele sehen. Ihre Stimmung passte zum Wetter, das immer neue graue Regenwolken bei eisigem Wind über die Lagune peitschte.

Nur mit Ettore hatte sie kurz telefoniert, ihm die Neuigkeiten vom Tage erzählt. »Es ist wirklich eine einzige Person, die hinter dem allen steht«, hatte sie ihm niedergeschlagen erzählt. Der Ärger und die Enttäuschung, dass sie keine Lösung für Maria hatte erreichen können, überdeckte jeden Stolz darüber, dass sie die Puzzleteile zusammengefügt hatte, nach denen Ettore und seine Mitbrüder lange vergeblich gesucht hatten.

»Richtig wundert mich das nicht«, hatte er geantwortet. »Glas oder Immobilien – allzu sehr unterscheidet sich ihr Verhalten beim einen nicht vom anderen. Rücksichtslos. Eiskalt. Und eigennützig.«

»Könnt ihr sie nicht verklagen?«, hatte Mafalda ihn erregt gefragt.

Ettore hatte nur heiser gelacht. »Jetzt wo wir wissen, wer sie ist? Klagen müssten unsere Chefs«, hatte er geantwortet. »Und, Mafalda, das hier ist Italien. Bis wir ein Urteil bekommen, hat sie den Betrieb an ihre Enkel übergeben.«

»Dann müssen wir zur Polizei!«, hatte Mafalda vorgeschlagen.

»In die habe ich das Vertrauen verloren. Die interessieren sich doch gar nicht für unsere Belange.«

Mafalda hatte energisch protestieren wollen. Aber letztlich war das genau das, was ihr auch Pietro schon prophezeit hatte. Keine wirkliche Neuigkeit also. Einsilbig und niedergeschlagen hatten sie das Gespräch beendet.

Einen Tag später, es war mittlerweile Dienstag, und Mafaldas Kühlschrank hatte sich zusehends geleert, ließ sich zumindest ein kleiner Gang über die Insel zum Einkauf nicht mehr vermeiden. Das Wetter hatte sich inzwischen auch wieder etwas gebessert. Es war zwar noch immer weit entfernt von frühlingshaften oder gar frühsommerlichen Temperaturen, aber wenigstens regnete es nicht mehr den ganzen Tag. Mafalda schnappte sich Handtasche und Einkaufsbeutel, warf ihren grünen Mantel über und schlich sich so leise wie möglich durch das Treppenhaus nach unten. Maria heute zu begegnen war für sie ausgeschlossen. Wie konnte sie ihr jetzt gegenübertreten, nachdem sie bei Signora Rhyner rein gar nichts für sie erreicht hatte? Nein, das kam nicht in Frage! Zum Glück unentdeckt schlich sie sich um den am frühen Vormittag komplett ausgestorbenen Campo San Bernardo und bog nach Norden, in Richtung von Susannas *alimentari* ab, zielsicher dem Gewirr der *calli* nach links und rechts folgend.

Als sie an Enzos Apotheke vorbeikam, sah sie im Inneren schon Licht. Irritiert schaute sie auf ihre Uhr. Frühes Aufstehen war die Sache ihres Schulfreundes Enzo eigentlich nicht. Aber wenn sie schon in der Gegend war, dann konnte sie auch schnell auf einen *caffè* und ein motivierendes Gespräch bei ihrem alten Freund einkehren. Mafalda öffnete die Tür, hielt kurz inne und bewegte die Tür mehrmals hin und her, weil das hartnäckige Quietschen verschwunden war, das die Tür seit Jahrzehnten bei jeder Bewegung gemacht hatte. Sie schüttelte den Kopf, ging auf den Tresen zu und wollte schon zur Begrüßung ansetzen, als sie plötzlich stockte.

»*Buongiorno, Signora!* Was kann ich für Sie tun?«, fragte ein ihr unbekannter junger Mann im weißen Apothekerkittel mit kurzen schwarzen Haaren und silberner Nickelbrille auf der sommersprossigen Nase. Mafalda stand mit offenem Mund vor ihm und wusste nicht, was sie sagen sollte.

»*Salve Mafalda!* Darf ich dir Loredano Favero vorstellen?«, hörte sie ihren Freund Enzo sagen, der soeben aus dem Lagerraum hinter dem Verkaufstresen nach vorn getreten war und jetzt seinen Arm väterlich auf die Schulter des jungen Mannes legte. »Loredano wird meine Apotheke übernehmen und auch meine Wohnung. Er hat Pharmazie in Parma studiert. Und seinen Bachelor mit Auszeichnung gemacht«, redete Enzo weiter. Einen gewissen Stolz konnte er nicht verbergen.

Mafalda rang noch immer nach Worten. »Du … du … du hörst auf?«, fragte sie Enzo stotternd. Der wiegte den Kopf hin und her und rieb seine Hände aneinander.

»Nun«, sagte er, »ich nähere mich langsam dem Rentenalter.«

»Du näherst dich seit zwanzig Jahren dem Rentenalter!«, protestierte Mafalda. Als wenn das plötzlich ein Grund wäre!, dachte sie mürrisch. »Du *bist* seit zehn Jahren im Rentenalter«, fügte sie nach kurzer Pause hinzu. »Damit konnte doch jetzt niemand mehr rechnen.«

Wie viele Veränderungen sollten denn bitte noch über ihr Murano hereinbrechen? War es denn zu viel verlangt, auf ein kleines bisschen Beständigkeit zu hoffen? Enzo hatte all die Jahre nie von Pensionierung oder dem Verkauf seiner *farmacia* gesprochen. Irgendwann hatte sie sich darauf eingestellt, dass diese feste Konstante in ihrem Leben … nun ja … konstant bleiben würde. Wider besseres Wissen zwar. Aber was zählt Wissen schon, wenn es um Gefühle und Befindlichkeiten geht?

»Ich höre ja nicht komplett auf!«, versuchte er sie zu beruhigen. »Aber ich möchte auch mehr Zeit für Alma haben, jetzt wo wir …«

»… wie frisch verliebte Teenager über die Insel toben«, fiel ihm Mafalda ins Wort. »Ich habe euch beim Abendessen im Kerzenlicht auf deinem Boot gesehen!« Enzo stockte. Er wusste, dass Mafalda recht hatte. Aber so in Worte gegossen und geradeheraus gesagt, war es ihm doch ein wenig unangenehm. »Wo wirst du denn wohnen, wenn … er …«, fing Mafalda an zu reden, aber ihr war der Name des jungen Mannes entfallen.

»Loredano«, kam Enzo Mafalda zu Hilfe und deutete mit seiner rechten Hand auf ihn und sein Namensschild.

»Wo willst du denn wohnen, wenn Signor Favero deine Wohnung übernimmt?«, fragte sie.

»Bei Alma natürlich«, sagte Enzo nickend. »Sie meint ohnehin, das sei viel günstiger.«

»Viel günstiger!«, echauffierte sich Mafalda, schnaufte laut aus und drehte sich auf dem rechten Absatz im Halbkreis. »Dürfen wir uns dann auf eine Hochzeitsfeier im Schnellrestaurant freuen?«, fragte sie weiter. Wobei sie Enzo und Alma eigentlich alles Glück gönnte. Nur Enzo so unerwartet als Freund und Ratgeber hier in der *farmacia* zu verlieren, das setzte ihr zu. Ab sofort würde es Alma und Enzo nur noch im Doppelpack bei ihnen zu Hause geben. Und keine vertraulichen Kaffeestündchen mehr hier in der Apotheke. Und wenn doch, dann nur mit diesem jungen Mann … sie hatte schon wieder seinen Namen vergessen.

Loredano stand derweil komplett unbeteiligt daneben. An die persönlichen Eigenheiten, die Kauzigkeiten und den Klatsch und Tratsch hier im hinteren Teil von Murano musste er sich erst noch gewöhnen. Und dass das Gespräch zwischen Enzo und Mafalda so schnell ins Private abgeglitten war, war ihm auch ein wenig unangenehm.

»Möchtest du vielleicht einen *caffè* mit uns nehmen?«, fragte Enzo und deutete auf das kleine Sofa im hinteren Teil der Apotheke.

»Ich bin nicht sicher«, antwortete Mafalda unschlüssig. Wobei sie sich eigentlich sicher war, dass sie zwar gerne einen Kaffee trinken wollte – deswegen war sie ja ursprünglich hergekommen –, nur störte sie sich an dem Wörtchen ›wir‹, das Enzo so selbstverständlich gebrauchte und dabei nicht nur sie und ihn, sondern wohl auch Loredano meinte.

Die Aussicht auf einen *caffè* gewann schließlich über ihre Zweifel. Sie nickte und ging in Richtung des Sofas. Auf halbem Wege dorthin stockte sie wieder kurz, als sie sah, dass jemand das alte, vormals geblümte Sofa mit einem mausgrauen Überwurf überdeckt hatte und dass anstelle des abgegriffenen Lehnsessels zwei wenig komfortabel aussehende schwarze Kunstledersessel danebenstanden. Mafalda setzte sich auf das Sofa, vorsichtig tastend, ob sich unter dem Überwurf noch das vertraut weiche Sofa befand. Anstelle den *caffè* zuzubereiten, nahm Enzo in einem der Sessel Platz. Mafalda schaute ihn entgeistert an, war es doch immer ihr gemeinsames Ritual gewesen, dass sie sich auf das Sofa setzte und Enzo auf seinem rostigen Gaskocher mit seiner *caffettiera* den Kaffee zubereitete. Stattdessen hatte er sich gesetzt und zog wie unbeteiligt einen kleinen, ebenfalls neuen Tisch von der Seite in die Mitte zwischen den Sesseln und dem Sofa.

Loredano war indessen hinter dem Vorhang zum Lager verschwunden, wo immer Enzos Gaskocher gestanden hatte – wenigstens dieser Vorhang war noch derselbe. Mafalda, immer noch verunsichert von all den Veränderungen, wollte gerade zu sprechen anfangen, als sie vom Geräusch einer automatischen Kaffeemaschine hinter dem Vorhang übertönt wurde. Erst erschrak sie, dann schaute sie Enzo verwundert an. Doch der hob nur die Hände zur Seite und lächelte sie ein wenig hilflos an. Sprechen hätte er ohnehin nicht können, das Mahlwerk der Maschine hätte alles übertönt.

Loredano kam mit einem silbernen Tablett und drei scheppernden Espressotassen darauf zurück, stellte sie ab und nahm dann ganz selbstverständlich in dem freien Sessel Platz. Mafalda war nicht entgangen, dass auch der alte, blinde Zuckerstreuer durch einen neuen ersetzt worden war. Doch der *caffè* war gut, wie sie gleich beim ersten Schluck bemerkte.

»Signora Cinquetti?«, fragte Loredano.

»*Sì*«, antwortete Mafalda, nicht wissend, worauf er hinauswollte.

»Sind Sie verwandt mit einem Pietro Cinquetti?«, fragte er.

Nun war es an der Zeit für Mafalda, wieder zu lächeln. »Das ist mein Enkel«, antwortete sie freudestrahlend.

Loredano nickte vorsichtig lächelnd. »Ich dachte es mir fast. Wir haben gestern Abend auf Sacca Mattia Fußball gespielt.«

»Er hatte so etwas gesagt«, antwortete Mafalda immer

noch lächelnd, »dass er wieder mit Sport anfangen wollte.«
Alle Cinquetti-Männer verband neben der ausgeprägten Nase und dem schlechten Augenlicht nämlich auch der Hang zu leichten Rettungsringen um die Hüften, ein Familienschicksal, dem Pietro um jeden Preis entgehen wollte.

Danach stockte das Gespräch wieder. Mafalda rutschte unruhig auf dem Sofa hin und her und hielt sich krampfhaft an ihrer längst geleerten Tasse fest. Loredano, der das Unbehagen bei Mafalda spürte und sich in der neuen Konstellation selbst noch nicht sonderlich heimisch fühlte, sprang plötzlich unvermittelt auf. »Ich wollte ja noch zur Post!«, sagte er. Und dann an Enzo gerichtet: »Sie können mich doch ein Weilchen vertreten?«

»*Certo!*«, antwortete Enzo, während Loredano sich eine Collegejacke überwarf und schon fast zur Tür hinaus war.

Enzo drehte sich zurück zu Mafalda, hob seine rechte Hand neben seinen Mund und sagte leise zu ihr: »Er hat eine elektronische Kasse bestellt! Mit so einem Scanner!« Mafalda nickte wissend. »Und die Neonlampen an der Decke will er durch warme Spots ersetzen – was auch immer das ist!«, sagte er weiter und schaute dann wehmütig zu der Deckenbeleuchtung über dem Tresen hinüber. »Dabei ist noch keine der Leuchten kaputt!«

»Ich habe mich auch lange gegen mein *telefonino* gesträubt. Aber jetzt will ich es nicht mehr missen!«, sagte Mafalda und strich liebevoll über das *telefonino*, das sie in der linken Hand hielt.

Enzo beugte sich zu ihr vor und redete weiter: »Ich dachte ja an ein bisschen Farbe. Da war der Lack an einigen Ecken ab. Das wusste ich auch. Aber …«

Mafalda ließ ihren Blick über den fehlenden Lack streifen. Der war ihr natürlich nicht entgangen. Auch wenn sie das eigentlich so mochte, weil es ihr vertraut war. »Solange er nicht so einen blitzblanken Nobelschuppen mit Medikamentenautomat daraus macht, wie die vorne an Colonna, dann soll es mir recht sein!«, ereiferte sich Mafalda.

»Du bist schon einmal da gewesen?«, fragte Enzo mit einem Anflug von Eifersucht in der Stimme.

Mafalda schrak auf. »Nur für eine Packung Kopfschmerztabletten! Nicht mehr! Und nur einmal!« Nach kurzer Pause fügte sie hinzu: »Um deine Konkurrenz ein wenig auszuspionieren.«

Mit dieser Erklärung schien sich Enzo zufriedenzugeben. »Es verändert sich so viel auf Murano«, sagte er ein wenig bitter und schaute über seine *farmacia*, die nun nur noch reichlich zwei Monate wirklich seine bleiben sollte.

»Nicht nur hier, wie du weißt«, entgegnete Mafalda bedeutungsschwanger.

Enzo schaute sie fragend an: »Dein Haus?«

»Hat Alma es dir erzählt?«

»Alles bis zum Montagvormittag auf dem Lido. Ist danach noch etwas passiert?«

Mafalda schüttelte den Kopf.

»Schwierige Sache. Und dieser Drachen hat kein bisschen klein beigegeben?«, fragte Enzo.

»Ich sollte ihr besser nicht im Weg stehen, hat sie mir gedroht«, sagte Mafalda schulterzuckend.

»Dabei kannst du das wie keine andere, dich jemand anderem in den Weg stellen!«, sagte Enzo kichernd.

Mafalda hob die Hände und wollte zum Sprechen ansetzen, zögerte dann aber einen Moment. »Wahrscheinlich hast du recht, Enzo. Mich rauszuhalten ist einfach nicht mein Ding«, sagte sie.

»Hat diese Alte nicht irgendeine Schwachstelle? Irgendetwas, an dem ihr sie packen könnt?«, fragte Enzo.

Mafalda wiegte den Kopf hin und her. »So, wie es da drüben auf dem Lido aussieht, will sie länger bleiben. Die hat sich da richtig eingerichtet – mit Schreibtischen und gläsernen Vitrinen.«

»Das hat mir Alma schon erzählt«, antwortete Enzo. »Vielleicht kommst du ja über das gefälschte Glas an sie ran? Deswegen waren wir doch beim ersten Mal drüben?«

Mafalda schluckte kurz. So im Detail hatte sie Enzo gar nicht in die Geschichte einweihen wollen. Geheimnisse zwischen Alma und ihm gab es scheinbar nicht mehr. Sie fasste sich wieder und antwortete: »Da haben wir auch schon dran gedacht«, und rutschte unruhig auf dem Sofa hin und her. »Also ich, nicht wir. Aber ich befürchte, Pietro wird mir die gleiche Antwort geben wie immer, nämlich, dass er nicht einfach irgendwo als Polizist einmarschieren kann, nur weil seine Großmutter etwas gesehen hat oder meint, etwas gesehen zu haben.« Ihr lag ihr Standardspruch »Seinen Großvater hätte das nicht abgehalten!« auf den Lippen, aber der war scherzhaft als Ansporn für Pietro reserviert und nicht für solche Angelegenheiten.

»Sie scheint Geld ohne Ende zu haben«, sagte sie. »Jedenfalls hat sie all ihren Besitz bei Genua und bei sich zu Hause verkauft und ist jetzt besessen davon, halb Murano aufzukaufen.«

»Warum eigentlich?«

»Ja, das weiß ich auch nicht so genau. Sie sprach nur von Profiten und Verwertung. Aber das allein kann es nicht sein«, antwortete Mafalda nachdenklich.

»Ich denke, ihr müsst dahinterkommen, was sie hier wirklich will. Was sie wirklich hierher treibt. Dann könnt ihr sie auch packen«, antwortete Enzo.

Mafalda nickte. »Das oder direkt über das Geld. Aber damit kenne ich mich nicht so aus. Da werde ich wohl Lucia nochmal fragen müssen«, sagte sie seufzend und klopfte mit den Handflächen auf ihre Oberschenkel. »Ich muss los, Enzo. Ich habe noch einige Erledigungen zu machen. Und dank Signor Favero für den *caffè*. Ich war erst skeptisch, ob ich deinen Handgebrühten vermissen würde, aber er hat da wirklich einen guten Geschmack.« Dann rückte sie mit dem Kopf nahe an den seinen heran, zwinkerte und flüsterte: »Die hintere Neonröhre ist übrigens gerade kaputt gegangen.«

24

*M*it Einkaufstüten bepackt bog Mafalda um die Ecke am Fondamenta San Lorenzo und sah Lucia schon von Weitem übertrieben dick eingepackt und mit zwei Schals um den Hals vor der Bar Il Sole sitzen, einen Keramikbecher in den Händen haltend, der wohl heißen Punsch statt der um diese Uhrzeit sonst obligatorischen *ombra* enthielt. »Wir sollten mit diesem Ritual aussetzen, bis es richtig Frühling ist«, rief sie Mafalda statt einer Begrüßung zu und hielt sich fröstelnd mit beiden Händen an ihrem Becher fest.

Mafalda setzte sich, sorgsam einen Stuhl wählend, auf dem sie den Wind im Rücken hatte und nicht im Gesicht. Fast im gleichen Moment stellte ihr Emilia wortlos *caffè* und *ombra* auf den Tisch. Zu mehr Worten fand Emilia den Mut nicht, weil sie nicht wusste, ja, weil sie hoffte, dass Mafalda Lucia nichts von ihrer misslichen Wohnungssituation erzählt hatte. Was freilich nicht der Fall war.

Bevor Mafalda suchend über den *campo* schauen konnte, sagte Lucia schon: »Alma kommt nicht. Sie wollte sich lieber ein wenig hinlegen. Es geht ihr nicht besonders.« Mafalda hätte zu gern noch den üblichen Small Talk mit Lucia betrieben, konnte sich diese Steilvorlage aber nicht entgehen lassen. Genüsslich lehnte sie sich zurück, um den Moment zu genießen, in dem sie ihrer Freundin eine wahre Neuigkeit verkünden konnte. »Oder sie hat Lampenfieber, weil Enzo jetzt bei ihr einzieht?«, sagte sie mit triumphierendem Lächeln.

Lucia setzte sich gerade auf und kniff die Augen zusammen. »Das tut er nicht wirklich?«, fragte sie überrascht zurück.

»Er tut!«, feixte Mafalda und rieb sich die kalten Hände. »Er hat seine *farmacia* an einen jungen Kollegen verkauft. Und seine Wohnung gleich mit.«

»Enzo geht in Rente? Davon hat sie mir gar nichts erzählt?«, sinnierte Lucia, mehr eifersüchtig auf Mafaldas Wissen als wirklich überrascht von der Neuigkeit.

»Ihr habt doch nichts dagegen?«, fragte Angelo von hinten kommend und setzte sich mit seiner halb leergetrunkenen Cappuccinotasse auf den freien Platz am Tisch der beiden.

»*Buongiorno*«, grüßte Lucia ihn ein wenig vergrätzt ob seines plötzlichen Erscheinens. Denn eine Antwort auf seine Frage hatte er nicht abgewartet, sondern sich gleich gesetzt.

»Hallo«, grüßte Angelo abwesend zurück, um sich dann direkt Mafalda zuzuwenden: »Ich habe nochmal einiges über Elisabeth Rhyner herausgefunden und dachte mir, du möchtest es so bald wie möglich hören?«

Mafalda lehnte sich mit ihrem Ombraglas in der Hand im Stuhl zurück, schaukelte das Glas und betrachtete gebannt, wie der Wein im Glas hin- und herschwankte. »Wie du weißt, bin ich im Moment für jeden Hinweis dankbar!«, sagte sie und seufzte laut vernehmbar. Natürlich hatte sie sich mit Pietro am *telefonino* über die Ereignisse des letzten Tages ausgetauscht. Und natürlich hatte sie nicht erwartet, dass diese Neuigkeiten Angelo nicht erreichen würden.

»Dass sie nicht mehr allzu viel Eigenkapital flüssig hat, zum Beispiel«, sagte Angelo listig grinsend.

»Was bedeutet das? Gestern hat sie mir noch gesagt, sie würde alles auf Murano aufkaufen, was sie in die Finger kriegt«, fragte Mafalda verwirrt.

»Das heißt, dass sie wesentlich weniger Geld zur Verfügung hat, zumindest in bar, als wir alle gedacht haben. Und scheinbar auch, als sie selbst denkt. Sie hat praktisch alles verkauft, was sie besaß, bei sich zu Hause und auch drüben in Genua. Und das hat sie in das Glasgeschäft und ihr neues Quartier auf dem Lido gesteckt.«

»Den Flugplatz?«, fragte Mafalda.

»Genau«, antwortete Angelo, »den hat sie gemietet. Und das verursacht hohe Kosten. Das ganze Personal auch.«

»Und was hat das mit meinem Haus hier zu tun?«, fragte Mafalda.

»Die Gewinne aus dem Glasgeschäft steckt sie in die Immobilien hier auf der Insel«, antwortete Angelo.

»Wieso?«, fragte Mafalda, die von solchen Dingen keinerlei Ahnung hatte.

»Geldwäsche!«, platzte Lucia von der Seite dazwischen. Als Mafalda sie erschrocken anschaute, hob sie abwehrend die Hände und sagte: »Frag mich nicht, woher ich so etwas weiß. Aber wenn sie es geschickt anstellt, fragt in ein paar Jahren niemand mehr, woher das Geld für die Häuser kam.«

Mafalda nickte bedächtig, bis sie ein plötzlicher Geistesblitz durchfuhr. »Deswegen Liechtenstein?«, fragte sie Lucia.

Die nickte und sagte: »Wenn sie sich geschickt anstellt, wie gesagt.«

»Und von den Gewinnen aus dem Glasgeschäft kauft sie sich ein Haus nach dem anderen?«, fragte Mafalda Angelo.

Er lehnte sich zurück und lächelte selbstgefällig. »Sie hat. In der Vergangenheit. Aber sie tut es jetzt nicht mehr. Das Geschäft mit dem Billigglas läuft scheinbar mehr als schleppend. Die Händler sind wohl dahintergekommen, woher ihr Glas wirklich kommt, und wollen jetzt nur noch einen Bruchteil des Preises bezahlen«, sagte Angelo grinsend.

Mafalda grinste nicht. Das war ihr alles eine Nummer zu groß. Mit Investments hatte sie sich noch nie befasst, anders als Lucia, die Angelos Vortrag süffisant grinsend angehört hatte.

»Demnach braucht sie dringend neues Einkommen, weil ihr die Kosten davonlaufen?«, fragte Lucia.

Angelo nickte. »Das oder sie muss ihre Ausgaben irgendwie senken«, sagte Angelo. »Die ganzen neuen Häuser hier produzieren erstmal nur Kosten und bringen nichts ein. Und die Bank drüben in San Polo, bei der mein Freund arbeitet, hat wohl schon einen Kredit abgelehnt, weil sie ihr Elternhaus in Bergwald nicht dafür verpfänden wollte. Abgesehen davon hat sie aber nicht mehr allzu viel auf ihren Bankkonten. Zumindest nicht genug, um den großen *palazzo* am Canale degli Angeli zu kaufen, so wie sie sich das vorgestellt hatte.«

»Das wird Francesco gerne hören«, sagte Lucia. »Der hat nämlich auch ein Auge auf den geworfen.«

»Und von diesem Freund, der bei der Bank, von dem hast du diese Informationen?«, fragte Mafalda kritisch, ohne auf Lucia zu achten. Beim Wort »Freund« zeichnete sie mit den Händen kleine Anführungszeichen in die Luft.

»Ja. Aus erster Hand. Sie musste komplett die Hosen herunterl…« Er zögerte einen Moment und redete dann weiter: »Sie musste alles offenlegen. Und trotzdem haben sie den Kredit abgelehnt, wenn sie ihr Elternhaus nicht dazugibt.«

»Wie viel hat sie denn noch flüssig?«, fragte Mafalda nach.

»Es steckt fast alles in den Häusern hier auf Murano. Flüssig hat sie nur noch knapp vierhunderttausend«, antwortete Angelo. »Euro, nicht Franken.«

Mafalda musste tief einatmen. Eine solche Summe hatte sie in ihrem ganzen Leben noch nicht auf ihrem Bankkonto gehabt. Und auch sonst eher selten in Kombination mit dem Wörtchen »nur« gehört.

Lucia dagegen schaute erst abschätzig ins Nichts und begutachtete dann ihre frisch manikürten Fingernägel. Ein Ritual, mit dem sie es nach Mafaldas Geschmack neuerdings übertrieb.

»Und ihr Elternhaus?«, fragte Mafalda.

»Um die sechshundertausend, sagt die Bank. Euro. Wohl nichts Besonderes und etwas abgelegen. Aber sie hängt dran und wollte es nicht als Sicherheit geben«, antwortete Angelo. »Und sie kann maximal die Hälfte ihres Barvermögens einsetzen, weil sie ja noch andere Ausgaben hat.«

»Dann gibt ihr die Bank Kredit bis zu einer Kaufsumme von acht Millionen«, rechnete Lucia laut vor, ohne vorher groß nachdenken zu müssen.

»Wenn sie ihr Elternhaus dazugibt«, sagte Angelo nickend.

»Und ohne das sieht es eng aus, so wie die Preise gerade auf Murano durch die Decke gegangen sind!«, sagte Lucia.

»Sind sie das?«, fragte Mafalda erstaunt.

»Manchmal frage ich mich, in welcher Welt du eigentlich lebst?«, antwortete Lucia belustigt.

»Meine Miete ist seit über zwanzig Jahren unverändert«, sagte Mafalda kleinlaut.

»Dann hast du Glück«, sagte Angelo. »Mehr als Glück, um genau zu sein, denn als Pietro und ich unsere Wohnung gesucht haben, da ging das nur noch über die Vermittlung durch die *Carabinieri*. Ein Kollege von Pietro kennt den Besitzer.«

»Warum macht sie das denn alles, sich so verschulden?«, fragte Mafalda.

»*Cara mia*«, antwortete ihr Lucia in einem eine Spur zu dozierenden Ton, »kein Investor kauft ein Haus mit eigenem Geld. Man gibt immer nur einen kleinen Teil dazu und lässt die Bank den Rest bezahlen.« Dann lehnte sie sich zurück und sagte: »Aber dass sie freiwillig so ans Limit geht, das ist schon sehr eigenartig.«

»Erklärt aber immerhin, warum sie so auf Mafalda fixiert ist«, sagte Angelo. »Sie braucht dringend Einnahmen, frisches Geld. Was sie nicht braucht, ist jemand, der Probleme macht!«

»Ich mache Probleme?«, fragte Mafalda entgeistert. Den Satz hörte sie jetzt mindestens schon zum dritten Mal, erst von der Rhyner selbst und dann von Enzo. Aber innerlich war sie davon so amüsiert, dass sie sich nicht daran satthören konnte.

Angelo musste lachen. »Der Rhyner schon«, sagte er. »Erst wenn Maria aus der Wohnung raus ist, kann sie sie mit Gewinn neu vermieten oder separat weiterverkaufen.«

»Und da komme ich ins Spiel«, sagte Mafalda und klatschte die Hände zusammen.

»Beppe hat jedem, wirklich jedem auf der Insel erzählt, dass du ihm nach seiner Verhaftung letzten Monat geholfen hast«, sagte Lucia. »Der würde dir am liebsten ein Denkmal errichten. Sowas spricht sich rum.«

»Und bei mir hat er sich gar nicht bedankt«, sagte Mafalda milde lächelnd. »Nicht, dass ich es deswegen getan hätte.«

»Für Maria hast du dich schon eingesetzt«, sagte Angelo wild gestikulierend. »Wenn du das auch noch für andere *muranesi* machst, dann hat sie ein echtes Problem!«

Mafalda lächelte ein wenig zufrieden. Sie hatte sich nie als jemanden gesehen, der Probleme macht. Hartnäckig, ja.

Manchmal verbissen, auch. Aber so wie Angelo sie gerade geschildert hatte, gefiel ihr das doch sehr.

»Wenn du ihr Ärger machst, kostet sie das mindestens Zeit. Und vermutlich auch Geld«, erklärte Angelo nochmal. »Denn erst, wenn die alten Mieter raus sind, hat sie freie Bahn, kann die Häuser neu vermieten und verdient neues Geld.«

»Sie will also noch weitere Häuser auf Murano kaufen, die Bank lässt sie aber nicht mehr«, sinnierte Lucia leise vor sich hin.

»Das ist mir zu hoch, mit dem vielen Geld!«, sagte Mafalda und schüttelte energisch den Kopf.

»Dafür hast du ja Freundinnen!«, antwortete Lucia gönnerhaft.

»Was würde ich nur ohne dich tun«, sagte Mafalda, und Lucia nickte, ohne den spöttischen Unterton in der Aussage ihrer Freundin zu hören.

»Man müsste …«, sinnierte Lucia, »man müsste schauen, ob man ihr eine Immobilie schmackhaft machen kann, zu der sie nicht nein sagen kann. Die sie dann aber deutlich teurer kommt als geplant.«

»Und was soll das bringen, außer dass sie dann noch ein weiteres Haus auf Murano besitzt?«, fragte Mafalda.

»Nicht unbedingt ein Haus. Irgendwas, das mit unerwartet hohen Kosten verbunden ist, nachdem sie es gekauft hat. Denkmalschutz oder etwas in der Art. Wenn sie so in die Enge getrieben wird, ist sie vielleicht eher zu Zugeständnissen bereit«, sagte Lucia.

»Das ist mir zu hoch!«, sagte Mafalda noch einmal und verschränkte demonstrativ ihre Arme.

»*Cara mia*, das ist doch ganz einfach«, dozierte Lucia mit einer Mischung aus Engelsgeduld und Gereiztheit. »Jemand muss ihr ein Haus oder ein Grundstück verkaufen, das auf den zweiten Blick unerwartet hohe Kosten verursacht und ihr dadurch kaum Gewinn einbringt. Verlust idealerweise. Dann müsste sie eigenes Geld nachschießen. Aber das hat sie nicht. Dann nicht mehr. Ein Haus oder Grundstück, für das sie alles geben muss, was sie hat, was dann aber wesentlich weniger wert ist, als sie dachte.«

»So wie ein faules Ei?«, fragte Mafalda.

»Wenn du so willst, ein faules Ei, ja«, antwortete Lucia. »Dann kommt sie finanziell in die Klemme und muss andere Häuser verkaufen, um die laufenden Kosten zu bezahlen. Deines vielleicht. Oder gleich alle, wenn das Glasgeschäft weiter schlecht läuft.«

»Und wegen der Sache mit dem falschen Muranoglas, sollten wir ihr da nicht auch noch Probleme machen?«, fragte Angelo. Lucia wippte mit dem Kopf.

»Etwas Druck von allen Seiten kann sicher nicht schaden«, sagte sie.

Doch Mafalda schüttelte energisch den Kopf. »Pietro war da sehr deutlich«, sagte sie. »Er meint, er könne nicht irgendwo reingehen, nur weil seine *nonna* etwas gesehen hat oder nicht. Das dürfe er nicht. Wenn irgendwas von dem Billigglas auftaucht oder jemand Anzeige erstattet, dann wäre das etwas anderes. Aber das kann dauern.«

»Das klingt, als ob sie über ihre Deals mit dem Glas nicht wirklich zu packen ist«, sagte Lucia.

Mafalda schüttelte erneut den Kopf. »Nicht direkt jedenfalls«, sagte sie. »Aber wenn wir ihr bei ihren Immobiliengeschäften ordentlich in die Quere kommen, dann dürfte sich die Sache mit dem Glashandel auch bald wie von selbst erledigt haben.« Das hoffte sie zumindest. Denn für den Moment war das der einzige Weg, wie sie Ettore und ihren Mitbrüdern helfen könnte.

»Wieso eigentlich Murano?«, fragte Lucia und starrte angestrengt auf ihre schon lange geleerte Kaffeetasse. »Ich meine, für das Geschäft mit dem Glas ist Murano naheliegend. Aber die Häuser?«

Angelo zuckte mit den Schultern. »Liebhaberei?«, antwortete er. »Da ist sicher auch eine emotionale Komponente dabei. Oder sie will all ihre Besitzungen in ihrer Nähe haben? Alles schön überblicken können? Wer weiß das schon?«

»Dann fehlt uns immer noch ein faules Ei!«, sagte Mafalda und lehnte sich eher unentspannt zurück, denn dieses Thema lag ihr so gar nicht.

»Ich könnte Francesco fragen«, sagte Lucia vage. Auf Angelos fragenden Blick fuhr sie fort: »Nun, wenn einer von uns sich wirklich mit so etwas auskennt und die nötigen Kontakte hat, dann ist es mein Göttergatte!«

»Sagtest du nicht neulich, Francesco sei komplett gierig und gewissenlos?«, fragte Mafalda süffisant grinsend.

Lucia schaute Mafalda entsetzt an und hob dann verteidigend die Hände nach oben. »Das war nach einem Streit, *dio mio*! Da sagt man halt so etwas!«, sagte sie etwas lauter als zuvor, erst erschrocken, dann hysterisch über sich selbst lachend.

»Jedenfalls könnten wir jetzt vermutlich eine Spur von dieser Gewissenlosigkeit gut gebrauchen!«, sagte Mafalda lächelnd, und Angelo nickte.

»Wir werden sehen«, sagte Lucia, die nun auch lächeln musste. »Ich werde ihn auf jeden Fall fragen.«

25

Ich habe es gefunden! Ich habe dein faules Ei!«, trällerte Lucia triumphierend, als Mafalda ihr nach mehrfachem Klingeln endlich die Wohnungstür aufgemacht hatte. Pietro, der nach der Arbeit auf ein Stück extra für ihn gebackene Baìcoli-Torte und einen *caffè* zu seiner *nonna* gekommen war, saß im Fernsehsessel im *soggiorno* und schaute Lucia irritiert an. Exaltierte Auftritte von ihr war er gewöhnt, dieser hier stellte ihn doch vor etliche Fragen.

»Für die alte Rhyner«, erklärte ihm Mafalda. »Ein Haus, dass sie unbedingt haben will, an dem sie sich dann aber verschluckt. Danach hat sie gesucht.« Dann drehte sie sich zu Lucia um und fragte zur Sicherheit: »Darum geht es doch, oder?«

»Worum denn sonst, *cara mia*?«, trällerte Lucia, die offenbar allerbester Stimmung war. »Francesco besitzt doch Sacca Mattia«, fing sie nach kaum wahrnehmbarer Pause an zu erzählen.

»Der Sportplatz? Hinten auf Murano? Der gehört ihm?«, fragte Pietro irritiert zurück.

»Francesco gehört eine ganze Insel?«, schloss sich Mafalda der Fragerei an.

»Keine Insel! Höchstens eine Halbinsel. In großen Teilen eigentlich ein Sumpf. Fast unbewohnbar. Bis auf die Villa vielleicht. Obwohl das nicht das ist, was im Verkaufsprospekt steht«, sagte Lucia und tänzelte durch Mafaldas *soggiorno* zum Esstisch, wo sie einen der Stühle unter dem Tisch hervorzog und sich seitlich daraufsetzte. Der Begriff »Insel« hatte ihr schon gefallen.

»Meinst du mit Villa die Bruchbude, in der wir uns nach dem Sport umziehen?«, fragte Pietro.

»Bruchbude, Bruchbude …«, sagte Lucia und wedelte abwehrend mit beiden Händen. »Etwas Farbe, etwas Liebe hier und da, und schon wird daraus ein Schmuckstück!«

»Wir duschen seit Monaten nur mit kaltem Wasser!«, protestierte Pietro. »Und wussten nicht, bei wem wir uns beschweren müssen.«

Lucia legte den Kopf zur Seite und sagte: »Bei dem Sportverein, denke ich, der den Platz gemietet hat.«

»Wie kommt Francesco an eine ganze Insel?«, fragte Mafalda immer noch verdattert.

»Halbinsel«, verbesserte sie Lucia. »Halbinsel. Er hat das Grundstück vor dreißig Jahren gekauft und wollte einen Golfplatz daraus machen. Mit allem Drum und Dran. Helikopterlandeplatz, Sauna, Kneippkuren …«

»Eiskalte Duschen gibt es schon«, sagte Pietro und umfasste seine Arme so, als ob er frieren würde.

»… Thalasso, Apartments …«, redete Lucia weiter.

»Francesco wollte Murano in einen Golfplatz verwandeln?«, fragte Mafalda immer noch ungläubig.

»Nur den hinteren Teil. Nur Sacca Mattia. Da ist ja ohnehin nichts außer Gestrüpp und Matsch. *Project Development* nennt man das!«, sagte Lucia. Sie hatte hörbare Probleme mit der Aussprache des hippen englischen Fachbegriffs.

»Um damit noch mehr Touristen nach Murano zu locken?«, fragte Mafalda.

Lucia setzte sich gerade auf, schaute Mafalda streng an und sagte zu ihr: »Mafalda, *cara mia*, du weißt, dass ich den Enthusiasmus, mit dem Alma und du gegen das Luxushotel am Canal Grande di Murano gekämpft haben, nicht geteilt habe!«

Mafalda hob die Hände nach oben und sagte: »Weil Francesco wahrscheinlich wieder ein Teil vom Hotel gehört?«

Lucia schaute säuerlich zur Seite, drehte den Kopf dann wieder zurück zu Mafalda und sagte: »Weil es ab und zu auch schön ist, einen Platz zu haben, zu dem man gehen kann, wenn man nicht nur Pizza oder Pasta essen möchte.«

»Was ist jetzt mit Sacca Mattia?«, hakte Pietro nach. »Ich habe da keinen Golfplatz gesehen. Was ist schiefgelaufen?«

Lucia rutschte unruhig auf ihrem Stuhl hin und her und grübelte, wie sie den folgenden Satz formulieren könnte. »Nun ja, schon bei den Baggerarbeiten für das erste Loch ist man auf Dinge gestoßen ...«

»Dinge?«, fragte Mafalda nach.

»Unschöne Dinge«, wand sich Lucia.

»Was für unschöne Dinge?«, fragte Pietro mit zusammengekniffenen Augen.

Lucia rutschte weiter auf ihrem Platz auf und ab, wedelte mit ihren Händen und sagte dann schließlich nicht mehr trällernd und eine Oktave tiefer als die Flötentöne zuvor: »Arsen!«

»Arsen?«, fragte Mafalda gedehnt und eine Spur zu laut zurück.

»Und Blei«, antwortete Lucia, immer noch nahe am Bassbariton.

»Blei?«, antwortete Pietro kreidebleich. »Wir spielen da Fußball drauf!«

»Arsen, ist das nicht giftig?«, fragte Mafalda besorgt.

»Blei auch«, antwortete Lucia. »Aber nur wenn man gräbt. *Beh* … die Glasbläser mussten ihren Abfall wohl früher irgendwohin verklappen. Und mit der Umwelt hat man es damals nicht so genau genommen«, antwortete sie schulterzuckend. »Das war noch, bevor die in Brüssel sich in alles eingemischt haben.«

»Die ganze Insel ist voller Blei und Arsen?«, fragte Mafalda geschockt.

»Halbinsel!«, parierte Lucia.

»Und was habt ihr damals gemacht?«, fragte Pietro. »Alles wieder zugeschüttet!«, antwortete Lucia ohne einen Anflug von Zweifel oder Schuldbewusstsein.

»Und?«, fragte Mafalda.

»Und gewartet, dass Gras darüber wächst. Im doppelten Sinne«, antwortete Lucia.

»Habt ihr denn nichts unternommen? Nichts saniert?«, fragte Pietro, immer noch einigermaßen fassungslos.

Lucia hob abwehrend die Hände. »Bist du verrückt? Die ganze Insel aufbaggern und sanieren? Das hätte ein Vermögen gekostet!«, sagte sie. »Viel mehr, als den Dirigente für Umweltfragen der Stadt einmal pro Jahr auf einen Luxusurlaub einzuladen.« Sie schaute etwas sauertöpfisch ins Leere und sagte: »Der hat mittlerweile mehr Länder auf der Welt gesehen als ich!«

»Ihr habt die ganzen Jahre lang nichts gemacht? Gar nichts?«, fragte Pietro.

Lucia steckte die Zunge in die Wange, setzte sich etwas gerader und sagte: »Francesco meinte, er hätte beim Kauf etwas überlesen, wegen der Umweltgefahren. Und dass das bei einem Weiterverkauf wahrscheinlich zu einem Problem werden könnte.«

»Also habt ihr gar nichts gemacht und lieber die Beamten von der Stadt bestochen?«, fragte Mafalda, die immer noch nicht glauben konnte, was sie da gehört hatte.

»Zu Urlauben eingeladen! Nur zu Urlauben eingeladen! Gefälligkeit gegen Gefälligkeit. Ganz Italien funktioniert so, *cara mia!*«, sagte Lucia ohne jegliches Quäntchen Selbstzweifel. Mafalda verdrehte die Augen, und Pietro schaute zur Decke.

»Und wieso sitze ich jetzt überhaupt hier auf der Anklagebank?«, fragte Lucia zurück. »Sacca Mattia ist das faule Ei, das du, Mafalda, gesucht hast!«

»Inwiefern?«, fragte Mafalda verdattert.

Lucia drehte sich leicht auf ihrem Stuhl, schob ihren Kopf nach vorne und sagte leiser, fast vertraulich: »Weil Francesco gehört hat, dass sie nach genau so einem Objekt sucht!«

»Du kannst lauter reden!«, entgegnete Mafalda gereizt. »Das ist mein Wohnzimmer! Wir sind hier unter uns!«

Lucia sagte, nun wieder lauter: »Sie sucht eine Art Hauptquartier. Damit ist sie schon bei allen Maklern vorstellig geworden. Den Flugplatz bei San Nicolò hat sie ja nur gemietet! Das ist unglaublich teuer auf Dauer, und richtig umbauen und renovieren darf sie auch nichts. Und wie viele schlüsselfertige Objekte dieser Art gibt es denn in der Lagune? Auf Murano schon gar nicht.«

»Schlüsselfertig?«, fragte Pietro irritiert zurück, der den heruntergekommenen Bolzplatz von Murano genauer kannte.

»Es gibt schon einmal die Villa!«, antwortete Lucia stolz, schon wieder komplett in den Ton einer Immobilienmaklerin zurückgefallen.

»Da ist überall Schimmel an den Wänden, und der Putz blättert ab!«, protestierte Pietro.

»Wie gesagt ... etwas Farbe, und schon sieht es wieder freundlicher aus«, parierte Lucia. »Und dann gibt es schon einen privaten Hafen und einen Helikopterlandeplatz!«

»Das runde Betonfeld? Da wachsen zwei Meter hohe Bäume heraus!«, sagte Pietro.

»Und das Beste ...«, sagte Lucia unbeeindruckt, »es existiert ein komplett ausgearbeiteter Farbprospekt mit einem vollständigen Plan, wie die Insel ausgebaut werden kann.«

»Ein kompletter Plan?«, fragte Mafalda.

»Man muss eigentlich nur die Daten austauschen. Und die Währung. 1991 gegen heute. Und Lira gegen Euro«, sagte Lucia.

»Und das Ganze ein wenig dem Geschmack der Zeit anpassen?«, fragte Pietro spöttisch lächelnd zurück.

»Das stört die doch nicht!«, ereiferte sich Lucia, »Die ist weit über achtzig. Neunziger Jahre sind topaktuell für sie!«

Mafalda verschränkte die Arme. »Ich verstehe immer noch nicht«, sagte sie. »Was macht Sacca Mattia, diese Halbinsel ...«

»Insel«, verbesserte Lucia.

»Was macht Sacca Mattia zu unserem faulen Ei?«

»Ganz einfach!«, erklärte Lucia. »Wir machen ihr das Projekt so schmackhaft, dass sie nicht nein sagen kann. Zu einem Preis, den sie sich gerade noch leisten kann!«

»Ich kann dir immer noch nicht folgen«, sagte Mafalda und runzelte die Stirn.

»Und sobald die Verträge unterzeichnet sind, lässt jemand den Dirigente bei der Stadt diskret wissen«, sagte Lucia leise, mit zusammengekniffenen Lippen und mit einem gewissen boshaften Lächeln beim Wort »jemand« auf den Lippen, »dass er statt des Tauchurlaubs im Luxusresort auf Bora Bora eher einen Badeurlaub auf einem Campingplatz in Rimini einplanen soll.«

Mafalda nickte. »Was für eine glückliche Fügung für Francesco und dich!«, sagte sie.

Lucia verschränkte empört die Arme und sagte mit

beleidigtem Unterton: »Willst du jetzt meine Hilfe oder nicht?«

»Und Sacca Mattia würde dann saniert werden?«, fragte Pietro Lucia vorsichtig. Er war schon einen Schritt weiter als Mafalda.

Lucia nickte. »Das ist unausweichlich«, sagte sie. »Sobald die Stadt darauf aufmerksam wird«, sagte sie weiter und malte beim Wort »aufmerksam« kleine Anführungszeichen mit ihren Händen in die Luft, »sobald man bei der *Città* darauf aufmerksam wird, wird der Eigentümer verpflichtet, alles zu sanieren.«

»Und das ist teuer?«, fragte Mafalda.

»Unfassbar teuer!«, antwortete Lucia und nickte betroffen. »Immerhin reden wir hier von einer ganzen Insel!«

»Und dann muss sie verkaufen?«, fragte Pietro nach.

Lucia nickte. »So wie Europa die Umweltgesetze in den letzten Jahren hochgeschraubt hat«, sagte sie mit leidendem Blick in Richtung Decke, »bekommt sie direkt einen Bescheid, dass sie alles auf eigene Kosten sanieren muss.«

»Und wenn sie das nicht macht?«, fragte Mafalda.

»Dann braucht sie entweder sehr gute Beziehungen in die hiesige Verwaltung ...«

»... die sie als Ausländerin nicht hat?«, vervollständigte Pietro ihren Satz.

Lucia nickte gespielt mitfühlend und sagte: »Die sie als Ausländerin *ganz sicher* nicht hat. Oder die Stadt nimmt die Sanierung in eigene Hände und stellt sie ihr in Rechnung.«

»Wie schnell geht so etwas?«, fragte Pietro.

»Früher hätte das mehrere Jahre gedauert, wenn über-haupt«, sagte Lucia, und die Art und Weise, wie sie früher betonte, klang, als ob sie vom goldenen Zeitalter sprach.

»Und heute?«, fragte Mafalda.

»Wenn Sie nicht innerhalb weniger Tage oder Wochen einen konkreten Plan zur Sanierung vorlegt, stellt die Stadt Zäune auf, sperrt alles ab und lässt sie zahlen«, erklärte Lucia weiter und fügte »Europa!« mit leidender Miene und den gefalteten Händen einer Büßerin hinzu.

»Und wie genau würden wir sie damit in die Enge trei-ben?«, fragte Mafalda, die die Zusammenhänge immer noch nicht verstand.

»Das ist ganz einfach, *cara mia*!«, sagte Lucia herablassend. »Wenn sie die Insel mit all ihrem Geld gekauft hat, also auch mit dem, was sie für ihr Elternhaus bekommt, hat sie danach keinerlei Geld mehr flüssig.«

»Und kann die Sanierung nicht bezahlen. Nicht selbst und schon gar nicht, wenn die Stadt die Sanierung durch-führt«, sagte Pietro nickend.

»*Esatto!*«, sagte Lucia nickend. »Sacca Mattia verkaufen kann sie dann nicht mehr. Sobald die Stadt das mit dem Blei und Arsen öffentlich macht, wird das keiner mehr mit der Kneifzange anfassen wollen.«

»Ein Totalverlust. Plus die Kosten für die Sanierung«, sagte Pietro nickend und mit zunehmender Begeisterung für Lucias Plan.

»Zwanzig Millionen. Mindestens!«, sagte Lucia.

»Und dann?«, fragte Mafalda, immer noch unsicher.

»Um die Verluste auszugleichen, muss sie die anderen Häuser hier auf Murano verkaufen. Schnell, überhastet und vermutlich unter Preis. Im Idealfall auch deines«, sagte Lucia.

»Dann bekommen Maria und ich wieder einen neuen Vermieter?«, fragte Mafalda, für die dieses Detail immer noch viel wichtiger war als der gesamte Plan an sich.

Lucia hielt die Handflächen nach oben und wippte mit dem Kopf. »Nun, die alte Vermieterin wirst du nicht wieder bekommen! Die liegt in einem Kiefernholzsarg auf San Michele!«, sagte sie wenig charmant.

»Was ich nicht verstehe, ist, wie wir sie dazu kriegen, wirklich anzubeißen, Sacca Mattia zu kaufen«, gab Pietro mit zusammengekniffenen Augen zu bedenken. Sie könnte ja auch noch recherchieren oder eigene Untersuchungen anstellen lassen?«

»Dazu hat sie keine Zeit!«, sagte Lucia entschlossen und rutschte nach vorn auf die Stuhlkante. »Wir wissen, wie viel sie ausgeben kann. Aber sie weiß nicht, dass wir das wissen. Und wir machen Druck. Sie hat vierundzwanzig Stunden, um den Deal zu machen. Oder jemand anderes macht ihn.«

»Würde sie nicht misstrauisch werden?«, fragte Pietro. »Ich meine, acht Millionen für eine ganze Halbinsel …«

»Insel!«, verbesserte ihn Lucia.

»Das ist im Vergleich zu einem *palazzo* weiter vorn auf Murano schon sehr günstig?«, fragte Pietro weiter.

»Francesco wird es als Notverkauf darstellen«, sagte Lucia und setzte sich schief auf ihren Stuhl. »Wie gesagt, wenn sie nicht schnell zuschlägt, macht es ein anderer.« Pietro nickte unsicher. »Außerdem sind halb entwickelte Projekte nur schwer verkäuflich. Das ist zwangsläufig preiswerter. Da braucht es jemanden mit Visionen und Weitblick!«, sagte sie, und es war deutlich, dass sie damit sich und Francesco und ihren gemeinsamen Plan vom Golfplatz meinte.

»Arsen und Blei wären da ja nur störend«, bemerkte Mafalda trocken und wurde dafür streng von Lucia angesehen.

»Deshalb der aktualisierte Bauplan von 1991?«, fragte Pietro mit schief zur Seite gelegtem Kopf.

Lucia nickte.

»Und sie soll dann diesen Golfplatz auf Sacca Mattia bauen?«, fragte Mafalda.

»Natürlich nicht!«, sagte Lucia. »Aber sie soll sehen, dass sich da schon mal jemand im Detail Gedanken gemacht hat, was man aus der ganzen Insel machen könnte.«

»Der Halbinsel?«, fragte Mafalda spöttisch, und Lucia nickte sauertöpfisch. »Also kein Golfplatz?«, hakte sie nach.

»*Certo no!* Nach allem, was du uns von deinen Besuchen bei ihr auf dem Lido erzählt hast, hat sie andere Prioritäten«, antwortete Lucia. »Von Murano aus könnte sie ihr Billigglas viel leichter als echtes Muranoglas verscherbeln als vom Lido aus zum Beispiel. Deswegen hat sie ja auch zuerst hier nach einem Hauptquartier gesucht, wie mir Francesco sagte. Nur hat sie das eben leider hier nicht gefunden. Bis jetzt!«

»Also eigentlich ganz einfach«, sagte Mafalda mit einer Miene, die das genaue Gegenteil ausdrückte. »Wir verkaufen ihr deine Halbinsel für einen Preis, für den sie an ihr Maximum gehen muss. Und dann kommt die Stadt und will noch viel mehr Geld von ihr haben, sodass sie alles wieder verkaufen muss. Mit Verlust.«

»Das gefällt mir!«, sagte Pietro diebisch grinsend und rieb seine Handflächen aneinander.

»So kenne ich dich ja gar nicht!«, sagte Mafalda belustigt. »Ist das nicht normalerweise der Moment, in dem du sagst, dass du als *Carabiniere* davon gar nichts wissen dürftest?« Pietro nickte verschämt, musste aber immer noch grinsen.

»Also verstehe ich das richtig«, fragte Mafalda Lucia noch mal. »Sie zahlt für die Halbinsel nicht viel mehr als den Preis für den *palazzo*? Den, für den die Bank ihr die Finanzierung verweigert hat? Eine Schnäppcheninsel gewissermaßen für sie?«

»So langsam kommst du auf den Geschmack, *cara mia*«, sagte Lucia süffisant grinsend. »Es ist wichtig, dass sie ihr Elternhaus als Pfand dazugeben muss. Wie bei dem *palazzo,* wo sie es dann letztlich nicht gemacht hat.«

»Weil sie sonst noch Notreserven hat, wenn sie das Elternhaus nicht verpfändet?«, fragte Pietro, der den Plan eigentlich längst verstanden hatte, zur Sicherheit noch mal nach.

»Das. Und weil Francesco Sacca Mattia nicht komplett verschenken will«, antwortete sie.

»Ist die Halbinsel nicht für Francesco ohnehin wertlos oder sogar ein Minusgeschäft?«, fragte Mafalda zurück.

»Nun, er hat damals eine stattliche Summe für die Insel

gezahlt. Dazu die Inflation, die Steuern und die ganzen Luxusurlaube. Für den Dirigente«, antwortete Lucia.

Mafalda nickte. Und verstand. Ihr faules Ei war gleichzeitig ein Hauptgewinn für den Mann ihrer besten Freundin. »Wenn es die Rhyner von Murano vertreibt, soll es mir recht sein«, sagte sie nach einigem Nachdenken.

»Und wie packen wir das Ganze an?«, fragte Pietro aufgeregt und voller Vorfreude.

»Nun, jemand muss den alten Verkaufsprospekt auf den aktuellen Stand bringen.«, antwortete Lucia.

»Das kann Angelo!«, sagte Pietro.

»Dann müssen wir uns den Laden mal anschauen und ein bisschen auf Vordermann bringen!«, sagte sie weiter.

»Ein bisschen Putzen, ein bisschen Farbe – das bekommen wir hin!«, antwortete Mafalda.

»Und dann lässt Francesco die Insel durch einen befreundeten Makler bei ihr anbieten«, sagte Lucia und hob beide Handflächen nach oben, so als sei dies alles das Einfachste von der Welt.

Lucia schaute fragend in die Runde. »Haben wir einen Deal?«, fragte sie und legte ihre Hand auf die Lehne des Sessels, in dem Pietro saß.

»Deal!«, sagte Pietro und klatschte mit seiner Hand auf die von Lucia.

»Wir werden jetzt nicht schon wieder dieses Händegeklatsche machen!«, protestierte Mafalda. »Am Ende wird das noch zur Gewohnheit!«

»Deal?«, fragte Lucia erneut.

»Ich bin dabei«, sagte Mafalda. »Obwohl ich nicht sicher bin, ob wir damit Maria und mir oder dir und Francesco den größeren Gefallen tun!«

»Also Deal?«, fragte Lucia und ignorierte Mafaldas letzte Aussage.

»Deal!«, sagte sie und schlug ein. Jetzt konnte sie auf einen Schlag Maria und Emilia helfen sowie ihr Versprechen gegenüber Ettore und der Bruderschaft, dass sie ihnen helfen würde, einlösen. Mafalda lächelte zufrieden.

26

*F*rag nicht!«, sagte Alma zu Mafalda, als sie nach längerem Warten endlich in der Tür ihres Hauses am kleinen Rio San Matteo erschien, sich schulterzuckend umdrehte und die Haustür ins Schloss zog.

»Wieso habe ich das Gefühl, dass ›frag nicht‹ in diesem Fall ›frag bitte‹ heißt?«, sagte Mafalda und wedelte mit ihrer Handtasche.

Mit jedem Tag mehr, an dem sich der April in Richtung Mai fortbewegte, trat ein Stück mehr Sommer zutage. Heute sogar so viel, dass Mafalda zum ersten Mal in diesem Jahr mit einem kurzärmeligen, klein geblümten Sommerkleid und nur einer dünnen Strickjacke darüber – für alle Fälle – bekleidet war. Für alle Fälle konnte auf Murano schon heißen, die Kanalseite zu wechseln oder außerhalb der festen Bebauung plötzlich dem ungehindert über die Lagune fegenden Wind ausgesetzt zu sein. Und »außerhalb der festen Bebauung« – diese Beschreibung traf auf die Insel Sacca Mattia wohl zu, diesen kleinen, hässlichen und verwilderten Wurmfortsatz im Nordwesten von Murano, den die meisten *muranesi* wohl nur dem Namen nach kannten, selbst aber niemals da gewesen waren. Und wenn doch, dann nur auf deren vorderstem Teil, wo der Fußballplatz und die Tennisplätze waren.

Mafalda selbst war schon Ewigkeiten nicht mehr da hinten gewesen. Jahre, wenn nicht Jahrzehnte, musste es her sein, als sie ihren Sohn Giuliano dort bei einem Fußballspiel gegen die *Carabinieri* aus Pellestrina angefeuert hatte. Und auch damals schon konnte man weiter als über die Sportplätze am östlichsten Rand nicht hinausgehen, weil der Rest und Großteil der Insel seit Menschengedenken sich selbst überlassen war. Dass dort, wo praktisch nie jemand hinging, Abfälle der auf Murano omnipräsenten Glasbläsereien lagerten, illegale oder zur Zeit ihrer Einrichtung vermutlich sogar legale Mülldeponien voll Arsen, Blei und anderer Umweltgifte, darüber rankten sich schon lange Legenden. Doch waren es nicht mehr als Legenden. Niemand wusste Genaues. Und niemand wollte auch Genaues wissen. Die Altlasten, so sie denn da zu finden waren, schlummerten seit Jahrzehnten und Jahrhunderten unter der dicht mit Bäumen und Sträuchern bewachsenen Insel, und die dort nistenden Vögel schienen sich nicht daran zu stören. Genauso wenig wie die Fischer, die im direkten Umfeld der Insel tagein tagaus ihre Netze auswarfen.

»Gehen wir da lang?«, fragte Alma und deutete mit der Hand auf die Brücke, die den Rio San Matteo an seinem Ende überspannte.

»Das scheint mir der kürzeste Weg zu sein«, sagte Mafalda nickend. »Aber für die letzten Meter hoffe ich auf deine Ortskenntnis. Sonst hätten wir uns ja auch dort treffen können.«

Alma nickte. Doch ihr Nicken drückte nur bedingt die Zuversicht aus, die aus genauem Auskennen entsteht, sondern mehr die Einsicht, dass sie den Weg finden musste, weil Mafalda ihr dabei keine große Hilfe sein würde.

»Ich dachte, du wanderst jede zweite Nacht kreuz und quer über die Insel?«, fragte Alma, die Mafaldas Erzählungen über ihre andauernden Schlafstörungen noch allzu lebhaft in Erinnerung hatte.

»Aber doch nicht dort hinten, auf Sacca Mattia!«, entgegnete Mafalda entsetzt. »Da ist es doch viel zu …«

»Abgelegen?«, fragte Alma lächelnd, während sie sich mit der rechten Hand am Geländer der Ponte San Martino hochzog.

»Dunkel wollte ich sagen«, vervollständigte Mafalda ihren Satz. »Und abgelegen. Auch abgelegen. Da gibt es doch kaum befestigte Wege!«

»Und wenn, dann führen sie nur ins Nirgendwo«, sagte Alma nickend. »Alles Sackgassen!«

»Was ist denn jetzt mit Enzo?«, fragte Mafalda ein paar Meter weiter und schielte verstohlen nach rechts zu Alma hinüber. »Hängt der Haussegen schon schief?«

Alma blieb kurz stehen, fasste Mafalda am Arm und schaute sie verschwörerisch an. »Er rollt die Zahnpastatube nicht auf!«, sagte sie leise, aber mit Nachdruck. »Er drückt immer nur vom Ende nach!«

Mafalda riss den Mund weit auf und klatschte in die Hände. »Dann solltest du dich sofort von ihm trennen! Da führt kein Weg daran vorbei!«, sagte sie mit mühsam ernsthaft gehaltener Miene und ging weiter. Alma fing erst an zu nicken, stutzte dann kurz und schaute ihre Freundin dann unsicher an. »Ihr könntet natürlich auch eine ganz moderne Beziehung führen«, sagte Mafalda und legte den Kopf dabei schief zu Seite. Alma schaute sie unschlüssig an. »Getrennte Zahnpastatuben!«, flüsterte Mafalda Alma zu und zeigte dabei mit dem rechten Zeigefinger unter das rechte Auge.

»Das versteht sich doch wohl von selbst!«, antwortete Alma empört, die immer noch nicht mitbekommen hatte, dass Mafalda sie aufzog. Mafalda zog die Augenbrauen hoch, stöhnte leise und setzte ihren Weg entlang des Kanals fort. Alma war immer noch nicht fertig mit ihren Wehklagen.

»Und denk dir: Er wäscht seine Bunt- und Schwarzwäsche zusammen«, sagte sie im Flüsterton, peinlich betreten.

Jetzt konnte sich Mafalda aller Mühen zum Trotz nicht mehr beherrschen und sagte laut lachend: »Alma, *cara mia*, bei einem Mann seiner Generation solltest du froh sein, wenn er die Waschmaschine bedienen kann! Wenn er die Waschmaschine überhaupt findet!«

»Alles bei dreißig Grad?«, fragte Alma immer noch entsetzt und war mehr als irritiert von Mafaldas aus ihrer Sicht völlig ungerechtfertigtem Lachanfall.

»Bitte zitiere mich nicht damit«, antwortete Mafalda immer noch lachend, »aber in diesem Fall gilt wohl, gewaschen ist gewaschen!«

Alma schaute Mafalda unschlüssig an.

»Sind das all deine Probleme?«, fragte Mafalda lächelnd.

»Ich fand sie schon reichlich gravierend«, antwortete Alma trotzig.

Mafalda schüttelte ungläubig den Kopf. »Mein Salvatore hat Zeit seines Lebens keine Waschmaschine bedient. Erst wollte er es nicht. Und dann wollte ich nicht mehr. Nicht auszudenken, wenn er mir da was verstellt hätte!«, sagte sie im Gehen und drehte ihren Kopf dann zu Alma. »Wenn du mich fragst, klingt Enzo nach einem Hauptgewinn. Er wäscht seine Wäsche selbst.«

Alma wollte protestieren, doch inzwischen waren die beiden an der Ponte de le Terese angekommen, die hier nach links den Kanal überspannte. Bis hierhin kannte sich Mafalda noch sehr gut aus, denn nach rechts ging es zu Susannas *alimentari* und links zu Enzos alter Apotheke und weiter zu ihrem Haus am Campo San Donato. »Müssen wir hier links?«, fragte Mafalda und schaute unschlüssig über das Wasser hinüber zur anderen Kanalseite.

»*No*, erst bei der nächsten Brücke«, sagte Alma und zeigte mit dem rechten Zeigefinger geradeaus. »Links gehen die alten Fabriken bis direkt ans Ufer. Da kommen wir nicht auf direktem Wege durch.«

Mafalda nickte und ging gemeinsam mit Alma weiter. Das Kanalufer am Fondamenta delle Case Nove war absolutes Niemandsland für sie. Das Kanalufer im Anschluss daran war mit hohen Backsteinmauern verbaut, die nur wenige Blicke auf die dahinter vor sich hin bröckelnden

Fabrikhallen aus schweren Glas- und Ziegelsteinen frei gaben.

»In meiner Zeit bei der Jugendhilfe hatten wir mal einen Schützling, der hier gewohnt hat. Wenn er denn mal zu Hause war und nicht hinter Gittern«, sagte Alma und deutete auf einen für Murano seltsam freistehenden dreigeschossigen Wohnblock, der seine besten Zeiten erkennbar schon lange hinter sich hatte. Im Unterschied zum Rest der Insel wucherten hier auf den Grünanlagen Gras und Unkraut. Vielleicht ein Vorgeschmack auf das, was sie gleich auf Sacca Mattia erwartete. »Da vorn, über die kleine Brücke müssen wir!«, sagte Alma und zeigte auf eine kleine stählerne Brücke, die wenige Meter später den Canale di San Donato überspannte.

Mafalda schaute sich irritiert in der ihr unbekannten Gegend um. Die Gassen und Kanäle wirkten hier sehr unwirtlich. Mehr als mannshohe Ziegelmauern versperrten jeden Blick auf die Grundstücke. Fensternischen gab es, aber nur zugemauerte. Auf dem Wohnhaus an der Ecke hatte jemand eine dieser typisch venezianischen Dachterrassen aus hölzernen Rundbalken gezimmert, die wie ein Adlerhorst über den Dachschindeln thronten. Wobei sich Mafalda fragte, welche Aussicht man von dort oben genießen sollte. Denn direkt gegenüber lagen nur eine alte Bootswerft, ein paar sumpfige Kanäle und die wenig ansehnlichen Umkleiden der Sportplätze auf Sacca Mattia. Vielleicht verbarg sich hinter den hohen Ziegelmauern auf beiden Seiten der *calle* ja mehr, als auf den ersten Blick zu vermuten war?

»Da ist es!«, sagte Alma und deutete über die Steinbrücke, die hier über mehrere Stufen und eine später hinzugefügte Rollstuhlrampe Sacca Mattia mit dem Rest von Murano verband. Hinter der Brücke konnte Mafalda schon aus einiger Entfernung die wenig ansehnlichen Baracken erkennen, die als Umkleiden für das kleine Stadion und den Fußballplatz dienten. Links daneben, wo früher einmal die Sportkantine gewesen war, lagen ehemals weiße Plastikstühle wild verstreut auf dem Boden. Mafalda erkannte dunkel die Gebäude, in denen sie Jahre zuvor mit ihrem Sohn gewesen war. Freilich in wesentlich jüngeren Tagen. Sowohl die der Baracke als auch ihre.

»Wenn es die Villa ist, von der ich es denke, müssen wir rechts am Ufer entlang, da wo die Boote festgemacht sind. Geradeaus geht es nur auf die Sportplätze«, sagte Alma und deutete nach rechts.

»Das hat hier alles irgendwie gar nichts mit meiner Vorstellung von einem Golfplatz gemein«, sagte Mafalda kopfschüttelnd.

»Dann solltest du erstmal die Steinhalden dahinter sehen. Da wurde jahrelang der Hausmüll von ganz Murano verklappt!«, sagte Alma. »Und jedes Acqua Alta hat dann einen Teil des Mülls in die Lagune hinausgespült.«

Mafalda nickte betroffen. Wie die meisten *muranesi* hatte sie ihre Müllsäcke immer einmal pro Woche auf dem *campo* vor ihrem Haus deponiert und darauf vertraut, dass die Müllmänner und die Stadt damit schon etwas Vernünftiges anstellen würden. Müllberge im direkten Umfeld ihres Zuhauses, die zudem bei jeder größeren Flut überschwemmt wurden, gehörten nicht zu ihrer Vorstellung von etwas Vernünftigem.

»Ich würde es auch nicht unbedingt eine Villa nennen. Eher ein mittelgroßes Haus«, sagte Alma, während sie schnaufend in der Frühsommersonne vorweglief. »Es liegt hinter dem Fußballplatz. Da hat früher mal eine alte Frau drinnen gewohnt. Aber das ist schon Jahre her. Heute duschen da wohl die Fußballer.«

»Kalt«, sagte Mafalda.

»Wie bitte?«, fragte Alma zurück.

»Kalt. Sie duschen kalt. Das Warmwasser ist schon seit Ewigkeiten kaputt«, antwortete Mafalda. »Pietro hat es erzählt. Er spielt hier immer Fußball mit Enzos Nachfolger in der Apotheke.«

»Loredano?«, fragte Alma.

»Ja, Loredano, genau der«, sagte Mafalda und nickte. »Ich befürchte, er will die ganze Farmacia umbauen. Aber er macht einen ausgezeichneten *caffè*.«

»Dafür habe ich Enzo jetzt häufiger um mich«, sagte Alma, und es war nicht ganz zu deuten, ob sie das als Fluch oder Segen betrachtete.

»*Dio mio!*«, platzte es aus Mafalda heraus. »Dann kauf halt einen Zahnpastaspender!«

»Bitte was?«, rief Alma entgeistert aus.

»Einen Spender! Keine Tube!«, antwortete Mafalda wild gestikulierend. Alma nickte stumm. Aber sie sah nicht so aus, als hätte Mafalda mit ihrem Vorschlag alle ihre Probleme gelöst.

»Hinter der Halle müssen wir links!«, sagte sie und schaute an den bemoosten Betonwänden des Gebäudes zu ihrer Linken hoch. Nach rechts öffnete sich jetzt der Blick über die Lagune bis ganz nach San Francesco del Deserto, und im Vordergrund kreuzte das *vaporetto* von Burano und Mazzorbo nach Murano. Das war jetzt auch gleichzeitig einer dieser Für-alle-Fälle-Momente, in denen Mafalda ihre Strickjacke zuzog und die Ärmel nach unten streifte.

»Was ist das für eine Halle?«, fragte Mafalda. Und fügte nach kurzer Pause noch ein »gewesen« hinzu.

»Irgendwann konnte man da wohl mal Tennis spielen«, sagte Alma nach einigen Momenten des Zögerns. »Als das noch schick war.«

Mafalda nickte verstehend. Aber Tennis war für sie nie etwas gewesen, das schick war. Hinter der Halle bog der Weg nach links ab und gab den Blick auf einen kleinen, versandeten Hafen frei. Weiter hinten, vor einem gräulichen Gebäude mit blinden Fenstern, stand schon Lucia und winkte den beiden euphorisch zu.

»Ist das nicht ein Idyll?«, rief sie schon aus der Entfernung über die Maßen entzückt. Und als sowohl Alma als auch Mafalda nichts sagten und nur entgeistert über den ehemaligen Hafen und das wild wuchernde Unkraut schauten, sagte sie weiter: »Das hat doch *Po-ten-zial*!«

»Du musst es der Rhyner schmackhaft machen und nicht uns!«, antwortete Alma trocken und stieß mit dem Fuß eine leere Bierdose vom Weg seitwärts ins Gebüsch.

»Ich finde es auch ohne das ganze Arsen und Blei schon

ein sehr anspruchsvolles Projekt«, sagte Mafalda und blickte am abblätternden Putz des von Lucia als Villa beschriebenen Wohnhauses hinauf und hinunter.

»Ihr müsst immer so negativ sein«, antwortete Lucia beleidigt und zog eine Schnute. »Ein paar Gärtner hier, ein paar Bautrupps da, und schon sieht das ganz anders aus!«

»Ich würde lieber eine neue Pyramide in Ägypten bauen!«, sagte Alma säuerlich.

»Die stünde dann aber in Ägypten und nicht mitten in der Lagune von Venedig, optimal in der Mitte zwischen der Stadt und Tessera, dem Flughafen«, antwortete Lucia patzig. »Das nennt man *unique selling position*!« Und wie bei allen Fremdwörtern brauchte sie drei Anläufe, um die Worte halbwegs fehlerarm auszusprechen. Alma und Mafalda schauten einander verständnislos an und zuckten mit den Schultern.

»Da unten ist der Hafen«, sagte Lucia und deutete in Richtung des versandeten Tümpels unterhalb des Hauses. »Da könnte man mit wenig Aufwand auch einen Steg für Yachten oder Taxiboote bauen!«

»Ist das da, wo früher die Müllboote angelandet sind?«, fragte Alma spitz und erntete dafür einen bösen Blick von Lucia.

»Vielleicht sollten wir uns das Haus erstmal von innen anschauen?«, versuchte Mafalda zu schlichten.

Lucia zog ein riesiges Schlüsselbund aus ihrer Tasche und ließ einen Schlüssel nach dem anderen durch ihre Finger gleiten. »Einer von diesen müsse es sein, meinte Francesco«, sagte sie angestrengt suchend. Alma ging einfach so auf die Tür zu und drückte die Klinke. Die Tür gab sofort nach und öffnete sich. »Oh!« war alles, was Lucia dazu über die Lippen kam. Vorsichtig schaute sie Alma über die Schulter und zog dann eine überdimensionale Taschenlampe aus ihrer Handtasche, schaltete sie ein und richtete den Lichtkegel ins Innere.

»War das gerade eine Ratte?«, fragte Mafalda, die hinter Lucia und Alma stand und über die beiden hinweg ins Haus blickte.

»Ich habe nichts gesehen«, sagte Alma. »Aber hier ist schon eine Ewigkeit nicht mehr gelüftet worden«, sagte sie ein paar Momente später.

»Francesco hatte hier mal eine Mieterin. Aber die ist vor vielen Jahren gestorben«, sagte Lucia und versuchte immer noch, sich mit der Taschenlampe in der Dunkelheit zu orientieren.

»So wie es riecht, ist sie hier gestorben!«, fauchte Alma garstig und wedelte angewidert mit der Hand vor ihrem Gesicht.

Lucia schob sie zur Seite und ging beherzt durch den kleinen Flur und das dahinterliegende Zimmer auf die mit dunklen Vorhängen verhängte Fensterfront zu, zog an den Gardinenstangen und bewegte die seit langem nicht mehr bewegten Gardinen ruckartig zur Seite. Hinter den nur noch halb durchsichtigen Fensterscheiben kam eine hell beleuchtete Terrasse zum Vorschein, aus deren Mitte ein gut drei Meter hoher Baum spross. »Ist das nicht ganz wunderbar?«, fragte Lucia, nachdem sie sich wieder zu ihren Freundinnen umgedreht hatte, ganz von sich und ihrer Insel eingenommen.

»Halbinsel«, sagte Mafalda, ohne dass Lucia das Wort »Insel« ausgesprochen hätte. Aber in diesem Moment hatte sie Lucias Gedanken förmlich in Neonschrift vor sich lesen können und hatte das Gefühl, ihre Freundin ein wenig in die Schranken weisen zu müssen. Lucias beleidigter Blick zeigte ihr, dass sie mit ihrer Vermutung recht gehabt hatte.

Alma hatte in der Zwischenzeit eine blau-weiße Atemschutzmaske aus ihrer Jackentasche hervorgezaubert und aufgesetzt. Und die ansehnliche Staubwolke, die sich beim Öffnen der Gardinen aus diesen über den ganzen Raum gelegt hatte, machte deutlich, dass das eine sehr gute Idee gewesen war. Alma zog noch zwei weitere Masken aus ihrer Tasche und reichte sie ihren Freundinnen, aber sie lehnten wortlos mit einem energischen Kopfschütteln ab.

»Ist das das Wohnzimmer?«, fragte Mafalda.

Lucia nickte. »Mit der großen Terrasse«, sagte sie. »Die Küche und die Bäder sind im Ostflügel und die anderen Wohnräume im Westflügel«, erklärte sie weiter, und man hatte fast das Gefühl, sie hätte bei diesen Worten einen begeisterten Knicks gemacht.

»Ich habe von außen gar keine Flügel gesehen«, bemerkte Alma trocken und schielte um die Ecke in die bis auf zwei Drittel dunkelbraun gefliese Küche, in der sich ein undurchdringliches Netz aus Spinnweben zwischen den Töpfen und Pfannen ausgebreitet hatte. Gemessen daran, wie diese Küche aussah, war Mafaldas eigenes, zuletzt vor vierzig Jahren moosgrün gefliestes Badezimmer im Vergleich topmodern. Sie rümpfte die Nase, nicht nur des impertinenten Geruchs wegen, und schaute in die andere Richtung. Westflügel hatte Lucia diesen Teil des Hauses genannt.

»Und da drüben sind die Wohnräume?«, fragte sie.

»Ja, aber da ist seit dem Auszug der alten Frau ...«, antwortete Lucia.

»Seit ihrem Tod?«, unterbrach sie Alma.

»... seitdem ist da nichts gemacht worden«, setzte Lucia ihren Satz unbeeindruckt von Almas Einwurf fort. Es klang nicht so, als wenn es ratsam wäre, die seit so vielen Jahren unveränderten Wohnräume zu betreten.

»Und hier wurde etwas gemacht?«, fragte Mafalda und deutete misstrauisch über die mit Schutzbezügen bedeckten Möbel und den Kamin, der mit seinen schwarzen Kohle- und Ascheresten aussah, als hätte jemand ein Barbecue darin veranstaltet.

»Es hat gelegentlich jemand nach dem Rechten gesehen«, antwortete Lucia zögerlich.

»Und dabei die Haustür unverschlossen gelassen?«, hakte Alma kritisch nach.

Lucia seufzte: »Es ist so schwierig, heutzutage zuverlässiges Personal zu bekommen!« Es war den beiden anderen deutlich, dass sie sich in diesem Moment selbst sehr leidtat. Als weder Alma noch Mafalda etwas auf ihre Wehklage sagten, drehte sich Lucia knurrend um und ging auf die doppelflügelige Tür zur Terrasse zu. Sie drehte den Schlüssel, denn aus unerfindlichen Gründen war diese Tür verschlossen, nur die Haustür nicht. Sie drückte die Klinke, aber die Tür wollte sich nicht öffnen. Mehrfach rüttelte sie an Tür und Klinke, doch mehr als wenige Millimeter wollte sich die Tür nicht bewegen. Schließlich warf sie sich wenig damenhaft mit voller Breitseite gegen die Tür, die sich angesichts dieses massiven Anschlags unter lautem Quietschen öffnete. »Etwas Öl für die Scharniere vielleicht«, sagte Lucia und blickte mit Kennerblick an der blinden Tür auf und ab.

»Etwas frische Luft vielleicht!«, rief Alma, stürmte nach draußen und stellte sich in den Schatten des aus der Terrasse sprießenden Baumes.

»Das letzte Mal, als ich hier war, konnte man von der Terrasse aus noch die Lagune sehen«, sagte Lucia und blickte ein wenig enttäuscht über die meterhohen Bäume und Büsche, die direkt vor der Terrasse begannen und ein undurchdringliches Dickicht bildeten, das eher an einen südamerikanischen Mangrovendschungel als an einen zukünftigen Golfplatz in der Lagune von Venedig erinnerte.

»Hast du das letzte Mal, als du hier warst, noch mit Lira bezahlt?«, fragte Mafalda mit kritischem Blick über den Urwald vor ihren Augen.

Lucia klatschte ihre Hände zusammen, drehte sich auf dem Absatz um und schaute voller Tatendrang an der Fassade auf und ab. »Gleich morgen lasse ich meinen Fensterputzer kommen. Dann sieht das alles hier ganz anders aus!«, sagte sie sehr überzeugt von sich. »Und für die Sträucher«, fuhr sie mit einem lässigen Handschwenk über ihre Schulter in Richtung des Urwalds hinter ihr fort, »dafür lasse ich meinen Gärtner kommen!«

»Dafür brauchst du eher einen Bulldozer!«, sagte Mafalda, die immer noch wie gebannt in die Wildnis hinter dem Haus schaute. »Am besten mehrere.«

»Du hast einen Gärtner?«, fragte Alma erstaunt.

»*Naturalmente*«, antwortete Lucia, entgeistert, dass dies überhaupt jemand in Frage stellen konnte.

»Aber dein Garten ist keine hunderfünfzig Quadratmeter groß!«, fragte Alma irritiert zurück. »Außerdem ist die Hälfte davon betoniert.«

»Was genau willst du damit sagen?«, fragte Lucia spitz zurück.

»Lucia würde niemals etwas aus ihrem Umfeld nicht perfekt angemalt und zurechtgestutzt sehen lassen«, unterbrach Mafalda mit diebischem Grinsen, und Lucia wusste nicht, ob sie auf diese Bemerkung nicken oder energisch den Kopf schütteln sollte. Sie entschied sich, Mafaldas Spitze zu ignorieren, und sagte: »Ich werde gleich den Fensterputzer anrufen. Und ja, Alma, auch den Gärtner!«

Als Lucia sich mit ihrem *telefonino* etwas von den beiden anderen entfernt hatte, beugte sich Alma zu Mafalda hinüber, nahm ihren Mundschutz ab und flüsterte: »Was meinst du? Ich habe arge Zweifel, dass wir diese Hütte so schnell auf Vordermann bringen können.«

Mafalda ließ ihren Blick wenig begeistert über das Gebäude gleiten. »Jedenfalls werden wir jede helfende Hand benötigen, die wir kriegen können.«

»Ich werde Enzo einspannen, dann kann er bei mir zu Hause ...«

»Bei euch zu Hause«, unterbrach Mafalda sie grinsend.

»... bei uns zu Hause«, setzte Alma mit einem Seufzer ihren Satz fort, »bei uns zu Hause nichts anstellen.«

Mafalda nickte. »Ich denke, Anna und Maria werden gerne mitmachen, Pietro und Angelo auch«, sagte sie. »Und vielleicht können die beiden noch ein paar ihrer Freunde mitbringen.«

»Emilia?«, fragte Alma und versuchte krampfhaft, sich die Chefin der Bar Il Sole mit Eimer und Wischmopp vorzustellen, was ihr aber nicht gelang.

»Jede und jeden«, sagte Mafalda und nickte. »Zumindest alle, denen wir vorab von unserem Plan erzählen können. Nicht dass einer noch der Rhyner etwas davon steckt!«

Lucia hatte ihre Telefonate mittlerweile beendet und war zu ihren beiden Freundinnen zurückgekommen. »Der Fensterputzer kommt noch heute Nachmittag«, erzählte sie triumphierend. »Er bringt noch drei Kollegen mit, damit wir morgen hier freie Bahn haben.«

»Und der Urwald da unten?«, fragte Alma und zeigte auf die Bäume und Büsche, die den Blick von der Terrasse versperrten.

Lucia nickte. »Der Gärtner kommt morgen. Mit schwerem Gerät«, sagte sie. »Er spielt wohl öfter hier nebenan Fußball und hatte schon eine grobe Ahnung, was ihn erwartet. Um den Baum auf der Terrasse will er sich heute noch kümmern.«

»Bleibt für uns?«, fragte Mafalda kurz und knapp.

»Entrümpeln, streichen und putzen!«, antwortete Lucia säuerlich. »Ich werde meine Haushaltshilfe mitbringen.«

»Also dann ... morgen früh um neun Uhr?«, fragte Lucia.

»Acht!«, antwortete Mafalda und korrigierte sich dann: »Besser sieben!«

Lucia stöhnte leise. »Wenn es sein muss!«, sagte sie, und sowohl Alma als auch Mafalda war klar, dass mit Lucia trotzdem vor neun Uhr nicht zu rechnen wäre.

27

*C*apricciosa«, sagte Pietro und legte den Karton mit der Pizza auf die Bank an der Kaimauer zur Lagune. Es war schon fast dunkel über dem Wasser. Nur Reste von Tageslicht schienen von Marghera herüber. Aber die Luft war immer noch angenehm warm, wärmer als sie es um diese Jahreszeit so spät am Tag normalerweise war.

Angelo musterte den Pizzakarton und rümpfte gespielt die Nase. »Von Nicelli am Rio dei Vetrai? Die mit dem labberigen Pizzaboden?«, fragte er zurück und fing an zu grinsen. Denn er glaubte offenbar, den Grund für Pietros Umweg beim Pizzakauf zu kennen.

»Die von Nicelli schmeckt mir besser«, antwortete Pietro maulig.

»*Naturalmente*«, sagte Angelo und lachte dabei leise. »Und dass du zwei Extrakilometer für diese Pizza gelaufen bist, hat überhaupt nichts damit zu tun, dass du rot anläufst und wie ein schüchterner Teenager stotterst, wenn du dem knackigen Pizzabäcker da gegenüberstehst?«

Pietro schaute Angelo kurz in die Augen und deutete

dann auf die Pizza. »Es ist *Capricciosa*, deine Lieblingspizza«, sagte er nur.

Aus dem Dunkeln kam Anna, stellte eine Plastikdose mit kleinen Vorspeisen auf die Bank neben den Karton, musterte kurz den Aufdruck und sagte dann kichernd zu Pietro: »Ah, von deinem Lieblingspizzabäcker.« Der machte einen Schmollmund, zuckte dann mit den Schultern und schnappte sich, ohne ein Wort zu sagen, eines der *Cicchetti*, die Anna mitgebracht hatte.

Anna setzte sich auf die Kaimauer, ließ ihre Beine über dem Wasser baumeln und atmete tief durch. »Irgendwelche Neuigkeiten von Nonna Mafalda?«, fragte sie gedehnt.

»Außer dem, was ich dir vor zwei Stunden am Telefon erzählt habe?«, fragte Angelo schmunzelnd.

Anna seufzte, öffnete den Pizzakarton und nahm sich ein Stück davon. »Echt nicht übel«, bemerkte sie nach dem ersten Bissen.

»Meine Rede!«, erwiderte Pietro.

»Also, dass ich das richtig verstehe«, sagte Angelo, »wir reden von der Pizza und nicht von dem Pizzabäcker?« Anna und Angelo kicherten während Pietro die Augen verdrehte und dann leicht beleidigt ins Dunkle auf die Lagune hinausblickte.

Angelo zog ein paar Mappen aus seiner Umhängetasche, die er auf den Boden neben der Bank gestellt hatte. »Ich hab mir die Verkaufsunterlagen für Sacca Mattia mal angeschaut und auf den neuesten Stand gebracht«, sagte er. »Könnt ihr mal drüberschauen, ob da irgendwelche Fehler drin sind?« Pietro nahm Angelo zwei Mappen aus der Hand und reichte eine nach vorn an Anna weiter.

»Ist hier noch Platz?«, fragte Loredano, der sich ihnen unbemerkt genähert hatte.

»Für den Herrn Neuapotheker immer«, antwortete Anna gestelzt und auch ein bisschen erfreut darüber, dass Loredano wirklich ihrer Einladung gefolgt war. »Es gibt sogar eine *Capricciosa* von Pietros Lieblingspizzabäcker.« Bei den letzten Worten schaute sie Pietro lächelnd an, aber der schüttelte nur den Kopf und las angestrengt Angelos Text.

»Ich hab noch zwei alte Stühle bei Enzo auf dem Speicher gefunden«, sagte Loredano und stellte die rostigen Drahtsessel neben die Bank. »Die können wir eigentlich gleich hier stehen lassen.« Er reichte Anna eine Flasche Weißwein und ein paar Plastikbecher aus seinem Rucksack und nahm auf einem der Stühle Platz.

»Riesling. Mit Schraubverschluss. Damit lässt du dich besser nicht von Nonna Mafalda erwischen!«, sagte Anna glucksend, öffnete die Flasche mit geübtem Griff und schenkte ein.

»Warum nicht?«, fragte Loredano arglos.

»Das ist …«, fing Anna an zu reden.

»… eine sehr lange Geschichte«, fiel ihr Angelo ins Wort. »Aber für den Moment könntest du mir helfen und das hier lesen.«

Loredano nahm ihm die Mappe ab, wollte sie schon aufblättern, legte sie dann aber nochmal auf den leeren Stuhl neben ihm und fing an, in seinem Rucksack nach etwas zu suchen. Nach einigem Kramen zog er einen Beutel mit Anti-Mücken-Kerzen aus der Tasche hervor. Er stand auf, platzierte fünf davon um Bank und Stühle auf dem Boden und zündete sie umständlich an. Anna schaute ihm ungläubig dabei zu. Ihr war anzusehen, dass sie sein Verhalten reichlich merkwürdig fand. Eine Zitronenkerze bei ihren abendlichen Gelagen am Lagunenufer aufzustellen, auf diese Idee waren sie bisher noch nie gekommen, auch wenn die kleinen Blutsauger in der Dämmerung schon lästig werden konnten. Fünf Kerzen waren dann doch aber etwas zu viel des Guten.

»Und das ist Francescos Verkaufsprospekt für Sacca Mattia?«, fragte Pietro etwas abwesend und vornübergebeugt, weil er sich im letzten Moment noch ein Stück Pizza aus der Schachtel geangelt hatte.

»Besser. Das ist das, was ich daraus gemacht habe«, sagte Angelo, strich sich zufrieden durchs Haar und ließ sich rücklings auf die schon etwas altersschwache Bank fallen.

Noch bevor Pietro in sein Stück Pizza beißen konnte, griff Anna hinter sich und nahm es ihm kopfschüttelnd aus der Hand. »Du hast mich darum gebeten«, bemerkte sie trocken und nahm einen ersten Bissen. Pietro schaute sie mit traurigen Augen an, während Loredano und Angelo fragende Blicke austauschten. Anna blieb das nicht verborgen. Leise lachend beugte sie sich nach vorn und sagte: »Er hat Angst, er wird dick.«

Angelo schaute Pietro mit weit aufgerissenen Augen an.

»Ach daher dein plötzliches Interesse für Sport«, sagte er. »Fußballspielen auf dem Bolzplatz hinten auf Sacca Mattia klang so gar nicht nach dir.«

»Alle Männer in seiner Familie werden dick«, sagte Anna mit vollem Mund und griff nach ihrem Weinglas.

»Und ich nicht!«, setzte Pietro nach und schaute dennoch sehnsüchtig zum Pizzakarton hinüber.

Anna blickte beiläufig über ihre von Angelo mitgebrachte Mappe und überflog dann hastig die ersten Seiten. »Murano wird zu einem Golfplatz?«, fragte Anna irritiert. »Das hast du mir am Telefon gar nicht erzählt?«

»Nur in Francescos überhitzten Investorenträumen von vor dreißig Jahren«, sagte Angelo grinsend und wackelte dabei mit dem Kopf. »Heute würde man für so etwas niemals eine Genehmigung bekommen. Damals vermutlich auch nicht. Zumindest nicht, wenn man nicht die richtigen Leute kannte.«

Er stellte einen kleinen Lautsprecher auf den Boden vor der Bank und tippte dann auf seinem *telefonino* herum, bis Musik erklang. Nur Sekunden nachdem Angelo den Lautsprecher eingeschaltet hatte, brüllte eine Männerstimme von hinten aus der Dunkelheit: »Macht die Zappelmusik aus, ich will den Abend genießen!«

Angelo verdrehte die Augen, drehte sich nach hinten und rief: »Du hörst doch sonst nichts, Luigi. Wieso jetzt?« Von hinten war nur ein heiseres Lachen zu vernehmen. Angelo bückte sich vor und stellte den Lautsprecher leiser.

»Sacca Mattia ist …?«, fragte Loredano vollkommen

unbeeindruckt von dem eben Geschehenen. Er hatte die ganze Zeit konzentriert gelesen.

»… da, wo wir neulich Fußball gespielt haben«, antwortete Pietro.

»Und das ist wichtig, weil …?«, fragte Loredano, immer noch auf der Suche nach so etwas wie einem roten Faden.

»Weil Nonna Mafalda und ihre Freundinnen sich in den Kopf gesetzt haben, die Insel dieser Rhyner unterzujubeln, die hier alles aufkauft. In der Hoffnung, dass sie sich daran verschluckt.« Anna beugte sich zur Seite und zog ein weiteres Stück Pizza aus dem Karton. »Und in der Hoffnung, dass meine Mutter und ich hierbleiben können«, sagte sie.

»Jemand kauft alle Häuser auf Murano auf?«, fragte Loredano mehr rhetorisch und nippte an seinem Glas. »Das erklärt dann wohl, warum ich einfach keine Wohnung finden kann.«

Pietro schaute ihn erstaunt an. »Ich dachte, du ziehst in Enzos altes Haus?«

»Bis Ende Mai wohnt er da ja selbst noch. Im Moment habe ich ein Zimmer in Cannaregio drüben. Ohne Internet, dafür aber mit Farbfernsehen, wie die Vermieterin immer wieder eifrig betont«, antwortete Loredano seufzend. »Enzos Wohnung ist sehr dunkel und ein wenig feucht. Nicht wirklich ein Schmuckstück.«

»Suchst du was zum Kaufen oder zum Mieten?«, fragte Anna.

»Zum Mieten!«, antwortete Loredano mit Nachdruck.

»Nach dem Kauf der Apotheke bin ich so gut wie pleite. Vielleicht kann ich Enzos Wohnung ja später vermieten.«

»Enzo wohnt doch in der Calle San Giuseppe?«, fragte Pietro.

»Ja, gleich neben dem Glasgeschäft«, antwortete Loredano.

Anna nahm seine Hand. »Du bist noch neu hier, deshalb sei es dir verziehen. Aber ›gleich neben dem Glasgeschäft‹ ist keine sehr präzise Ortsbeschreibung auf Murano!«

Loredano kicherte verschämt. »Nach der Ponte San Martino die zweite rechts. Klein, feucht und kalt und mit sehr niedrigen Decken. Dazu kommt ein Alptraum von einem Badezimmer.«

»Auch das trifft auf halb Murano zu«, sagte Pietro grinsend. »Ich erinnere mich noch sehr gut, was Angelo und ich uns alles anschauen mussten, als wir auf Wohnungssuche waren.« Angelo nickte eifrig.

Anna reichte die Dose mit den Cicchetti zu Loredano an Pietro vorbei, bevor der sich etwas nehmen konnte. »Was ich nie verstanden habe«, sinnierte sie laut, »wieso hat sich Enzo all die Jahre mit so einer kleinen und feuchten Wohnung abgegeben?«

Loredano nickte. »Und die dann noch als Ausweichlager für seine *farmacia* verwendet«, sagte er. Und auf Annas fragenden Blick fügte er an: »Immer, wenn er irgendwo ein vermeintliches Schnäppchen gemacht hat, hat er zugeschlagen und die Sachen in seiner Wohnung gelagert, bis sie in der Apotheke verkaufen konnte. Oder auch nicht. Manches davon ist noch in Lire ausgepreist.«

»*Oddio*, dann weiß ich, warum Alma nie bei ihm vorbeikommen durfte«, sagte Anna.

Loredano grinste. »Es ist alles ein wenig abgewohnt. Freundlich ausgedrückt. Aber die Apotheke hat wohl auch nicht so viel abgeworfen, um da viel zu verändern. Das ist ja einer der Gründe, warum ich sie gekauft habe: Sie war relativ günstig.«

»Nun, wenn du dringend eine Wohnung auf Murano suchst, dann ist der schnellste Weg dazu, dir *das* hier durchzulesen und nach Fehlern zu suchen«, sagte Angelo und zeigte auf die in Vergessenheit geratene Mappe in Loredanos Hand. »Denn nur damit können wir dieser Rhyner Sacca Mattia unterjubeln.«

»Dem leider nur noch im Weg steht, dass Lucias zum Verkauf stehende Villa eher ein abbruchreifes Einfamilienhaus inmitten eines Urwalds ist«, antwortete Pietro.

Loredano schaute interessiert. »Aber wenn der Verkauf durchgeht, muss diese Rhyner das Weite suchen und ihr könnt auf Murano bleiben?«, fragte er Anna.

»Nonna Mafalda hofft es. Und ihre Freundinnen auch«, antwortete Pietro an ihrer Stelle. »Und Angelo hat recht, deine Chancen, eine Wohnung zu finden, dürften dann auch steigen.«

Anna schaute nach draußen auf die Lagune und hielt ihr Weinglas mit beiden Händen fest, ohne zu trinken. In ihren Augen lag eine Spur von Zweifel.

»Bist du anderer Meinung?«, fragte Loredano sie.

Anna zögerte. »Ich bin hier aufgewachsen«, sagte sie. »Ein Teil von mir möchte, dass das hier alles für immer so bleibt. Der Campo San Donato. Mamas Wohnung. Mein Kinderzimmer.«

»Kinderzimmer!«, echote Pietro und wiegte seinen Kopf lächelnd von Seite zu Seite.

Anna winkte ab. Ihr war erkennbar gerade nicht nach Scherzen zumute. »Ein anderer Teil von mir will erwachsen und vernünftig sein. Und dieser Teil sagt mir, dass es sinnvoller wäre, die Wohnung in Mestre zu nehmen, die meine Mutter gefunden hat.«

Angelo lächelte. »Vernünftig? Erwachsen?«, fragte er spöttisch. »So kenne ich dich ja gar nicht!«

Anna lehnte sich zurück und knuffte Angelo mit der rechten Faust gegen den Unterschenkel. »Nur ein Teil von mir!«, sagte sie.

»Würde der andere Teil von dir dann bitte endlich diese Seiten Korrektur lesen, damit dieser Teil seinen Traum vom Lagunenleben weiterträumen kann?«, fragte Angelo ungeduldig.

»Ja doch!«, antwortete Anna gespielt widerwillig, blätterte die Mappe auf und fing an zu lesen.

»Ist der Text neu?«, fragte Pietro.

»Abgetippt«, antwortete Angelo und überflog dabei mit einem Bleistift in der Hand Zeile für Zeile den Text. »Ich musste alles abtippen, weil es nur eine schlechte Kopie auf vergilbtem Recyclingpapier gab. Die Bilder sind alle neu, aus dem Internet. Bis auf die Grafik auf der zweiten Seite.«

Anna blätterte um. »Die, auf der es so aussieht, als würde das Flugzeug direkt auf Murano landen?«, fragte sie kichernd.

»Das soll wohl die gute Verkehrsanbindung demonstrieren«, antwortete Angelo schmunzelnd. »Da waren noch jede Menge andere Formulierungen drin, die musste ich rausnehmen.«

»Wie zum Beispiel?«, fragte Loredano, der Pietro über die Schulter schaute und bei ihm mitlas.

»Wie zum Beispiel, dass Murano von New York aus gut für ein Wochenende Golf spielen zu erreichen ist. Dafür würde einen heute die komplette Umweltbewegung zum Schämen an die stille Treppe schicken.«

»Wenn nicht die, dann ich«, antwortete Anna und las interessiert weiter.

»Da waren also noch mehr Grafiken drin? Im Original?«, fragte Pietro.

»Jede Menge«, antwortete Angelo nickend. »Unter anderem eine Karte mit dicken Pfeilen und der Flugdauer nach Murano. Von New York, London, Tokio, Moskau und Kiew aus.«

»Kiew auch?«, fragte Loredano grinsend. »Das würde Igor sicher freuen.«

»Igor?«, fragte Pietro mit zusammengekniffenen Augen zurück. »Der Stürmer links außen beim Fußball neulich. Oder um es nach deinen Kriterien zu beschreiben: groß, schlank, lange Nase, buschige Augenbrauen und dunkles, lockiges Haar. Er macht hier eine Ausbildung zum Glasbläser und kommt von da.«

»Ich bin gar nicht so oberflächlich …«, fing Pietro an zu protestieren.

»Oh doch, du bist!«, kam ihm Anna zuvor. Angelo deutete belustigt mit seiner rechten Hand erst auf den Pizzakarton, dann an sich auf und ab und nickte dabei vieldeutig grinsend.

»Da gibt es einen Hafen?«, fragte Loredano irritiert und las weiter.

»Mehr eine versandete Bucht«, antwortete Pietro abwesend. »Da haben früher die Müllboote angelegt und den ganzen Dreck an Land abgeladen.«

»Das ist nicht exakt das, was ich im Verkaufstext geschrieben habe«, meinte Angelo feixend.

»Da ist eine Mülldeponie?«, fragte Loredano ungläubig.

»Müll ist auf Sacca Mattia das geringste Problem«, sagte Pietro. »Ich wollte euch das nicht am Telefon sagen. So wie Lucia es geschildert hat, haben die Glasbläsereien früher ihren Abfall dort wild entsorgt. Inklusive Arsen und Blei.«

Diese Nachricht kam für alle drei reichlich unerwartet. »Und da hat nie jemand etwas unternommen?«, fragte Anna entsetzt.

Loredano wurde blass. Erst nach ein paar Momenten fand er seine Sprache wieder. »Blei? Aber da sind Sportplätze? Wir spielen da Fußball?«

»Beruhige dich!«, antwortete Angelo schmunzelnd. »Die haben alles untersucht. Es ist wohl nur gefährlich, wenn man gräbt. Deswegen hat Francesco wohl all die Jahre auf den Ausbau verzichtet.«

»Und jetzt?«, fragte Loredano sichtbar erleichtert.

»Jetzt ist der Plan, Sacca Mattia dieser Rhyner unterzujubeln und sie dann für die Sanierung zahlen zu lassen«, antwortete Angelo.

»Bis vorgestern wusste ich gar nicht, dass das alles Francesco gehört«, sagte Pietro. »Ich hatte mich nur immer gewundert, dass jemand ein so großes Grundstück in dieser Lage nicht bewirtschaftet.«

Anna grübelte. »Jetzt ergibt Nonna Mafaldas Plan auch viel mehr Sinn«, sagte sie.

»Oh, die Idee kam von Lucia«, sagte Pietro und lehnte sich zurück. »Ich war dabei, als sie ihn *nonna* freudestrahlend präsentiert hat. Wenn alles wie geplant läuft, ist Francesco ein paar Sorgen los, und er macht obendrein noch einen kräftigen Gewinn. Das ist es ja, was *nonna* missfällt.«

»Aber?«, fragte Anna zurück.

»Aber das ist für den Moment die einzige realistische Chance, diese Rhyner zu stoppen. Wenn sie Sacca Mattia kauft und erst danach die dort verborgenen Altlasten findet. Und die Immobilien scheinen nicht das einzige Problem zu sein, das *nonna* mit dieser Rhyner hat. Aber sie wollte nicht darüber reden. Da war sie ganz gegen ihre sonstige Art sehr wortkarg.«

»Ist das nicht illegal, so ein Verkauf?«, fragte Loredano.

»Wir sind in Italien. Nicht für Francesco und seine Anwälte«, antwortete Angelo milde lächelnd.

Pietro hob beide Hände hilfesuchend in die Höhe. »So wie ich das sehe«, sagte er, »können wir da nur mitmachen und hoffen, dass es klappt. Oder …«

»Oder?«, fragte Anna.

»Oder einige von uns«, er schaute Anna eindringlich an, »müssen sich darauf einstellen, dass sie demnächst nicht mehr auf einer Insel in der Lagune von Venedig wohnen werden.«

Anna nickte. Sie verstand.

»Was müssen wir tun, damit das nicht so kommt?«, fragte Loredano. Und das »wir« kam ihm ganz natürlich über die Lippen, obwohl er erst wenige Tage auf Murano war.

Pietro schaute ihn beeindruckt an. »So viel Energie und Engagement von unserem Neubürger?«, fragte er überrascht.

»Nun, wenn wir diese Alte …«, begann Loredano.

»Rhyner heißt sie«, unterbrach Anna ihn. »Elisabeth Rhyner.«

»Wenn wir diese Signora Rhyner nicht stoppen, dann finde ich nie eine vernünftige Wohnung auf Murano«, setzte er seinen Satz fort. »Und ich habe nicht die geringste Lust, noch ewig in der muffigen Kammer in Cannaregio zu bleiben.«

Pietros *telefonino* vibrierte. Mit zusammengekniffenen Augen versuchte er, ohne Brille die Nachricht zu entziffern. »*Nonna* braucht Hilfe beim Entrümpeln und Renovieren der Villa auf Sacca Mattia und bittet uns, morgen früh um sieben mit Pinseln und weißer Farbe dort vorbeizukommen.«

»Sieben Uhr morgens?«, fragte Anna und stöhnte leise. »Ich bringe meine Mutter mit. Das hält sie vom Grübeln ab. Außerdem kann sie mich rechtzeitig wecken.«

»Den Vormittag über muss ich leider in der Apotheke die Stellung halten«, sagte Loredano. »Vielleicht klappt's später noch.«

»Dann bis morgen!«, sagte Pietro zu Anna, nahm die geleerte Weinflasche und den leeren Pizzakarton vom Boden auf und wandte sich mit Angelo zum Gehen. Derart frühmorgendliche Aktionen seiner *nonna* waren für ihn nichts Neues.

»Ich habe bei Enzo auf dem Speicher jede Menge Pinsel und Farbe gefunden«, sagte Loredano. »Er muss das Zeug gehortet haben!«

»Perfekt!«, antwortete Angelo. »Das hole ich nachher noch ab, wenn ich darf. Ich denke, Nonna Mafalda und Alma werden ihr gesamtes Putzarsenal mitbringen. Staubwedel, Wischmopps und feuchte Tücher. Und Lucia …«

»Jemand muss das ganze Unternehmen ja auch wohlwollend leiten!«, kam ihm Pietro zu Hilfe.

28

Mafalda wollte ihren Augen nicht trauen, als Lucia Punkt sieben Uhr am Sonntag nach Ostern mit stolzgeschwellter Brust im für den Anlass mehr als ungeeigneten rot-blauen Baumwollkleid und passenden Pumps vor der alten Villa auf Sacca Mattia stand. Dünner Hochnebel hoch am Himmel sorgte für dunstig mattes Licht, und auf den Bäumen und Büschen lag noch Tau. Ganz zu schweigen vom feucht-modrigen Geruch der Lagune, der um diese Jahreszeit allerdings nie so richtig verschwand.

Jedenfalls stand da Lucia, ohne *caffè*, ohne leise zu maulen oder lautstark zu protestieren, im der Witterung nur mäßig angepassten leichten Sommerkleid. Wobei es aus der Entfernung gar nicht so leicht war, sie als Lucia zu erkennen. Denn zum Kleid trug sie ellbogenlange Gummihandschuhe in exakt dem gleichen Rot wie der Stoff ihres Kleides und dem Rotton ihrer frisch nachgefärbten Haare. Aber es war nicht der absonderliche Aufzug, in dem ihre Freundin hier erschienen war, sondern vielmehr der Umstand, dass sie pünktlich, beinahe überpünktlich, so früh am Morgen hier erschienen war, der sie überraschte.

Den Preis für das absonderlichste Outfit würde ohnehin Alma gewinnen, die mit Enzo im Partnerlook in weißen Einmaloveralls mit Schutzbrille und Atemschutzmaske erschienen war. Offenbar primär auf Almas Drängen, denn Enzo schaute mehr als unglücklich durch seine Schutzbrille hindurch, und seine echte Brille darunter lief langsam an vom Schweiß und der Feuchtigkeit in seiner Atemluft. Pietro und Angelo tobten wie kleine Kinder um Lucia herum und spielten eine Erwachsenenversion von Fangen. Sehr zu Lucias Unwillen, wie ihr säuerlicher Blick auf die beiden mehr als deutlich ausdrückte. Die beiden waren in alter Kleidung erschienen, wobei Mafalda bemerkte, dass sich die zerrissenen Jeans so gar nicht von denen unterschieden, die sie auch sonst trugen. Angelo schon immer. Und Pietro zu ihrem großen Leidwesen nun auch.

Hinter der alten Tennishalle kamen nun auch Anna mit Kopftuch und Latzhose und ihre Mutter Maria sowie einige Meter dahinter drei Männer zum Vorschein, von denen der erste seiner Statur und seinem breitbeinigen Gang nach Ettore zu sein schien. Mafalda hatte ihm gestern Abend eine Nachricht geschickt und ihn gebeten, zusammen mit ein paar Mitbrüdern beim Großputz mitzuhelfen. Mit Lucia erschienen war noch ihre Putzfrau Estera, eine bemitleidenswerte, rundliche Frau mit kurzen dunklen Locken und dunkelgrünen Knopfaugen in einem weichen und gänzlich make-up-freien Gesicht, die von ihr tagein tagaus in einer Sprache traktiert wurde, die Lucia für Rumänisch hielt.

»Schickes Rot!«, grüßte Alma Lucia, als sie sich der Villa und Lucia genähert hatte. Aber es war nicht ganz klar, ob sie Kleid, Haare oder Handschuhe damit meinte.

Lucia nickte nur abwesend über das für sie selbstverständliche Kompliment, schaute angestrengt an der Fassade des Hauses hoch und runter und wandte sich dann zu Estera, ihrer Haushaltshilfe. »Wir werden jetzt dieses Haus putzen!«, sagte sie zu ihr mit deutlich erhöhter Lautstärke, jede einzelne Silbe betonend. Als Estera keine Miene verzog, holte Lucia ein kleines Taschenwörterbuch aus ihrer Tasche, blätterte hektisch zu einer mit einem kleinen gelben Klebezettel markierten Seite und wiederholte dann: »Wir Haus putzen.« Wobei sie mit »wir« eindeutig Estera meinte und nicht sie beide zusammen.

Mit dem Ausdruck völliger Erschöpfung wandte sie sich wieder Alma und Mafalda zu. »Ich wüsste nicht, wie ich ohne dieses kleine Rumänisch-Wörterbuch mit ihr zurechtkommen würde! Sie spricht ja so gut wie kein Italienisch!«, sagte sie und fuchtelte dabei wild mit dem Büchlein in ihrer rechten Hand herum.

»Du solltest dich glücklich schätzen, dass du in diesem winzigen Büchlein noch ohne Brille lesen kannst!«, frotzelte Alma borstig zurück.

Neben Ettore waren auch noch Emiliano und Igor von der Fraternità de Vetro gekommen. Als sie näher gekommen waren, hatte Mafalda sie erkennen können. Igor war der junge Glasbläserlehrling, der Mafalda an der Tür in den Saal der Bruderschaft hineingelassen hatte. Mafalda eilte auf Ettore und seine beiden Begleiter zu, um sie zu begrüßen. Nur wie und als wen sie sie den anderen vorstellen sollte, war die Frage, denn schließlich war die Bruderschaft geheim, und Mafalda hatte Stillschweigen geschworen. Ettore schien es nicht anders zu gehen, denn er schaute sie eindringlich an und blinzelte immer wieder zu Lucia und den anderen hinüber. »Das sind drei Freunde, die ich gebeten habe, uns zu helfen«, sagte Mafalda schließlich und hoffte, sich damit aus der Affäre gezogen zu haben. »Schön, dass ihr es einrichten konntet«, flüsterte sie ihnen noch leise zu.

Lucia und Alma beäugten die Männer misstrauisch, denn Freunde von Mafalda, die sie nicht kannten, die gab es eigentlich nicht. Wahrscheinlich hätten sie noch eine Bemerkung gemacht, wenn Enzo sie nicht unterbrochen hätte. Laut schnaufend riss er sich die Schutzmaske vom Gesicht und schimpfte: »*Tesoro*, bei aller Liebe. Ich bekomme kaum Luft unter diesen Dingern. Und falls es dir nicht aufgefallen ist, wir sind die Einzigen, die so eingekleidet sind!«

Alma betrachtete ihn mit einer Mischung aus Vorwurf und Entsetzen. »Wenn du das Chaos da drinnen siehst, wirst du deine Meinung ganz sicher ändern! Mit Feinstaub und Schimmelsporen ist nicht zu scherzen. Du wirst schon sehen!«, sagte sie gouvernantenhaft.

»Sehen ist ein gutes Stichwort«, sagte Lucia und versuchte so die Wogen wieder etwas zu glätten oder zumindest den Zwist zwischen Alma und Enzo zu überspielen. »Der Fensterputzer war gestern schon da. Alle Scheiben sind sauber, und wir sollten dadurch drinnen wieder etwas sehen können. Außerdem wird nachher der Strom eingeschaltet. Folgt mir bitte!«

»Sollten wir nicht noch auf Emilia warten, oder hat sie wieder verschlafen?«, fragte Mafalda.

»Emilia schaut sich eine Wohnung in Pellestrina an. Sie meint, das wäre immer noch besser, als aufs Festland zu ziehen«, informierte sie Alma.

»Pellestrina!«, mokierte sich Mafalda. »Wenn sie in dieses Kaff kurz vor Chioggia zieht, braucht sie auch mindestens eine Stunde bis nach Murano. Dann wird sie die Bar Il Sole nicht vor Mittag aufmachen!«

Wie gestern war die Haustür unverschlossen. Lucia ging voraus, und die anderen folgten ihr. In der Tat fiel heute viel mehr Licht durch die geputzten Fenster als noch gestern bei der ersten Besichtigung. Nicht unbedingt zum Vorteil des Hauses, wie Mafalda betroffen bemerkte. Neben den Wasserflecken an den Wänden und den Rußspuren rund um den Kamin wurden damit auch die Polster der durchgesessenen Stühle beleuchtet, deren Schutzbezüge jemand abgezogen und gedankenlos auf den Boden in die Mitte des Raumes geworfen hatte.

»Haben wir eigentlich einen Plan, wie wir das alles auf Vordermann bringen wollen?«, fragte Mafalda unsicher. Wenn sie bei sich zu Hause putzte, folgte das immer einer geordneten Reihenfolge. Aber hier in der Villa lag schon auf den ersten Blick so viel im Argen, dass sie nicht recht wusste, womit sie beginnen sollte.

»Es muss nur auf den ersten Blick schön sein«, sagte Lucia und drehte nervös an ihrem Ehering. »Und nach dem, was mir Francesco erzählt hat, sollten wir die Bäder und die Wohnräume lieber nicht betreten.«

»Wird das die Rhyner denn auch nicht machen?«, fragte Alma und brachte dabei die Gedanken aller auf den Punkt.

»Es wird keine Besichtigung geben«, sagte Lucia. »Zumindest nicht, wenn wir es verhindern können. Francesco verkauft ihr Sacca Mattia unter Zeitdruck. Ein Notverkauf. Wenn sie nicht schnell zuschlägt, bekommt jemand anderes den Zuschlag, wird er ihr sagen.«

»Was machen wir dann überhaupt hier?«, fragte Angelo verwundert.

»Ein schönes Video machen«, sagte Lucia und zog ihr *telefonino* aus ihrer Tasche. »Denn das ist alles, was sie in der Eile von der Immobilie sehen wird, wenn alles nach Plan geht. Fotos reichen ihr nicht, sie will immer Videos haben. Aber damit die Videos aus der Nähe einen guten Eindruck machen, müssen wir erst entrümpeln, putzen und streichen. Zumindest teilweise.«

»Wer kauft denn eine Immobilie, ohne sie gesehen zu haben?«, fragte Ettore verdutzt.

»Sie hat und sie wird. Hoffentlich«, antwortete Lucia. »Die meisten ihrer Häuser auf Murano hat sie ungesehen gekauft. Nur anhand eines Prospekts und von ein paar Videos, die man ihr hochgeladen hat. So lange ist sie ja auch noch nicht drüben auf dem Lido. Vorher hat sie sich alles nach Hause schicken lassen und dann am Telefon ihr OK gegeben.«

»Mein Haus hat sie sich auch nie angesehen«, erinnerte Mafalda. »Das wurde quasi über Nacht verkauft, direkt nach dem Tod der alten Eigentümerin.«

»Würde sie nicht leicht herausfinden können, dass hier etwas nicht stimmt?«, fragte Angelo nachdenklich. »Ich meine, der Verkaufsprospekt ist auf dem aktuellen Stand, das habe ich erledigt. Aber fast jeder hier kann ihr sagen, dass an dem Grundstück über dreißig Jahre nichts geschehen ist.«

»Fast jeder hier, ja. Aber sie sitzt da drüben allein in ihrem Bunker und kennt niemanden. Sie ist hier überhaupt nicht vernetzt«, sagte Alma. »Und vergiss nicht, dass sie gierig ist und auch dringend ihre Ausgaben auf dem Lido unter Kontrolle bekommen muss!«

»Esatto. Das genau ist Francescos Plan: ihre Gier ausnutzen«, stimmte Lucia ihr zu. »Sie will sich unbedingt hier ausbreiten. Sie sucht händeringend nach einer Art Hauptquartier direkt auf Murano. Sie kennt niemanden vor Ort, der sie beraten kann. Und es gibt kein anderes Objekt in dieser Größenordnung weit und breit.«

Mafalda nickte. So weit hatte sie verstanden.

»Und weil Francesco ihr sagen wird, dass er dringend Geld braucht und Sacca Mattia deshalb so günstig anbietet, wird sie hoffentlich auch keine weiteren Fragen stellen«, erklärte Lucia weiter.

»Und wenn doch?«, hakte Mafalda ein wenig besorgt nach.

»Sie hat vierundzwanzig Stunden Zeit, sich zu entscheiden«, dozierte Lucia und wedelte mit ihrem rechten Zeigefinger in der Luft herum. »Das wird Francescos Bedingung sein. *Sì o no.* Vierundzwanzig Stunden für ein Ja. Und achtundvierzig Stunden, bis das Geld auf seinem Konto ist. Sonst kriegt es jemand anderes.«

»Da bleibt ihr nicht viel Zeit zu recherchieren«, sagte Pietro und nickte.

»Wird sie sich denn auf so ein riskantes Unterfangen einlassen?«, fragte Anna.

»Wenn sie es risikolos haben möchte, hätte sie Reihenhäuser auf dem Festland kaufen können«, sagte Lucia, hielt dabei beide Arme theatralisch zur Seite und zeigte dann schließlich mit dem rechten Zeigefinger auf den Boden. »Aber sie hat sich für Murano entschieden.«

»Wo fangen wir nun an?«, fragte Maria, der das ganze Gerede zu lange dauerte. Sie zog sich Gummihandschuhe über und setzte sich eine Plastikhaube aufs Haar, die sie dem Logo nach wohl von ihrer Arbeit im Hotel hatte mitgehen lassen.

»Am besten, wir verteilen die Arbeit unter uns!«, bestimmte Lucia und zählte still die Anwesenden einen nach dem anderen durch.

Alma beugte sich zu Mafalda und flüsterte ihr zu: »Ich habe auch schon eine grobe Idee, welche Rolle sie sich bei der Verteilung geben wird.«

»Anna, Maria und…«, sagte Lucia und schaute fragend zu Igor.

»Igor«, antwortete der.

»Und Igor. Ihr bringt den ganzen Sperrmüll nach draußen. Töpfe, Vasen, kaputte Möbel, Gardinen und Gardinenstangen. Alles, was hier den Weg versperrt. Vielleicht kannst du die schweren Sachen nehmen, Igor.«

»Das kann ich auch!«, protestierte Anna und schaute über das Gerümpel und die kaputten Möbelstücke im Raum. »Aber wohin bringen wir das alles?«

»Ihr findet schon was«, sagte Lucia. »Nur nicht in Sichtweite des Eingangs!« Lucia schaute beseelt unter den weiteren Anwesenden im Raum herum. Beim Verteilen von Arbeit war sie sichtbar in ihrem Element.

»Estera und ich kümmern uns um die Küche. Mafalda, kannst du das *soggiorno* und den Treppenaufgang putzen?«

Mafalda winkte mit ihrem Wischmopp und nickte.

»Müssen wir außen auch etwas machen?«, fragte Ettore.

Lucia legte den Kopf zur Seite und dachte nach. »Könnt ihr beiden die Fassade ein wenig weiß streichen, Ettore und …?«

»Emiliano.«

Doch Lucia sprach schon weiter: »Nur vor der Terrasse und um die Eingangstür. Und nur bis zum ersten Stock. Die Großaufnahmen habe ich schon leicht verwackelt aus der Ferne gemacht.«

Mafalda beugte sich zu Alma und sagte hinter vorgehaltener Hand: »Leicht verwackelt aus der Ferne – darin ist sie

Expertin! Erinnerst du dich an ihre Aufnahmen von ihrem Urlaub auf Capri?« Alma konnte sich ein Lachen kaum verkneifen, was Lucia, die gerade voll in Fahrt war, glücklicherweise nicht bemerkte.

»Aber wir haben hier nur Farbe für Innenwände, nicht für Fassaden«, bemerkte Ettore, nachdem er nachdenklich eine nach der anderen der Farbdosen betrachtet hatte. Handwerker blieb eben Handwerker, wenn auch auf einem anderen Gebiet.

»Das ist egal! Die Farbe muss nur für die Videos halten. Und für heute ist kein Regen vorhergesagt«, wischte Lucia Ettores Einwände mit einer Handbewegung weg. Dann verteilte sie weitere Aufgaben: »Alma und Enzo? Könnt ihr den Kamin wieder flott machen? Ich hätte gerne ein Video mit einem prasselnden Kaminfeuer. Das strahlt Behaglichkeit aus.«

»Und simuliert eine funktionierende Heizung«, brummelte Pietro leise. Auf Lucias fragenden Blick fügte er hinzu: »Na, wenn die Duschen für die Sportler im Nebengebäude nur Kaltwasser haben, wird die Heizung hier wohl auch nicht funktionieren?«

»Ich habe nicht die geringste Ahnung!«, antwortete Lucia und wedelte wild mit beiden Händen. »Aber wir brauchen den Kamin für die Atmosphäre.«

»Wieso machen wir nicht einfach Fotos und bearbeiten die am Computer nach?«, schlug Angelo vor. »Da zaubere ich dir sogar zwei Kamine rein!«

»Videos sind viel überzeugender!«, antwortete Lucia. »Jedes Kind weiß heutzutage, dass Fotos leicht zu verfälschen sind. Selbst die Rhyner. Deshalb besteht sie auf Videos. Wir brauchen authentische Videos, keine perfekten! Sie müssen wie in Eile und möglichst amateurhaft und schief aufgenommen sein.«

»Noch etwas, in dem sie Expertin ist«, flüsterte Mafalda Alma kichernd zu.

»Der Sizilienfilm von vor zwei Jahren?«, fragte Alma sie leise hinter vorgehaltener Hand zurück.

»Unter anderem«, antwortete Mafalda.

»Pietro und Angelo, ihr streicht die Wände hier im *soggiorno* und in der Küche!«, sagte Lucia.

»Die Decken auch?«, fragte Pietro und schaute nachdenklich auf die markanten Wasserflecken an der Decke.

Lucia folgte seinem Blick und überlegte kurz. »*No.* Die kommen nicht mit aufs Bild«, entschied sie kurzentschlossen.

»Wo kommen da eigentlich Wasserflecken an der Decke her?«, fragte Anna nachdenklich.

Lucia holte tief Luft. »Das ist vermutlich einer der Gründe, warum Francesco nicht wollte, dass wir nach oben gehen«, sagte sie.

»Ich fange jedenfalls schon mal an!«, sagte Maria und begann damit, alte Vasen, verstaubte Bücher und gläserne Aschenbecher in eine Kiste zu räumen. Anna und Igor nahmen je zwei der von Mäusen zerfressenen Stühle in beide Hände und trugen sie nach draußen, doch ein markerschütternder Schrei hielt sie davon ab, weiterzugehen.

»Eine Maus!«, schrie Lucia laut und schrill und suchte verzweifelt im Zimmer nach etwas, auf das sie schnell hochsteigen konnte. Doch weder der altersschwache Tisch noch der durchgesessene Schaukelstuhl schienen ihr geeignet.

»Na wen haben wir denn da?«, sagte Alma und beugte sich zu der jungen und ungewöhnlich zutraulichen Maus hinunter, die offenbar aus einem der Stühle herausgesprungen war, die Anna und Igor hochgenommen hatten. Jetzt sah sie die Anwesenden einen nach dem anderen mit großen Augen an. Almas unerwartete Zurschaustellung von Zuneigung zu der kleinen Maus brachte ihr verständnislose Blicke ein. Sowohl von Lucia als auch von der Maus selbst, die sich langsam umdrehte und dann wie in Zeitlupe in Richtung Küche tapste, kurz vor der Küchentür einen Haken schlug und in einem Loch in der Scheuerleiste verschwand, während alle Anwesenden sie ungläubig dabei beobachteten.

Alma war die Erste, die sich wieder gefangen hatte. Sie seufzte, zog ein feuchtes Desinfektionstuch aus ihrer Tasche und wischte den Weg von den Stühlen bis zum Loch in der Scheuerleiste, in dem die Maus verschwunden war, sauber.

»Ich bin sicher, sie hat sich immer streng an den Weg zwischen den Stühlen und der Wand gehalten!«, kommentierte Mafalda Almas Vorgehen. Aber die schüttelte nur den Kopf.

»Können wir jetzt bitte weitermachen?«, stöhnte Maria, die nach Lucias Schrei stehengeblieben war und jetzt immer noch ihre Kiste mit Müll und Gerümpel in ihren Händen hielt. Mafalda fragte sich unweigerlich, ob es bei Maria im Luxushotel auch Mäuse gäbe, so unaufgeregt, wie sie auf den Vorfall reagiert hatte.

Pietro und Angelo schnappten sich Farbeimer, Rollen und Pinsel und begutachteten die Wände des *soggiorno* eine nach der anderen. Sie fingen mit der Wand um den Kamin gegenüber der Küche an, bei dem die Rußspuren den größten Anfangserfolg versprachen.

Aus der Küche, wo Lucia mit Estera verschwunden war, war ein lautes »Alles sauber machen!« im Kommandoton zu hören. Mafalda war auf der Suche nach frischem Wischwasser zu dem notorisch tropfenden Wasserhahn neben der Eingangstür vor dem Haus gegangen. Alle anderen Wasseranschlüsse im Haus waren abgesperrt, oder die sie beherbergenden Räume schienen ihr zu wenig vertrauenserweckend, um diese überhaupt zu betreten. Vor der Villa sah sie, dass Anna, Maria und Igor schon einen gehörigen Stapel Sperrmüll angehäuft, aber noch immer keinen Ort gefunden hatten, diesen unauffällig verschwinden zu lassen.

»Wo bringen wir die Sachen hin?«, fragte Igor und schaute sich ratlos vor dem Haupteingang der Villa um.

Maria schien schon eine Idee zu haben, denn sie lief zielsicher mit einer Kiste in den Händen auf ein Gebüsch links von der Eingangstür zu. Gerade weit genug weg, um nicht mehr im direkten Sichtfeld zu sein, aber auch nicht so weit, dass es einen längeren Fußmarsch gebraucht hätte. Dort angekommen, drehte sie sich zur Seite und drückte die Äste mit ihrer Schulter beiseite. Sie verschwand mit ihrer Kiste im Gebüsch und kam kurz danach ohne wieder zurück. Unschuldig pfeifend betrat sie erneut das Gebäude. Beim Reingehen wäre sie beinahe mit Pietro zusammengestoßen, der von Angelo mit einem Farbpinsel und einer Dose weißer Farbe durch den Raum gejagt wurde.

»Ihr sollt die Wände streichen und nicht die Farbe im ganzen Raum verteilen!«, schimpfte Mafalda, die mit dem gefüllten Wischeimer in der Hand wieder auf dem Weg nach drinnen war. Die beiden hüpften kichernd durch den Raum und versuchten einander mit ihren Pinseln weiße Farbe auf die Nase zu malen, was zumindest Angelo bereits gelungen war.

Aus der Küche war lautes Scheppern zu hören, gefolgt von Lucias deftigem Schimpfen. Dem Klang nach wurde sie zunehmend sicherer bei der Kombination von rumänischen und italienischen Schimpftiraden. Wobei sie hauptsächlich italienischen Wörtern rumänische Endungen oder Zwischensilben verpasste.

Im *soggiorno* versuchte derweil Enzo, dem Kamin neues Leben einzuhauchen. Was sich bislang darauf beschränkte, eimerweise Ruß und Asche aus allen denkbaren Ecken und Winkeln herauszuholen. Ärmel und Kapuze seines vormals weißen Overalls waren längst schwarz, und er hatte die ihm von Alma verordnete Atemmaske freiwillig wieder aufgesetzt. Was sie nicht daran hinderte, dennoch jeden seiner Schritte zu kommentieren, während sie dem Kaminsims mit einem feuchten Lappen zu Leibe rückte.

Pietro und Angelo hatten vor ihrer wilden Jagd mit Pinsel und Farbe durch das ganze Haus schon die Wand zur Küche gestrichen und waren nun mit den Flächen über den breiten Fenstern zur Terrasse zugange. Und auch Ettore und Emiliano waren von der Wand um die Eingangstür auf die Terrasse gewechselt. Unter dem steten Räumen von Anna, ihrer Mutter und Igor war es inzwischen auch im *soggiorno* und im benachbarten Treppenhaus deutlich übersichtlicher geworden.

Igor war gerade dabei, zusammen mit Anna einen ausladenden Schaukelstuhl nach draußen zu tragen, als Mafalda hinter ihnen einen spitzen Schrei ausstieß. Unter ihr knackten die Dielen, und sie blieb wie zur Salzsäule erstarrt stehen, um den angeknacksten Holzboden nicht weiter zu belasten. Leider vergeblich, denn das altersschwache Dielenbrett, auf dem sie stand, gab nach, und sie versank mitsamt dem darauf liegenden Teppich in dem neu entstandenen Loch im Boden, bis schließlich nur noch ihr Kopf auf gleicher Höhe mit dem Wischeimer herausschaute.

»Ich hoffe, du bist gegen Tetanus geimpft«, sagte Alma und starrte ungläubig in die Tiefe.

»Das Haus hat einen Keller?«, war das Einzige, was Angelo über die Lippen kam.

»Nicht, dass ich wüsste«, antwortete Lucia nachdenklich. »Kein Gebäude auf Murano ist unterkellert. Dafür ist der Grundwasserspiegel viel zu hoch.«

»Was schaut ihr so blöd? Helft mir hier heraus!«, wetterte Mafalda zu den Umstehenden nach oben, die im Moment nur diskutierten, aber keinerlei Anstalten machten, sie aus ihrer misslichen Lage zu befreien. Pietro und Angelo erbarmten sich schließlich und halfen Mafalda aus dem Loch heraus. Vorsichtig klopfte sie den Staub aus ihrer Kleidung und tastete Kleidung und Knochen nach möglichen Schäden ab. Maria war nach kurzem Nachdenken nach draußen verschwunden und kam wenige Momente später mit einer alten Holzplatte und einem quadratischen Perserteppich angelaufen, die sie aus dem Sperrmüll zurückgeholt hatte, und legte erst die Platte und dann den Teppich über das Loch. Anna und Igor schauten sich kurz grinsend an und stellten dann den Schaukelstuhl, den sie eben noch raustragen wollten, auf diesen Teppich. Alma eilte von der Seite herbei und stellte ein kleines Beistelltischchen daneben, während sich Mafalda immer noch sammelte und abputzte. Lucia kam mit einem mit Wasser gefüllten Weinglas und einer halbvollen Glaskaraffe aus der Küche zurück und stellte beides auf das Tischchen.

»So sieht es doch gleich viel gemütlicher aus«, sagte sie selbstzufrieden.

»Gemütlicher?«, wütete Mafalda und sagte dann lauter: »Deine Bruchbude ist lebensgefährlich!«

»Signora Rhyners Bruchbude ab morgen Abend, wenn alles glattgeht«, antwortete Lucia spitz und verschwand wieder bei Estera in der Küche.

»Ich denke, der Kamin ist dann fertig!«, sagte Enzo schwitzend. Er hatte ungeachtet von Mafaldas großem Durchbruch weitergearbeitet und die Feuerstelle jetzt in einen halbwegs funktionsfähigen Zustand versetzt. »Aber wir sollten die Videos schnell machen, denn ich fürchte, er wird sehr stark rußen«, sagte er mit besorgtem Blick den Schornstein hinauf.

Lucia wollte schon ihr *telefonino* zücken, als aus der Küche ein weiterer markerschütternder Schrei ertönte. Eine unverständliche Schimpfkanonade war aus der Küche zu hören. Kurz darauf erschien Estera kreidebleich in der Küchentür, wo die fragenden Blicke aller Anwesenden auf sie gerichtet waren. Sie stutzte, schaute einen nach dem anderen in der Runde an, deutete dann mit dem linken Arm hinter sich in Richtung Küche und rief mit angeekeltem Gesichtsausdruck unverständliche Wortfetzen in einem seltsam quietschigen Ton.

Lucia runzelte die Stirn und kniff die Augen zusammen. Schließlich holte sie ihr Wörterbuch aus der Tasche und blätterte hilflos hektisch die Seiten durch. Doch sie fand keine passende Übersetzung in ihrem Büchlein und schaute unsicher in die Runde. Mafalda schüttelte den Kopf, ging auf die Küchentür zu, wo sie Estera bei der Schulter nahm und in die Küche begleitete. Es vergingen einige Momente der Stille, die nur durch Esteras gelegentliches Zetern aus der Küche unterbrochen wurden, bis Mafalda schließlich wieder in der Tür erschien.

»Es scheint so, als wäre die Maus vorhin nicht die einzige Bewohnerin des Hauses gewesen«, sagte sie trocken.

Lucia schaute sie fragend an.

»Kakerlaken«, antwortete Mafalda. »Hinter dem Kühlschrank.«

Alma schlug sich vor Entsetzen die Hand vor den Mund, hatte dabei aber vergessen, dass sie immer noch Handschuhe und Mundschutz trug und zudem ein Desinfektionstuch in der Hand hielt. Es dauerte ein paar Momente, bevor sie dies realisierte. Erst dann ließ sie ihre Hand entgeistert sinken.

»Francesco hatte mich gewarnt, dass das Haus ohne gründliche Sanierung abbruchreif ist«, sagte Lucia in einem seltenen Anflug von kompletter Aufrichtigkeit. »Aber hier …«

»… hilft wohl nur noch Niederbrennen«, vervollständigte Mafalda ihren Satz, worauf Lucia sie mit zusammengekniffenen Augen ansah. Sie hob beide Arme zur Seite. »*Cosa?* Darf es mich irritieren, dass auf euch ein paar Küchenschaben mehr Eindruck machen als der morsche Holzboden, der vorhin unter mir nachgegeben hat?«

In diesem Moment ging das Licht an. Teilweise jedenfalls, denn an dem sechzehnflammigen Kronleuchter aus Muranoglas, der an der Decke des *soggiorno* hing, brannte nur noch jede zweite Glühbirne.

»Strom!«, hauchte Lucia erleichtert und schaute zur Decke auf den unter dem riesigen Wasserfleck leuchtenden Kronleuchter. Der Art und Weise nach zu urteilen, wie sie das Wort Strom begeistert hingehaucht hatte, hatte dieser Moment für sie mindestens den gleichen Stellenwert wie die Entdeckung Amerikas durch Kolumbus.

»Dann gehe ich mal die kleinen Krabbeltiere an!«, sagte Maria beherzt, verschwand im Nebenraum des Treppenaufgangs, kam von dort mit einem altmodisch klobigen Staubsauger zurück und ging damit in Richtung Küche. Wenig später waren Sauggeräusche aus der Küche zu hören, immer wieder unterbrochen von einem leichten Ploppen, so als ob etwas Größeres mit dem Staubsauger aufgesaugt würde. Irgendwann ebbte auch das ab, der Staubsauger ging aus, und die Birnen des Kronleuchters hörten auf zu flackern.

Maria kam, den Staubsauger im Schlepptau, aus der Küche zurück. »Erledigt«, meinte sie trocken. »Aber ich leere besser gleich den Beutel aus.«

Mafalda schaute Maria verwundert hinterher, beeindruckt davon, wie routiniert sie sich des Schabenproblems angenommen hatte. Ein weiteres Mal fragte sie sich, ob derartige Vorfälle bei ihrer Arbeit im Luxushotel häufiger passierten.

Nach dem Schabenvorfall herrschte auf einmal gespenstische Ruhe in der Villa, die erst unterbrochen wurde, als zwei Minibulldozer vor der Terrasse auffuhren und damit begannen, das Gestrüpp beiseitezuschieben.

»Endlich, die Gärtner!«, rief Lucia entzückt aus und schlug beide Hände begeistert zusammen. Aus ihrem Munde klang das so, als würde jetzt gleich fachkundige Hand an das kurz vor der Vollendung stehende Buchsbaumlabyrinth vor dem Haus gelegt werden.

»Mit etwas Glück können sie sich auch noch um das Haus kümmern!«, murmelte Mafalda leise. Weiter vorn ging Alma unvermittelt in die Knie und fing an, den Boden mit einem ihrer Desinfektionstücher zu reinigen.

»Da habe ich schon gewischt!«, protestierte Mafalda.

»Aber Maria ist da mit dem Staubsauger langgerollt! Mit den Kakerlaken!«, antwortete Alma mit angeekeltem Gesicht, keinen Moment mit dem Putzen des Bodens innehaltend.

Mafalda verdrehte die Augen. Sie wusste nur zu gut, wann es sinnlos war, ihrer Freundin Alma in solch einem Moment Einhalt zu gebieten.

Maria kam ohne Staubsauger von draußen zurück, wischte beide Hände aneinander ab und sagte: »Fertig!«

Alma schaute sie entsetzt an. Mafalda war sofort klar, dass sie um ein Haar aufgesprungen wäre, um Marias Hände mit ihren Reinigungstüchern zu traktieren.

»Gehen wir zurück in die Küche?«, fragte Maria Estera und deutete dabei in Richtung Küchentür, doch Estera schüttelte nur ängstlich den Kopf. Maria seufzte, ging dann allein los und rief Lucia im Gehen über die Schulter zu: »Dann brauche ich deine Hilfe, Lucia.«

Lucia, die so einen Umgang mit ihr überhaupt nicht gewöhnt war, schaute ihr entgeistert nach. »Ich wusste nicht, dass wir per du waren?«, fragte sie indigniert.

Maria blieb in der Küchentür stehen, schlug sich die rechte Hand vor die Brust und drehte sich dann langsam um. »*Scusi!* Signora Mafalda redet immer nur von Ihnen als Lucia. Das muss ich wohl versehentlich übernommen haben.« Danach drehte sie sich wieder um und rief, noch bevor sie in der Küche verschwand: »Aber Ihre Hilfe brauche ich trotzdem!«

»Nur Gutes, hoffe ich!«, brummte Lucia Mafalda an.

»Was?«, fragte die irritiert zurück.

»Dass du Gutes über mich erzählst, hoffe ich!«, sagte Lucia und machte sich auf in Richtung Küche.

Mafalda schaukelte ihren Kopf hin und her und entschied sich, dass es besser wäre, diese Frage unbeantwortet zu lassen.

»Kannst du mir bitte einen Eimer abnehmen?«, fragte Alma, die gerade versuchte, zwei riesige Eimer voller Asche aus dem Kamin nach draußen zu tragen.

»Lassen Sie mich das tun! Ich mache das gerne!«, antwortete Estera spontan in fließendem und akzentfreiem Italienisch.

Alma wie Mafalda drehten gleichermaßen überrascht ihre Köpfe in Esteras Richtung und schauten sie entgeistert an.

Die bemerkte erst jetzt ihren Fauxpas, schaute sich erschrocken um und flüsterte dann flehentlich hinter vorgehaltener Hand: »Sagen Sie nichts zur Signora!«

Mafalda musste diebisch grinsen. »Und mir dieses Schauspiel entgehen lassen? Niemals!«, sagte sie lachend.

Mafaldas Lachen wiederum hatte Lucia misstrauisch gemacht. Sie steckte ihren Kopf durch die Küchentür und fragte: »Was gibt es?«

»*Niente!*«, antworteten Alma und Mafalda unisono aus einer Kehle, und Estera schaute dankbar zwischen den beiden hin und her, nahm Alma beide Ascheeimer ab und verschwand damit nach draußen.

Die Bulldozer hatten vor dem Haus inzwischen ihre

Arbeit beendet und wenn auch keinen ansehnlichen Garten angelegt, dann doch den Blick auf die Lagune in Richtung Mazzorbo und Tessera freigeschnitten. Genau so, dass man bei geeignetem Blickwinkel nichts von dem restlichen Wildwuchs bemerken würde, wie Lucia zufrieden feststellte. Die Handschuhe hatte sie mittlerweile abgestreift. Ihr *telefonino* vor sich haltend lief sie nach einem Schwenk über die Lagune auf der Terrasse entlang und filmte die Fassade. Vor das Objektiv hatte sie ein Stückchen Frischhaltefolie geklebt, damit nicht allzu viele Details auf dem Video sichtbar sein würden. Mafalda, Alma und die anderen Helfer liefen, bemüht, keinen Laut zu machen, im Halbkreis hinter Lucia her, um auf keinen Fall im Bild zu erscheinen.

Von der Terrasse aus ging sie im leichten Bogen nach drinnen, durch das *soggiorno* geradewegs auf die Küche zu, während Enzo in ihrem Rücken den Kamin anfachte. Bei den Innenaufnahmen war die Frischhaltefolie vor dem Objektiv des *telefoninos* doch etwas hinderlich. Sie zog die Folie ab, machte die Aufnahmen in der Küche erneut und wandte sich dann dem *soggiorno* zu. Dort hatte das Kaminholz zwar mittlerweile Feuer gefangen, brannte aber noch eher zaghaft vor sich hin. »Wie gemütlich!«, entfuhr es Lucia.

»Mach schnell, es wird gleich anfangen zu rußen!«, rief Alma zu ihr herüber.

»*Ssh!*«, fuhr Lucia sie an. »Der Ton wird mit aufgenommen.«

Alma hielt sich erschrocken die immer noch behandschuhte Hand vor den Mund, während Lucia einen Bogen vom Kamin zur Eingangstür filmte.

Dort erschien im unpassendsten Moment Emilia, komplett außer Atem. Sie musste den ganzen Weg vom Anleger des *vaporetto* bis hierher gerannt sein, danach zu urteilen, wie sehr sie jetzt schnaufte. »Wie kann ich helfen, um diese Bruchbude wieder auf Vordermann zu bringen?«, fragte sie direkt in Lucias Objektiv und in Richtung der hinter Lucia stehenden Menge.

Lucia ließ ungehalten ihr *telefonino* sinken und stemmte beide Hände in ihre Hüften. »Fangen wir doch damit an, dass du mir die Aufnahmen nicht verdirbst!«, sagte sie verschnupft.

29

*E*ttore saß schon allein am langen Tisch ganz hinten in der *osteria* gegenüber Santi Maria e Donato. Er war direkt hierhergekommen, während alle anderen noch kurz nach Hause gegangen waren, um sich frischzumachen und umzuziehen. Für Lucia sowieso eine unerlässliche Routine vor jedem Abendessen. Zur Feier des Tages hatte sie sich in ein einteiliges, schulterfreies Kleid mit Leopardenmuster gezwängt. Wobei man zwängen wörtlich nehmen konnte. Über die Schultern hatte sie einen cremeweißen Schal geworfen, und riesige glitzernde Ohrringe hingen an beiden Seiten ihres Gesichts von ihren Ohren herab, genau passend zu der Kette, die sie um ihren Hals trug. Genau genommen war es aber nicht Lucia, die Ettore zuerst bemerkt hatte, sondern die Parfümwolke, die ihr vorausging.

Mafalda kam danach fast zeitgleich mit Anna, Maria, Alma und Enzo an; Pietro und Angelo folgten etwas später. Estera war von Lucia scheinbar wieder in ihren Haushalt zurückbeordert worden und blieb dem Essen fern. Dafür stürmte Emilia als Vorletzte das Lokal.

Der *padrone* hatte die Räume gerade frisch renoviert, wie er mehrfach bei der Begrüßung betont hatte. Das hatte bei ihm freilich weniger mit frischer Farbe als mit dem Hinzufügen neuer Wanddekorationen und Nippes zu tun. Wohlgemerkt immer zusätzlich zu allen bestehenden Einrichtungsgegenständen, wobei niemals etwas von den alten Preziosen entfernt wurde. Diesmal waren es überdimensionale rosafarbene Stofffächer, die er an den Wänden drapiert hatte und für die einige der verblichenen Autogrammfotos italienischer Starlets und Halbprominenter an andere, weniger prominente Stellen hatten weichen müssen.

Die üppigen Antipasti-Platten, die die Kellner ihnen zusammen mit Wein und Wasser an ihre zu einer langen Reihe zusammengestellten Tische gebracht hatten, waren binnen weniger Minuten geleert. Gegen den geballten Hunger von einem Tag Renovierung – oder Scheinrenovierung – der Villa auf Sacca Mattia hatten weder die saftigen Melonenstückchen noch *prosciutto*, Salsicce-Würstchen, verschieden belegte *crostini* oder frittierte Oliven im Backteig lange eine Chance. Doch mehr als den ersten Hunger vermochten diese Vorspeisen nicht zu stillen.

Nachdem alle ihre *primi* vor sich stehen hatten und vor Hunger kaum noch imstande waren, mit dem Essen auch nur eine Sekunde länger zu warten, erhob sich Lucia geschmeidig von ihrem Sitz, schlug mit der flachen Seite ihres Messers an ihr schon wieder geleertes Weinglas und kündigte damit eine Rede an, die von den meisten nur mit Augenrollen und Magenknurren quittiert wurde.

»*Amici!* Ich wollte euch allen nur noch einmal für eure Hilfe heute danken!«, fing sie weitschweifig an zu reden. »Ohne euch alle wären wir an nur einem einzigen Tag niemals so weit gekommen!« Darauf folgten ein paar weitere Sätze, denen aber niemand richtig zuhörte, weil alle nur auf die dampfenden Teller auf den Plätzen vor ihnen starrten. Man hätte förmlich fast das Scharren von Messern und Gabeln hören können, und der eine oder die andere war versucht, mit den Gabeln vorab schon einen Happen von ihren Tellern zu stibitzen. Doch sie wurden schließlich erlöst, als Lucia sagte: »Und deshalb geht das Essen heute auf mich!«

Brausender Applaus erhob sich direkt nach ihrer Ankündigung. Aus echter Dankbarkeit und wohl auch, um zu verhindern, dass Lucia noch weiterredete. Die verneigte sich gnädig in alle Richtungen und setzte sich dann wieder auf ihren Platz.

»Ich frage mich, ob sie uns wieder von der Steuer absetzt?«, flüsterte Alma Mafalda, die links zwischen ihr und Lucia saß, leise zu.

Mafalda gluckste kurz, beugte sich dann zu Alma hinüber und flüsterte zurück: »Von welcher Steuer?«

Alma quittierte das mit einem verstehenden Nicken, während Lucia links von den beiden hektisch in Richtung des Kellners auf die leere Weißweinkaraffe vor ihr deutete.

»Du solltest die Mezze Maniche probieren, die sind viel besser«, sagte Anna, setzte sich neben Ettore und zog Pietro den Teller mit den *calamari* von seinem Platz zu sich weg.

Seinen bösen Blick quittierte sie schnodderig mit »Ich bewahre dich nur vor einem Fehler, den du später bereust. Deine Worte! Genau deine Worte! Streng genommen hast du mich sogar beauftragt, das zu tun!«.

Pietro stellte missmutig Gabel und Messer senkrecht auf dem Tisch vor ihm auf, wo eben noch der Teller mit den dampfenden Tintenfischringen im Teigmantel, ganz frisch aus der Fritteuse, gestanden hatte, und schaute Anna mit zusammengekniffenen Augen an.

»Du hast wirklich mehrmals so etwas gesagt. Auch zu mir!«, sagte Angelo lachend von schräg gegenüber. »Und ganz ehrlich … bei deinen Genen!«, sagte er, deutete mit der rechten Hand an Pietros Körper auf und ab und zeichnete dabei in der Körpermitte einen beachtlichen Bauchansatz nach.

Mafalda, die das Geplänkel von der Seite mitbekommen hatte, protestierte energisch: »Mein Salvatore war auch ein Mann von Statur. Und es hat ihm nicht geschadet!«

Anna und Angelo brachen zeitgleich in lautes Lachen aus, und Pietro schaute beleidigt zwischen seiner *nonna* und den dampfenden *calamari* auf dem Teller vor Anna hin und her, von denen Letztere gerade zwei Stück vorsichtig in die Mayonnaise tunkte und sie danach genussvoll in ihrem Mund verschwinden ließ, und bestellte dann einen gemischten Salat ohne Dressing.

Im ganzen Raum war jetzt nur das Geklapper von Besteck auf Tellern zu hören und zwischendurch bestenfalls leises Gemurmel. Abgesehen natürlich von dem in Dauerschleife aus den in allen Ecken der *osteria* verteilten Lautsprechern singenden Eros Ramazzotti, der von den heute Anwesenden leidend ertragen wurde, für die Touristen aber, wie der *padrone* auf den regelmäßigen Protest seiner Stammgäste hin wieder und wieder betonte, unerlässlich für ein authentisches Italienerlebnis war.

Lucias *telefonino* klingelte. Sie schaute kurz auf das Display und legte es dann wieder auf den Tisch.

»Willst du nicht rangehen?«, fragte Alma ein wenig perplex.

Mafalda beugte sich zu Alma hinüber. »Es ist Francesco«, flüsterte sie leise, denn sie hatte die Nummer auf dem Display gesehen. Dann deutete sie hinter vorgehaltener Hand auf Lucia und flüsterte: »Ärger im Paradies.«

»Wann nicht?«, antwortete Alma schulterzuckend und wandte sich wieder den *chitarre con pallotine* auf ihrem Teller zu.

Als das *telefonino* ein zweites Mal zu klingeln begann, hob Lucia es entnervt vom Tisch auf und sagte laut: »Mein Göttergatte möchte uns sprechen!«, und reichte das Gerät dann unvermittelt zu Alma hinüber. Die schaute erst verdutzt, nahm dann das fremde *telefonino* hoch, suchte für einen Moment nach den richtigen Knöpfen, die sie erst nach einem Fingerzeig der neuerdings technikerfahrenen Mafalda fand, und hielt es sich dann ans Ohr.

»*Salve Francesco*. Ich bin es, Alma«, sagte sie und lauschte dann der Antwort im Hörer. »*No*, das geht scheinbar gerade nicht«, sagte sie mit einem scheuen Blick in Lucias Richtung, die wie erstarrt in Richtung Decke blickte. »Aber ich kann den anderen gerne deine Nachrichten weitergeben.«

»Laut stellen!«, rief irgendjemand von weiter hinten. Statt das *telefonino* lautzustellen, redete Alma lauter. »Ich kann den anderen gerne deine Nachrichten weitergeben!«

»Er hat die Videos hochgeladen«, sagte sie nach kurzer Pause und deutete mit dem linken Zeigefinger auf das *telefonino* in ihrer rechten Hand. »Er findet die Videos sehr gut gelungen. Er hatte die Villa viel gerümpeliger in Erinnerung«, sagte sie nickend.

»Kunststück!«, maulte Lucia beleidigt und klopfte sich gespielt den nicht vorhandenen Staub aus der Kleidung. Nicht dass sie während der Arbeiten in der Villa selbst nennenswert mit Staub in Kontakt gekommen wäre.

»Er hat der Rhyner das Angebot übermittelt. Zusammen mit den Videos«, erzählte Alma. »Sie hat bis Dienstagmorgen Zeit, um das Angebot anzunehmen. Nur vierundzwanzig Stunden fand der doch ein bisschen knapp.«

Lucia verdrehte die Augen, nahm die Speisekarte in ihre linke Hand und strich gelangweilt mit ihrem rechten Zeigefinger über die Namen der einzelnen Speisen. Den daraufhin dienstbeflissen herbeieilenden Kellner scheuchte sie jedoch schnell wieder davon.

»Wegen der Kürze der Zeit und des Notverkaufs für nur acht Millionen«, erzählte Alma weiter.

Beim Hören von »nur« und »acht Millionen« wurde Mafalda ganz schwummrig.

»*Beh* … er wird ihr erzählt haben, dass er das Geld dringend für ein anderes Projekt braucht«, merkte Lucia an und wedelte wichtig mit ihrer rechten Hand. »Echte Not würde er niemals zugeben oder das Wort auch nur in den Mund nehmen. Selbst ein ›Bitte‹ oder ein ›Entschuldigung‹ nicht. Ich weiß, wovon ich rede!«

»Nicht vor Dienstagfrüh«, wiederholte Alma das von Francesco Gesagte, verabschiedete sich dann von ihm und gab das *telefonino* an Mafalda weiter, die auflegte und das Gerät Lucia zurückgab.

»Sie hat also reichlich Zeit«, wiederholte Alma. »Wir werden nicht vor Dienstagfrüh Bescheid wissen«, sagte sie.

Lucia schenkte sich vergnügt aus der Weinkaraffe nach, die sie damit schon wieder geleert hatte, und winkte mit der leeren Karaffe in Richtung Tresen, von wo der Beikellner mit Nachschub angelaufen kam, um gleich darauf von Lucia mit der Bestellung für eine Runde Grappa erneut weggeschickt zu werden. Kaum waren die Gläser angekommen, stand Lucia wieder auf und hob ihr Glas: »Auf unser faules Ei! Auf Sacca Mattia!«, rief sie laut in die Runde.

30

Vor diesem Montag hatte sich Mafalda schon eine Weile gefürchtet. Es war der Geburtstag ihres verstorbenen Sohnes Giuliano. Normalerweise hatte sie für diesen Tag ein festes Programm: Gleich frühmorgens hätte sie das *vaporetto* nach San Michele genommen, hätte dort erst ihrem Salvatore seinen üblichen Strauß vorbeigebracht und dann den weitaus größeren Strauß wortlos mit mindestens einer Träne im Auge auf Giulianos Grab gelegt. Ein Strauß so groß, dass er sich mit dem messen lassen konnte, den seine ehemaligen Kolleginnen und Kollegen von den *Carabinieri* später auf sein Grab legen würden.

Aber in diesem Jahr war alles anders. Seit Mafalda Giulianos Abschiedsbrief erhalten hatte – und ob das überhaupt ein Abschied war, das war für sie nach dem Lesen dieses Briefes die große Frage überhaupt – hatte sie sich Fragen über Fragen gestellt. Wieder und wieder, ohne Unterlass. Freilich, ohne dabei jemals eine Antwort zu bekommen. Mit zusammengekniffenen Lippen drückte sie das in Silber gerahmte Bild ihres Sohnes, das immer auf ihrer eichenen Anrichte in ihrem *soggiorno* stand, erst an ihre Brust, platzierte danach einen flüchtigen Kuss auf das Bild und wischte dann den Staub von der Oberkante des Bilderrahmens weg. Nicht dass sich dort jemals wirklich Staub ansammelte, denn den Bilderrahmen putzte sie täglich!

»Du Schuft! Da verschwindest du erst von einem Tag auf den anderen aus meinem Leben! Gehst vor mir, hältst dich nicht an die Reihenfolge!«, sagte sie mit innigem Blick auf das Bild. »Und dann lässt du mir diesen Brief schicken …« Sie musste schlucken. »… diesen Brief, der alles wieder aufreißt und gar nichts klar- oder richtigstellt.« Sie seufzte. Es war das erste Mal überhaupt, dass sie so mit ihrem verstorbenen Sohn Zwiesprache hielt. Wobei verstorben oder nicht ja genau das war, was der Brief nicht beantwortet hatte. Und was es ihr jetzt auch ermöglichte, ihres Sohnes wieder mit mehr als schmerzhafter Stille zu gedenken. Mit ihm zu reden. Mit ihm ins Gericht zu gehen.

»Lucia hat recht«, murmelte sie. »Ein Schließfach am Bahnhof! Für fast zehn Jahre! Und für wichtige Unterlagen, die dein Verschwinden erklären sollen! Was für eine Schnapsidee! Gab es denn da nicht irgendjemanden, dem du die Unterlagen hättest anvertrauen können?« Mafalda strich nochmals zärtlich über die Oberkante des Bildes, nahm dann die daneben liegende Paketbenachrichtigung in die Hand und ging mit ihrem *telefonino* in der anderen Hand zu ihrem Lieblingssessel, um sich zu setzen.

Nach nervtötenden zwanzig Minuten Vivaldi in der Warteschleife bekam sie endlich ein menschliches Gegenüber an den Apparat. »*Sono Mafalda Cinquetti*«, meldete sie sich wieder. Als danach wieder nur Stille am anderen Ende der Leitung zu hören war, hielt sie das Gerät etwas weiter weg von sich, drückte die Freisprechtaste, die ihr Pietro erst letzte Woche gezeigt hatte, und rief nochmals lauter in das Mikrofon: »Hallo? Ist da jemand? Sind Sie ein Mensch?«

Ihr Gegenüber – vermutlich eine Frau, das war bei dem verrauschten Ton kaum auszumachen – meldete sich schließlich, ohne auf das von Mafalda Gesagte einzugehen, und bat sie, ihre Paketnummer zu nennen. Mafalda gab die Zeichenkombination Buchstabe für Buchstabe und Zahl für Zahl durch, immer bemüht, ja keine Zahl auszulassen oder zu verdrehen. »Ihr Paket ist noch unterwegs. Mehr kann ich Ihnen leider nicht sagen«, röhrte die Stimme blechern und computergleich aus dem Lautsprecher.

»Aber es sind drei Pakete!«, sagte Mafalda aufgebracht.

»Ich sehe hier nur eins«, sagte die Stimme am anderen Ende teilnahmslos, verabschiedete sich und legte auf.

Mafalda stöhnte, legte ihre Hände in den Schoß und starrte unsicher zwischen Giulianos Bild auf der Anrichte links und dem Stuhl am Esstisch zu ihrer Rechten, der einstmals sein Stammplatz gewesen war, auf dem nun niemand anderes mehr sitzen durfte, hin und her. Schließlich kramte sie in ihrer Handtasche am Boden nach dem Zettel, auf dem sie sich die Nummer der Bahnverwaltung notiert hatte. Sie tippte die Nummer mit spitzen Fingern, drückte die Abnehmentaste und wartete dann auf eine Reaktion.

Wieder bestand die Reaktion aus Vivaldi. Nur diesmal anstelle eines Orchesters von einer Bontempiorgel aufgeführt. »Hat dieses Land denn nicht genug andere berühmte Komponisten?«, fragte sie sich im Stillen. Eine direkte Durchwahl hatte sie nicht. Und so blieb ihr nur, sich von Amtsstube zu Amtsstube durchverbinden zu lassen, um den richtigen Ansprechpartner zu finden. Fünfundzwanzig Minuten später war es dann so weit. Verärgert schaute sie auf ihr an die Leine gelegtes Festnetztelefon auf dem Schränkchen neben der Wohnzimmertür, mit dem der Anruf vermutlich viel billiger gewesen wäre.

»Ich rufe an wegen der drei Pakete aus den Schließfächern bei *Ferrovia*. Am Bahnhof«, begann Mafalda zögerlich.

»Haben Sie deswegen nicht schon einmal angerufen?«, fragte die Männerstimme am anderen Ende der Leitung genervt.

»Mehrmals sogar!«, antwortete Mafalda vorwurfsvoll.

»Wir haben Ihnen alles zugeschickt, was wir gefunden haben. Schon vor zwei Wochen«, antwortete die Männerstimme mit Ungeduld in der Stimme, drauf und dran aufzulegen.

»Mit der Post?«, fragte Mafalda mit halbem Entsetzen zurück. Denn dass die Kartons mit der Post unterwegs waren, wusste sie ja schon. Nur konnte sie immer noch nicht glauben, dass jemand so wichtige Unterlagen einfach als Paket versenden würde.

»Sie wollten doch alles so schnell wie möglich haben?«, ratterte die Stimme am anderen Ende ungehalten zurück.

Und bevor Mafalda reagieren konnte, sagte die Stimme: »Also haben wir alle drei Pakete direkt an Sie verschickt!«

»Aber der Paketdienst spricht nur von einem Paket!«, fragte Mafalda hilflos.

»Dazu kann ich Ihnen nichts sagen. Wir haben alles ordnungsgemäß erledigt«, sagte die Stimme, verabschiedete sich dann mit einem wenig überzeugenden »Einen schönen Tag noch« und legte auf, bevor Mafalda reagieren konnte.

»Sicher nicht!«, rief Mafalda in den leeren Raum und knüllte verärgert den Zettel mit der Telefonnummer der Bahnverwaltung zurück in ihre Handtasche. Sie wollte schnell aufstehen, doch da kam ihr ihr Kreislauf in die Quere, und die Wände ihres *soggiorno* fingen an, vor ihren Augen zu schwanken und sich zu drehen. Sie blieb kurz sitzen und versuchte es ein zweites Mal. »Dann gehe ich dich mal besuchen!«, sagte sie zum Bild ihres Sohnes Giuliano, nahm ihre Handtasche und ihr *telefonino* und machte sich auf den Weg.

Das Leben auf einer Insel mit wenigen und weithin einsehbaren Wegen entlang der Kanäle hatte auch seine Nachteile. Mafalda wäre Alma gerne auf dem Rückweg von San Michele aus dem Weg gegangen. Aber ihr Weg vom Anleger des *vaporetto* führte sie über die steinerne Kanalbrücke zum Campo San Donato. Von dort konnte sie Alma an einem der Tische vor der Bar Il Sole sitzen sehen und Alma sie ihrem Winken nach zu urteilen auch. Es wäre ein Sakrileg gewesen, nicht zu ihr zu gehen und sie zu begrüßen.

»Warst du bei ihm?«, fragte Alma Mafalda zur Begrüßung, die traurig nickte. »Ich wäre doch mitgekommen! Hättest du doch etwas gesagt«, murmelte Alma, stand auf und rückte einen der anderen Stühle für Mafalda zurecht.

»Ich bin da lieber allein, wie du weißt«, sagte Mafalda, nachdem sie sich umständlich gesetzt hatte. Das lange Sitzen auf der kalten Steinbank vor Giulianos Grab hatte ihrem Rücken zugesetzt. »Allein und doch wieder nicht allein, du kennst das.«

Alma nickte. Das kam ihr bekannt vor. Auch sie hatte ihren Mann früh verloren.

»Kommt Lucia nicht?«, fragte Mafalda mehr rhetorisch als aus echtem Interesse. In Wahrheit wollte sie heute so wenige Menschen sehen wie möglich.

Alma schüttelte den Kopf. »Sie hat irgendwas von einem anderen Termin gefaselt. Aber ich glaube nicht, dass das der wirkliche Grund ist«, sagte sie und rückte die Zuckerdose und den Salzstreuer auf dem Bistrotisch zurecht.

»Vor morgen früh gibt es ja auch nicht wirklich etwas zu besprechen. So lange hat die Rhyner ja noch Zeit, sich zu entscheiden«, sagte Mafalda gedankenverloren und nippte an ihrem *doppio*, den Emilia Augenblicke zuvor wie immer zu dieser frühen Stunde wortlos auf ihren Tisch gestellt hatte.

»Ich werde mit Enzo nachher noch ein wenig einkaufen gehen«, sagte Alma und blickte in die Ferne.

»Oh, einen Zahncremespender? Als Beziehungsretter?«, fragte Mafalda spöttisch lächelnd zurück.

Alma wedelte abwehrend mit der rechten Hand. »Etwas zur Dekoration hier und da«, sagte sie. »Er möchte, dass es unsere Wohnung ist und nicht nur meine.«

»Und nachdem du dich schon erfolgreich gewehrt hast ...«

Alma nickte und vervollständigte Mafaldas Satz: »... dass er irgendetwas von seinen Sachen, von seinem ...«

»... Plunder?«, schlug Mafalda feixend vor.

Alma lächelte milde. »... dass er irgendetwas von seinen Sachen mitbringt«, beendete sie schließlich ihren Satz. »Ich meine, ich war ja nie da, in seiner Wohnung. Er wollte das nicht. Aber das muss ein feuchtes Loch von einem Materiallager gewesen sein!«

»Nichts, was du nicht mit einem Feuchttuch wieder hättest in Ordnung bringen können«, sagte Mafalda lächelnd. Und Alma, die gerade den Glasrand unter Mafaldas Kaffeetasse hatte wegwischen wollen, packte das soeben von ihr ausgepackte Feuchttuch beleidigt wieder zurück in ihre Jackentasche. Zurück, aber nicht unerreichbar zurück.

»Nimm es mir nicht krumm«, sagte Mafalda, »aber ich möchte heute noch ein paar Dinge erledigen. Wir werden ja morgen ausführlicher sprechen.«

»*Sì sì*, geh nur. Ich kann für dich zahlen oder du erledigst es morgen«, antwortete Alma. Mafalda winkte Emilia an ihrem Tresen zu, schnappte sich dann ihre Handtasche und machte sich auf den Weg nach Hause. Nicht auf direktem Weg, jedenfalls nicht am Kanal entlang, wo das Inselleben tobte. Denn noch jemandem wollte sie heute nicht unbedingt begegnen. Sie nahm diesen und jenen Schleich-weg, versteckte sich mehr als einmal in Hauseingängen und studierte dort scheinbar die Klingelschilder, wenn ihr jemand entgegenkam. Und blickte konsequent in eine andere Richtung, als der Fleischermeister am Campo San Bernardo das Gespräch mit ihr suchen wollte. Erst als ihre Wohnungstür sich hinter ihr schloss, verstummte das Stimmengewirr der Inselbewohner, und auch die allgegenwärtigen Rufe der Möwen waren nur noch aus der Ferne zu hören. Mafalda atmete tief ein und aus. Ihr erster Weg führte sie ins *soggiorno*, wo sie den Hörer ihres Telefons neben die Gabel legte. Sie hätte Gleiches gerne auch mit ihrem *telefonino* gemacht, aber sie wusste nicht wie. Ganz ausschalten wollte sie es dann doch nicht, für Notfälle.

Nach einem kurzen Gang ins Bad kam sie zurück und ließ sich in ihren Sessel fallen, den Blick wieder auf das gerahmte Foto ihres Sohnes gerichtet. »*Beh* … die wollen uns doch heute einfach keine Ruhe lassen, Giu'!«, sagte sie und schlug mit den flachen Händen auf ihre Oberschenkel.

31

*M*afalda war eine der Letzten, die den Campo San Donato betraten. Als sie eintraf, saßen alle ihre Freunde und Bekannten schon dicht gedrängt an den Tischen der Bar Il Sole am linken Ende der Terrasse in Richtung der Domfassade und tuschelten miteinander. »Gibt es schon etwas zu erzählen?«, fragte Mafalda anstelle einer Begrüßung.

Pietro, der direkt von der Arbeit in seiner *Carabinieri*-Uniform gekommen war, hob ratlos die Hände, und Lucia tippte wie wild auf ihrem *telefonino* herum. »*Niente*«, sagte sie einige Augenblicke später, reichlich niedergeschlagen. »Francesco schreibt, dass sie sich nicht gemeldet hat. Und die Frist sei mittlerweile abgelaufen.«

»Das glaube ich nicht!«, sagte Mafalda und schüttelte energisch den Kopf. »Wir haben doch alles wieder und wieder durchgesprochen und jede Option bedacht. Da muss sie doch einfach zugreifen!«

Lucia las nochmals die Nachricht durch. »Das ist das, was Francesco mir schreibt«, sagte sie und zuckte hilflos mit den Schultern. »Mehr kann ich dir leider nicht sagen.«

»Sie meldet sich bestimmt noch!«, sagte Alma und wischte Lucias Satz mit einer Bewegung der linken Hand beiseite. »Das war ja auch alles ein bisschen knapp. Vielleicht braucht sie noch ein wenig?«

»Eigentlich hatte sie mehr als genug Zeit. Mehr, als wir ihr ursprünglich zugestehen wollten«, sagte Lucia, doch Alma war ihrem Gesichtsausdruck nach zu urteilen nicht mal ansatzweise bereit, Lucias Bedenken Glauben zu schenken.

Emilia, die gerade mit einem Tablett voller Tassen und Gläser die Runde über die Terrasse gemacht hatte, stand wie angewurzelt mit offenem Mund da. »Heißt das«, fragte Emilia schließlich, »dass es nicht geklappt hat? Dass unser Plan nicht funktioniert?«

»Nicht so schnell die Flinte ins Korn werfen, Emilia!«, versuchte Alma, sie zu beruhigen.

»Hat Francesco ihr denn wirklich alle Unterlagen übermittelt? Und die Videos auch? So wie wir es besprochen hatten?«, fragte Mafalda Lucia ärgerlich.

»Wenn ich es dir doch sage, *cara mia!*«, antwortete die mit gerunzelter Stirn. »Francesco ist Profi. Dem unterlaufen solche Fehler nicht. Sie hat Angelos Prospekt bekommen und die Videos, die wir in der Villa gedreht haben!«

»Aber irgendwas muss uns doch in die Quere gekommen sein! Sonst hätte sie doch zugesagt!«, polterte Mafalda.

»Muss ich jetzt doch nach Mestre umziehen?«, fragte Maria von der Seite.

»Niemand muss hier umziehen, solange ich es nicht

sage!«, antwortete Mafalda ärgerlich, stand auf und stampfte mit dem rechten Fuß auf den Boden. Dann fasste sie sich mit der Hand an die Stirn und winkte mit dem rechten Arm in Lucias Richtung. »Vielleicht können wir das Angebot noch nachbessern. Kann Francesco da nicht noch irgendwas drehen, Lucia? Er ist doch Profi, wie du sagtest?«

Lucia wippte nachdenklich mit dem Kopf, sagte aber nichts.

Emilia hatte Tränen in den Augenwinkeln, als sie zwischen ihrer *bar* und den mit ihren Stammgästen voll belegten Tischen auf der Terrasse hin- und herschaute.

»Könnten Sie Francesco nicht fragen, ob er bei der Rhyner nochmal nachhaken kann?«, fragte Maria Lucia zaghaft.

»Fragen ja«, antwortete sie. »Aber wenn da noch etwas möglich wäre, dann hätte er es schon gemacht«, sagte sie und tippte auf ihrem *telefonino* herum.

»Und, was sagt er?«, fragte Alma gespannt.

»Noch nichts. Er tippt noch«, sagte Lucia.

»Sie haben ja wenigstens schon eine Wohnung in Aussicht, Maria. Aber ich habe noch gar keine gefunden!«, sagte Emilia, hielt sich dann erschrocken die Hand vor den Mund, weil aller Blicke auf sie gerichtet waren, sie aber vergessen hatte, dass sie praktisch noch niemandem davon erzählt hatte, dass sie auch von der Kündigungswelle betroffen war. Mafalda ausgenommen. Und die hatte es auch nur Alma und Lucia weitererzählt.

»Nichts«, sagte Lucia in einem für sie ungewohnt niedergeschlagenen Ton. »Nichts«, wiederholte sie nach einigen Augenblicken erschrockenen Staunens. »Er schreibt, er hat schon alles versucht und getan. Wenn sie sich bis jetzt nicht gemeldet hat, dann wird sie das auch nicht mehr tun.«

»Das kann doch nicht sein!«, entfuhr es Mafalda, und sie ließ sich wieder auf ihren Stuhl fallen.

Angelo starrte angestrengt mit gerunzelter Stirn auf sein *telefonino*. Sein zerzaustes Haar und der hastig übergeworfene graue Hoodie zeigten deutlich, dass das nicht wirklich seine Tageszeit war. Er leerte hastig seinen *caffè doppio*, tippte dann ein paar Worte und las konzentriert. »Mein Freund bei der Bank sagt, dass sie konkret wegen eines Kredits für den Kauf von Sacca Mattia nachgefragt hat«, sagte er.

»Und?«, fragte Mafalda ungeduldig.

»Sie würden ihr den Kredit geben. Aber nur, wenn sie ihr Elternhaus in Bergwald als Sicherheit dazu gibt.«

»War das nicht genau unser Plan? Dass sie das verpfänden muss?«, fragte Alma.

Angelo nickte. »Sie konnte sich dazu wohl leider nicht durchringen«, erzählte er. »Zumindest hat sie auf das Angebot der Bank nicht reagiert, sagt mein Freund.«

»Dann muss ich wohl doch packen!«, jammerte Maria niedergeschlagen. Anna legte den rechten Arm um die Schultern ihrer Mutter und versuchte, sie zu trösten, was ihr aber nur mäßig gelang.

Lucia rührte gedankenverloren mit ihrem Löffel in ihrer längst geleerten Kaffeetasse herum und wippte mit dem Kopf hin und her. »Ich muss sagen«, begann sie zögerlich zu sprechen, »dass ich sicher war, dass sie auf das Angebot eingehen würde. Es war günstig. Geradezu ein Schnäppchen! Und bisher war sie doch auch immer so gierig.«

»Nicht gierig genug offenbar, um ihr altes Zuhause mit ins Spiel zu nehmen«, sagte Angelo mutlos und starrte ins Leere.

Neben Angelos und Pietros Tisch wurde Mafaldas Nachbarin Maria in ihrem Stuhl mit jedem Satz, der gesagt wurde, einen Zentimeter kleiner.

»Haben wir einen Plan B?«, fragte Mafalda in die Runde. »Wir haben doch einen Plan B?« Lucia schüttelte den Kopf. Alma atmete tief durch, klopfte sich dann mit beiden Händen auf die Oberschenkel, stand auf und murmelte etwas Unverständliches.

Bisher hatte sich Ettore in der Runde bewusst zurückgehalten. Ihm war anzusehen, dass er sich unter all den gut miteinander Vertrauten ein wenig wie ein Fremdkörper fühlte. Das war auch der Grund gewesen, warum er einen Stuhl am Rande der Gruppe gewählt hatte. Doch was er hier sah und hörte, hatte auch ihn nicht kalt gelassen. Hatte Mafalda ihn sonst als die Ruhe selbst kennengelernt, konnte er sich jetzt kaum noch auf seinem Stuhl halten. »Was ist«, fing er mit leichtem Zittern in der Stimme an zu reden, »was ist, wenn es ein Gegenangebot gibt?«

Lucia schaute ihn kritisch mit zusammengekniffenen Augen an. »Ein Gegenangebot? Was sollte das sein?«, fragte sie.

»Konkurrenz. Jemand, der ihr Sacca Mattia vor der Nase

wegschnappen möchte. Jemand, der mehr darin sieht, als sie es scheinbar getan hat. Jemand, der ihr zeigt, was für eine gute Gelegenheit der Kauf wäre. Und immer noch ist!«, sagte Ettore gestikulierend.

Lucia hatte begriffen, was er meinte. Aber sie hatte immer noch Zweifel. Was auch damit zu tun haben konnte, dass ihr perfekter Plan gerade eben erst vor aller Augen gescheitert war. »Um sie aus der Reserve zu locken?«, fragte sie nach einigen Momenten des Nachdenkens und witterte allmählich eine winzig kleine Chance, ihren vereitelten Plan doch noch zu retten.

»Müsste das ein echtes Angebot sein, oder reicht ein frei erfundenes?«, fragte Pietro, beugte sich nach vorn und stützte nachdenklich sein Kinn auf beide Hände.

»Du überraschst mich schon wieder!«, reagierte Angelo schelmisch grinsend von der Seite auf Pietros schon auf den ersten Blick nur teilweise legalen Vorschlag.

»Pietros Idee ist gar nicht so schlecht«, sagte Ettore und wippte mit dem Zeigefinger durch die Luft, so als ob er auf einer unsichtbaren Tafel einen neuen Plan aufschreiben wollte. »Könnten wir nicht ein Angebot fingieren? Wer könnte denn noch Interesse an Sacca Mattia haben?«

Lucia winkte abwehrend mit der rechten Hand. »Das passt nicht in ein normales Portfolio. Sonst hätte Francesco doch längst einen Käufer gefunden!«, sagte sie. »Und er hat es weiß Gott versucht! Dreißig lange Jahre lang!«

Pietro nickte. »Normal sicher nicht«, sagte er. »Aber ich habe da vor ein paar Jahren mal etwas gelesen. Von deutschen Studenten. Sehr futuristisch und sehr teuer. Die haben einen kompletten Plan zur Sanierung von Sacca Mattia entworfen. Mit Parks, Bebauung, einem Hafen und einem Anleger für das *vaporetto*.«

»*Mein* Sacca Mattia?«, fragte Lucia entsetzt.

Mafalda tätschelte Lucias Hand, mit der sie sich krampfhaft an der Lehne ihres Stuhles festhielt. »Lass ihn reden, *cara mia!*«, sagte sie zu ihr. »Wir wollen schließlich, dass es möglichst nicht mehr lange *dein* Sacca Mattia bleibt!«

Lucia schaute Mafalda erst entsetzt an, grübelte dann nochmals, was letztlich in einem zögerlichen Nicken endete.

»Ich glaube, ich weiß, wovon du redest!«, sagte Angelo zu Pietro und tippte auf seinem *telefonino* herum.

»Wohnhäuser, Parks, öffentliche Anlagen vielleicht noch! Wer soll denn das bezahlen?«, blaffte Lucia dazwischen.

»Das stand da nicht«, antwortete Pietro kleinlaut.

»Siehst du?«, sagte Lucia und deutete mit der nach oben geöffneten Hand in Pietros Richtung.

»Andererseits«, warf Angelo ein, »mit Spenden, Geldern der Stadt und Hilfe aus Europa?«

»*Europa!*«, rief Lucia angewidert und verzog ihr Gesicht, als hätte sie gerade verdorbenen Fisch gegessen.

»EU-Subventionen zum Beispiel?«, sagte Angelo unbeeindruckt von Lucias Ausfall.

Das Wort »Subventionen« behagte Lucia offenbar schon wesentlich mehr. Sie rutschte auf ihrem Stuhl hin und her, dann mitsamt Stuhl in Angelos Richtung und lauschte plötzlich sichtbar aufmerksamer als noch einen Moment zuvor.

»Was ist, wenn wir dieses Projekt von Pietro nehmen und so tun, als wäre das aktuell?«, sinnierte Angelo. »Als gäbe es einen Verein mit Rückendeckung von der Stadt und zugesagter Unterstützung aus Europa?«

Mafalda schaute unschlüssig in die Runde. Von Projektentwicklung und Subventionen verstand sie noch weniger als von Immobilien. »Könnten wir ihr nicht einfach sagen, dass es einen zweiten Bieter gibt, ohne zu sagen, wer das ist?«, fragte sie.

Lucia winkte ab. »Die ist doch nicht blöd«, sagte sie. »Wenn Francesco ihr das so erzählt, dann riecht sie den Braten und springt gleich ab!«

Mafalda wippte unschlüssig mit dem Kopf. »Na, ein Verein oder ein futuristisches Projekt, das von jetzt auf gleich auftaucht, ist da ja viel vertrauenerweckender!«, polterte es aus ihr heraus.

»Nicht unbedingt«, sagte Angelo, schaute erst in der Runde herum und dann ins Weite.

»Wie meinst du das … nicht unbedingt?«, hakte Lucia nach.

»Wenn wir die alten Pläne nehmen, die diese Studenten entwickelt haben, dazu einen Verein erfinden, ein paar Interviews fingieren, eine Webseite basteln …«, sagte er.

»Und das macht dann den Unterschied?«, fragte Mafalda ungläubig.

»Das ist wie mit der Villa«, fabulierte Angelo und kam

allmählich in Fahrt. »Sie hat keine Zeit für eine gründliche Prüfung. Eine professionell aussehende Webseite, ein paar Videos mit Interviews, vielleicht ein kurzer Artikel im Regionalteil einer Zeitung? Wie soll sie in der Kürze der Zeit herausfinden, dass das alles nur fingiert ist?«

Lucia nickte vorsichtig. Ihrem Gesicht nach zu urteilen, war sie Angelos Vorschlag nicht gänzlich abgeneigt.

»Und wir nehmen Alma als Chefin des Vereins!«, sagte Angelo begeistert.

»Mich?«, antwortete die erschrocken. »Wieso mich?«

»Ja genau!«, sagte Lucia begeistert und ohne groß nachzudenken. »Du hast diese … wie soll ich es formulieren … Gemeinwohlausstrahlung!«

Alma runzelte die Stirn und schaute Lucia böse an. Doch bevor sich ein Streit entwickeln konnte, griff Mafalda ein und vermittelte zwischen den beiden. »Sie meint, weil du so lange ehrenamtlich gearbeitet hast. Bei der Jugendfürsorge«, sagte Mafalda zu Alma. Und dann zu Lucia: »Nicht wahr?«

Lucia nickte und deutete mit der rechten Hand auf Mafalda. »Genau das meinte ich«, sagte sie, sichtbar froh, dass Mafalda sie aus einer peinlichen Situation gerettet hatte.

»Findest du den Plan dieser Studenten noch?«, fragte Lucia Pietro. Fast hätte sie noch »in deinem Internet« hinzugefügt. Aber dieser Satz war für Mafalda reserviert. Pietro und Angelo lasen konzentriert auf ihren *telefonini*.

»Könntet ihr uns bitte teilhaben lassen?«, unterbrach Ettore sie lachend.

»*Scusate*«, sagte Pietro. »Ich habe das Projekt der Studenten nicht gefunden. Dafür aber ein viel interessanteres Projekt.«

»Und das wäre?«, fragte Mafalda ungeduldig zurück.

»Das ist von einer Gruppe junger Architekten aus Buenos Aires«, las Pietro vor.

»*Argentinien?* Wie kommen die denn auf unser kleines Murano?«, fragte Lucia dazwischen.

Pietro zuckte mit den Schultern. »Jedenfalls wollen die Sacca Mattia zu einem Lagunenpark machen. Mit viel Grün und Parks, einem neuen Glasmuseum, ein paar Wohnungen auf Stelzen in der Lagune.«

»*Viel* zu teuer!«, unterbrach Lucia und wischte die von Pietro vorgelesenen Ideen abfällig mit einer Handbewegung weg.

»Als Naherholungsgebiet für Venedig«, las Pietro weiter. »Direkt erreichbar über eine neue Anlegestelle für das *vaporetto*. Und finanziert von Spenden und vor allem mit EU-Geldern für mehr Grün in der Stadt. Dann wollen sie auch noch Ausgleichszahlungen für die Industrieschlote in Marghera mit einbeziehen.«

»Das ist wirklich eine Menge!«, sagte Alma nickend.

»Geld?«, fragte Lucia interessiert zurück.

»*No.* Dreck!«, antwortete Alma. »Den sie über die Schornsteine dort in die Luft pusten. Bei Westwind muss ich immer alle Fenster schließen, so sehr stinkt das.«

»Trotzdem, wer soll das denn bezahlen? Und EU-Gelder heißt doch letztlich wieder nur meine Steuern!«, echauffierte sich Lucia und schüttelte energisch mit dem Kopf. Sie hatte wieder ganz in ihre alte Rolle zurückgefunden.

»So als würde sie welche bezahlen!«, brummelte Mafalda leise vor sich hin.

»Bezahlbarer Wohnraum im Grünen klingt für mich eigentlich sehr gut?«, sagte Alma leise fragend und zögerlich.

»Du bist wirklich Mrs. Gemeinwohl persönlich!«, konterte Lucia aufgebracht.

»Entschuldige bitte, dass ich ein Gewissen habe!«, antwortete Alma pikiert.

»Ich verstehe nicht«, fragte Mafalda verwirrt, »wie wird aus diesem Plan ein konkretes Angebot? Wie basteln wir uns daraus einen potenziellen Käufer für Lucias Halbinsel?«

»Ganz einfach!«, sagte Angelo, so als wäre das wirklich die logischste und einfachste Sache der Welt. »Wir erfinden einen Verein, der die alten Pläne aus der Versenkung holt und sie mit Hilfe von Stadt und Europa umsetzen will.« Er fuchtelte wild mit den Händen in der Luft herum. »Bürger für Murano!«, sagte er nach ein paar Augenblicken des Nachdenkens. »Und Alma machen wir zu seiner Chefin!«

Die konnte immer noch nicht glauben, für was sie hier alles ihr Gesicht hergeben sollte, wagte es aber nicht, erneut zu widersprechen.

»Die nehmen die alten Pläne auf, entwickeln sie weiter, kaufen mit Spenden das Land und bauen es mit Subventionen aus Europa aus!«, wiederholte Angelo mit schnellen Worten seine Idee.

Alma träumte vor sich hin. »Ein paar hübsche neue Häuser … das wäre schon sehr schön!«, murmelte sie.

»Du weißt schon, dass das alles nur eine Scharade ist, die die Rhyner dazu bringen soll, Sacca Mattia doch noch zu kaufen, *cara mia*?«, fragte Lucia sie ungehalten.

»Es wäre trotzdem schön!«, parierte Alma trotzig.

Angelo nahm sein *telefonino*, stand auf und ging auf Alma zu. »Das ist die richtige Einstellung!«, sagte er. »Lass uns gleich eine Aufnahme machen!«

Alma schaute unsicher um sich, aber dann nickten ihr zuerst Ettore, Anna und Maria und danach alle anderen in der Runde aufmunternd zu. Sie stand auf, ließ sich von Angelo in die Platzmitte führen, und alle anderen, Emilia mit Kellnerinnenschürze und einem Tablett voll leerer Tassen inklusive, folgten ihnen.

»Lass uns die Basilika als Hintergrund nehmen! Dann weiß jeder, dass es um Murano geht«, dirigierte Angelo Alma. »Und alle anderen bitte hinter mich, damit ihr nicht im Bild seid!«

Alma klammerte beide Hände fest um die Griffe ihrer Handtasche, als Angelo sein *telefonino* nach oben hielt und die Aufnahme startete. »Was soll ich denn jetzt genau sagen?«, fragte sie unsicher.

»Bezahlbarer Wohnraum und Grünanlagen zur Erholung, seit wann ist das für Sie ein Thema?«, fragte Angelo aus dem Off.

Alma überlegte nur kurz und legte dann druckreif los: »Das ist doch eigentlich ein Thema, das jede und jeden hier auf Murano angeht. Wir wollen alle hier wohnen bleiben und uns nicht aufs Festland abdrängen lassen. Dafür muss es bezahlbar bleiben! Und mit etwas Grün drumherum.«

»Und deshalb haben Sie den Verein gegründet, Cittadini per Murano?«, fragte Angelo. Mit jeder von Angelos Fragen kam Alma mehr in Fahrt und malte ein immer bunteres Bild von den Plänen ihres Vereins für die Zukunft von Sacca Mattia. So bildlich und glaubhaft, dass Maria sich für einen Moment überlegte, ob sie nicht in eines der neuen Häuser da ziehen könnte, bevor ihr wieder einfiel, dass das alles ja nur eine Scharade war.

»Also ich würde dir das sofort abkaufen!«, sagte Angelo, nachdem er seine Aufnahme beendet und sein *telefonino* in die Tasche seiner Jeans gesteckt hatte.

Alma schaute unsicher in die Runde. Erst nickten ihr alle anerkennend zu, um dann in lauten Applaus auszubrechen. So laut, dass die Spaziergänger auf der anderen Seite des Kanals misstrauisch zu ihnen herüber schielten. Alma nickte freudig in Richtung der Klatschenden, auch wenn ihr so viel Aufmerksamkeit eigentlich unangenehm war.

»Ich gehe schnell nach Hause und bastle eine Webseite daraus«, freute sich Angelo.

»Da kommt gerade mein Taxiboot!«, sagte Lucia und deutete auf ein teakgedecktes Kabinenboot, das soeben über den Canale di San Donato den Anleger auf dem *campo* vor der Basilika ansteuerte. »Das brauche ich jetzt nicht mehr«, sagte sie zu Angelo. »Damit bist du schneller zu Hause. Ich zahle!«

32

*I*ch hätte nicht gedacht, dass in Alma so ein Medientalent steckt!«, sagte Mafalda schmunzelnd, als sie mit Anna zu ihrer Linken und Maria zu ihrer Rechten auf dem Weg nach Hause durch die kleine Gasse hinter Santi Maria e Donato nach Hause lief.

»Die Mrs. Gemeinwohl – oder wie hat Lucia sie genannt?«, sagte Anna lachend.

Maria war derweil weniger zu Späßen aufgelegt. Sie schritt rechts von den beiden leise und wortlos voran. »Meinen Sie denn, der neue Plan wird gelingen, Signora Mafalda?«, fragte sie zaghaft.

Mafalda und Anna schauten sie mit großen Augen von der Seite an. Bei all der Energie und all den Späßen hatten sie vollständig übersehen, wie nah diese Sache Maria ging.

»Wissen Sie«, sagte Maria leise, »das Angebot für die Wohnung in Mestre steht ja noch immer. Aber nach all den Aktivitäten der letzten Tage hatte ich mich mittlerweile fast darauf eingestellt, dass ich hier wohnen bleiben kann.«

Mafalda hakte Marias linken Arm unter und ging mit ihr

an ihrer Seite beherzt voran. »Alles wird gut, Maria!«, sagte sie. »Ich kann Ihnen noch nicht sagen, wie genau. Aber ich habe ein gutes Gefühl.«

»Hatten wir das bis gestern nicht auch schon?«, fragte Maria nachdenklich.

Mittlerweile waren sie schon um die Ecke gebogen, das gemeinsame Haus war fast in Reichweite. Mafalda hätte gerne noch etwas Aufmunterndes zu Maria gesagt. Dabei wusste sie nur zu genau, dass ihr Optimismus nur auf Gefühlen und einer unumstößlichen Hoffnung basierte und nicht auf Fakten. Und dass es nach Lage der Fakten vermutlich besser wäre, wenn Maria für die angebotene Wohnung auf dem Festland noch nicht absagen würde. Auch wenn Mafalda das selbst so natürlich nie ausgesprochen hätte. Sie beließ es daher dabei, Maria mit ihrer linken Hand aufmunternd über den untergehakten Arm zu streichen.

Anna ließ sich von den düsteren Vorahnungen ihrer Mutter nicht beeindrucken. Nicht über die Maßen zumindest. Auf dem Weg durch die Calle de le Conterie wurde auch sie immer stiller. Denn wirklich etwas von Substanz konnte sie ihrer Mutter nicht sagen – das wusste sie auch. Doch ihr tänzelnder, leichtfüßiger Gang zeigte deutlich, dass sie sich davon nicht runterziehen lassen wollte, dass sie fest an einen Erfolg glaubte.

Vor ihrem Haus angekommen, sah Mafalda sofort einen kleinen bunten Zettel, der hinter die rostigen gusseisernen Stäbe vor den blinden Scheiben ihrer Haustür gesteckt worden war. Sie stöhnte, schon ahnend, was sie da erwartete, nahm den Zettel, erkannte das Logo des Paketdienstes, konnte das Geschriebene aber nicht entziffern.

»Anna, du hast jüngere Augen. Kannst du mir das bitte vorlesen?«, fragte sie und reichte Anna den kleinen Zettel hinüber.

»Wir haben Sie nicht angetroffen«, las Anna laut vor.

»Schon wieder ein Paket?«, fragte Maria.

»Immer noch, befürchte ich«, antwortete Mafalda. »Da bin ich einmal kurz weg!«

Anna zuckte mit den Schultern.

Mafalda schaute sich suchend auf dem *campo* um, in Richtung der *trattoria*, die inzwischen geöffnet hatte. Gut besucht war sie noch nicht, aber immerhin aufgesperrt. »Warum haben die das Paket nicht einfach da abgegeben, wie sonst auch!«, rief sie und deutete auf das Lokal.

»Ist es wichtig? Das Paket?«, fragte Maria, die spürte, wie ungewöhnlich nah Mafalda diese Paketgeschichte ging. Mafalda schüttelte nur traurig den Kopf, ohne ihr richtig zugehört zu haben.

Anna zeigte mit dem Zeigefinger auf den Zettel und las weiter vor: »Hier steht, dass die nicht noch einmal vorbeikommen. Man muss anrufen und einen neuen Termin vereinbaren.«

Mafalda schaute erstaunt zu Anna. »Das dürfen die?«, fragte sie.

Anna nickte. »Soll ich das für dich erledigen, *nonna* Mafalda?«, fragte sie.

»Nein, nein, Kind. Das mache ich selbst«, antwortete

Mafalda. »Die Nummer steht auf dem Zettel?« Anna nickte und gab Mafalda den Zettel zurück.

»Ich gehe am besten gleich nach oben und rufe da an, bevor ich es vergesse«, sagte Mafalda, ging ins Haus hinein und die Treppe nach oben. Kaum hatte sie ihre Wohnung betreten und ihren Mantel an die Garderobe gehängt, ging sie ins *soggiorno*, zu ihrem Telefon, setzte die dort immer bereitliegende Reservebrille auf und wählte die Nummer, die auf dem kleinen Zettel stand. Es tutete, dann rauschte es wieder, und dann war die ihr schon bekannte Wartemusik zu hören. Vivaldi! Diesmal wieder in der orchestralen Version. Aber der Anzahl der vor ihr wartenden Anrufer nach zu urteilen, würde das Gespräch heute mindestens eine Symphonie lang dauern. Mafalda seufzte und schaute zu ihrem Sessel hinüber. Sie klemmte sich den Hörer ans Ohr, nahm das Telefon in die Hand und wollte schon damit zum Sessel laufen, als es an der Tür klingelte.

Sie drehte sich zur Wohnungstür. Natürlich hatte sie in der Eile die Sicherheitskette nicht eingehängt. Und jetzt, mit nur einer freien Hand, würde ihr das kaum mehr gelingen. Sie öffnete und sah Pietro vor der Tür stehen. »Ich hatte dich schon unten vor dem Haus gesehen«, log sie schnell, denn eine erneute Gardinenpredigt, dass sie nicht zu vertrauensselig sein sollte und mehr auf sich aufpassen müsste, wollte sie sich nicht anhören müssen.

Pietro sah, dass seine *nonna* am Telefon war, legte nur still den rechten Zeigefinger an seine Lippen und zog dann leise die Wohnungstür hinter sich zu.

»Es ist nur Vivaldi. Den kenne ich schon auswendig!«, sagte Mafalda und ging mit dem Telefonhörer am Ohr und dem Telefon in der linken Hand in Richtung ihres Sessels. Pietro nahm das Telefonkabel hoch, führte es vorsichtig um das Telefontischchen herum, damit seine Großmutter sich nicht darin verheddern konnte, und stellte sich dann neben ihren Sessel.

»Jetzt kommt gleich der Herbst!«, sagte Mafalda und deutete auf den Hörer, aus dem immer noch Vivaldi dudelte. Pietro nahm das als Zeichen, dass es noch länger dauern würde, setzte sich gedankenlos auf einen Stuhl am Esstisch vor dem Fenster und blickte über die ihm noch immer sehr vertrauten Möbel. Viel Zeit hatte er dafür nicht, denn er wurde von Mafalda mit wildem Winken ihrer rechten Hand wieder aufgescheucht, weil er sich auf den Platz seines verstorbenen Vaters gesetzt hatte.

»Was meinen Sie mit ›Sie können es morgen nicht bringen‹?«, fragte Mafalda in den Hörer, nachdem sie zuvor nach einer halben Ewigkeit einen Gesprächspartner an die Leitung bekommen und ihm umständlich die bandwurmlange Paketnummer durchgegeben hatte. »Morgen geht es nicht? Sie fahren morgen gar nicht nach Murano?«, wollte sie immer noch ungläubig wissen. »Ja, warum haben Sie die Pakete dann nicht in der *trattoria* gegenüber abgegeben, wie sonst auch?« Auf ihre Frage schien sie nicht die erhoffte Antwort zu erhalten. Was auch daran liegen mochte, dass dem weit entfernt, wenn überhaupt noch in Italien arbeitenden Call-Center-Mitarbeiter die *trattoria* gegenüber nicht bekannt war.

»*Bene.* Wenn es nicht anders geht, dann eben übermorgen. Ich werde zu Hause sein«, sagte sie, verabschiedete sich und legte auf. Sie seufzte laut und legte den Hörer auf das Telefon auf ihrem Schoß.

»Probleme beim Online-Shoppen?«, fragte Pietro sie grinsend von der Seite.

Mafalda begriff erst nicht, drehte sich dann zu ihm hin und schaute ihn entgeistert an. »Was?«, fragte sie.

Pietro winkte ab. »*Niente.* Ein Witz. Erwartest du ein wichtiges Paket?«, fragte er.

Mafalda wollte anfangen zu reden. Eine Ausflucht, eine kleine Notlüge, mehr nicht. Doch dann stockte sie, hielt inne, grübelte und schaute Pietro tief und mit traurigem Blick in die Augen. Ohne ein weiteres Wort stand sie auf, ging in ihr Schlafzimmer und kam kurz darauf mit einem schon stark zerknitterten Stück Papier in den Händen zurück. »Das ist ein Brief«, sagte sie zögerlich.

»Das sehe ich«, sagte Pietro und nickte.

»Von deinem Vater«, sagte Mafalda schon etwas lauter, aber zwischen jedem der Worte stockte ihr der Atem.

Pietro schaute sie verwirrt an.

»Er hat ihn geschrieben, als …«, fing sie nach kurzer Pause an zu reden, suchte aber sogleich wieder nach Worten. »Er hat ihn damals geschrieben«, sagte sie schließlich. Beide wussten, was mit »damals« gemeint war. Pietro schaute sie immer noch wortlos an. »Und jemanden gebeten, mir den Brief später zuzuschicken«, sagte sie.

Pietro musste schlucken. »Später?«

»Mitte März«, sagte Mafalda.

Pietro stand auf wie ferngesteuert und starrte seine *nonna* entsetzt an. »Du hast seit über einem Monat einen Brief von meinem Vater und hast mir nichts gesagt?«, fragte er, nein, er schrie fast.

Mafalda schaute erst ihn erschrocken an und sah sich dann ängstlich nach links und nach rechts im Raum um. »Ich weiß, ich hätte dir eher davon erzählen sollen«, fing sie nach ein paar Augenblicken wieder verschüchtert an zu reden.

»Sechs Wochen?«, unterbrach Pietro sie harsch.

»Aber der Brief hat mehr Fragen aufgeworfen als beantwortet«, sagte Mafalda mit Tränen in den Augen. »Ich wollte erst mehr wissen, bevor ich dir falsche Hoffnungen mache.«

»Hoffnungen?«, fragte Pietro, wurde kreidebleich und setzte sich wieder hin.

Mafalda schüttelte den Kopf. Sie dachte nach. »*Bene.* Also gut. Die Wahrheit. Die ganze Wahrheit«, sagte sie, setzte sich wieder in ihren Sessel, denn diese Geschichte würde einiges an Zeit in Anspruch nehmen. »Der Unfall deines Vaters damals«, fing sie langsam und bedächtig an zu reden, »das war kein Unfall.«

Pietro schaute sie verständnislos an. »Ich habe dir immer gesagt, hör nicht auf die bösen Gerüchte. Dass dein Vater seine Arbeit vernachlässigt hätte. Dass er ständig unterwegs gewesen wäre und nie für die Familie da.«

Pietro nickte.

»Dein Vater hat für eine Art Sondereinheit der Polizei

gearbeitet«, fuhr sie fort. »In Rom. Deswegen war er zuletzt auch so oft weg. Irgendwas mit großer Politik und Bestechung. Genaueres weiß ich noch nicht.«

Pietro hörte ihr vollkommen still zu, hing aber bei jedem einzelnen Wort an ihren Lippen.

»Und dann gab es da diesen einen Einsatz. Der, vor dem er diesen Brief geschrieben hat.« Mafalda musste schlucken. »Er hatte wohl Angst. Irgendwas in ihm hat ihm gesagt, dass es eng werden könnte. So oder so.«

»So oder so? Was meinst du mit so oder so?«, fragte Pietro tonlos.

»Kennst du den *Servizio Centrale di Protezione?*«, fragte Mafalda.

»Das Zeugenschutzprogramm?«, antwortete Pietro. »Ja. Die geben Leuten eine neue Identität, wenn ihr Leben sonst gefährdet wäre. Wegen irgendetwas, das sie getan haben oder wovon sie Kenntnis haben.«

Mafalda nickte. »Bei diesem letzten Einsatz. Vor dem er mir den Brief geschrieben hat«, sagte sie. »Da war ihm eigentlich klar, dass das nur auf die eine oder andere Weise enden könnte.« Sie rutschte unruhig in ihrem Sessel hin und her. Mochte der Sessel sonst weich und bequem sein, heute fühlte er sich für sie an wie ein zu kleiner Bistrostuhl in einem der neumodischen Restaurants in Venedig drüben. »Entweder«, fing sie wieder an zu reden, »er würde bei diesem Einsatz ...«, sie konnte die Worte kaum aussprechen, »... getötet werden.« Sie holte tief Luft. »Oder er müsste danach in dieses Zeugenschutzprogramm, weil die Hintermänner der Leute, die er verhaften sollte, ihn mit diesem Wissen sonst nicht am Leben gelassen hätten.«

»Papa lebt?«, fragte Pietro mit ersterbender Stimme.

Mafalda hob die Hände in Richtung Decke. »Ich habe nicht die geringste Ahnung!«, sagte sie. »Er hat den Brief ja vorher geschrieben, und wie es ausgegangen ist, das weiß ich nicht. Die in Rom verraten auch nichts.«

»Die vom Zeugenschutzprogramm?«, fragte Pietro. Auch er hatte jetzt Tränen in den Augen. Mafalda nickte stumm.

»Sie sagen, es wäre ihre Aufgabe, nichts zu sagen, selbst wenn sie etwas wüssten. Alles andere könnte diejenigen, die sie schützen, in Gefahr bringen.« Sie rutschte wieder hin und her. »Allerdings habe ich immer Zweifel gehabt, weil sein Sarg leer aus Rom zurückkam. Die haben das mit dem Unfall begründet. Aber tief in mir drin haben da immer Zweifel an mir genagt.«

Pietro schaute sie fragend an.

»Ich weiß nicht, wie ich das erklären soll«, sagte sie. »Als dein Großvater starb, da war das unglaublich hart für mich. Aber ich konnte mich wenigstens von ihm verabschieden.« Mafalda schluchzte laut hörbar. »Von deinem Vater konnte ich das nie.«

Pietro nickte. Er verstand. Ihm war es nicht anders gegangen. »Und dieses Paket …?«, fragte er vorsichtig.

Mafalda hob die Hände halb nach oben und ließ sie dann wieder sinken. »Eigentlich müssten es drei sein«, sagte sie. »Aber die haben angeblich nur eines.«

Pietro schaute sie mit zusammengekniffenen Augen

verständnislos an. »Dein Vater hat mir mit dem Brief einen Schlüssel geschickt. Zu einem Schließfach. Am Bahnhof.«

»Santa Lucia?«, fragte Pietro verwundert.

»Genau da«, sagte Mafalda. »Du weißt doch, wie er war! Nichts und niemandem hat er vertraut. Und er dachte, am Bahnhof wären die Unterlagen sicher.«

»Welche Unterlagen?«, fragte Pietro.

»Das hat er so genau in seinem Brief nicht geschrieben«, antwortete Mafalda und zuckte hilflos mit den Schultern. »Er schrieb, er hätte Kopien von allen wichtigen Unterlagen gemacht. Damit wäre es uns möglich, seinen Namen wieder reinzuwaschen, und wir könnten dann verstehen, warum er verschwunden ist. Warum er von uns gegangen ist.«

»Und?«, fragte Pietro.

»Und du weißt doch, dass sie den Bahnhof vor einigen Jahren komplett umgebaut haben?«, fragte sie ihn.

Pietro nickte. Er hatte eine grobe Ahnung, worauf das hier hinauslief.

»Dabei wurden die alten Schließfächer entfernt und deren Inhalt dann von einer Dienststelle zur anderen weitergegeben. Wegwerfen durften sie die Sachen ja nicht. Aber einfach zurückgeben, das war auch nicht möglich. Dann begann eine wahre Odyssee … die eine Dienststelle wollte nichts davon gewusst haben, die andere hat die Schuld auf die erste geschoben und so weiter.«

»Und das Paket?«, fragte Pietro.

»Irgendetwas haben sie dann doch noch gefunden«, sagte sie bitter. »Frag mich nicht, was genau. Ich weiß es nicht! Und das haben sie dann einfach mit der Post an mich geschickt.«

»Mit der Post?«, fragte Pietro entgeistert.

»Genauso habe ich auch reagiert. Genauso!«, sagte sie aufgewühlt. »Sie hätten doch nur anrufen müssen! Ich hätte die Sachen am gleichen Tag noch abgeholt. Aber mit der Post?«

Pietro schnaufte laut. »Und das Paket? Das kommt jetzt morgen an?«, fragte er.

»Übermorgen. Frühestens«, sagte Mafalda. »Ich werde von früh bis spät am Fenster da drüben sitzen«, sie zeigte auf das Eckfenster hinter dem Esstisch, »und nach dem Paketboten Ausschau halten. Als Pietro darauf nichts erwiderte, sagte sie: »Ich denke, nein, ich hoffe, dass er noch mehr Briefe geschrieben hat. Auch an dich. Und dass die dann bei den Unterlagen liegen.«

»Kann ich den Brief lesen?«, fragte Pietro.

Mafalda reichte ihm den Brief ganz aufgeschreckt rüber. »*Naturalmente*«, sagte sie. »Deswegen habe ich ihn doch geholt.«

»In Ruhe, *nonna*? Bei mir zu Hause?«, fragte er.

»Selbstverständlich«, sagte Mafalda. »Bring ihn mir nur morgen wieder zurück!«

Pietro stand auf, nickte und ging wortlos. Mafalda schaute ihm traurig hinterher. Denn angesichts ihrer schlaflosen Nächte in den letzten Wochen, hatte sie eine grobe Vorahnung, was für eine unruhige Nacht ihrem Enkel bevorstand.

33

*A*uf dich haben wir gewartet!«, begrüßte Alma Lucia, die wie immer als Letzte zu der kleinen Gruppe in der Bar Il Sole gestoßen war. Verabredet waren sie um halb elf. Jetzt stand die Sonne schon fast senkrecht am Himmel und statt des vormittäglichen Ombraglases Wein war es fast Zeit für ein frühes Mittagessen. Oder für beides, wenn es nach Lucia ging.

»Ratet mal, wer noch einmal mit der alten Rhyner telefoniert hat?«, fragte Lucia beschwingt lächelnd in die Runde und führte dabei im schwarz-weiß gestreiften Kleid mit breitem schwarzem Gürtel und passendem breitkrempigem Hut ganz seltsame, tanzähnliche Bewegungen auf.

»Nicht wirklich? Francesco? Er hat sie angerufen?«, fragte Mafalda und hielt sich vor Aufregung an ihrem Stuhl fest.

Lucia schüttelte den Kopf. »Besser! Sie ihn! Sie hat sich sogar für die Störung entschuldigt, dabei hat er auf ihren Anruf gewartet, als säße er auf heißen Kohlen!«, erzählte sie.

»Wieso hat sie ihn angerufen? Und nicht er sie?«, fragte Alma und legte ihre Stirn in Falten.

»Du kennst Francesco!«, antwortete Lucia, nahm ihren kleinen Schminkspiegel aus der Tasche und zog sich in aller Seelenruhe den dunkelroten Lippenstift nach. »Der hat seinen eigenen Kopf. Es geht nach ihm und nach nichts anderem.«

Alma verstand kein Wort und schaute Lucia verständnislos an. Die lehnte sich in ihrem Stuhl zurück, kaute erst kurz auf dem Bügel ihrer Sonnenbrille herum und wedelte danach mit dem Gestell durch die Gegend, dass man fürchten musste, dass sich jeden Moment der Bügel vom Gestell lösen würde.

»Er fand das nicht gut«, fing Lucia langsam an zu erzählen. »Ihr hinterherzutelefonieren, wo sie doch schon abgesagt hatte. Oder zumindest nicht innerhalb der Frist zugesagt.«

Alma wedelte ungeduldig mit ihrer rechten Hand in der Luft, um Lucia zu schnellerem Erzählen anzutreiben. Doch die genoss ihren Auftritt viel zu sehr, um ihn vorschnell zum Abschluss zu bringen.

»Das sei unter seiner Würde, meinte er. Und außerdem taktisch unklug«, erzählte Lucia langatmig weiter. »Und dann kam ihm zu Hilfe, dass das Lokalfernsehen Angelos Videoclip mit Alma den ganzen Tag über im Halbstundentakt in Dauerschleife ausgestrahlt hat.«

»Ich war im Fernsehen?«, fragte Alma überrascht.

»Achtundvierzig mal allein seit gestern«, sagte Lucia und

nickte. »Diese ganzen Fieberpläne über eine gemeinnützige Bebauung und so.«

Alma zog die Augenbrauen hoch.

»Aber deine animierten Zahlen, Angelo«, sagte Lucia und deutete mit der Sonnenbrille in ihrer rechten Hand auf ihn, »wie die durchs Bild flogen, mit den Subventionsmillionen, die waren schon sehr beeindruckend!«

Angelo lächelte verschmitzt. »Ich musste da gar nicht viel nachhelfen«, sagte er. »Die vom Lokalsender suchen händeringend nach neuen Beiträgen, die sie nichts kosten. Ich habe ihnen nur den Link per E-Mail geschickt und gewartet.«

»Ich war wirklich im Fernsehen?«, fragte Alma nochmal, diesmal leicht lächelnd, mit einer Mischung aus Stolz und Belustigung.

»Jedenfalls«, begann Lucia weiterzuerzählen, und nicht nur Mafalda rutschte mittlerweile ungeduldig auf ihrem Stuhl hin und her, »jedenfalls muss sie die Sendung auch gesehen haben. Und dann …«

»Und dann?«, platzte Mafalda dazwischen.

»*Dann* hat sie Feuer gefangen!«, sagte Lucia genüsslich grinsend und rieb beide Handflächen aneinander. »Dann ist die Gier mit ihr durchgegangen!«

»Inwiefern?«, fragte Alma.

»Sie hat Francesco selbst angerufen!«, betonte Lucia noch einmal, klatschte in die Hände und schaute durch ihre Zuhörer hindurch, so als würde sie die gesamte Szene nochmals in Gedanken nach inszenieren. »Das war wirklich viel besser, als wenn er sie angerufen hätte!«

»Besser weil?«, fragte Mafalda.

»Weil sie Sacca Mattia jetzt unbedingt wollte. Unbedingt. Um jeden Preis«, erzählte Lucia, legte ihren Kopf dann leicht schief und redete weiter: »Um fast jeden Preis. *Und* weil Francesco sie nicht erst mühsam davon überzeugen musste!«

Bis hierhin hatte niemand ein Wort verstanden, vor allem wusste niemand, wie die Geschichte nun ausgegangen war. Alle hingen wie gebannt an Lucias Lippen. »Sie hat am Telefon nichts gesagt, aber es war klar, dass sie selbst auf die Subventionen aus ist«, erzählte Lucia weiter. »Sie hat ihm sogar ohne Zögern einen Aufschlag bezahlt, um Almas Verein zu überbieten!« Alma schaute beleidigt zu Lucia hinüber.

»Ordentlich abgelästert haben sie am Telefon. Über dieses Konzept mit bezahlbarem Wohnraum und bla bla.« Alma schaute sie mittlerweile fast grimmig an, als Lucia bei den letzten Worten abfällig mit der linken Hand wedelte. »Er hat ihr gesagt, dass er Sacca Mattia lieber an sie verkauft als an diese *Sozialisten*«, erzählte Lucia weiter. Beim Wort »Sozialisten« verzog sie angeekelt das Gesicht, so als ob ihr jemand verdorbene Austern hätte unterjubeln wollen. Almas Blick von eben hatte sie scheinbar nicht bemerkt.

»Und?«, fragte Mafalda ungeduldig. Das ausschweifende Geplauder von Lucia dauerte auch ihr viel zu lange.

»Wenn sie ihm etwas mehr bezahlt natürlich«, sagte Lucia.

»Und die Sozialisten damit überbietet«, maulte Alma angesäuert dazwischen. »So viel Kommerz muss sein.«

Lucia ließ sich von Almas Kommentar nicht aus dem Konzept bringen. »Es war ganz klar«, erzählte sie unbeirrt weiter, »dass sie dachte, sie würde Francesco über den Tisch ziehen und nicht umgekehrt! Denn wenn sie die Subventionen selbst kassieren kann, dann vervielfacht sich der Wert des Grundstückes über Nacht!«

»Aber war nicht gerade unser Plan, dass sich der Wert des Grundstücks nach dem Kauf in Nichts auflöst?«, fragte Alma irritiert.

Lucia nickte. »Das wird er auch«, sagte sie. »Wenn sie herausfindet, dass es gar keine Subventionen gibt. Und dann beim Graben auf Blei und Arsen stößt.«

Mafalda verstand überhaupt nichts mehr. Vor ihrem geistigen Auge flogen jetzt nur noch die Zahlenkolonnen mit den Subventionsmillionen hin und her, und nach einiger Irrfahrt landeten sie immer dort, wo sie gar nicht hinsollten, bei Elisabeth Rhyner. »Komm auf den Punkt!«, raunzte sie Lucia ungeduldig an.

»Lasst mich doch ausreden!«, sagte Lucia maulig. Doch keiner der Anwesenden hatte gerade Lust auf eine weitere Runde von Lucias ausschweifenden Erzählungen.

»Hat sie Sacca Mattia jetzt gekauft oder nicht?«, fragte Angelo mit zusammengekniffenen Augen.

Lucia lehnte sich zurück und suchte nach Worten. Es war ihr anzusehen, dass sie ihren Vortrag gerne noch ein wenig fortgeführt hätte, hätten nicht die ungeduldigen Augen der gesamten Meute auf ihr geruht. Mit einem lauten Knacken löste sich ihre malträtierte Sonnenbrille vom Bügel und fiel zu Boden. »Sie hat!«, sagte Lucia schließlich, atmete schwer aus und lächelte danach selbstzufrieden.

»Und jetzt?«, hakte Mafalda nach.

»Jetzt«, antwortete Lucia, »sitzt mein Göttergatte gerade mit ihr beim Notar drüben in San Marco in der Calle degli Avvocati und macht die Unterlagen für den Verkauf fertig.«

»Aber wenn sie die Subventionen kassiert, dann hat sie doch viel mehr Geld in der Tasche statt weniger?«, fragte Alma reichlich verzweifelt in die Runde.

»Es gibt keine Subventionen, *cara mia*, das sagte ich doch schon!«, dozierte Lucia. »Die existieren nur in Angelos Video. Und in ihrer Fantasie!«

»Also hat sie …«, fragte Mafalda immer noch verwirrt. Aber ihr Gesicht hellte sich stufenweise auf, als sie begriff. »Also hat unser Plan funktioniert?«, fragte sie zuversichtlicher lächelnd.

»Francesco sitzt wie gesagt gerade mit ihr beim Notar«, sagte Lucia nickend. Lucias *telefonino* summte. Sie zog es aus der Tasche und schaute mit zusammengekniffenen Augen darauf. »Saß. Er ist gerade fertig«, sagte sie begeistert, beugte sich vor und nahm einen kräftigen Schluck aus Mafaldas Weinglas.

Angelo hatte schon bei Lucias letzten Worten sein *telefonino* genommen und eine Nummer gewählt. Er schien die Antwort erhalten zu haben, auf die er gehofft hatte, denn er sagte mit zufriedenem Lächeln: »Und sie hat ihr Elternhaus dafür verpfändet. Mein Freund bei der Bank hat es mir gerade gesagt.« Und an Lucia gewandt, fügte er anerkennend nickend hinzu: »Eine halbe Million Extragewinn für Francesco in so kurzer Zeit, alle Achtung!«

Sie nickte gnädig. »Andere Werte als ihr Elternhaus hat sie ja auch nicht mehr«, sagte sie mit leicht abfälligem Unterton, so als ob sie hier von einer Landstreicherin sprechen würde. Noch immer hielt sie Mafaldas Weinglas in ihrer rechten Hand, nahm nochmals einen großen Schluck daraus und stellte es dann der entgeisterten Mafalda leer auf ihren Tisch zurück.

»Gern geschehen!«, brummelte Mafalda sie an, worauf sie diese verständnislos musterte und mit »Bitteschön!« antwortete.

»Dann kommt doch noch alles zu einem guten Ende!«, seufzte sie, und ihrem Gesichtsausdruck nach konnte man sie vor ihrem geistigen Auge die Banknoten auf ihrem Konto zählen sehen.

»Beh ... erst muss die Stadt ihr noch wegen der Sanierung von Sacca Mattia auf die Finger klopfen«, sagte Mafalda. Sie roch den Braten noch nicht. Noch nicht richtig zumindest. Das war ihr alles viel zu schnell und viel zu glatt verlaufen.

»Kann sie Francesco nicht in Regress nehmen?«, fragte Angelo Lucia.

»W..wer?«, fragte Pietro schläfrig, der mit tiefdunklen Augenringen neben Angelo saß und trotz mehreren getrunkenen *caffè* Schwierigkeiten hatte, die Augen offenzuhalten.

»Signora Rhyner«, antwortete Angelo oberlehrerhaft. »Was du wüsstest, wenn du nicht die ganze Nacht mit Grübeln verbringen würdest!«

»Gekauft wie gesehen!«, beantwortete Lucia freudestrahlend Angelos Frage. »Darauf hat Francesco ganz besonders geachtet.«

»Sie hat den alten Schuppen gesehen?«, fragte Alma perplex. »Und ihn trotzdem gekauft?«

Lucia winkte wild mit der Hand ab. »Das ist nur so eine Formulierung!«, sagte sie. »Das steht immer in den Unterlagen. Damit kann sie später keine Ansprüche geltend machen.« Alma nickte. Aber sie verstand nicht wirklich.

Lucia drehte sich in Richtung Tresen um und suchte Emilia. Doch die hatte sich mit den anderen an einen der kleinen Tische gesetzt und ihre *bar* sich selbst überlassen. Zu sehr interessierte sie das Thema. Als Lucia sie endlich gefunden hatte, zeigte sie auf Mafaldas leeres Weinglas und dann nacheinander auf sich, Alma und Mafalda. »Für mich nichts mehr!«, sagte Alma und wedelte abwehrend mit ihren Händen.

»*Impossibile!* Heute wird gefeiert!«, sagte Lucia und nickte Emilia, die gerade aufgestanden war, zur Bestätigung zu.

»Wie lange wird es denn dauern, bis die Stadt sich bei ihr meldet?«, fragte Mafalda. »Denn Maria hat ja nicht mehr viel Zeit, bis sie aus der Wohnung rausmuss.«

»Das geht ganz schnell! Da kümmere ich mich selbst

drum!«, sagte Lucia, nahm ihr *telefonino* vom Tisch vor ihr und fing an, es mit dem lang ausgestreckten linken Arm haltend, mit der rechten Hand zu tippen. Mafalda schaute sie fragend an. Nach ein paar Augenblicken legte Lucia das *telefonino* hämisch lächelnd zurück auf den Tisch. »Erledigt«, sagte sie zufrieden und klatschte in die Hände. »Ich habe es genauso gemacht, wie ich es euch gesagt habe. Eine hübsche kleine Nachricht an den lieben Dirigente, dass ich ihm einen sehr schönen Campingplatz an der Adriaküste empfehlen kann, von dem mir eine Freundin erzählt hat. Für die Sommerferien«, erzählte sie. »Den Rest wird er sich ja wohl zusammenreimen können.«

»War das nicht etwas schroff?«, fragte Alma erstaunt.

Lucia schüttelte den Kopf. »Mehr als angemessen«, sagte sie. »Er ist ohnehin jedes Jahr gieriger geworden. Inflation hat er das genannt.« Sie lachte gequält. »Mit dem können wir sowieso nichts mehr anfangen«, sagte sie und schüttelte leicht angewidert den Kopf.

»Könnte die Rhyner ihn nicht genauso bestech…«, fing Angelo an zu reden, doch Lucias strenger Blick ließ ihn stocken. »Könnte sich die Rhyner nicht genauso seines Wohlwollens versichern wie Francesco und du?«, fragte er nach kurzer Pause.

Lucia wippte mit dem Kopf nachdenklich hin und her. »*Beh* … die ist doch gar nicht so mit der *Kultur* unseres Landes vertraut!« Als Lucia das Wort »Kultur« sagte, zog Mafalda die Augenbrauen nach oben und warf Alma einen bedeutungsvollen Blick zu.

»Ein wenig traurig bin ich schon, dass aus unserem Projekt jetzt nichts wird«, sagte Alma traurig.

»Diese sozialistischen Hirngespinste?«, fuhr Lucia sie an. »Das war doch von Anfang an nur als Finte gedacht, Dummerchen!«

Mafalda hätte Alma jetzt gerne zur Unterstützung die Hand getätschelt, doch Lucia saß zwischen den beiden. »Nenn sie nicht Dummerchen!«, sagte sie etwas zerknirscht zu Lucia. »Sie hat das Herz am richtigen Fleck, und ich hätte auch für ihr Projekt gestimmt!«

»Ich war wirklich im Fernsehen?«, fragte Alma ein letztes Mal und nippte selig grinsend an ihrem Weinglas.

34

Die altersschwache Markise wippte im leichten Frühlingswind gefährlich auf und ab. Aber sie bot den Tischen darunter gerade so viel Schatten, dass man dort nicht mehr geblendet wurde, es ohne die Frühlingssonne aber nicht zu frisch war. Noch ein paar Minuten, und die Sonne würde hinter dem Häuserblock am westlichen Rand des Campo San Bernardo komplett verschwunden sein. Dann wäre es zu kalt, um noch draußen an einem der Tische der neuen *osteria* direkt gegenüber von Mafaldas Wohnung zu sitzen.

»Mir wäre es lieber gewesen, wir hätten einen der Tische um die Ecke genommen!«, moserte Mafalda. »Es ist mir nicht recht, wenn mich der Besitzer der *trattoria* nebenan hier in dem neuen Laden essen sieht!«

»Ich wusste nicht, dass in der Beziehung zwischen dem *padrone* nebenan und dir Fremdessen verboten ist?«, fragte Lucia belustigt.

»Die Tische um die Ecke sind schon komplett im Schatten. Da holt man sich ja sonstwas!«, mokierte sich

Alma. »Nein, hier in der Sonne ist es mir lieber.« Was sie nicht daran hinderte, den Kragen ihrer Strickjacke dennoch nach oben zu ziehen, als wäre ein Schneesturm im Anmarsch.

»Wieso eigentlich hier? Und um diese Uhrzeit?«, fragte Mafalda, die immer noch ungehalten war, dass Lucia sie so kurzfristig aus ihrem gewohnten Tagesablauf herausbeordert hatte.

»Ich musste von zu Hause weg. Das Telefon klingelte ununterbrochen. Einmal bin ich rangegangen – es war natürlich die Rhyner. Da konnte ich mich dank meiner vorzüglichen Rumänischkenntnisse rausmogeln. Ich habe einfach ein paar Sätze auf Rumänisch gesagt und dann aufgelegt! Danach hat sie an der Tür Sturm geklingelt!«, antwortete Lucia. »Ich musste mich durch den Hintereingang hinausschleichen!«.

»Und Francesco?«, fragte Alma.

Lucia zuckte mit den Schultern. »Eine Dienstreise. Oder irgendwas in der Art. Auswärts auf jeden Fall. Was weiß ich?«, antwortete Lucia. »Ich habe Estera aufgetragen, nicht an die Tür zu gehen und alle Anrufe abzuwimmeln. Sie spricht ja ohnehin nur Rumänisch.«

»Fast so gut wie du«, sagte Mafalda und warf Alma einen bedeutungsvollen Blick zu.

»Und warum hier?«, fragte Alma, die die komplett von der Sonne beschienene Terrasse der Bar Il Sole vermisste.

»Weil ich die neue *osteria* hier schon länger einmal ausprobieren wollte«, antwortete Lucia dünnlippig. »Und …

weil ich der Rhyner aus dem Weg gehen wollte. Und das geht hier besser als auf dem Campo San Donato, wo man von allen Richtungen aus gesehen wird.«

»Aber die Rhyner kennt dich doch gar nicht!«, warf Alma ein.

»Sicher ist sicher«, antwortete Lucia. »Man kennt mich, und ich würde ihr in jedem Fall heute gerne aus dem Weg gehen.«

»Ich hätte uns bei mir drüben etwas kochen können«, meckerte Mafalda. »Das wäre viel billiger gekommen.«

»Ich zahle!«, antwortete Lucia großspurig mit ihrer Standardantwort auf jede Art von Einwänden und wischte damit Mafaldas Bedenken weg.

»Bei dir wurde wirklich Sturm geklingelt?«, fragte Alma Lucia.

»Und geklopft! Mit den Fäusten hat jemand an die Tür geschlagen!«, antwortete sie, schaute erst pikiert auf den *campo* hinaus und dann auf ihre makellos manikürten roten Fingernägel, denen sie ein solch heftiges Klopfen niemals zugemutet hätte.

Alma lehnte sich nachdenklich in ihrem Stuhl zurück und zog sich die auf der Stuhllehne bereitliegende wärmende Decke zusätzlich zu ihrer Strickjacke über die Schultern. »Wo genau stehen wir jetzt eigentlich?«, fragte sie. »Ich habe irgendwie in dem ganzen Hin und Her den Überblick verloren.«

Lucia atmete genervt ein, setzte sich in ihrem Stuhl auf und wechselte wieder in ihren oberlehrerhaften Ton. »*Cara mia.* Sie hat Sacca Mattia gekauft. Der Deal ist abgeschlossen. Wasserdicht! Und nicht widerrufbar!«, dozierte sie. »Und dass Sacca Mattia ein faules Ei war, hat sie offenbar auch schon herausgefunden, sonst würde sie nicht so an meine frisch gestrichene Wohnungstür hämmern!« So wie dieser letzte Satz von Lucia klang, hätte man den Eindruck gewinnen können, sie hätte die Tür eigenhändig im maßgeschneiderten Maleroutfit mit einem neuen Anstrich versehen.

Alma nickte bedächtig.

»Den Brief von der Umweltverwaltung hat sie bestimmt schon erhalten. Und der Dirigent hat sie vermutlich auch schon angerufen. Wenn es ums Geld ging, war der nie zögerlich.« Lucia rieb abfällig Daumen und Zeigefinger aneinander.

»Die Frage ist doch immer noch, kann der sich von ihr nicht auch wieder ...«, fing Alma an zu reden, doch Lucias Blick hielt sie davon ab, ihren Satz zu beenden.

»Sich des beiderseitigen Wohlwollens zu versichern ist im Geschäftsleben ganz normal«, sagte Lucia leicht pikiert. »Das ist quasi Kontaktpflege. Ich weiß gar nicht, was ihr da immer habt!«

»Dann ist doch die Frage«, sagte Mafalda, »was hindert sie daran, sich auch seines Wohlwollens zu versichern?«

»Ihn gnadenlos zu schmieren!«, raunzte Alma leise, ohne Lucia dabei anzusehen.

Lucia schaute kurz verschnupft nach oben, redete nach einer kleinen Kunstpause aber doch weiter: »Seid unbesorgt. Diese Gedanken habe ich mir auch schon gemacht. Ich habe bei seinem Vorgesetzten angerufen und mich über seine unverschämten Forderungen beschwert!«

»*Nach* dem Termin beim Notar?«, fragte Mafalda spöttisch lächelnd. Lucia drehte sich zu ihr und musterte sie von oben bis unten. »Was denkst du denn? Natürlich erst *nach* dem Termin!«, sagte sie.

»Und dadurch kann sie ihn jetzt nicht mehr bestechen?«, fragte Alma. Diesmal widersprach Lucia nicht. Schließlich war es jetzt nicht mehr sie, die um das Wohlwollen ihrer Mitmenschen bemüht war, sondern Elisabeth Rhyner, die sich mit Bestechungsgeldern freikaufen könnte.

»*Den* nicht!«, antwortete Lucia mit Nachdruck. »Das wird alles sehr diskret behandelt. Ich habe das mit seinem Vorgesetzten besprochen.«

»Diskret?«, fragte Alma höhnisch.

»Der Dirigente wird ohne nähere Begründung in den Vorruhestand versetzt. Und ich werde im Gegenzug kein weiteres Wort darüber verlieren. So machen wir es!«, sagte Lucia wichtig.

»Und er?«, fragte Mafalda, belustigt darüber, wie schnell und pragmatisch die hiesigen Behörden doch immer wieder eine scheinbar saubere Lösung für jedes erdenkliche Problem fanden.

»Er auch nicht. Wenn er was sagt, riskiert er eine Untersuchung. Vielleicht sogar einen Prozess. Er kriegt ja so wenigstens noch seine Pension«, sagte Lucia blasiert und wechselte dann zu einem leicht boshaften Grinsen. »Auch wenn die wirklich nicht mehr für allzu viele Eskapaden reichen wird.«

»Das hattest du ihm ja neulich schon vom *telefonino* aus geschrieben«, sagte Mafalda. »So schnell, wie er wohl bei der Rhyner vorstellig geworden ist, hat er deine feinen Andeutungen verstanden.«

Die Kellnerin kam mit zwei großen Tabletts angelaufen.

»Oh, das Essen!«, rief Lucia begeistert in einem Ton, als habe sie den kompletten Tag gefastet. Was natürlich nicht der Fall war. Zu Mafalda und Alma gewandt, fügte sie hinzu: »Ich hatte schon bestellt, bevor ihr kamt. Ich hoffe, das ist in Ordnung?«

Alma schaute begierig auf die ausladenden Cicchetti-Platten, die vor ihnen auf den Tisch gestellt wurden, während Mafalda im Kopf ihre Rezeptsammlung durchging, welche der kleinen Happen sie auch selbst und günstiger hätte zubereiten können. »Wir können gerne auch mal wieder bei mir essen« war der neutralste Kommentar, den sie zum Essen von sich geben konnte.

Lucia und Alma nickten abwesend und nahmen sich reichlich von den vor ihnen stehenden Leckereien: gekochte Eier auf venezianische Art mit marinierten Sardellen, Hackfleischbällchen, gratinierte Miesmuscheln, marinierte Oliven und gebackener Stockfisch auf winzig kleinen Brotscheiben. Alles in mundgerecht kleinen Happen.

Mafalda verschluckte sich fast an der auf Polentabrot angerichteten Sardelle, von der sie gerade einen Bissen genommen hatte, als sie Elisabeth Rhyner über den *campo* gerannt kommen sah. Sie war fast nicht wiederzuerkennen: wie eine Furie, schwitzend, mit zerzaustem Haar, und insgesamt das komplette Gegenteil von der reservierten und komplett kontrollierten Erscheinung, als die Mafalda sie bisher kennengelernt hatte. Für eine Frau, die immer auf ihre Außenwirkung bedacht und bemüht war, keine auch nur ach so kleine Gefühlsregung sichtbar nach draußen zu lassen, war das mehr als eine gewaltige Verwandlung. Ihre Welt musste ernsthaft aus den Fugen geraten sein.

Elisabeth Rhyner hielt auf Mafaldas Haus zu und war drauf und dran, in das Haus zu stürmen, als sie Mafalda im Augenwinkel entdeckt haben musste. Jedenfalls blieb sie abrupt stehen, drehte sich langsam nach links, um dann mit kleinen Schritten auf Mafalda zuzugehen. »Sie! *Sie!*«, sagte sie mehrfach auf Deutsch und zeigte dabei auf Mafalda. Erst danach wechselte sie ins Italienische: »Das haben Sie gewusst!« Als Mafalda, die ob der wirren Erscheinung vor ihr wie erstarrt war, nicht reagierte, wiederholte Elisabeth Rhyner ihren Satz nochmals, nur diesmal laut schreiend, sodass jeder im Viertel sie hören konnte: »*Das* haben Sie gewusst!!!«

»Ich denke, sie meint dich«, knurrte Alma Mafalda von der Seite zu.

»Da stecken *Sie* doch dahinter!«, krakeelte Elisabeth Rhyner weiter, und die ersten Köpfe zeigten sich in den umliegenden Fenstern, weil sie wissen wollten, welche Art Spektakel hier vor sich ging. »Ich war schon bei diesem Makler. Aber sein Büro ist geschlossen! Dann bei dem

Mann, der mir das Land verkauft hat. Aber da ist auch niemand zu Hause!«, redete Elisabeth Rhyner weithin vernehmbar. »Und Sie sitzen jetzt hier in aller Seelenruhe und *essen*!« Beim Wort »essen« hob sie den rechten Arm theatralisch nach oben, und ihre Stimme war kurz davor, sich zu überschlagen.

»*Cicchetti*«, sagte Alma trocken. »Eine venezianische Spezialität. Möchten Sie eines?«

Als Elisabeth Rhyner von dem Mann gesprochen hatte, der ihr Sacca Mattia verkauft hatte, war Lucia sichtbar in ihrem Stuhl zusammengesunken. Sie nahm einen großen Schluck aus ihrem Weinglas. Aber es war ihr anzusehen, dass sie jetzt lieber einen Grappa gehabt hätte. Immerhin hatte Elisabeth Rhyner sie nicht erkannt. Zumindest noch nicht.

»Ich weiß nicht, wovon Sie reden!«, sagte Mafalda trotzig und äußerlich scheinbar komplett die Ruhe bewahrend.

»Erst dieser scheinheilige Anruf von dem Dirigente«, sagte Elisabeth Rhyner und hob beide Arme breit zum Himmel. »*Gute* Zusammenarbeit hat er mir gewünscht! Und *ich* habe erst gar nicht verstanden, was er von mir wollte!«

Mafalda rührte sich nicht.

»Und dann der Brief!«, krakeelte Elisabeth Rhyner weiter und ging dabei wieder auf Mafalda und den Tisch der drei zu. Sie war jetzt so aufgebracht und gestikulierte so wild, dass der schwarze Pelzumhang, den sie über ihren Schultern getragen hatte, zu Boden fiel. »Da sei überall Blei und Arsen!«, rief sie und hob beide Hände flatternd in

Richtung Himmel. »Und *ich* als Eigentümerin müsste das umgehend auf eigene Kosten beseitigen! Ich! Wieso denn *ich*? Die spinnen doch!«

Mafalda rutschte auf ihrem Stuhl hin und her. »Jeder auf Murano hat von den Gerüchten gehört, dass auf Sacca Mattia so einiges im Argen ist«, sagte sie nüchtern und schaute Elisabeth Rhyner dann scharf an: »Jeder Alteingesessene zumindest. Möchten Sie nicht doch ein *Cicchetto*?«

Alma hätte dazu gerne auch noch etwas gesagt. Aber ihr war wieder eingefallen, dass sie als Sprecherin auf Angelos Video interviewt worden war. Ein Video, das Elisabeth Rhyner vermutlich gesehen hatte. Sie fürchtete, dass die sie jetzt wiedererkennen würde, und schaute stumm zu Boden.

»Ja genau! Ihr haltet hier alle zusammen!«, echauffierte sich Elisabeth Rhyner weiter und deutete mit dem rechten Arm in einem Halbkreis über den *campo*. »Das ist genau dieses Geklüngel, das sind genau diese vielen kleinen Nadelstiche, vor denen meine Leute mich gewarnt haben!«

»Ihre Leute haben Sie vor mir gewarnt, aber nicht vor Sacca Mattia?«, fragte Mafalda belustigt, bereute die Frage aber im gleichen Moment, weil sie fürchtete, Elisabeth Rhyner könnte jeden Moment auf sie zuspringen und ihr mit den Händen an die Kehle gehen. Unter normalen Umständen hätte sie vermutlich nie so geredet. Nicht mal im Ansatz daran gedacht, weil es möglichst allen recht zu machen und nirgendwo aufzufallen und anzuecken zu ihren Grundprinzipien gehörte. Aber das waren ganz offensichtlich keine normalen Umstände mehr. Für Elisabeth Rhyner nicht und für Mafalda damit auch nicht.

»Es ist mein gutes Recht, hier Geschäfte zu machen und mit meinem Besitz Gewinne zu erwirtschaften!«, schrie Elisabeth Rhyner wie von Sinnen. Mittlerweile war in praktisch jedem Fenster rund um den Platz ein Gesicht zu sehen – Bekannte wie Unbekannte. Und die Unbekannten hielten das hier vermutlich für eine Theateraufführung.

»Gewinne zu erwirtschaften und Verluste auch«, murmelte Alma mit gesenktem Kopf, aber Elisabeth Rhyner hatte das glücklicherweise nicht gehört.

»Bringen Sie mich jetzt *sofort* zu dem Mann, der mir Sacca Mattia verkauft hat!«, brüllte Elisabeth Rhyner. »Sie kennen sich doch hier alle! Also kennen Sie den windigen Betrüger auch!« Jetzt geriet auch Lucia langsam in Fahrt. Sie ballte ihre Fäuste so sehr, dass sich ihre langen Fingernägel beinahe schmerzhaft in ihre Handflächen bohrten. »Ich bestehe darauf, dass Sie mich zu diesem dahergelaufenen Betrüger bringen, sofort!«, kreischte Elisabeth Rhyner.

»Ich denke, es reicht jetzt«, sagte Lucia wutschnaubend und erhob sich langsam von ihrem Platz.

»Wer sind Sie denn nun wieder?«, kanzelte Elisabeth Rhyner sie von der Seite ab.

»Die Person, die Sie jetzt gleich von diesem Platz wegbringen wird, wenn Sie nicht von selbst gehen!«, antwortete Lucia grimmig, ballte wieder ihre Fäuste und ging um den Tisch herum auf Elisabeth Rhyner zu. »Und außerdem bin ich die dahergelaufene Ehefrau dieses windigen Betrügers!«

Elisabeth Rhyner musterte Lucia von Kopf bis Fuß und wusste nicht recht, was von ihr zu halten war. Nichts Gutes vermutlich, so wutschnaubend wie Lucia vor ihr stand, jede Sehne ihres Körpers angespannt. »Es ist mein gutes Recht, hier Geschäfte zu machen!«, wiederholte Signora Rhyner unschlüssig, diesmal aber etwas leiser.

»*Sie* gehen jetzt besser!«, sagte Lucia mit Nachdruck, aber Elisabeth Rhyner bewegte sich keinen Fingerbreit weg vom Fleck, auf dem sie die ganze Zeit gestanden hatte. Lucia nahm sie beim linken Arm, und der *padrone* der *trattoria*, der ihnen zu Hilfe gekommen war, fasste sie sanft, aber mit Nachdruck, am rechten Arm und schob sie zusammen mit Lucia vom *campo*. Es kostete sie einiges an Kraft und Lucia einen ihrer künstlichen Fingernägel, die wild gewordene Rhyner beiseitezuschieben. Zwar wehrte sie sich nicht, wirkte aber nach ihrem Auftritt hier und dem stundenlangen Umherirren auf Murano zuvor mittlerweile ermattet. Doch sie kooperierte auch nicht wirklich, ließ sich nicht willig führen und setzte nur widerwillig einen Fuß vor den anderen. Fast hatten Lucia und der *padrone* das Gefühl, sie müssten sie wegtragen. Mit aller Kraft zerrten sie sie über den Platz, bis Signora Rhyner sich schließlich losriss und mit einem schrillen Wutschrei den Platz verließ, ihren Umhang, den man ihr hinterhergeworfen hatte, auflas, und das Weite suchte.

In diesem Moment ertönte donnernder Applaus aus den Fenstern der näheren Umgebung. Diejenigen, und davon sollte es doch den einen oder die andere geben, die Mafalda und ihre Freundinnen nicht genauer kannten, hatten das

Spektakel auf dem *campo* offenbar wirklich für eine Theateraufführung gehalten, der sie jetzt brausenden Beifall spendeten. Lucia schaute erst verblüfft über die Fenster und verbeugte sich dann huldvoll in alle Richtungen.

Mafalda fingerte hektisch in ihrer Handtasche, die sie wie immer auf den Boden neben ihren Stuhl gestellt hatte.

»Was machst du?«, fragte Alma sie von der Seite.

»Noch eine Blutdrucktablette nehmen«, antwortete Mafalda leise und etwas außer Atem. »Wenn nicht jetzt, wann dann?«

Der *padrone* der *trattoria* nebenan kam mit drei großen Gläsern Grappa angelaufen, die er ungefragt vor die drei Freundinnen auf den Tisch der rivalisierenden *osteria* stellte, und schaute Mafalda sorgenvoll an. »Ist alles in Ordnung?«, fragte er.

Mafalda, die hier hinter der halb leer gegessenen Platte *cicchetti* im Konkurrenzrestaurant saß, fühlte sich ertappt, schaute scheu nach links und rechts und antwortete dann betreten: »Es wird nicht wieder vorkommen!«

»Jetzt wissen wir wenigstens sicher, dass die Stadt sie schon kontaktiert hat«, bemerkte Lucia, betrachtete betrübt ihren abgebrochenen Fingernagel und nahm dann erst ihres und dann Almas Glas Grappa und leerte es in einem Zug.

Alma beachtete das kaum, war solches von Lucia schon gewohnt und ohnehin dem Alkohol nicht besonders zugetan. »Und was passiert jetzt?«, fragte sie.

Lucia schaute gelangweilt über den Platz und antwortete: »Wenn sie nicht binnen weniger Tage einen Sanierungsplan nebst Kosten und Finanzierung vorlegen kann, wird die Stadt das für sie übernehmen und das Grundstück absperren.«

»Dann darf sie es nicht mehr betreten?«, fragte Alma.

»Sie nicht und auch sonst niemand. Und der Wert des Grundstücks fällt ins Bodenlose«, antwortete Lucia, »weil die Sanierungskosten den Kaufpreis weit übersteigen werden. Sonst hätte Francesco das ja längst gemacht.«

Alma nickte.

»Und *dann* wird die Bank aktiv«, sagte Lucia und zeichnete das Ganze wie eine Checkliste mit ihrem Zeigefinger mit dem abgebrochenen Fingernagel in die Luft. »Denn weil das Grundstück dann nichts mehr wert ist, kündigen die ihr den Kredit.«

Mafalda hatte inzwischen wieder zu sich gefunden, auch wenn immer noch Schweißperlen auf ihrer Stirn standen. Ihr Glas Grappa hielt sie unangetastet in der rechten Hand. »Und inwieweit bringt das mich und vor allem Maria weiter? Und Emilia?«, fragte sie.

Lucia lehnte sich genüsslich zurück. »Das läuft alles so, wie wir es geplant haben. Wenn der Kredit gekündigt wird, muss sie zahlen, sonst nehmen die ihr ihr Elternhaus weg. Da sind die Banken ganz schnell bei der Sache«, sagte sie. »Aber Geld hat sie nicht. Nicht in bar jedenfalls. Also muss sie ihre Häuser hier verkaufen. Schnell verkaufen. Und dann hat der ganze Spuk ein Ende.«

»Das Glasgeschäft auch?«, fragte Alma ganz gegen ihre sonstige Gewohnheit mittlerweile eine Spur euphorisch.

»*Naturalmente*. Kein Geld, kein Glas. Das wird sich alles ganz schnell erledigt haben. Und dann sehen wir sie so bald nicht wieder«, antwortete Lucia mit süffisantem Grinsen.

Mafalda musste auch grinsen, aber nicht süffisant wie Lucia. Es war aufrichtige Freude, die sich in ihr ausbreitete, als sich die Anspannung löste. Freude, über das, was sie alle für Maria und Emilia erreicht hatten, und Vorfreude darauf, dass sie Ettore bald berichten könnte, dass sie auch seine Probleme mit dem gefälschten Glas hatte lösen können.

Lucia dagegen war immer noch bei Frau Rhyners Immobilienschatz. »Vielleicht kann Francesco das eine oder andere Schnäppchen machen. Wahrscheinlich wird der Verkaufspreis gerade mal reichen, um die Kredite abzulösen. Viel wird da nicht bei ihr hängen bleiben.«

Und sie fand, dass das eine mehr als gerechte Strafe für einen abgebrochenen Fingernagel war.

35

»Kann ich bei dir duschen?«, rief Pietro seiner *nonna* zu, die sich aus dem offenen Fenster ihrer Wohnung im ersten Stock mit Maria unterhalten hatte, die gerade von der Arbeit nach Hause kam. »Wenn ich jetzt noch bis nach Hause und zurückmuss, kann ich Angelo nicht mehr rechtzeitig vom *vaporetto* abholen.«

Mafalda musterte Pietro, der mit schlammigen Fußballschuhen, von Grasflecken überzogener Hose und durchgeschwitztem Shirt auf dem *campo* stand, mehr als misstrauisch. Nicht dass sie jemals nein zu ihrem Enkel sagen könnte! Aber seinem Aussehen nach würde sie nach seiner Dusche nicht nur das Badezimmer, sondern mindestens auch Flur und Treppe putzen müssen. »Wieso hast du denn nicht direkt nach dem Fußball geduscht?«, fragte sie.

»Die Stadt. Die haben alles abgesperrt. Sacca Mattia. Die alte Villa und das Nebengebäude mit den Duschen. Betreten verboten wegen Giftmülls im Boden!«

»Und den Fußballplatz direkt daneben haben sie nicht gesperrt?«, fragte Mafalda ungläubig.

»Das ist ein anderes Grundstück, haben sie gesagt. Dafür hätten sie keinen Auftrag.«

Mafalda hatte längst aufgehört, sich über die manchmal wirren Gedankengänge der Beamten der städtischen Verwaltung zu wundern, auch wenn das hier eine gute Gelegenheit gewesen wäre. Dass ein Grundstück wegen Verunreinigung mit Giftmüll gesperrt wurde und das direkt daneben liegende nicht, obwohl Blei und Arsen sicher seinerzeit nicht nur auf dem hinteren Teil der Insel entsorgt worden waren, dass entbehrte nun wirklich jeder Grundlage. Wenn aber die Stadt jetzt das Gelände abgesperrt hatte, dann war das ja eine sehr gute Nachricht. Hieß das doch, dass man Elisabeth Rhyner das Heft aus der Hand genommen hatte und die Stadt nun in eigener Regie vorging.

»Aber die Schuhe ziehst du unten aus!«, rief Mafalda Pietro zu und verschwand hinter den blickdichten Gardinen ihres *soggiorno*. Nachdem sie ihn durch die Wohnungstür hereingelassen hatte, entschied sie sich, ihren Schwatz mit Maria unten auf dem *campo* fortzusetzen. Das anzusehen, was Pietro mit ihrem Flur und ihrem Badezimmer veranstalten würde, dazu würde sie später noch ausreichend Gelegenheit haben.

Seitdem Elisabeth Rhyner sie hier in der *osteria* schräg gegenüber auf dem Campo San Bernardo heimgesucht hatte, waren drei Tage vergangen. Drei Tage, in denen sie nichts mehr von Sacca Mattia, der Rhyner oder der Stadt gehört hatten. Aber auch drei Tage, in denen sie sich alle nach Elisabeth Rhyners verzweifeltem Auftritt hier auf dem Platz darauf verlassen konnten, dass die Zeit auf ihrer Seite war und die Dinge nur noch etwas brauchten, um sich in ihrem Sinne zu fügen. Dass die Stadt heute Nachmittag die alte Villa auf Sacca Mattia abgeriegelt hatte, war ein erstes gutes Zeichen dafür.

Unten im Erdgeschoss stieß Mafalda fast mit Maria zusammen, die einen riesigen Karton aus ihrer Wohnung schleppte. »*Calma, Maria, calma!* Es ist vielleicht etwas voreilig, jetzt schon mit dem Umzug zu beginnen!«, sagte Mafalda.

»Oh, ich miste nur aus. Das ist so oder so überfällig!«, antwortete Maria erst abwesend, stutzte kurz und schaute dann Mafalda neugierig an. »Wieso voreilig?«

»Pietro erzählte mir gerade, dass die Stadt den hinteren Teil von Sacca Mattia abgesperrt hat«, sagte Mafalda und rieb sich genüsslich die Hände. »Das heißt wohl, dass unsere liebe Signora Rhyner dort nicht mehr das Sagen hat!«

Mafalda schaute kritisch auf Maria, die mit dem schweren Karton in den Händen immer noch vor ihrer Wohnungstür stand. »Lassen Sie sich mal helfen! Das schaffen Sie doch gar nicht allein!«, sagte sie und fasste den Karton an, bevor Maria überhaupt antworten konnte. Zusammen bugsierten sie das Sammelsurium an Aussortiertem durch die nur halb geöffnete Haustür nach draußen. Das wäre allein zwar viel einfacher gegangen als zu zweit. Aber davon ließ sich Mafalda nicht abhalten. Zumindest nicht, bis ihr *telefonino* anfing zu klingeln. Schnaufend setzten sie den Karton auf dem Boden ab und Mafalda griff in die Tasche ihrer Hausjacke und fischte das *telefonino* heraus.

Sie meldete sich nur mit »*Sì?*«, denn sie hatte ihre Brille noch nicht aufgesetzt und konnte dadurch nicht sehen, wer angerufen hatte. Sie hatte einfach nur aufs Geratewohl auf den verschwommenen grünen Button gedrückt.

»*Salve nonna!*«, war eine Männerstimme aus dem *telefonino* zu hören, die Mafalda sofort als die von Angelo erkannte. Es gab nur zwei Männer, die sie ungestraft *nonna* nennen durften. Und der eine von beiden, ihr Enkel Pietro, stand gerade oben in ihrer Wohnung unter der Dusche und würde sie wohl kaum von da aus anrufen.

Mittlerweile hatte sie auch ihre Brille gefunden, aufgesetzt und schaute interessiert auf das Display. »Oh, Angelo! Jetzt kann ich dich auch sehen. Wo bist du denn?«, fing sie an zu reden, denn das Läuten der Kirchenglocken im Hintergrund kam ihr bekannt vor. Aber woher genau, das konnte sie nicht sagen.

»Pietro geht nicht an sein Telefon. Aber er hat mir vor einer halben Stunde eine Nachricht geschickt, dass er bei dir ist«, sagte Angelo fröhlich lächelnd.

Mafalda stutzte. »Aber er ist doch erst vor ein paar Augenblicken hier rein?«, dachte sie laut nach.

»Er wird wohl geahnt haben, dass seine *nonna* ihn nicht abweisen wird!«, sagte Angelo grinsend.

Mafalda lächelte milde. »Und du? Wo bist du gerade?«, fragte sie. Noch immer hatte sie keine Idee, welche Glocken da im Hintergrund läuteten.

»Auf dem Lido«, antwortete er. Und etwas kleinlauter: »Bei San Nicolò.« Mafaldas Gesicht verfinsterte sich, als sie den Namen der namensgebenden Klosterkirche direkt neben dem Flugplatz, Elisabeth Rhyners Hauptquartier, hörte. Bevor sie reagieren konnte, sagte Angelo: »Unserer gemeinsamen Freundin einen Besuch abstatten. Aus sicherer Entfernung zumindest.«

»Und was treibt sie so?«, fragte sie.

»*Niente*«, antwortete Angelo. »Die Vordertür des Flugplatzgebäudes ist mit Ketten verschlossen. Wenn man klingelt, reagiert niemand. Und die Fahne hat sie auch vom Mast holen lassen.«

»Und was willst du wirklich da?«, fragte Mafalda, die Angelo mittlerweile zu gut kannte, als dass sie ihm das als einzigen Grund für seinen Besuch abkaufen würde.

Angelo grinste erneut. »Ich habe da ein paar Freunde …«, fing er an zu reden. »Nun ja … wir … das ist jetzt eigentlich der Moment, an dem du sagen solltest, dass du davon nichts wissen darfst!«, sagte Angelo. »Pietro würde das sagen.«

Mafalda atmete tief ein und wieder aus. »Von mir aus. Anders als mein Enkel stehe ich nicht in Diensten des Staates. Hauptsache du erzählst mir, was mit der Rhyner und ihrem schwunghaften Handel mit Glas los ist.«

Angelo schnaubte laut hörbar, und die Kirchenglocken im Hintergrund hatten auch endlich aufgehört zu läuten. »Schwunghaft schon lange nicht mehr. Und Handel wahrscheinlich auch nicht«, antwortete er. »Alle Firmenschilder am Eingang sind abgeschraubt.«

»Ich erinnere mich gar nicht an Firmenschilder?«, warf Mafalda ein.

»Es gibt zumindest frische Dübellöcher in der Fassade«, antwortete Angelo. »Und der Briefkasten ist zugeklebt. Ein florierendes Geschäft sieht anders aus. Die hat sich da komplett eingebunkert. Oder ist schon über alle Berge!«

Mafalda drehte sich zu Maria, die den Dialog der beiden von der Seite schweigend und mit einem gewissen Unverständnis verfolgt hatte. »Sehen Sie, Maria, es ist noch zu früh, um die weiße Fahne zu hissen!«, sagte sie lächelnd zu ihr und deutete auf Angelos Gesicht auf dem Telefondisplay.

»Wer hisst hier weiße Fahnen?«, rief Lucia energiegeladen, die gerade aus der Calle Luna vorgeprescht kam und nur die letzten Worte gehört hatte. Die Spatzen am Boden stoben erschrocken auseinander, als sich Lucia mit einem für das Wetter viel zu warmen roten Cape über den Schultern mit großen Schritten ihren Weg über den kleinen *campo* bahnte. Ihre Haare hatte sie offenbar mittlerweile nochmals nachfärben lassen, denn das etwas zu kräftig geratene Rot war einem natürlicheren Rot gewichen, exakt der Haarfarbe, von der Lucia behauptete, es sei ihre natürliche Haarfarbe, was zahlreiche alte Farbfotos aber widerlegten. Zusammen mit dem roten Cape gaben ihr die Haare etwas Rotkäppchenartiges, wenngleich sie durch ihren Gang eher Wolfsqualitäten zeigte. Jegliche Großmuttervergleiche hatte sich Mafalda schon in vorauseilendem Gehorsam verboten.

Mafalda drehte sich zu Lucia, zuckte mit den Schultern und deutete mit ihrer linken Hand auf ihre Nachbarin.

»Maria! Ich habe ihr schon gesagt, dass sie zu früh aufgibt. Sie packt schon. Für den Umzug«, antwortete sie und deutete mit der rechten Hand auf Marias Kartons, die mittlerweile schon einen kleinen Stapel neben der Haustür bildeten.

»Ich miste nur aus! Wie jedes Jahr!«, verteidigte sich die halbherzig und stellte die letzte der Kisten auf den Stapel, in der vergeblichen Hoffnung, der Stapel würde dadurch insgesamt kleiner wirken.

Angelo drängte sich kurz dazwischen. »*Nonna Mafalda*, mir wird übel, wenn du so mit dem *telefonino* in der Hand herumfuchtelst. Außerdem muss ich weiter. Sagst du Pietro bitte, er soll bei dir auf mich warten?«

»*Sì certo.* Ich sage es ihm«, antwortete Mafalda und legte auf.

»Mit dem Umziehen sollten Sie in der Tat noch warten, Maria!«, frohlockte Lucia. Auf Mafaldas und Marias fragenden Blick fügte sie hinzu: »Sie will verkaufen! Die Rhyner. Das sagt zumindest die Gerüchteküche. Francesco ist schon ganz aufgeregt. Er möchte unbedingt auch ein Stück vom Kuchen haben!«

Mafalda schaute Lucia mit leicht zusammengekniffenen Augen an. Selbst wenn man Lucias übliche Übertreibungen außen vor ließ – so wie sie Francesco einschätzte, hatte er schon mehrere Stücke vom Kuchen bekommen, wenn nicht eine ganze Torte. Allein der Verkauf seines Ladenhüters Sacca Mattia an Elisabeth Rhyner hatte ihm ein erquickliches Sümmchen eingebracht.

»Angelo meinte gerade, die Rhyner sei vielleicht schon weg. Über alle Berge«, sagte Mafalda.

»Über alle Berge wohl kaum«, sagte Lucia, »Denn sie hat ihr gesamtes Personal nach einem Wutanfall entlassen. Bis aufs Vorfeld bei den Flugzeugen hat man sie schreien gehört! Und kurz danach hat ein Angestellter nach dem anderen mit hängendem Kopf das Gebäude verlassen.«

»Sie ist nicht weg? Immer noch auf dem Lido?«, fragte Mafalda erstaunt.

»Ob auf dem Lido oder nicht, weiß ich nicht. Aber jedenfalls noch in Venedig. Weil sie den Verkauf ihrer Häuser und Grundstücke selbst managen muss. Sie hat ja sonst niemanden mehr«, antwortete Lucia. »Und nach dem, was mir Francesco erzählt hat, geht das Gerücht, dass sie alles so schnell wie möglich verkaufen will. Alles hier auf Murano! Wir werden sie also bald los sein!«

»Schnell genug, dass ich meine Wohnung behalten kann?«, fragte Maria kleinlaut.

»Sie will schnell aus allem raus. Aber ich denke nicht, dass sie den Preis bekommt, der ihr vorschwebt!«, sagte Lucia süffisant grinsend, ohne dabei aber wirklich auf Marias Sorgen einzugehen. »Jeder im Lions Club weiß, in welcher unerfreulichen Lage sie ist. Dafür hat Francesco schon gesorgt!«

»Sie würde doch niemals an Francesco verkaufen, nachdem er ihr Sacca Mattia …«, sagte Mafalda. Sie suchte nach einer neutralen Alternative für »andrehen«, fand aber keine.

»*Beh* … er wird natürlich über eine Tochterfirma bieten«, antwortete Lucia blasiert. »Oder hat das längst getan. Ich habe ihn beim Frühstück zuletzt gesehen.«

»Eine Tochterfirma in Liechtenstein?«, fragte Mafalda und hielt den Kopf schief zur Seite.

»*Naturalmente*. Wo sonst? Sollen die in Rom sich den ganzen schönen Gewinn unter den Nagel reißen?«, antwortete Lucia und schaute scheinbar suchend über den *campo*, um Mafaldas Blick auszuweichen.

Mafalda musste tief ein- und ausatmen, um nichts Unüberlegtes zu sagen. Lucia und Francesco brachten es fertig, die Bestechungsgelder für die Umweltbehörde von der Steuer abzusetzen, die Gewinne aber ins Ausland zu verschieben.

»Was wird denn jetzt mit meiner Wohnung?«, fragte Maria ungeduldig, die von all dem nichts verstand.

Lucia tätschelte ihr die rechte Hand. »Morgen wissen wir mehr, *cara mia!* Morgen wissen wir mehr!«, sagte sie, aber die Antwort stellte Maria nicht wirklich zufrieden.

Mafalda erschrak, als ihr *telefonino* schon wieder klingelte. Sie hatte es nach dem Telefonat mit Angelo gar nicht aus der Hand gelegt und fuhr jetzt zusammen, als das Gerät in ihrer Hand zu vibrieren begann. Sie drückte den grünen Knopf und sah schon wieder Angelo auf dem Display.

»Das musst du dir anschauen!«, sagte Angelo aufgeregt und grußlos. »Sie packt! Hier fährt gerade ein Lastwagen nach dem anderen vor!«

Mafalda war wie elektrisiert. Dieses Schauspiel wollte sie sich nicht entgehen lassen!

»Ich komme!«, rief sie schnell ins *telefonino* und legte auf. Danach ging sie im Kopf alle Routen durch, auf denen sie möglichst schnell auf den Lido kommen konnte. Doch alle Verbindungen erforderten mehrfaches Umsteigen und vor allem Zeit. Zeit, die sie jetzt nicht hatte, wenn sie noch rechtzeitig vor Ort ankommen wollte. Ihr Blick fiel auf Lucia.

»Taxi?«, fragte die mit einem Anflug von Grinsen und wedelte mit ihrer neuen Sonnenbrille in der Luft herum. »Aber gerne doch!«

Lucia zückte ihr *telefonino* und rief ein Taxiboot. Keine fünf Minuten später bestiegen sie das Boot am Anleger Murano Museo, sehr zum Ärger der Wartenden, deren *vaporetto* wegen des Taxiboots erst mit Verspätung anlegen konnte. Aber Lucia hatte am *telefonino* deutlich gemacht, dass es eilig sei, und auch am Anleger keinen Widerspruch geduldet. Bei Murano Navagero hielt das Boot kurz an der Kaimauer, um Alma aufzunehmen, die Lucia schon von Mafaldas Haus aus alarmiert hatte.

»Hat Enzo dir denn freigegeben?«, fragte Mafalda mit Blick auf die grünen Farbflecken an Almas Händen. Lucia schaute unsicher zwischen den beiden hin und her, weil sie anders als Mafalda noch nicht wusste, was hier vor sich ging.

Alma stöhnte kurz und erzählte Lucia dann: »Enzo hat sich in den Kopf gesetzt, das *soggiorno* und die Diele zu renovieren!«

»Und?«, fragte Lucia arglos zurück.

»In Apfelgrün!«, echauffierte sich Alma. »Ich hasse Grün!

Bei mir wird es aussehen wie auf einer Apfelplantage im Alto Adige!«

»Bei *euch*«, korrigierte Mafalda sie schmunzelnd.

Alma knurrte und sagte dann: »Ich denke, es reicht, wenn ich mir das Ergebnis ab morgen für den Rest meiner Tage ansehen muss!«

Lucia grinste Mafalda zu und drehte sich dann zu Alma zurück. »Grün steht dir!«, sagte sie schmunzelnd. »Aber du solltest dringend üben, den Nagellack präziser aufzutragen!«

Alma schaute sie anstelle einer Antwort nur böse an. Mafalda hatte sich sicherheitshalber weggedreht, um sie nicht mit ihrem Lachen weiter zu provozieren.

Nachdem das Taxi die Binnenkanäle Muranos verlassen hatte, beschleunigte es deutlich, durchquerte die Fahrrinne hinter San Michele, über die man den Feierabendverkehr in Stadtnähe im Taxiboot gut umgehen konnte, wenn man das dafür nötige Kleingeld besaß. Das Lagunenwasser spritzte an die Fenster der Kabine, und Mafalda war froh, dass sie sich hingesetzt hatte und nicht mehr stand.

Kaum war die Enge zwischen San Pietro, dem hintersten Ende von Venedig, und der Insel Certosa passiert, steuerte das Taxiboot geradewegs auf den Flugplatz San Nicolò zu, dessen Tower schon weithin zu sehen war. Am Fähranleger bei San Nicolò hatte gerade die Autofähre zum Tronchetto abgelegt und sich schwerfällig und tief im Wasser liegend, über und über mit Lastwagen beladen, in Bewegung gesetzt. Der Anblick der voll beladenen Lastwagen ließ Mafalda fürchten, sie sei schon zu spät.

Das Taxi musste abbremsen, um der Fähre Vorfahrt zu geben, und wurde gleich danach von der beachtlichen Bugwelle des Fährbootes kräftig durchgeschüttelt. Alma krallte sich vor Schreck fest in Lucias Unterarm, die darauf einen spitzen Schrei ausstieß und ärgerlich ihren Arm wegzog. Erst nach der Einfahrt in den kleinen Stichkanal zum Flugplatz wurde das Wasser wieder ruhiger.

Am Anleger stand Angelo bereits und half den dreien an Land. »Das geht schon seit einer halben Stunde so!«, sagte er aufgeregt und zeigte auf die Lastwagen, die sich um den runden Brunnen vor dem Flugplatzgebäude stauten. Mafalda betrachtete das Schauspiel: Männer in blauen Arbeitshosen und -jacken schleppten unaufhörlich Kisten aus dem Haupteingang des Flugplatzgebäudes zu den davor bereitstehenden Lastwagen.

»Die Rhyner? Ist sie noch da?«, fragte Alma.

»Ist sie nicht«, sagte Lucia, die gerade blinzelnd die auf ihrem *telefonino* eingegangenen Nachrichten las. »Francesco schreibt, sie ist gerade beim Notar. Drüben in Venedig.«

»Francesco auch?«, fragte Alma erstaunt.

»Ganz sicher nicht!«, antwortete Lucia. »Sein neuer Anwalt aber schon.«

Die Anzahl der herausgetragenen Kisten wurde langsam weniger. Zusammen mit den Lastwagen, die schon mit der Autofähre unterwegs waren, war der Hauptteil von Elisabeth Rhyners Sachen wohl mittlerweile verpackt und verladen. Die Planen der Lastwagen vor dem Flugplatz wurden eine nach der anderen fest verzurrt.

»Die wären wir los«, sagte Angelo selbstzufrieden, die Hände in beiden Taschen.

»Immer schön langsam, junger Mann«, konterte Mafalda. »Nur weil sie hier weg ist, habe ich sie noch lange nicht als Vermieterin vom Hals.«

Angelo nickte.

»Und irgendwie widerstrebt es mir, dass sie sich einfach so vom Acker machen kann und ihr nichts weiter geschieht«, knurrte Mafalda, nahm Angelo bei der Hand und stieg mit ihm in Lucias Taxi, das immer noch an der Kaimauer auf sie wartete.

»Wo warst du?«, fragte Pietro Mafalda mit großen Augen, als die mit Alma, Lucia und Angelo im Schlepptau wieder den Campo San Bernardo betrat. Seit sie vorhin gegangen waren, waren insgesamt doch fast zwei Stunden vergangen. Pietro hatte, nachdem er aus Mafaldas Badezimmer gekommen war, erst irritiert die leere Wohnung nach seiner *nonna* durchsucht und war dann nach unten gegangen, wo Maria ihm nur sagen konnte, dass sie plötzlich verschwunden war, er aber hier auf Angelo warten sollte. Er hatte sich dann auf Mafaldas Stammbank in die Sonne gesetzt, gewartet und gewartet, immer wieder neugierig beäugt von den Tauben, die normalerweise üppige Fütterungen gewöhnt waren, wenn jemand auf dieser Bank Platz nahm.

»*Oddio, Pietro!* Ich hatte dich komplett vergessen!«, sagte Mafalda ganz außer Atem.

»Das ist mir nicht entgangen«, antwortete Pietro spitz,

lehnte sich auf seiner Bank zurück und blinzelte in die Sonne.

»Wir waren auf dem Lido!«, berichtete Mafalda freudestrahlend, setzte sich rechts neben Pietro und tätschelte ihm die linke Hand. »Sie ist weg! Mit Sack und Pack! Ich musste mir das aus nächster Nähe anschauen!«

Mafalda hatte kaum ausgeredet, da stürmte Maria mit einem Umschlag in der Hand auf Lucia zu und umarmte sie stürmisch. Lucia war völlig verdutzt und wusste nicht, wie ihr geschah. Und vor allem nicht, wieso. Maria deutete freudig auf den Umschlag. »Mein Mietvertrag!«, sagte sie mit großen Augen und beinahe ein wenig ehrfürchtig. »In Schriftform, mit Stempel und bald auch bei der Stadt angemeldet. Ihr Mann hat ihn gerade vorbeibringen lassen!«

Lucia legte den Kopf zur Seite. »Dann war Francesco wohl sehr erfolgreich am Einkaufen heute«, sagte sie lächelnd. Als sie jedoch merkte, dass Alma und Mafalda ihr Ton missfallen hatte, drehte sie sich zu den beiden um und fügte noch hastig hinzu: »Ich hatte ihm aufgetragen, Maria gleich einen Vertrag vorbeibringen zu lassen, wenn alles unterschrieben ist.«

Alma atmete tief ein, und Mafalda nickte nur. Maria konnte sich immer noch nicht beruhigen, sprang auf und ab wie ein wildgewordener Teenager. »*Mille, mille grazie!*«, sagte sie. »Bitte richten Sie Ihrem Mann meinen Dank aus.«

Lucia nahm Marias Dank huldvoll entgegen, zog dann ihr Cape von den Schultern, setzte sich neben Pietro auf die Bank und schaute zusammen mit ihm, Alma und Mafalda zufrieden in die Abendsonne. »Weißt du«, sagte sie nach einer Weile zu Letzterer, »dass das mich eigentlich zu deiner neuen Vermieterin macht?«

Alma rollte mit den Augen, und Pietro, der immer noch zwischen Lucia und Mafalda saß, duckte sich, um bei der nun zu erwartenden Reaktion nicht als Bollwerk im Weg zu sein.

»Wenn das so ist«, antwortete Mafalda spitz, »sollte ich dir zuallererst eine Tour durch das Obergeschoss geben, wo die ganzen Wassereimer stehen, die das Regenwasser unter dem undichten Dach auffangen sollen. Außerdem ist die Wand neben der Treppe feucht, der Eingangsbereich sowieso. Die Fenster müssten dringend mal wieder gestrichen werden. Der Aufgang und die Türen auch. Und der Boiler hat heute Morgen auch schon wieder gestreikt. Da musste ich mit Hammer und Schraubendreher ran. Das ist ja auch keine Dauerlösung, oder?«

36

*E*ttore schlug mit seinem Hammer dreimal auf den Tisch. Zum zweiten Mal schon, weil er sich anders nicht mehr zu helfen wusste. Wie ein aufgescheuchter Hühnerhaufen redeten die Brüder kreuz und quer über den Tisch durcheinander. Die Nachricht von der überstürzten Abreise der Elisabeth Rhyner hatte sie alle geradezu entzückt. Nun wo sie aus ihrem Hauptquartier am Lido verschwunden war, wären auch all ihre anderen Probleme mit dem gefälschten Glas vergessen, so die einfache Rechnung.

Das Treffen der *fraternità* war kurzfristig für den heutigen Abend einberufen worden, nachdem Mafalda Ettore von Elisabeth Rhyners Abreise berichtet hatte. Auch wenn das erst ihr zweiter Besuch war, wurde das Betreten des Hauses für Mafalda fast schon zur Routine. Nachdem Igor an der Pforte die Parole abgefragt und sie eingelassen hatte, war sie direkt zu dem ihr zugewiesenen Schrank im Eingangsbereich gegangen, hatte die dunkelbraun gebeizte Holztür mit den geschnitzten Weingläsern und Glasvasen geöffnet, ihre Kutte vom Haken genommen und sich diese übergeworfen.

Drinnen waren bereits alle versammelt. Paolo hatte sich von seinem Platz erhoben, nachdem Ettore die Ruhe im Saal wiederhergestellt hatte. Er grinste schelmisch. Eine Mischung aus Stolz über das Erreichte und Selbstgefälligkeit. »Sie ist weg!«, sagte er. »Über alle Berge. Aber das wissen hier ja alle schon.«

Es hätte wirklich an ein Wunder gegrenzt, wenn so eine wichtige Nachricht wie die Abreise Elisabeths Rhyners nicht jeden auf Murano spätestens nach einer halben Stunde erreicht hätte. Dennoch war Paolo ekstatisches Klopfen auf die Tischplatte als Reaktion auf seinen eigentlich unnötigen Vortrag sicher. »Mit all ihrem Krempel«, fuhr Paolo fort. »Den Kisten aus dem Flugplatz auf dem Lido. Und auch den Sachen aus dem Haus am Fondamenta Radi. Ich habe mich vorhin selbst davon überzeugt.« Auf seinen Vortrag folgte lautes Gejohle.

»Und mein Leuchter?«, fragte Ettore besorgt. Das schien im Moment seine Hauptsorge zu sein. Er hatte den Spaziergang zum Fondamenta Radi offensichtlich noch nicht gemacht.

»Hängt noch im Schaufenster«, berichtete Paolo weiter. »Sie haben ihn in der Eile vermutlich nicht verpacken können.« Ettore lächelte freudig.

»Sie ist also weg«, beschloss Paolo seinen Vortrag. »Die ersten Händler fragen schon wieder nach Nachschub aus unseren Betrieben auf Murano. Alles ist wieder gut.« Er hob sein Glas und prostete den anderen zu. Auf sein »*Viva Murano*« folgte ein vielstimmiges »*Viva Murano*« aus allen Kehlen.

Mafalda stand auf, denn das schien ihr der einzige erfolgversprechende Weg, sich in diesem Stimmengewirr Aufmerksamkeit zu verschaffen. Die Männer um sie herum schauten sie irritiert an. Sie spürte, wie deren Blicke auf ihr ruhten. Das schüchterte sie doch ein wenig ein. Alles war doch geklärt, zumindest nach dem, was sie gerade gehört hatte. Alles war gesagt, meinten die anderen. Doch Mafalda hatte noch etwas zu sagen. »Nicht alles ist gut«. Ihre Stimme zitterte. Plötzlich herrschte wieder Ruhe im Saal. Mehr Ruhe, als Ettore zuvor mit seinem Hammer herzustellen in der Lage gewesen war. Mafalda räusperte sich, war für einen Moment zu nervös, weiterzusprechen.

»*Cos'è?*«, fragte Ettore über den Tisch zu ihr herüber.

Mafalda suchte nach Worten. »Es ist schön, dass für euch alles wieder in Ordnung ist. Aber kommt *sie* dabei nicht zu billig weg?«, fragte sie.

Paolo verdrehte die Augen, holte tief Luft und schaute hinauf zum Deckengewölbe. Es brauchte nicht viel Fantasie, ihn als einen derjenigen zu erkennen, die von Mafaldas Aufnahme in die Bruderschaft erst mühevoll überzeugt werden mussten.

»Aber sie ist weg«, rief Emiliano von rechts in die Runde. »Weg, samt ihrem Plunder. Und unsere Geschäfte laufen auch wieder an.«

Mafalda schaute nachdenklich über die Männer am Tisch. Gewiss, ihre Logik hatte etwas für sich. Für Murano war alles wieder beim Alten. War alles wieder im Lot. Die Rhyner war verschwunden, wie das graue Gespenst im schwarzen Gewand, das sie vielleicht auch war. Und mit ihr all die Probleme, die sie mitgebracht hatte. Nun war sie, Mafalda, wahrlich keine rachsüchtige Person. Nein, Padre Osman persönlich hätte sie bei der nächsten Beichte in die Mangel genommen, wenn sie es denn überhaupt so weit hätte kommen lassen. Dennoch hatte sie nicht vergessen, wie eiskalt Elisabeth Rhyner sie hatte abblitzen lassen, als sie um einen Aufschub für Maria gebeten hatte. Ihr Verstand konnte den Argumenten ihrer Mitbrüder folgen, aber ihr Herz und ihr Bauch sagten nein.

Ettore hatte sie die ganze Zeit über gemustert. Hatte versucht, ihre Gedanken zu lesen. »Vielleicht«, begann er zögerlich, »hilft es dir zu wissen, dass Frau Rhyner an der Grenze eine sehr ausführliche Zollkontrolle erwartet hat.«

Mafalda schaute ihn erstaunt an.

»Jemand muss den Behörden wohl einen Tipp gegeben haben«, erzählte er schmunzelnd und schaute bedeutungsvoll zu Emiliano, »dass sie mit einem Konvoi Lastwagen mit einer ungewöhnlich großen Menge gefälschter Waren unterwegs ist.«

Das war schon etwas. Nicht genau das, was sie sich für die Rhyner vorgestellt hatte, aber doch immerhin etwas. Und mehr als dieses Etwas würde sie hier, in dieser Runde, wohl nicht erreichen, das wurde ihr in diesem Moment auch klar. Sie setzte sich und schnellte im gleichen Moment wieder hoch. Schon wieder ruhten alle Augen auf ihr.

»Nachdem meine Mission hier erfüllt ist«, begann sie zu reden, »ist es vielleicht sinnvoll, wenn ich mich aus dem aktiven Leben der Bruderschaft zurückziehe. In den Hintergrund gehe, gewissermaßen.« Sie schaute Ettore an. »Schließlich bin ich selbst ja nicht aus dem Glasbläsergewerbe.«

Ettore musterte sie eindringlich und nickte dann einen Moment später. »Nun, es gibt natürlich einige Brüder, die sich aus unserem Alltag zurückgezogen haben«, sagte er. »Unsere alten Herren.«

Mafalda nickte. Das war es, wonach sie gesucht hatte. »Dann habt ihr ab sofort auch eine alte Dame!«, sagte sie und musste schmunzeln. »Was ja eigentlich auch wieder sehr gut zu mir passt.«

Ettore stand auf, erhob sein Glas und prostete Mafalda zu. »Auf unsere erste alte Dame! *Mille grazie* für alles, was sie für uns getan hat!«

37

ch bin gespannt, was sie uns heute wieder bestellt hat?«, flüsterte Alma Mafalda leise von der Seite zu. Lucia fand, dass es an der Zeit war, die großen Erfolge noch einmal ausgiebig zu feiern. Wobei sie insbesondere ihre eigenen Erfolge meinte. Sie hatte dafür zu sich nach Hause geladen.

Jetzt, Mitte Mai, hatten die Temperaturen schon hochsommerliche Werte erreicht. Alma und Mafalda schwitzten auf Lucias Dachterrasse bei über fünfunddreißig Grad. Da half auch nicht der Sonnenschirm, der die komplette Terrasse in Schatten hüllte, und der nur sehr zaghaft wehende Wind über die offene Lagune, über die man von hier oben in alle Richtungen freien Blick hatte. Das einzig Erfrischende war die in einem großen Weinkühler auf Eis liegende Magnumflasche Riesling, die Lucia schon ein paar Momente zuvor hatte bringen lassen.

»Und er ist wirklich noch mal bei dir vorbeigekommen?«, flüsterte Alma Mafalda leise zu. Die nickte, nahm einen Schluck aus ihrem Weinglas und beugte sich dann zu

Alma rüber, so als ob sie befürchte, jemand anderes könne sie hören.

»Wenn ich es dir doch sage! Die gleiche Type, die mich aus dem Flugplatzgebäude rausgeworfen und mich dann zu Hause besucht hat. Gestern stand er wieder vor meiner Tür! Ich bin wie zur Salzsäule erstarrt, als ich ihn durch den Türschlitz gesehen habe.«

Alma nickte. »Und?«, fragte sie, denn mehr zu erzählen, dazu war Mafalda noch nicht gekommen, als sie sich vorhin unten, kurz vor Lucias Haus, getroffen hatten.

Mafalda wiegte ihren Kopf von einer Seite zur anderen. »Er sah ganz manierlich aus. Mit gebügeltem Hemd und ordentlicher Hose«, erzählte sie. »Aber das ist mir erst gar nicht aufgefallen.«

»Hat er dich wieder bedroht?«, fragte Alma besorgt.

»*Nein!*«, erwiderte Mafalda. »Entschuldigt hat er sich. Und mir eine Nelke durch den Türspalt gereicht. Ich wusste erst gar nicht, was ich sagen sollte.«

»Eine Nelke?«, fragte Alma erstaunt. Wobei es ihr ersichtlich weniger um die Sorte Blume, sondern mehr um die Tatsache an sich ging, dass er Mafalda überhaupt eine Blume geschenkt hatte.

»Wenn ich es dir doch sage, eine Nelke!«, antwortete Mafalda. »Das sei alles nur wegen dem Job gewesen. Er hätte gar nicht so unfreundlich sein wollen. Die Rhyner hätte es von ihm verlangt. Und er hat gefragt, ob er mir zur Wiedergutmachung bei irgendwas helfen kann.«

Alma seufzte. »Da ist dir der Schreck bestimmt durch

alle Glieder gefahren. Ist er denn gleich gegangen, als du ihn weggeschickt hast?«

»No!«, antwortete Mafalda etwas lauter, und Alma schaute sie erschrocken und mit weit aufgerissenen Augen an. »Ich habe ihn gar nicht weggeschickt. Mein Flur hat eine kleine Auffrischung nötig«, sagte Mafalda, aber Alma starrte sie nur voller Unverständnis an. »So wie er etwas Arbeit als kleine Strafe«, fuhr Mafalda fort. »Er kommt morgen Mittag vorbei und streicht mir den Korridor!«

Alma nickte irritiert. Mafalda war als pragmatisch bekannt. Aber das schien das Maß an Pragmatismus zu übersteigen, das Alma ihr zugetraut hatte – ihrem Blick nach zu urteilen jedenfalls.

»Wo bleibt nur Lucia?«, fragte Mafalda, nippte nochmals an ihrem Weinglas und verzog dann säuerlich den Mund. Riesling mochte sie bekanntermaßen nicht besonders, selbst wenn er kühl war an einem heißen Tag. Alma und sie rätselten immer noch, was es wohl zu essen geben würde. Denn statt des üblichen Bestecksets aus drei Gabeln, drei Messern und einem Dessertlöffel lag jeweils nur eine zweizinkige Gabel neben den Tellern.

Die Auflösung des Rätsels nahte, denn Lucia kam im trägerlosen gelben Strandkleid, dem gleichen, das sie schon in Lido di Jesolo getragen hatte, und einem bei diesem Wetter eigentlich komplett entbehrlichen hellblauen Seidenschal über den Schultern mit einer leichten Schüssel über die kleine Wendeltreppe nach oben auf die Dachterrasse; dicht gefolgt von Estera, die ein schweres und sperriges Tablett vor sich her schleppte. Lucia stellte ihre Schüssel, die nur trockene Brotwürfel enthielt, auf den Tisch, setzte sich dann an ihren Platz und nippte von ihrem Weißweinglas, während Estera erst einen kleinen Gaskocher und dann einen riesigen Topf mit einer weiß-gelblichen Flüssigkeit auf den Tisch stellte, um dann wieder nach unten zu verschwinden.

»Danke, Estera! Du kannst jetzt gehen«, rief Lucia ihr nach in beinahe fließendem Rumänisch, das sie von einem kleinen gelben Zettel abgelesen hatte, auf dem sie die wichtigsten Redewendungen in Lautschrift notiert hatte. Sowohl Mafalda als auch Alma schnupperten und konnten einen sehr kräftigen und strengen Geruch ausmachen, den sie jedoch keiner ihnen bekannten Speise zuordnen konnten. Lucia hämmerte mit ihrer zweizinkigen Gabel an ihr Weinglas und erhob dann das Wort: »Zur Feier des Tages: Schabzigerfondue!«

»Was ist das?«, fragte Alma.

»Schweizer Käsefondue. Mit Glarner Schabziger. Eine Käsespezialität aus der Heimat von Elisabeth Rhyner!«

»Das ist heißer Käse mit einer Extraportion Käse?«, fragte Alma unsicher und schnupperte nochmals an der dampfenden Masse im Topf auf dem Gaskocher. Wobei es auch Naserümpfen hätte sein können. Aber wer hätte das schon auseinanderhalten können?

Lucia nickte und nahm sich mehrere Brotwürfel aus der Schüssel in der Tischmitte. »Mein Käsehändler hat mir das Rezept besorgt!«, sagte sie.

Mafalda kannte keinen Käsehändler auf Murano. Und

nach längerem Nachdenken auch nicht in Venedig. Bei Susanna in ihrem *alimentari* waren fast alle italienischen Käsesorten zu bekommen, zumindest alle aus dem Nordosten des Landes. Der unverwechselbare Geruch nach Käse oder frischem Fisch waberte beim Einkauf immer über die Kühltheke hinweg, je nachdem, wo genau man gerade stand. Für italienischen Käse wäre Susanna eine gute Ansprechpartnerin. Bei ausländischen Spezialitäten würde sie vermutlich passen müssen oder einfach nur verständnislos schauen. Denn wieso sollte jemand auf ausländische Waren zurückgreifen, wenn im eigenen Land doch Käse im Übermaß und von hervorragender Qualität zu haben war?

Blieb nur noch der Supermarkt am Canal Grande di Murano. Mafalda vermutete, dass Lucia den armen Mann hinter der Käsetheke so lange beschwatzt hatte, bis der ihr das Rezept für Schabzigerfondue herausgesucht und alle Zutaten besorgt hatte. Zum Dank war er dann zu Lucias persönlichem Käsehändler befördert worden. Wie auch immer. Lucia hatte offenbar selbst gekocht. Oder dies Estera aufgetragen. Beides eine Premiere, die gewürdigt werden wollte. Auch wenn das Wetter an diesem Abend vielleicht schon etwas zu hochsommerlich war, um heißen Käse mit Brot zu essen.

»Aber wir haben hier fast vierzig Grad!«, rief Mafalda entsetzt aus, der im kurzärmeligen, dünnen Baumwollkleid immer noch viel zu warm war.

»Dann wird der Käse wenigstens nicht so schnell fest«,

antwortete Lucia davon ungerührt und tunkte einen ersten Brotwürfel mit ihrer Gabel in die Käsemischung. Mafalda und Alma machten es ihr vorsichtig nach.

»Ist das nicht viel zu schwer verdaulich?«, fragte Alma unsicher.

»Das Geheimnis ist, dass man reichlich *acquavite* ... Kirschschnaps zwischen den Gängen trinken muss«, antwortete Lucia nickend. Mafalda schaute ungläubig über den Tisch, während Lucia den in Käse gehüllten Brotwürfel von der Gabel aus direkt in ihren Mund steckte. »Köfftliff!«, sagte sie und nahm dann direkt einen großen Schluck Riesling hinterher, zum Kühlen gegen den viel zu heißen Käse.

Mafalda und Alma nahmen ihre Brotwürfel auch aus dem Fondue, waren aber vorgewarnt genug, sie kurz abkühlen zu lassen, bevor sie sie aßen. »Das können sie wirklich richtig gut, die Schweizer!«, kommentierte Lucia launig, die schon beim zweiten Brotwürfel war. Auch Mafalda und Lucia mussten anerkennend nicken.

Was weder Alma noch Mafalda vorhergesehen hatten – der Topf mit dem Fondue leerte sich zusehends, und auch die Brotwürfel gingen allmählich zur Neige. Lucia schien das vorausgeahnt zu haben und ging der restlichen Käsekruste im Topf mit einem großen Löffel zu Leibe, während Mafalda den Gasbrenner ausdrehte und die auf dem Tisch verteilten Brotkrümel zusammenklaubte und den Vögeln über die Brüstung der Terrasse zuwarf.

»Ich könnte jetzt kein Dessert mehr essen«, sagte Lucia

und meinte damit eigentlich, dass für heute auch kein Dessert mehr eingeplant war.

»Und ich kann nicht glauben, das gerade von *dir* zu hören«, sagte Alma. »Aber mir geht es genauso.«

Mafaldas Stimmung änderte sich schlagartig, als ihr einfiel, was sie den anderen den ganzen Abend hatte mitteilen wollen. Sie setzte an, aber traute sich nicht recht. Mehrfach begann sie und stockte dann wieder. Für sie, die selten mundfaul war, ein recht ungewöhnliches Verhalten.

»Was ist mit dir?«, fragte Alma besorgt von der Seite. »Du willst doch etwas?«

Mafalda schüttelte den Kopf. »*No*. Nicht unbedingt«, sagte sie.

Lucia nahm ihr Weinglas schwungvoll vom Tisch, trank einen großen Schluck, den sie erst mit dicken Wangen im Mund herumspülte und dann herunterschluckte. »Raus damit!«, sagte sie schließlich. »Wir sind schließlich Freundinnen! Wenn du etwas auf dem Herzen hast, dann ist das der Platz, um es loszuwerden!« Lucia klopfte mit dem Zeigefinger laut auf den Tisch.

Mafalda nickte stumm, stand auf und holte eine Plastiktüte, die sie neben der Treppe abgestellt hatte. Sie nahm den Beutel auf ihren Schoß und pellte langsam und vorsichtig die Folie herunter, sodass ein Karton zum Vorschein kam, auf dessen Oberseite ein Adressaufkleber eines Paketdienstes prangte.

»Das Paket von der Bahn?«, fragte Alma erschrocken und hielt die Hand vor den Mund.

Lucia schaute irritiert und fragte: »Von welcher Bahn?«

Alma legte ihre linke Hand auf Lucias rechte neben ihr. »Mit den Unterlagen, die Giuliano ihr hinterlassen hat!«

Jetzt wusste auch Lucia wieder Bescheid. »Oh, sind die endlich angekommen?«, fragte sie.

»Einer zumindest«, sagte Mafalda.

»Hast du es schon aufgemacht?«, fragte Alma ganz aufgeregt.

»Aufgemacht ja. Aber noch nicht reingeschaut«, antwortete Mafalda kleinlaut. »Ich habe mich nicht getraut.«

Lucia nickte stumm. »Und jetzt möchtest du mit uns zusammen reinschauen?«, fragte sie.

»Wenn es für euch in Ordnung ist?«, fragte Mafalda unsicher.

Alma legte jetzt beide Hände auf die rechte von Lucia und die linke von Mafalda und nickte der Letzteren aufmunternd zu. »Für uns allemal, das weißt du doch!«, sagte sie.

»Aber sollte Pietro nicht auch dabei sein?«, fragte Lucia unsicher und mit einem für sie überraschend großen Maß an Einfühlungsvermögen.

Mafalda wippte mit dem Kopf hin und her. »An sich ja«, sagte sie. »Er weiß jetzt vom Brief seines Vaters, hat ihn gelesen und ihn mir zurückgegeben. Aber er wollte kein Wort darüber wechseln. Ich denke, er ist noch nicht bereit.«

Alma nickte.

»Und noch länger warten wollte ich auch nicht«, sagte Mafalda.

Lucia stand auf, beugte sich über den Tisch und nahm den Karton von Mafaldas Schoß. »Dann lass uns mal loslegen«, sagte sie, riss das schon abgelöste Paketband vollständig ab und öffnete den Karton vorsichtig. »Bist du bereit?«, fragte sie Mafalda, bevor sie die letzte Abdeckung entfernte.

»Wie könnte ich?«, antwortete Mafalda zaghaft lächelnd, doch Lucia hatte, ganz sie selbst, das letzte Stück Pappe schon beiseitegelegt und las am weit ausgestreckten Arm mit zusammengekniffenen Augen das Anschreiben vor:

»… übersenden wir Ihnen hiermit wie gewünscht den in Schließfach Nummer 621 am Bahnhof Venezia Santa Lucia sichergestellten Inhalt von drei Dokumentenkartons …«

»Drei?«, fragte Alma.

Mafalda hob beide Hände nach oben und sagte: »Am Telefon sprachen sie auch von dreien. Aber der hier«, sie zeigte mit ihrer Rechten auf den Karton, »ist alles, was bei mir angekommen ist.«

Lucia legte das Anschreiben beiseite und nahm den ersten Ordner aus dem Karton. Beim Anblick des Deckblatts musste sie schlucken. »Mein Testament«, las sie laut vor, und Mafalda hielt zitternd beide Hände vor ihre Augen.

»Wusstest du davon?«, fragte Alma Mafalda.

Die schüttelte den Kopf und erwiderte: »Wir wussten nicht, dass es eines gibt. Wer macht denn mit siebenundvierzig Jahren schon ein Testament? Pietro ist ja der einzige Nachkomme; er hat auch alles bekommen. Ein kleines Sparguthaben. Mehr war es ja nicht.«

Lucia öffnete den Ordner, überflog die darin liegenden Blätter und leckte den Zeigefinger an, um besser umblättern zu können. »Nun, das sieht nach etwas mehr aus als einem kleinen Sparguthaben«, sagte sie und blinzelte überrascht über die Papiere.

Alma reichte Lucia ihre Lesebrille hinüber, die sie, ganz in Gedanken verloren, wie automatisiert aufsetzte, anstelle wie sonst immer energisch dagegen zu protestieren. Mafalda schaute Lucia mit großen Augen an. Die hielt den Ordner fest in ihrer linken Hand, fuchtelte wild, wie um zu erklären, mit ihrer rechten Hand in der Luft herum und sagte: »Nun, um nur ein kleines Sparguthaben zu verteilen, bräuchte es nicht so viele Seiten, meine ich!«

Sie merkte erst jetzt, dass sie sich Almas Lesebrille aufgesetzt hatte, nahm die Brille entsetzt von der Nase und reichte Alma den Ordner nebst Brille hinüber. »Kannst du das nicht vorlesen?«, fragte sie Alma. »Ich kann mit Lesebrille nicht gut lesen. Das weißt du doch!«

»Ohne noch weniger!«, knurrte Alma, nahm Ordner und Brille und fing an, die erste Seite zu überfliegen. »Aufgesetzt am 8.1.2010«, las sie vor.

»Das war zwei Tage vor Giulianos ...«, fing Mafalda an zu reden. Das Wort Tod kam ihr aber nicht über die Lippen.

Alma nickte. »Dann gibt es vermutlich kein neueres Testament als dieses«, sagte sie und überflog eilig alle Blätter. »Briefkopf, Zeugen und Siegel – das scheint auch alles seine Richtigkeit zu haben.«

»Lies doch weiter!«, forderte Mafalda sie auf, die nun

auch gespannt war, was in dem Dokument noch stehen würde.

»Pietro ist der Haupterbe«, fasste Alma zusammen.

»Er hat auch alles bekommen«, sagte Mafalda und nickte.

»Aber dann gibt es noch einige besondere Zuwendungen«, las Alma weiter. Bei dem Wort »Zuwendungen« stutzte Mafalda. Sowohl, weil die von Giuliano hinterlassene Summe so überschaubar war, dass es für sie nur schwer vorstellbar war, dass man davon noch etwas hätte abzweigen können. Und auch, weil sie sich niemanden vorstellen konnte, der in den Genuss einer solchen Zuwendung kommen könnte.

»Erstens. Meiner Mutter Mafalda als Dank dafür, dass sie mir nach meiner Scheidung bei der Versorgung und Erziehung meines Sohnes Pietro eine so große Hilfe war«, las Alma und nickte Mafalda zu, »zehn Prozent meiner Bankguthaben.«

Mafalda wedelte abwehrend mit den Händen. »Aber das war doch selbstverständlich«, sagte sie. »Das ist doch nicht nötig.« Auch wäre es ihr nie im Traum eingefallen, so viele Jahre später von ihrem Enkel diesen Betrag zurückzufordern.

»Zweitens«, las Alma weiter, »meiner Kirchengemeinde Santi Maria e Donato den Betrag von eintausend Euro.«

Bei diesem Satz horchte Mafalda auf. Zwar gönnte sie Padre Osman jeden Betrag und ging sogar selbst regelmäßig mit der Sammelbüchse auf Murano hausieren. Doch dieser Betrag schien ihr gemessen an der Gesamtsumme doch schon recht üppig. Zumal ihr Sohn Giuliano seit seiner Volljährigkeit kein sehr eifriger Kirchgänger mehr gewesen war. Und ihr Enkel Pietro schon gar nicht.

Es folgte eine Reihe von Sachzuwendungen an enge Freunde und Giulianos Kollegen bei den *Carabinieri* auf Murano. Alles Sachen, die Giuliano offenbar wichtig waren, von denen Mafalda, die eigentlich immer alles aufhob, nach so langer Zeit nicht mehr die geringste Ahnung hatte, wo sie sich befinden könnten.

»Und achtens und letztens«, las Alma weiter, »meiner geschiedenen Frau Olivia Cinquetti als Ausgleich dafür, dass ich ihr kein besonders guter Ehemann war, der Betrag von fünfundzwanzigtausend Euro.«

Jetzt war Mafalda drauf und dran zu platzen. »Dieser Schreckschraube? Dieser impertinenten Ziege? Dieser Rabenmutter, die Pietro als kleines Kind allein gelassen hat?«, rief sie laut über den Tisch, sodass sich sogar die vorbeifliegenden Möwen fürchterlich erschraken und ihren Kurs änderten. Ihre Ex-Schwiegertochter hatte sie nie besonders gemocht. Aber dass sie dann Mann und Kind von einem Tag auf den anderen verlassen hatte, das hatte sie ihr niemals verziehen. »Woher soll Pietro das Geld denn nehmen?« Ihre Stimme überschlug sich. Sie stand empört auf und hämmerte erregt mit den Fäusten auf die Tischplatte, dass die Gläser schepperten. »Giuliano war doch nur ein einfacher *Carabiniere*! Das ist doch viel mehr als auf dem kleinen Sparbuch war!«

»Das hier sieht allerdings nicht aus wie ein kleines Sparbuch von einem einfachen *Carabiniere*«, sagte Lucia, die schon dabei war, den nächsten Ordner aus dem Karton durchzublättern.

»Was willst du damit sagen?«, fuhr Mafalda sie an, beugte sich über den Tisch und versuchte einen Blick auf die Unterlagen in Lucias Hand zu werfen.

»Dass das hier wesentlich mehr ist, als man normalerweise auf den Bankkonten eines einfachen *Carabiniere* finden würde«, wiederholte Lucia. »Und dass wir Signora Rhyner zu Hause fast einen Besuch abstatten könnten, wenn wir diese Bank hier persönlich aufsuchen.«

Alma hatte einen besseren Blick von der Seite auf die Unterlagen als Mafalda, die alles nur kopfüber lesen konnte. »Und dass sich der Betrag für deine liebe Schwiegertochter im Vergleich dazu mehr als bescheiden ausnimmt«, sagte sie nachdenklich.

Mafalda hielt es jetzt nicht mehr auf ihrem Platz. »*Ex*-Schwiegertochter!«, sagte sie giftig, umrundete mit ihrer Lesebrille bewaffnet schnell den Tisch und riss Lucia den Ordner mit den Bankbelegen aus der Hand.

»So viel kann er doch niemals mit seiner normalen Arbeit …«, sagte Alma, brachte den Satz nicht zu Ende und hielt sich stattdessen die Hand vor den Mund.

Einen Ordner nach dem anderen nahm Mafalda hoch, blätterte darin herum und legte ihn dann auf einen immer höher werdenden Stapel neben dem Karton. Ihr Mund öffnete sich von Seite zu Seite weiter. Schließlich war sie am Boden des Kartons angekommen, hatte den letzten Ordner entnommen. Nur ein weißer Briefumschlag lag jetzt noch unverschlossen in der Kiste. »Wenn der Brief auch von Giuliano ist, dann hat er diesmal hoffentlich eine gute Erklärung parat!«, murmelte Mafalda, nahm den Umschlag in beide Hände und öffnete ihn vorsichtig. Sie hielt die Luft an, traute sich kaum noch zu atmen. Mit spitzen Fingern versuchte sie den Brief, den sie in dem Umschlag erwartete, herauszuziehen. Aber sie griff ins Leere.

Verwundert schaute sie in den Umschlag hinein, schüttelte den Kopf und drehte den Umschlag schließlich um, mit der Öffnung nach unten. Mit einer Hand hielt sie ihn an der oberen Ecke fest, und mit der anderen klopfte sie vorsichtig auf den Umschlag, während Almas und Lucias Blicke jede ihrer Bewegungen verfolgten. Nach einigem Klopfen fiel ein kleiner Zettel aus blütenweißem Karton aus dem Umschlag, kaum größer als ein Notizzettel. Die eine Seite war unbeschriftet und lag jetzt nach oben auf dem Tisch vor Mafalda. Doch als der Zettel heruntergefallen war, hatten sie alle sehen können, dass auf der anderen Seite etwas mit blauer Tinte geschrieben stand.

»Dreh ihn um!«, sagten Alma und Lucia fast zeitgleich. Beide hatten sich weit über den Tisch vorgebeugt und schauten Mafalda und den Zettel vor ihr gespannt an.

Mafalda setzte die Lesebrille wieder auf, die ihr in der Aufregung von der Nase gerutscht war, fasste sich kurz ans Herz und drehte den Zettel dann langsam um. Sie las leise, was darauf geschrieben stand. Doch ihrem verstörten Gesichtsausdruck nach konnte sie sich nicht sofort einen

Reim darauf machen, was die Botschaft auf dem Zettel bedeutete.

»Nun sag schon! Was steht da?«, mahnte sie Lucia, der Schweißperlen über die Stirn liefen.

»Nicht das, was wir alle erwartet haben«, antwortete Mafalda langsam. »Ganz sicher nicht das, was *ich* erwartet habe.« Sie drehte die Karte und zeigte sie Lucia und Alma, die sie beide angestrengt musterten.

»Mein lieber Giuliano scheint nie aufzugeben, uns neue Rätsel stellen zu wollen«, sagte Mafalda nachdenklich und ließ beide Hände auf den Schoß fallen. Die wirre Geschichte ihres toten Sohnes war gerade noch ein Stück wirrer geworden.

Mafaldas neue Küchengeheimnisse

Klebbe
Club Sandwich

Das legendäre Club Sandwich blickt auf eine über 120-jährige Geschichte zurück. Von einer Spielhalle in New York trat es seinen Siegeszug in Bars und Hotels auf der ganzen Welt an. Das ursprüngliche Rezept – Speck, Hähnchen, Mayonnaise, Tomaten und Salat zwischen Brotscheiben – hat im Laufe der Jahre viele Veränderungen erfahren, bis hin zu luxuriösen Versionen, wie die 2013 im Hullett House Hotel in Hongkong vorgeschlagene mit Beluga-Kaviar, Wagyu-Rind und Balik-Lachs belegte Variante. Doch hier soll es schlichter (aber nicht weniger wohlschmeckend) zugehen.

Während das Rezept andernorts schon als ein wenig altmodisch gilt, ist es aus der Imbisskultur des italienischen Badeortes Lido di Jesolo nicht wegzudenken. Praktisch jeder der Strandkioske am kilometerlangen Badestrand an der Adria bietet das Club Sandwich, oder »Klebbe«, wie es vor Ort genannt wird, als reichhaltigen Snack an.

Der Badeort Jesolo hat dem Club Sandwich den Wettbewerb »The best Sandwich Club in Jesolo« gewidmet, einen Wettstreit zwischen vierundzwanzig Strandkiosken, die Jahr für Jahr Ende Juli um das beste Club Sandwich wetteifern. Dreißig Preisrichter aus Italien und dem Ausland entscheiden über den Sieger.

Zutaten für 4 Personen:
12 Scheiben Sandwichbrot
6 Scheiben gebratene oder gegrillte Hähnchenbrust
12 Scheiben Bacon, knusprig gebraten
2 Tomaten, in Scheiben geschnitten
4 Blätter Salat (z. B. Eisbergsalat oder Romanasalat)
4 Esslöffel Mayonnaise
2 Teelöffel Dijon-Senf
Salz und Pfeffer nach Geschmack

Die Mayonnaise und den Dijon-Senf in einer kleinen Schüssel vermengen. Mit Salz und Pfeffer abschmecken. Danach die Toastscheiben toasten oder leicht grillen, bis sie knusprig sind.

Die Hälfte der Toastscheiben mit der Mayonnaise-Senf-Mischung bestreichen. Auf die mit Mayonnaise bestrichenen Toastscheiben jeweils eine Scheibe Hähnchenbrust legen. Darauf jeweils eine Schicht Bacon legen, gefolgt von Tomatenscheiben und Salatblättern.

Die restlichen sechs Toastscheiben mit der übrigen Mayonnaise-Senf-Mischung bestreichen und auf die Sandwiches legen. Die Sandwiches diagonal halbieren und mit Zahnstochern fixieren.

Mit Pommes frites, Gurkenscheiben oder eingelegten Oliven servieren. Cocktailsauce passt auch sehr gut dazu.

Torta di Profiteroles con Crema di Latte

Torta di Profiteroles con Crema di Latte ist eine leckere Torte mit Profiteroles, auch bekannt als Windbeutel, und einer cremigen Milchfüllung. Die Zubereitung ist etwas aufwendiger. Aber wann immer Pietro sich die Torte wünscht, backt Mafalda sie ihm mit Vergnügen.

Zutaten für die Profiteroles
250 ml Wasser
120 g Butter
150 g Mehl
4–5 Eier
1 Prise Salz

Zutaten für die Milchcremefüllung
500 ml Milch
4 Eigelb
100 g Zucker
40 g Mehl
1 Vanilleschote (oder 1 Teelöffel Vanilleextrakt)

Zutaten für die Schokoladenglasur

150 g dunkle Schokolade
100 ml Sahne

Den Ofen auf 200 °C vorheizen und ein Backblech mit Backpapier auslegen. Dann in einem Topf Wasser, Butter und Salz zum Kochen bringen. Das Mehl auf einmal hinzufügen und kräftig rühren, bis sich ein glatter Teig bildet und sich vom Topfboden löst. Den Teig in eine Schüssel geben und etwas abkühlen lassen. Dann nach und nach die Eier hinzufügen und unterrühren, bis der Teig glatt und geschmeidig ist.

Jetzt mit einem großen Spritzbeutel kleine Teigkugeln auf das vorbereitete Backblech spritzen. Wichtig ist, dabei ausreichend Platz zwischen den Profiteroles zu lassen, weil diese sich beim Backen noch ausbreiten. Die Profiteroles backt man im vorgeheizten Ofen für ca. 20–25 Minuten, bis sie goldbraun und aufgebläht sind. Keinesfalls den Ofen während des Backens öffnen, da sie sonst zusammenfallen könnten. Die Profiteroles nach dem Backen vollständig abkühlen lassen.

In einem Topf die Milch und die aufgeschlitzte Vanilleschote (oder Vanilleextrakt) langsam erhitzen, bis sie fast kocht. In einer Schüssel die Eigelbe, den Zucker und das Mehl verquirlen, bis eine glatte Mischung entsteht. Nun die heiße Milch langsam in die Eigelbmischung gießen und dabei ständig rühren. Die Mischung zurück in den Topf geben und bei niedriger Hitze unter ständigem Rühren eindicken lassen. Vorsicht: Die Creme brennt leicht an! Die Milchcreme vom Herd nehmen, in eine Schüssel geben und abkühlen lassen. Gelegentlich umrühren, um eine Hautbildung zu verhindern.

Sobald die Milchcreme abgekühlt ist, kann man sie verwenden, um die fertig gebackenen Profiteroles zu füllen. Das geht am einfachsten mit einem Spritzbeutel.

Die dunkle Schokolade grob hacken und in eine hitzebeständige Schüssel geben. Die Sahne in einem Topf zum Kochen bringen, über die gehackte Schokolade gießen und das Ganze rühren, bis die Schokolade vollständig geschmolzen ist und eine glatte Ganache entsteht. Die Ganache etwas abkühlen lassen, bis sie eine dickflüssige, aber noch streichfähige Konsistenz hat.

Jetzt kommt der Zusammenbau, der etwas aufwendiger ist: Den Deckel der Profiteroles abschneiden, falls sie nicht bereits aufgeschnitten sind, und diese dann dicht nebeneinander in eine Kuchenform oder auf eine Servierplatte legen.

Danach die Milchcreme großzügig über die Profiteroles verteilen, sodass sie gut bedeckt sind. Im Anschluss die Schokoladenglasur gleichmäßig über die gefüllten Profiteroles gießen, sodass sie vollständig bedeckt sind.

Die Torte für mindestens 1 Stunde in den Kühlschrank stellen, damit sie fest wird und die Aromen sich gut verbinden. Vor dem Servieren kann man die Torta di Profiteroles con Crema di Latte noch mit Puderzucker oder Schokoladenraspeln bestreuen.

Crostini und Bruschette

Geröstete Brotscheiben mit Tomaten oder Leber

Bruschette sind eine traditionelle italienische Vorspeise, bei der geröstetes Brot mit verschiedenen Belägen belegt wird. Der Begriff »bruschetta« leitet sich vom italienischen Wort »bruscare« ab, was »rösten« oder »anbraten« bedeutet. Ursprünglich stammt dieses Gericht aus der Region Latium in Italien, hat sich jedoch im Laufe der Zeit in ganz Italien und auch international verbreitet.

Das Hauptmerkmal einer Bruschetta ist das geröstete Brot, das oft aus Baguette oder Ciabatta besteht. Die Brotscheiben werden im Ofen geröstet oder auf dem Grill knusprig gebraten. Dies verleiht ihnen eine leichte Kruste und eine angenehme Textur.

Die Beläge für Bruschette sind vielfältig und können je nach persönlichem Geschmack und regionalen Vorlieben variieren. Eine klassische Variante besteht aus frischen Tomaten, Knoblauch, Basilikum und Olivenöl. Die Tomaten werden in kleine Würfel geschnitten, mit Knoblauch und Basilikum vermengt und großzügig auf den gerösteten Brotscheiben verteilt. Einige Variationen enthalten auch Zwiebeln, Mozzarella oder geriebenen Parmesan. Werden die Brotscheiben mit Leber- oder Fischpaste bestrichen, dann heißen sie meist Crostini und nicht Bruschette. Die Zubereitung ist aber ähnlich.

Bruschette können jedoch auch mit anderen Zutaten belegt werden, wie zum Beispiel eingelegten Artischocken, gegrilltem Gemüse, geräuchertem Lachs, Schinken, Käse oder verschiedenen Aufstrichen wie Pesto oder Ricotta.

Bruschette werden oft als Vorspeise oder Antipasto serviert, können aber auch als Snack oder leichtes Abendessen genossen werden. Sie sind besonders beliebt in den warmen Sommermonaten, wenn frische Zutaten reichlich vorhanden sind. Die Kombination aus knusprigem Brot und den frischen Aromen der Beläge macht Bruschette zu einer leckeren und erfrischenden Wahl.

Für ihre Bruschette röstet Mafalda kleine Weißbrotscheiben an, reibt die Scheiben noch warm mit einer Knoblauchzehe ein und beträufelt sie danach mit Olivenöl. Einem schönen, kräftigen Olivenöl natürlich. Extra vergine sowieso. Die Scheiben belegt sie dick mit einer Schicht aus gehackten Tomaten mit Basilikum. Für Crostini verwendet sie stattdessen eine warme, deftige Leberpaste, am ehesten vergleichbar mit grober Leberwurst, die sie frisch bei ihrem *macellaio* an der Riva Longa auf Murano kauft.

Spaghetti alla busara
Nudeln mit Weißwein und Scampi

Spaghetti alla busara ist eines der Lieblingsgerichte von Angelo. Er würde kein Abendessen bei Mafalda auslassen, bei dem sie dieses Nudelgericht mit Weißwein und Scampi auf den Tisch bringt. Ursprünglich kommt das Rezept aus Istrien. Mafalda hat es immer für Salvatore gekocht, der es schon aus seiner Kindheit in Triest kannte. Auch wenn sie wie im Buch nur für drei Personen kocht, macht sie lieber etwas mehr, denn von ihren Spaghetti alla busara nimmt jeder ihrer Gäste gerne eine Extraportion.

Zutaten für vier Personen:

400 g Spaghetti

500 g Scampi

1 Zwiebel, fein gehackt

2 Knoblauchzehen, fein gehackt

400 g passierte Tomaten

200 ml Weißwein

2 Esslöffel Olivenöl

1 Teelöffel Paprikapulver

Salz und Pfeffer nach Geschmack

1 Chilischote

1 Knoblauchzehe

1 Handvoll frischer Petersilie, gehackt

In einem großen Topf bringt Mafalda reichlich Salzwasser zum Kochen und kocht die Spaghetti bissfest (*al dente*). Sobald sie fertig sind, gießt sie das Nudelwasser ab und stellt die Spaghetti beiseite. In ihrer großen gusseisernen Pfanne erhitzt sie dann das Olivenöl (extra vergine vom Bauernhof ihrer Cousine aus der Toskana) und lässt Zwiebel und Knoblauch darin glasig anschwitzen.

Dann kommen die Scampi dazu: Unter gelegentlichem Rühren werden sie für etwa 2–3 Minuten angebraten, bis sie leicht gebräunt sind. Nun gibt Mafalda den Weißwein in die Pfanne (200 Milliliter oder wie sie es nennt: mit einem geübten Schwung aus der Flasche) und lässt ihn einige Minuten lang köcheln, um den Alkohol verdampfen zu lassen.

Danach gibt sie die passierten Tomaten und das Paprikapulver in den Topf, schmeckt alles mit Salz und Pfeffer ab und lässt alles bei mittlerer Hitze für ca. 10–15 Minuten köcheln, damit sich die Aromen vereinen und die Soße etwas eindickt. Anschließend gibt sie die zuvor gekochten Spaghetti zur Pfanne und vermengt sie gut mit der Soße.

Die Chilischote und die Knoblauchzehe gibt sie erst kurz vor Ende dazu, rührt alles nochmals um und lässt es dann für weitere 1–2 Minuten köcheln, damit die Nudeln die Soße aufnehmen können. Zum Schluss fischt Mafalda Chili und Knoblauch aus der Pfanne. Obendrauf gibt sie etwas gehackte Petersilie frisch aus den Kräutertöpfchen an ihrem Küchenfenster.

Statt Scampi kann man auch andere Meeresfrüchte (z. B. Garnelen, Muscheln, Tintenfisch, Krebse) verwenden. Je nachdem, was der Fischhändler gerade im Angebot hat. Mafaldas Originalrezept enthält nur Scampi, aber sie variiert die Zusammensetzung auch immer wieder nach Lust und Laune.

Zabaione alla Veneziana

Weinschaumcreme als Dessert

Die Geschichte der Zabaione ist eng mit der italienischen kulinarischen Tradition verbunden. Der Ursprung dieses köstlichen Desserts liegt in Italien, insbesondere in der Region Piemont. Die genaue Herkunftsgeschichte der Zabaione ist jedoch nicht eindeutig geklärt. Alma hat für Mafalda die folgende Version herausgesucht und ist fest davon überzeugt, dass es die einzig richtige ist:

Es wird angenommen, dass die Zabaione bereits im 16. Jahrhundert in Italien bekannt war. Sie wurde zunächst als Medizin angesehen und zur Stärkung von Patienten verwendet. Die Hauptzutaten, Eigelb und Zucker, galten als nahrhaft und energiereich.

Im Laufe der Zeit entwickelte sich die Zabaione von einer medizinischen Anwendung zu einem beliebten Dessert. Vor allem im 18. Jahrhundert wurde sie immer populärer und fand Eingang in die gehobene Küche. Die Rezeptur wurde weiter verfeinert und um verschiedene Geschmacksrichtungen erweitert. So wurde beispielsweise der Marsala-Wein als Zutat eingeführt, was dem Dessert seinen charakteristischen Geschmack verleiht.

Besonders in Venedig, einer Stadt mit reicher kulinarischer Tradition, wurde die Zabaione zu einer Spezialität. Dort erhielt sie den Namen »Zabaione alla Veneziana« und wurde zu einem Symbol für die exquisite Küche der Stadt. Die Venezianer servierten die Zabaione oft als eigenständiges Dessert oder als Füllung für andere Süßspeisen wie Torten oder Kuchen.

Heutzutage ist die Zabaione ein beliebtes Dessert in ganz Italien und auch international bekannt. Sie wird gerne zu besonderen Anlässen oder Festtagen serviert und wird für ihre leichte und luftige Konsistenz sowie den süßen, cremigen Geschmack geschätzt.

Im heute am häufigsten gebrauchten Rezept verwendet man zur Zubereitung Marsala-Wein. Mafalda nimmt aber einen Torcolato di Breganze, einen goldgelben Süßwein aus der Provinz Vicenza mit einem intensiven Geschmack von Honig und Rosinen. Dazu gibt sie noch eine winzige Prise Zimt und einen Hauch Chilipulver. Das ist ihr Geheimnis.

Zutaten:
4 Eigelb
80 g Zucker
120 ml Torcolato di Breganze (alternativ Marsala-Wein,
    Madeira-Wein oder Weißwein)
1 Prise Salz
Zitronenschale von einer halben Zitrone, gerieben
1 Prise Zimt
1 Prise Chilipulver

In einer hitzefesten Schüssel verrührt Mafalda die Eigelbe und den Zucker gründlich miteinander, bis eine cremige Mischung entsteht. Dann kommen Wein und Salz dazu. Erneut gut verrühren, um alle Zutaten zu kombinieren.

Die Schüssel wird über einem Topf mit kochendem Wasser platziert. Der Schüsselboden darf das Wasser selbst nicht berühren. Die Hitze auf mittlere Stufe reduzieren und die Zabaione-Mischung mit einem Schneebesen schlagen. Dabei ständig rühren, um sicherzustellen, dass die Eigelbmasse gleichmäßig erhitzt wird.

Die Zabaione schlägt Mafalda etwa 8–10 Minuten lang, bis sie an Volumen zunimmt und eine dicke, cremige Konsistenz erreicht hat. Die Masse sollte leicht aufgeschäumt sein. Dann nimmt sie sie vom Herd und rührt die geriebene Zitronenschale unter, um der Zabaione ein zitroniges Aroma zu verleihen. Zum Abschluss gibt sie noch eine Prise Zimt und Chilipulver dazu.

Die Mischung darf niemals kochen, das würde alles ruinieren! Abgefüllt in Gläsern serviert Mafalda ihre Zabaione alla Veneziana warm oder kalt mit Bussolai buranelli, kleinen Teigkringeln von der Laguneninsel Burano, als Zugabe. Man kann aber auch Butterkekse oder Löffelbiskuits nehmen.

Baìcoli-Torte

Baìcoli-Kekse sind knusprige, längliche italienische Gebäckstücke oder Zwieback, die ursprünglich aus Venedig stammen. Sie sind ein traditionell venezianisches Gebäck und haben eine lange Geschichte. Baìcoli wurden ursprünglich als Proviant für Seeleute hergestellt, da sie aufgrund ihrer Haltbarkeit und Knusprigkeit ideal für lange Seereisen waren.

Die Kekse werden aus einem einfachen Backpulver- oder Hefeteig hergestellt, der zweimal gebacken wird, um die gewünschte knusprige Konsistenz zu erreichen. Baìcoli-Kekse haben eine leicht süße und neutrale Geschmacksrichtung. Mafalda verarbeitet sie auch gerne zu einer leckeren Baìcoli-Torte.

Dazu muss man zunächst die Baìcoli-Kekse backen. Am besten rechtzeitig vorher, denn die Kekse sollten bis zur Zubereitung der Torte gut ausgekühlt sein. Hier ist das Rezept:

Zutaten

250 g Mehl

100 g Zucker

50 g Butter, weich

2 Eier

1 Teelöffel Vanilleextrakt

1 Prise Salz

1 Teelöffel Backpulver

In einer Schüssel das Mehl, den Zucker, die weiche Butter, die Eier, das Vanilleextrakt, das Salz und das Backpulver vermischen. Knete die Zutaten gut zusammen, bis ein glatter Teig entsteht. Den Teig zu einer Kugel formen, in Frischhaltefolie einwickeln und für mindestens 30 Minuten im Kühlschrank ruhen lassen.

Den Ofen auf 180 °C vorheizen und ein Backblech mit Backpapier auslegen. Den Teig auf einer leicht bemehlten Arbeitsfläche dünn ausrollen. Er sollte etwa 2–3 mm dick sein. Jetzt den Teig in lange, schmale Streifen von etwa 10–12 cm Länge und 1–2 cm Breite schneiden. Man kann sie auch leicht abrunden, um die typische Baìcoli-Form zu erhalten.

Die Herstellung von Baìcoli erfordert etwas Geduld und Sorgfalt, da der Teig dünn und gleichmäßig ausgerollt werden muss, um eine gleichmäßige Knusprigkeit zu erreichen.

Die Teigstreifen nun im Ofen für etwa 10–12 Minuten backen (oder bis sie goldbraun und knusprig sind). Sie sollten nicht zu dunkel werden. Aus dem Ofen nehmen und vollständig abkühlen lassen.

Baìcoli-Kekse sind traditionell zweimal gebacken, um eine besonders knusprige Textur zu erreichen. Wenn man diese Technik anwenden möchte, kann man die Kekse nach dem ersten Backen nochmals für weitere 5–7 Minuten bei niedrigerer Temperatur backen, etwa 150 °C, um sie noch knuspriger zu machen. Lasse sie anschließend vollständig abkühlen.

Selbstgemachte Baìcoli-Kekse sind perfekt zum Dippen in Kaffee, Tee oder Dessertwein geeignet und bringen den authentischen Geschmack Venedigs in die Küche. Sie werden im Supermarkt oder online auch fertig angeboten.

Aus diesen Baìcoli-Keksen (selbst gebacken oder gekauft) kann man nun die Torte zubereiten:

Zutaten

200 g Baìcoli-Kekse

250 g Mascarpone

200 ml Schlagsahne

50 g Puderzucker

1 Teelöffel Vanilleextrakt

Kakaopulver zum Bestäuben

Die Torte kommt ohne Backen aus. Deshalb bereitet Mafalda sie besonders in den Sommermonaten zu, weil dadurch keine zusätzliche Hitze in die Küche kommt. Dafür kauft sie die Baìcoli-Kekse auch ausnahmsweise im Supermarkt, statt sie selbst zu backen.

Mafalda zerbröselt die Hälfte der Baìcoli-Kekse in kleine Stücke und legt sie beiseite. In einer Schüssel vermischt sie den Mascarpone, die Schlagsahne, den Puderzucker und das Vanilleextrakt und verrührt alles gut miteinander, bis eine cremige Masse entsteht. Sie fügt dann die zerstoßenen Baìcoli-Stücke zur Mascarpone-Creme hinzu und hebt sie vorsichtig unter.

Nun nimmt sie eine Springform und legt den Boden mit einer Schicht Baìcoli-Keksen aus. Darauf kommt die Hälfte der Mascarpone-Mischung, danach wieder eine Schicht Baìcoli-Kekse und schließlich die restliche Mischung.

Die Oberfläche der Torte streicht sie noch glatt und stellt sie dann für mindestens 4 Stunden in den Kühlschrank, damit sie fest wird. Vor dem Servieren bestäubt sie die Torte mit Kakaopulver.

Calamari Fritti

Frittierte Tintenfischringe

Ein gleichermaßen einfaches wie köstliches Rezept. Weil nach dem Frittieren aber immer die ganze Wohnung riecht, isst Mafalda Calamari fritti ausnahmsweise lieber auswärts.

Zutaten für 4 Personen:

500 g frische Tintenfischringe
150 g Mehl
1 Teelöffel Paprikapulver
Salz und Pfeffer nach Geschmack
Öl zum Frittieren (Sonnenblumenöl oder Rapsöl)
Zitronenschnitze zum Servieren

Idealerweise nimmt man für das Gericht frische Tinten-fischringe und keine gefrorenen, denn die aus der Tief-kühltruhe neigen dazu, beim Frittieren eher gummiartig zu werden.

Die Tintenfischringe unter kaltem Wasser abspülen und kurz trockentupfen. Eventuell vorhandene Schleimhaut entfernen.

In einer Schüssel das Mehl, das Paprikapulver, Salz und Pfeffer vermengen. Die Tintenfischringe in die Mehlmi-schung geben und sicherstellen, dass sie gut damit bedeckt sind. Überschüssiges Mehl abklopfen.

In einem großen Topf oder einer Fritteuse ausreichend Öl erhitzen. Die Temperatur sollte etwa 180 Grad Celsius betragen. Die Tintenfischringe in das heiße Öl geben, dabei darauf achten, dass sie nicht zu eng aneinanderliegen, um ein Verkleben zu verhindern. In mehreren Chargen für ca. 2–3 Minuten frittieren, bis sie goldbraun und knusprig sind.

Mit einem Schaumlöffel die frittierten Calamari aus dem Öl nehmen und auf einem mit Küchenpapier ausgelegten Teller abtropfen lassen, um überschüssiges Öl zu entfernen. Die Calamari Fritti auf einer Servierplatte oder auf Strohpapier anrichten und mit Zitronenschnitzen garnieren. Sofort servieren, solange sie noch warm und knusprig sind.

Mafalda führt eine eigene Hitliste, wo sie auf Murano und in Venedig die besten Calamari Fritti findet. Das hält sie aber nicht davon ab, immer wieder neue Restaurants und Imbisse auszuprobieren.

Parmigiana di Melanzane
Italienischer Auberginenauflauf

Parmigiana ist eine Art vegetarische Lasagne ohne Hackfleisch und mit Auberginen anstelle von Nudeln. Mafalda bereitet gerne große Mengen davon zu und versorgt damit die ganze Nachbarschaft und Enkel Pietro nebst Angelo. Die Zubereitung ist eigentlich recht einfach. Wer schon einmal Lasagne zubereitet hat, wird auch mit diesem Rezept keine Probleme haben.

Zutaten für 4 Personen

2 große Auberginen

500 g passierte Tomaten

200 g Mozzarellakäse, in Scheiben geschnitten

100 g geriebener Parmesankäse

2 Knoblauchzehen, gehackt

1 Zwiebel, gehackt

Olivenöl zum Braten

Salz und Pfeffer nach Geschmack

Frisches Basilikum

Die Auberginen waschen und in längliche Scheiben schneiden. Mit etwas Salz bestreuen und für ca. 30 Minuten beiseitestellen, um die Bitterstoffe zu entfernen. Danach die Auberginenscheiben mit Küchenpapier abtupfen, um überschüssige Feuchtigkeit zu entfernen.

In einer Pfanne etwas Olivenöl erhitzen und die Auberginenscheiben portionsweise von beiden Seiten goldbraun anbraten. Die gebratenen Auberginenscheiben auf Küchenpapier abtropfen lassen.

In einer separaten Pfanne etwas Olivenöl erhitzen und die gehackte Zwiebel und den Knoblauch darin anbraten, bis sie glasig sind. Die passierten Tomaten hinzufügen. Mit Salz und Pfeffer würzen und bei mittlerer Hitze für etwa 15–20 Minuten köcheln lassen, um eine dickere Tomatensauce zu erhalten.

Den Backofen auf 180 °C vorheizen. In einer Auflaufform eine dünne Schicht der Tomatensauce verteilen. Dann eine Schicht Auberginenscheiben darauflegen, gefolgt von einer Schicht Mozzarella- und Parmesankäse. Diesen Vorgang wiederholen, bis alle Zutaten aufgebraucht sind. Die letzte Schicht sollte in jedem Fall aus Käse bestehen.

Die Auflaufform in den vorgeheizten Backofen geben und für ca. 25–30 Minuten backen, bis der Käse goldbraun und leicht knusprig ist. Die Parmigiana aus dem Ofen nehmen und vor dem Servieren etwas abkühlen lassen. Mit frischem Basilikum garnieren.

L'Agnello al Forno
Venezianischer Lammbraten

Der *padrone* der Osteria al Duomo hat sich von Mafalda breitschlagen lassen und ihr das Rezept für seinen Lammbraten verraten. Sie würde das natürlich nie zugeben, aber bei dieser Zubereitungsart konnte auch sie noch etwas dazulernen.

Lammbraten ist eine typische Hauptspeise der italienischen Küche, die oft zum Ostermittagessen serviert wird. Das Rezept zur Zubereitung des Lammbratens mit duftenden Kräutern von Rosmarin über Lorbeer bis hin zu Wacholder und Thymian ist einfach und äußerst schmackhaft. Mafalda kocht das Gericht normalerweise an jedem Osterfest für ihre Freunde und Familie. In diesem Jahr war aber Lucia die Gastgeberin.

Zutaten für vier Personen:

1,5 kg Lammkeule, entbeint

4 Knoblauchzehen, gehackt

2 Zweige Rosmarin, gehackt

2 Zweige Thymian, gehackt

5 Wacholderbeeren

1 Lorbeerblatt

2 Esslöffel Olivenöl

1 Teelöffel Paprikapulver

Salz und Pfeffer nach Geschmack

500 ml trockener Weißwein

500 ml Fleischbrühe

500 g Kartoffeln, geschält und in Stücke geschnitten

1 Zwiebel, gehackt

1 Bund Frühlingszwiebeln, gehackt

Mafalda beginnt bei der Zubereitung ihres Lammbratens damit, dass sie das Lammfleisch in einer Schüssel mit 250 ml trockenem Weißwein, zwei Esslöffeln Olivenöl, vier Knoblauchzehen, fünf zerdrückten Wacholderbeeren, einem Lorbeerblatt sowie Paprikapulver, Rosmarin, Thymian, Salz und Pfeffer nach Geschmack und Gefühl, ein bis zwei Stunden abgedeckt im Kühlschrank marinieren lässt.

Nach dieser Zeit nimmt sie das Lamm aus der Marinade und lässt es abtropfen. Dann erhitzt sie eine ofenfeste, tiefe Bratpfanne oder einen Bräter und brät die Lammkeule von allen Seiten scharf an, um eine schöne Kruste zu bilden. Die Kartoffelstücke, die gehackte Frühlingszwiebel und die gehackte Zwiebel verteilt sie um den Lammbraten herum, gibt den restlichen Weißwein dazu und lässt ihn einkochen, bis der Alkohol verdampft ist. Dann kommt die Fleischbrühe dazu.

Den Lammbraten gibt sie für 2,5 bis 3 Stunden in den auf 180 Grad vorgeheizten Ofen. Möglichst abgedeckt, denn jetzt soll das Fleisch nicht austrocknen. Als versierte Hausfrau hat sie das eigentlich im Gefühl, aber ihr Bratenthermometer zeigt ihr sicher an, wann das Fleisch gar ist.

Sowohl das Fleisch als auch die Kartoffeln müssen gut gebräunt sein. Dann nimmt sie den Lammbraten mit Kartoffeln aus dem Ofen und serviert ihn heiß und verführerisch dampfend. Als Beilage macht sie gerne frisches Gemüse der Saison, was auch immer Susanna von den umliegenden Äckern frisch geliefert bekommen hat.

Cicchetti
Venezianische Vorspeisenplatte

Cicchetti, auf Veneziano auch cichetti oder cicheti genannt, sind kleine Snacks oder Beilagen, die in Osterien oder in den traditionellen Cicchetti-Bars, den bàcari, serviert werden. Dabei handelt es sich um kleine Snacks mit Oliven, Gemüse, Fleisch und Meeresfrüchten, hartgekochten Eiern, häufig auf gerösteter Polenta oder Weißbrot.

Gegessen werden sie fast den ganzen Tag lang, vom späten Morgen bis in den frühen Abend hinein, häufig als nahrhafte Beilage zu einem kleinen Glas Wein, ombra genannt. Mehrere Portionen cicchetti können durchaus auch eine Mahlzeit bilden.

Gebräuchlicher ist aber der Verzehr als Beilage oder zum Aperitif. Insofern ist dieses venezianische Fingerfood, das in mundgerechten Happen mit kleinen Holzspießen serviert wird, am ehesten mit den spanischen Tapas vergleichbar.

Hier ist sind ein paar Ideen für Cicchetti, die man auch gut zu Hause zubereiten kann:

Zutaten

Baguette oder Ciabatta

Sardellen und gegrillte Paprika als Belag:
Gegrillte Paprika (aus dem Glas)
In Streifen geschnittene Sardellenfilets
Olivenöl
Kapern

Prosciutto und Mozzarella als Belag:
Prosciuttoschinken, dünn geschnitten
Mini-Mozzarellakäse-Kugeln
Basilikumblätter
Olivenöl

Tomate und Basilikum als Belag:
Cherrytomaten, halbiert
Frische Basilikumblätter
Mini-Mozzarellakäse-Kugeln
Olivenöl
Balsamicoglasur

Gorgonzola und Birne als Belag:
Gorgonzolakäse
Birnenscheiben
Walnüsse
Honig

Das Baguette oder Ciabatta in dünne Scheiben schneiden. Die Brotscheiben auf ein Backblech legen und im vorgeheizten Ofen bei etwa 180 Grad Celsius für etwa 5–7 Minuten rösten, bis sie knusprig sind. Während das Brot geröstet wird, die gewünschten Beläge vorbereiten.

Für die Sardellen und gegrillte Paprika:
Die gerösteten Brotscheiben mit gegrillter Paprika belegen und jeweils ein Sardellenfilet darauflegen. Mit Olivenöl beträufeln und mit Kapern garnieren.

Für Prosciutto und Mozzarella:
Die gerösteten Brotscheiben mit italienischem Schinken belegen, dann Mini-Mozzarellakäse-Kugeln und Basilikumblätter darauflegen. Mit Olivenöl beträufeln.

Für Tomate und Basilikum:

Die gerösteten Brotscheiben mit Cherrytomatenhälften, Basilikumblättern und Mini-Mozzarellakäse-Kugeln belegen. Mit Olivenöl beträufeln und mit Balsamicoglasur garnieren.

Für Gorgonzola und Birne:

Die gerösteten Brotscheiben mit Gorgonzolakäse belegen, dann Birnenscheiben und Walnüsse darauf legen. Mit Honig beträufeln.

Die vorbereiteten Cicchetti auf einer Servierplatte anrichten und sofort servieren. Traditionell werden Cicchetti in Venedig oft auch mit Meeresfrüchten, eingelegtem Gemüse, Käse oder Aufstrichen wie Sardellenpaste oder Olivenpaste serviert. Selbst unter Venezianerinnen und Venezianern ist dem Experimentieren dabei kaum eine Grenze gesetzt.

Schabzigerfondue
Glarner Chäsfondue

Schabzigerfondue ist eine vor allem im Schweizer Kanton Glarus, in diesem Buch der Heimat von Elisabeth Rhyner, verbreitete Variante des würzigen Schweizer Käsefondues, im Schweizerdeutschen Chäsfondue genannt. Die regionale Besonderheit ist dabei der Glarner Schabziger als Zutat.

Glarner Schabziger ist ein traditioneller Blauschimmelkäse. Er wird auch als »grüner Käse« oder »Schabzieger« bezeichnet. Der Käse wird aus entrahmter Kuhmilch hergestellt. Das Besondere an Glarner Schabziger ist, dass er aus Magerquark und Schabzigerklee hergestellt wird. Schabzigerklee ist eine Pflanze, die in den Alpenregionen wächst und dem Käse seinen charakteristischen Geschmack verleiht.

Die Herstellung von Glarner Schabziger erfolgt in mehreren Schritten. Zunächst wird der Magerquark mit Salz und Schabzigerklee vermischt. Anschließend wird die Masse gepresst und fermentiert, um den Blauschimmelkulturen Zeit zum Reifen zu geben. Danach wird der Käse zu kleinen Stücken gerieben oder gemahlen.

Glarner Schabziger hat einen intensiven, würzigen Geschmack und eine krümelige Konsistenz. Er wird oft auch als Dip oder Brotaufstrich verwendet und ist ein beliebter Bestandteil von Glarner Schabzigerfondue.

Zutaten für vier Portionen:

250 g Glarner Schabziger (Blauschimmelkäse aus der
    Schweiz)
500 ml trockener Weißwein
2 Knoblauchzehen, geschält und halbiert
1 Teelöffel Zitronensaft
1 Prise Muskatnuss
Schwarzer Pfeffer nach Geschmack
1 Baguette oder Brot zum Dippen

Die Knoblauchzehen halbieren, in den Fonduetopf geben und darin verreiben, um den Geschmack zu verstärken. Den Glarner Schabziger grob raspeln oder in kleine Stücke schneiden. Den Weißwein im Fonduetopf erhitzen, aber nicht zum Kochen bringen. Den geriebenen Schabziger portionsweise dazugeben und unter Rühren schmelzen lassen. Zitronensaft, Muskatnuss und schwarzen Pfeffer hinzufügen und gut vermischen.

Das Fondue auf einem Rechaud warmhalten. Das Brot in mundgerechte Stücke schneiden und mit einer Fonduegabel in das geschmolzene Schabzigerfondue tauchen.

In der Schweiz isst man neben Brotwürfeln aus altbackenem Brot auch kleine Pellkartoffeln zum Käsefondue. Beides wird mit kleinen Gäbelchen in das Fondue getunkt und dann noch warm gegessen.

Die Sache mit dem Riesling

Wie fast überall gilt auch in Venedig: Was gut und teuer ist, das erhält die höchste Wertschätzung. Lucia ist bei solchen Kategorien jedenfalls in ihrem Element. Und mit ihr ein Gutteil der Venezianerinnen und Venezianer.

Nun ist es nicht so, dass Italien im Allgemeinen und das Veneto im Besonderen arm wären an guten Weißweinen. Im Gegenteil. Aber der aus weiter Ferne herangekarrte Rieslingwein genoss und genießt allein schon wegen seines höheren Preises und seiner fremdländlischen Herkunft häufig ein höheres Ansehen – sehr zum Ärger von Mafalda.

Während um sie herum ein lokaler Weißwein durch einen teureren Riesling ausgetauscht wird, lässt sie sich nicht unterkriegen und bezieht lautstark Stellung für ihren geliebten Pinot Grigio aus dem Veneto.

Mafalda schreibt selbst – Berichte aus Murano

Instagram @mafalda.cinquetti
Facebook @mafalda.cinquetti
Threads @mafalda.cinquetti
Mastodon @mafalda_murano@mastodon.social

Mafalda Cinquetti – Rezepte für Küche und Leben
www.mafalda-cinquetti.de

Murano, zerstörte Gemälde und drei Rentnerinnen auf Verbrecherjagd

Bastian Richter
MAFALDA CINQUETTI
UND DIE DAME MIT
HUND
Kriminalroman

448 Seiten
ISBN 978-3-404-18961-8

Polizistenwitwe Mafalda Cinquetti lebt auf der venezianischen Laguneninsel Murano ein beschauliches Leben, bis auf die weltberühmte Peggy-Guggenheim-Collection in Venedig ein Anschlag verübt wird. Dabei ist es nicht so sehr die Zerstörung der Kunstwerke, die Mafalda in Aufruhr versetzt, sondern die schnelle Verhaftung des Rumtreibers Beppe. Mafalda kennt Beppe, und manchmal findet sie ihn anstrengend. Aber Mafalda weiß, dass er zu dieser Tat nie fähig wäre. Also beschließt sie, zusammen mit ihren beiden besten Freundinnen den wahren Täter zu finden – nicht ahnend, dass sie sich dabei in Lebensgefahr begibt ...

Lübbe